Brigitte Guggisberg
Frankreich, wir kommen!

Brigitte Guggisberg über ihren Roman

Worum geht es in Ihrem Roman?

Es geht darum, den Mut aufzubringen, seinen Traum zu leben. Darum, dass man über den eigenen Schatten springen kann und manchmal auch springen muss, um das Leben zu führen, das man wirklich leben will. Wenn man sich traut, einen neuen Weg zu beschreiten, ist manchmal plötzlich alles möglich.

Erzählen Sie uns von Ihrer Hauptfigur Betty.

Betty ist eine großartige Köchin, voller Fantasie und Leidenschaft. Nur merkt das leider niemand, weil sie ihr Licht unter den Scheffel stellt. Sie ist ein wenig schüchtern und begegnet dem Leben mit einer gehörigen Portion Vorsicht. Aber Betty hat Träume. Und nach einer schlimmen Enttäuschung ist sie bereit, ihr ganzes bisheriges Leben über den Haufen zu werfen. Sie gibt ihr Restaurant auf und startet eine Reise ins Ungewisse. In einem klapprigen Food Truck, der den Namen kaum verdient, und mit einer unerfahrenen Partnerin tingelt sie quer durch Frankreich, immer mit dem Ziel vor Augen, in Monaco einen großen Kochwettbewerb zu gewinnen.

Wie sind Sie auf die Idee gekommen, Betty in einem Food Truck auf die Reise zu schicken?

Ich liebe Food Trucks! Allein schon wegen der Recherche auf den vielen Street-Food-Märkten hätte es sich gelohnt, dieses Buch zu schreiben. Nein, im Ernst, ich bewundere, wie viele Food Trucker es schaffen, wahnsinnig kreative und innovative Gerichte zu zaubern, oft auf kleinstem Raum und unter schwierigen Bedingungen. Man entdeckt Einflüsse aus allen möglichen Ländern, die unkonventionellsten Geschmackskombinationen oder traditionelle Gerichte, die völlig neu interpretiert werden. Und meist wird eine große Portion Begeisterung gleich mitserviert. Denn im Gegensatz zum klassischen Restaurant kann man die Köchin oder den Koch ja oft bei der Arbeit beobachten.

Zur Autorin

Brigitte Guggisberg ist in der Schweiz und in den USA aufgewachsen und hat Volkswirtschaft und Medienwissenschaften in Basel mit einem längeren Aufenthalt in Aix-en-Provence studiert. Sie war als Beraterin für das Schweizer Parlament, Journalistin, Tanzkritikerin und im Topmanagement der Finanzindustrie tätig. Inzwischen ist sie an die Universität Basel zurückgekehrt und schreibt Romane, die mit Humor und Leidenschaft nach Frankreich, ihr Sehnsuchtsland, entführen.

Brigitte Guggisberg

FRANKREICH,
wir kommen!

Roman

DIANA

Von Brigitte Guggisberg sind im Diana Verlag erschienen:
Willkommen in der Provence
Frankreich, wir kommen!

FSC www.fsc.org
MIX
Papier aus verantwortungsvollen Quellen
FSC® C014496

Verlagsgruppe Random House FSC® N001967

Originalausgabe 04/2019

Neumarkter Straße 28, 81673 München
Redaktion: Uta Rupprecht
Umschlaggestaltung: t. mutzenbach design, München
Covermotiv: © shutterstock/ irakite/ ONiONA/ Natan86/ MONNKA/ LiliGraphie/ Shulevskyy Volodymyr/ ltdedigos/ riggleton/ Vitalinka
Satz: Leingärtner, Nabburg
Druck und Bindung: GGP Media GmbH, Pößneck

Printed in Germany
ISBN 978-3-453-35987-1

www.diana-verlag.de
Dieses Buch ist auch als E-Book lieferbar.

TEIL 1

Kirschblüten und brütende Störche –
Frühling im Markgräflerland:

Start in Efringen-Kirchen

Hochzeitsmenü Petra & Fabian
16. März 2019

Amuse-Bouche

***

Getrüffelter Salat von Crevetten und Spargelspitzen

***

Atlantischer Muscheltopf

***

Loup de Mer mit jungem Knoblauch

***

Barbarie-Ente mit Frühlingsgemüse

***

Käsevariation mit dreierlei Chutney

***

Hochzeitstorte

I

Beim Anblick der Hochzeitstorte läuft mir das Wasser im Mund zusammen. Die Torte ist vier Etagen hoch, blassrosa und schokobraun und gekrönt von pinkfarbenen Marzipanrosen. Der Boden ist ein saftiger Biskuit, bedeckt von zarter Buttercreme. Es gibt drei Geschmacksnuancen: Himbeere, Schokolade und Vanille. Dazwischen liegen dünne Schichten feinster Meringue, außen knusprig und innen zart schmelzend weich. Ich lobe mich nur selten selbst, aber so eine Meringue kriegt nicht jeder hin.

Ich nehme die Torte aus der Kühlkammer und stelle sie in der Küche vorsichtig auf die Arbeitsplatte. Dann binde ich mir die Schürze ab und versuche, mir vor dem Spiegel in meinem Spind noch mal kurz das Haar zu richten. Leider ist das ein hoffnungsloses Unterfangen. Ich habe braune Locken, die zum Eigenleben neigen. Besonders widerspenstig werden sie, wenn sie mit warmem Dampf in Berührung kommen. Bei mir ist das beinahe jeden Abend der Fall. Denn ich bin Köchin und führe ein Restaurant.

Vor zwei Jahren habe ich die »Sonne« von meinem verstorbenen Vater übernommen. Einen Tag in der Woche haben wir geschlossen, aber an den restlichen sechs Tagen bin ich gezwungen, mit diesem Durcheinander auf meinem Kopf zu leben. Und mit den roten Wangen, die mir die Arbeit in der Küche beschert.

Doch heute Abend wird wohl niemand auf meine Haare achten. Oder auf meine roten Wangen. Ich schlage die Spindtür rasch wieder zu. Heute Abend werden aller Augen auf die wunderbare Hochzeitstorte gerichtet sein. Meine Freundin Petra hat darauf bestanden, dass ich sie selbst serviere, und diesen Wunsch konnte ich ihr natürlich nicht abschlagen.

Wir kennen uns seit dreißig Jahren. Und es ist Petras Hochzeit, die wir heute feiern.

Als Hochzeitsgeschenk hat sich Petra von mir ein französisches Essen gewünscht. Das ist eine Leidenschaft, die wir teilen, wir lieben beide die französische Küche. Die würzigen Suppen, die reichhaltigen Soßen, allein die raffinierte Art, ein Hähnchen zu braten – und das Universum der Gewürze! Schon die Namen bringen uns ins Schwärmen: Crêpes Suzette und Crème brûlée. Sauce béarnaise, Chateaubriand, Gratin dauphinois. Für Petras Hochzeit französisch zu kochen ist beinahe wie ein Geschenk an mich selbst. Nur würde ich mich normalerweise nicht trauen, so ein Essen hier in der »Sonne« zu servieren.

Die »Sonne« ist ein traditionelles Lokal. Es liegt mitten im Dorfzentrum von Efringen-Kirchen im schönen Markgräflerland, in der südwestlichen Ecke von Deutschland. Unsere Gegend ist bekannt für ihre deftige Hausmannskost, ihre Weine, das sonnige Wetter und die gute Laune der Bewohner. In der »Sonne« gibt es Schnitzel in allen Variationen. Spätzle. Kartoffelstampf. Und natürlich das Hausmacherpfännchen. Das ist unser Vorzeigegericht. Es stand schon bei meinem Vater auf der Karte. Und Petra weiß genau, wie sehr ich es inzwischen hasse.

Die Wahrheit ist, meine Wünsche und Träume sind größer als das Hausmacherpfännchen. Sie übersteigen das Hausmacherpfännchen bei Weitem. Ich liebe es, neue Gerichte zu erfinden, fantasievoll Gewürze zu mischen, eigenständig ganz neue Kreationen zu entwickeln. Heimlich. In meiner Küche zu Hause. Petra, die oft bei mir zu Gast ist, versucht, mich ständig zu überreden, solche Gerichte auf die Karte der »Sonne« zu nehmen. »Du bist eine tolle Köchin, Betty Bauer«, sagt sie mir jedes Mal. »Das solltest du den Leuten endlich zeigen.«

Würde ich ja gerne. Nur bin ich leider ziemlich schüchtern. Und ich habe die unselige Begabung, die schlimmsten Wendungen, die das Schicksal nehmen könnte, vorherzusehen. Ich gehöre zu den Menschen, die ständig einen Schirm mit sich herumschleppen. Ich bin der feuchte Traum jedes Versicherungsagenten. Mir könnte man auch in der Wüste eine Versicherung gegen Wasserschäden verkaufen. Schon als Kind hatte ich panische Angst vor Bananen, nachdem ich in einem Comic gesehen hatte, wie tückisch man auf Bananenschalen ausrutschen kann. Ich bin schon vorsichtig auf die Welt gekommen.

Deshalb ist dieses Hochzeitsessen eine gewaltige Herausforderung für mich. Ich habe mir nächtelang Sorgen gemacht. Aber schließlich bin ich über meinen Schatten gesprungen und habe meine Ängste überwunden. Ich habe ein opulentes französisches Mahl für fünfzig Personen entworfen, und die letzten zwei Tage habe ich beinahe ununterbrochen in der Küche geschuftet.

Ich habe geschält, geschnetzelt, pochiert, angebraten, eingekocht, abgeschöpft und gerührt, abgeschmeckt und wieder gerührt, und dazwischen habe ich wirklich gedacht, dass ich es nicht packe. Aber ich habe es geschafft und sieben Gänge auf den Tisch gebracht. Ich kann es selbst noch kaum fassen. Es ist das Beste, was ich in siebenunddreißig Jahren auf die Beine gestellt habe. Mehr oder weniger allein. Nur bei der Mise en Place hat Meli, meine Küchenhilfe, mit angepackt.

Und dann gibt es natürlich auch noch Klaus. Klaus ist mein Partner in der »Sonne«. Er ist der Charmante und Weltgewandte von uns beiden. Er kann sich wunderbar mit jedem Gast unterhalten. Deshalb führt er auch die Bar. Und er hilft im Service mit. Nur an den Herd darf man Klaus nicht lassen.

Normalerweise würde Klaus meine Torte servieren, doch davon wollte Petra absolut nichts wissen. Sie beharrte darauf, dass die Gäste die Köchin sehen wollten. Das erlebe ich zwar selten so, aber ich muss gestehen, jetzt bin ich plötzlich froh über Petras Unnachgiebigkeit. Ein wenig stolz bin ich nämlich schon.

Ich nehme die Torte hoch und fühle, wie meine Mundwinkel sich unwillkürlich heben. Sie ist wirklich schön geworden. Und sie duftet unglaublich lecker. Nicht mal ich habe an dieser Torte etwas zu meckern. Und das geschieht nun wirklich selten. Petra ist davon überzeugt, mein Auftritt mit der Torte wird ein Höhepunkt, und vielleicht, denke ich mit einem erwartungsvollen Flattern im Magen, vielleicht hat sie ja tatsächlich recht.

Ein warmes Gefühl breitet sich in meiner Brust aus. Vielleicht wird diese Torte, dieses Essen heute Abend meinem Leben eine neue Richtung geben. Vielleicht werden die Leute jetzt begreifen, dass mehr in mir steckt als das Hausmacherpfännchen.

Bei dem Gedanken werde ich ganz aufgeregt, und während ich die Torte durch den kühlen Flur zum Gastraum trage, beginnt in meinem Kopf ein Film abzulaufen. Ich stelle mir vor, wie ich die Tür aufstoße und den Gastraum betrete. Ein helles Licht liegt auf meinem Gesicht. Drinnen werde ich von den Gästen mit Hochrufen empfangen, und begeisterter Applaus brandet auf, als ich den Raum betrete. Lauter Menschen mit glücklichen Gesichtern gratulieren mir von Herzen zu meinem großen Erfolg. Betty, sagen sie, wir können es gar nicht fassen – dieses wunderbare Essen! Wir haben dich so was von unterschätzt. Klaus wird mich umarmen. Er wird mich an sich drücken, dann hebe ich meinen Kopf und dann ... dann wird Klaus mich küssen.

Mein Herz klopft wie verrückt, als ich die Tür erreiche und eine Sekunde innehalte.

Ich trete in den Gastraum und werde von lähmendem Schweigen empfangen. Meine Gäste sehen mich betreten an. Petra in ihrem hübschen Hochzeitskleid vermeidet es, mir in die Augen zu blicken. Klaus steht neben der schönen Angelika. Er hat sich über sie gebeugt und hält ihr die Hand.

Ich fühle, wie mir das Blut ins Gesicht steigt. Ich stelle die Torte mit einer heftigen Bewegung auf den Tisch. »Angelika ist es schlecht geworden«, sagt Klaus in die Stille. »Betty, ich glaube, mit den Muscheln war etwas nicht in Ordnung.«

Eisiger Schreck fährt mir in die Glieder. Den Lieferanten für die Meeresfrüchte habe ich auf Herz und Nieren geprüft. Bei Muscheln ist das Pflicht. Meine Muscheln sind ganz frisch. Gestern sind die noch im Meer geschwommen. In der Normandie. Kultiviert in der Bucht von St. Michel, geerntet in den frühen Morgenstunden, sofort auf Eis gelegt und nach Freiburg gefahren, wo ich sie heute früh um vier persönlich mit dem Kühlwagen abgeholt habe. Diese Muscheln sind frischer als alles andere hier drinnen. Die schöne Angelika mit eingeschlossen.

Wahrscheinlich ist ihr schlecht geworden, weil ihre Hose zu eng sitzt. Oder sie hat zu viel getrunken. Ist schließlich auch schon vorgekommen. Mehr als einmal. Um es mal höflich auszudrücken.

Plötzlich bin ich wild entschlossen, mir davon nicht alles verderben zu lassen. In den letzten Wochen habe ich nur für dieses Essen gelebt. Ich habe gezittert und gebebt und in den vergangenen zwei Tagen einfach alles gegeben – und nun soll das umsonst gewesen sein? Wegen der schönen Angelika? Nein, das darf nicht sein!

Ich dränge mich neben sie, wobei ich – ein positiver Nebeneffekt – Klaus zwinge, ihre Hand loszulassen.

»Reiß dich zusammen«, sage ich streng und überrasche mich damit selbst. »Oder willst du Petra die ganze Hochzeit verderben?«

»Betty, bitte!« Klaus runzelt die Stirn. Kein Wunder, solche Sachen sage ich normalerweise nicht. Solche Sachen denke ich nur. Aber ich bin derart enttäuscht, dass die Worte ganz von allein meinen Lippen entschlüpfen.

Und auch meine Hände habe ich offenbar nicht mehr vollständig unter Kontrolle. Ich packe Angelika am Kinn und zwinge sie, den Kopf zu heben. Zugegeben, ihre Gesichtsfarbe ist seltsam. Und ihre Augen sind ganz glasig.

»Vielleicht ist es ja eine Grippe«, sage ich in den schweigenden Raum. »Magen-Darm. So was kann einen ganz plötzlich überfallen. Auf gar keinen Fall waren es die Muscheln.«

Angelika stößt ein Ächzen aus. »Bitte, Betty, nicht dieses Wort. Mir ist so schlecht, ich darf nicht mal daran denken.«

»Woran?«, frage ich scharf. »An die Muscheln? Warum nicht? Mit den Muscheln war alles in Ordnung.«

Angelika sieht mich leidend an.

Und dann brennt bei mir eine Sicherung durch. Ich beuge mich zu ihr hinab. »Muschelsuppe«, sage ich so leise, dass mich nur Angelika hören kann. »Muschelsoufflé, Muschelspaghetti, Muscheltopf.«

Keine Ahnung, warum ich das tue. Vielleicht, weil alle solche langen Gesichter machen. Weil niemand auch nur ein Sterbenswörtchen über mein Essen äußert. Über die zarten Spargelspitzen. Über den Loup de Mer mit den exotischen Kräutern. Über die sanft gewürzte saftige Ente ...

Die Enttäuschung lässt mich erschaudern. Es fühlt sich an, als hätte jemand in meinem Inneren plötzlich das Licht ausgeknipst. Mein Essen ist sang- und klanglos einfach untergegangen. Und Klaus, der doch genau weiß, wie pingelig ich mit den Rohwaren bin, kann sich vor lauter Sorge um Angelika kaum noch halten. Er schaut sie mit diesem Blick an, auf den ich schon zwei Jahre warte. Doch Angelika musste nur mit den Wimpern klimpern und den entzückenden Schmollmund verziehen.

Heißer Zorn steigt in mir auf. »Moules à la provençale«, sage ich leise. Angelikas Kirschblütenlippen teilen sich. Sie sieht mir direkt ins Gesicht.

Dann übergibt sie sich. Mitten auf die Hochzeitstorte.

In meiner Kehle brennt die Scham. Oder auch ein Schluchzen, so genau kann ich das nicht sagen. Mein Kopf ist einfach leer gefegt. Ich fühle mich wie schockgefroren. Irgendwann trage ich die völlig versaute Torte in die Küche, und als ich sie im Müll entsorge, rinnen mir Tränen über die Wangen. Ich wische sie mit einem Küchenpapier weg.

Als ich in den Gastraum zurückkehre, sind Petra und Fabian verschwunden und mit ihnen die Hälfte der Gäste. Der Rest ist im Aufbruch begriffen.

So auch Klaus. Er sagt, er bringe Angelika nach Hause. Bevor ich mich versehe, stehe ich mutterseelenallein in der »Sonne«.

Ich räume das Geschirr ab und stelle es in die Spülmaschine. Ich scheuere den Tisch im Gastraum mit Salmiakgeist. Dreimal. Dann putze ich die Küche. Ich bin noch immer allein, als ich um zwei in der Früh die »Sonne« abschließe und nach Hause gehe.

2

Am nächsten Morgen um elf klingelt es bei mir an der Tür. Als ich öffne, steht das frischvermählte Ehepaar draußen. Petra umarmt mich zur Begrüßung und strebt sofort in Richtung Küche. Dort ist ein Blech mit Madeleines au beurre bereits fertig ausgebacken, und ein zweites Blech mit Hefeschnecken braucht noch ein paar Minuten im Ofen.

»Wusst ich's doch«, sagt Petra und schnappt sich eine warme Madeleine vom Blech. Dann verkündet sie mit vollem Mund, Fabian und sie seien gekommen, um mich moralisch zu unterstützen.

Petra hat damit gerechnet, dass ich backe, weil ich das in einer Krise immer mache. Es gibt in einer Krise nichts, was mich so beruhigt, wie Eier, Mehl und Zucker in einer Schüssel zu einem Teig zu verrühren und einem schönen gelben Kuchen im Ofen beim Aufgehen zuzuschauen.

Heute allerdings konnte mich nicht mal das Backen aufmuntern. Ich habe die Nacht mehr oder weniger schlaflos verbracht, und vermutlich sieht man mir das an.

Petra mustert mich besorgt. »Das war furchtbar gestern Abend. Ich wünschte, ich hätte Angelika nicht eingeladen. Die dumme Kuh hat alles verdorben. Aber Betty, du darfst dir das jetzt nicht so zu Herzen nehmen.«

Petra hat leicht reden, sie ist von Natur aus eine Optimistin. Mich hingegen hat es gestern unglaublich viel Überwindungskraft gekostet, derart ins Rampenlicht zu treten. Und was ist passiert? Ich wurde prompt mit faulen Tomaten beworfen.

»Das stimmt doch nicht«, sagt Petra sofort. »Dein Essen war fantastisch. Und die Torte wäre ganz bestimmt sensationell gewesen.«

Allein die Verwendung des Konjunktivs treibt mir Tränen in die Augen. Weil ich ja immer das Schlimmste erwarte, bin ich normalerweise hart im Nehmen. Aber diese Torte hatte ich mit so viel Liebe gebacken, es war so viel Hoffnung mit dieser Torte verbunden ...

Ich schlucke und schiebe den Gedanken zur Seite, damit ich nicht endgültig zu heulen anfange.

Unauffällig wische ich mir über die Augen und versuche dann, in der Küche ein wenig Platz für meine Gäste zu schaffen.

Das ist nicht so einfach. Meine Wohnung ist klein. Zweieinhalb Zimmer auf der dritten Etage. Ein winziger Balkon mit Blick auf die alte Kirche, auf den Kirchhof mit dem Kopfsteinpflaster und die efeuumrankte Sonnenuhr. Der Blick vom Balkon verleiht der Wohnung einen gewissen Charme. Und natürlich die Küche. Denn in meiner Küche sieht es aus wie in der Provence.

Oder zumindest so, wie ich mir die Provence vorstelle. Ich habe einen alten Küchentisch mit gedrechselten Beinen, den ich beim Trödler gefunden habe. Ein offenes Regal, in dem sich Teller und Tassen aus Keramik stapeln. Auf dem Tisch steht immer eine große Schale mit frischen Früchten und Gemüsen. An den Wänden hängen hölzerne Borde, auf denen sich Gläser mit selbst gemachter Marmelade und Tausende von Gewürzen drängen, und auf dem Fensterbrett ziehe ich Kräuter.

Ich brauche in meiner Küche nur einen Rosmarinzweig zwischen den Fingern zu verreiben, und schlagartig versetzt mich dieser Duft tausend Kilometer weit in den Süden. Wenn ich Rosmarin rieche und die Augen schließe, sehe ich Pinienwälder und Lavendelfelder, ich sehe malerische Dörfer mit kleinen Steinkirchen, ich höre das Rauschen der Meeresbrandung und fühle die Sonne im Gesicht. In meiner Küche kann ich mich in die Ferne träumen.

Gestern Abend hoffte ich noch, ich könnte dieses Frankreich-Gefühl auch in die »Sonne« bringen. Aber das ist grässlich schiefgelaufen, vermutlich kann ich froh sein, wenn ich in der »Sonne« jetzt überhaupt noch Gäste habe.

Petra findet, dass ich übertreibe. Und ihr Mann, Fabian, findet das auch. Damit steht es zwei gegen eine. So ist das jetzt leider immer.

Ich gehe hinüber ins Schlafzimmer und hole für Fabian einen dritten Stuhl, den ich noch irgendwie an den Küchentisch zwänge. Ich habe nicht unbedingt erwartet, dass Petra ihn heute mitbringt. Aber ich hatte ja auch nicht erwartet, dass Petra ihn gleich heiratet. Ich freue mich natürlich für meine Freundin. Doch daran, dass die beiden nur noch als Doppelpack auftreten, muss ich mich erst gewöhnen.

Petra und ich kennen uns seit dem Kindergarten. Wir haben die gesamte Schulzeit nebeneinander in einer Bank gesessen. Und im zarten Alter von zwölf Jahren haben wir uns geschworen, niemals im Leben zu heiraten.

Natürlich standen wir damals unter dem Eindruck des Mangels an Kandidaten. Petra hatte den dicken Fred, der ihr aus der Ferne schmachtende Blicke schickte, und ich hatte Jan, der mich immer an den Zöpfen zog. Aber davon abgesehen sah es düster aus. Einen Schwur abzugeben schien da recht unproblematisch.

Die Auswahl der Kandidaten vergrößerte sich in späteren Jahren etwas. Doch weder für Petra noch für mich schien sich unter den Männern, denen wir nahe kamen, je der richtige zu befinden. Bei mir ist das leider auch so geblieben.

Während die Frischvermählten an meinem Küchentisch Händchen halten, hole ich die Hefeschnecken aus dem Ofen. Ich lege die warmen Schnecken auf eine Platte und schiebe sie umgehend in Petras Richtung. Als verheiratete Frau muss sie ja jetzt nicht mehr so auf ihre Linie achten. Ich hingegen nehme schon zu, wenn ich Hefeschnecken nur von Weitem sehe.

Das ist ein ernstes Defizit meiner Krisenbewältigungsstrategie, mein Körper neigt zum Notvorrat. Er hat nie begriffen, dass ich Köchin bin und ein ständiger Strom an Nahrungsmitteln sozusagen garantiert ist. Würde ich meine Backwaren alle selbst essen, dann würde ich über kurz oder lang in meiner kleinen provenzalischen Küche hoffnungslos feststecken.

Also zerlege ich eine Hefeschnecke in mindestens fünfzehn Teile, die ich säuberlich vor mir aufreihe, und gestatte mir dann ein einziges kleines Stückchen. Nur zum Probieren.

Es schmeckt wunderbar tröstlich. Nach Zucker und Hefe und Butter. Aber ich habe den Teig auch mit einem Hauch von Zimt versetzt, und beim Zimt bin ich mir jetzt plötzlich nicht mehr so sicher. Hab ich da etwa zu viel genommen?

Ich schaue auf den Teller hinunter. Die Teile sind winzig. Zwei Zentimeter im Quadrat. Höchstens. Ich denke, in meiner aktuellen Situation kann ich vier Zentimeter Kalorien schon vertragen. Immerhin habe ich einiges zu verdauen. Ich nehme ein zweites Stück und dann ein drittes – weil das mit dem Zimt nun wirklich nicht so einfach zu beurteilen ist –, und irgendwie habe ich, bevor ich mich versehe, die ganze Schnecke aufgegessen.

Derweil gibt sich Petra alle Mühe, mich zu trösten. Sie lobt mein gestriges Essen über den grünen Klee. Das ist peinlich, aber auch schön. Doch genau in dem Moment, in dem ich mich durch das Lob und durch die Hefeschnecke langsam etwas aufgemuntert fühle, leitet Petra auf ein anderes Thema über. Mein Essen sei so delikat, es passe eigentlich gar nicht in die »Sonne«. Eigentlich sei ich mit meinen Fähigkeiten als Köchin an die »Sonne« verschwendet. Daraufhin muss ich mir gleich noch eine zweite Schnecke gönnen.

Petra und ich besprechen dieses Thema nun wirklich nicht zum ersten Mal. Ich finde es ja schön, dass sie meine Kochkunst derart schätzt. Nur ist mit dieser Wertschätzung leider auch eine Erwartung verbunden. Petra ist der Meinung, dass ich mich in der »Sonne« unter Wert verkaufe. Sie findet, ich sollte die »Sonne« verlassen. Aber das steht überhaupt nicht zur Debatte.

Es ist ja nicht so, dass ich nie davon träume, den Bettel einfach hinzuschmeißen. Wer tut das nicht? Wer spielt nicht ab und an mit dem Gedanken, sich einfach auf und davon zu machen? Ich würde nach Südfrankreich gehen. Ich würde ein kleines Bistro in einem provenzalischen Dorf eröffnen.

Nichts Besonderes. Keine Haute Cuisine. Ich würde Wein aus der Region servieren und Tarte aux poires backen. Ich würde jeden Morgen über den Markt schlendern, mir das frische Gemüse anschauen und ganz spontan entscheiden, was ich am Abend koche. Die einfachen Leute aus der Gegend würden zu mir kommen, und dann und wann auch ein Tourist auf der Suche nach einer besonderen Entdeckung. Ich hätte einen großen Hund, der seine Tage faul auf der Terrasse in der Sonne verschlafen würde, und vielleicht einen Kanarienvogel.

Das kleine Bistro in der Provence ist ein sehr schöner Traum, dem ich in meinen freien Stunden wirklich gerne nachhänge. Dann stehe ich in Gedanken auf dieser Terrasse und blicke in die Ferne. Aber ich kann durchaus zwischen einem Traum und dem richtigen Leben unterscheiden. Und im richtigen Leben gibt es nun mal eine Menge Gründe, die mich in der »Sonne« halten. Meine natürliche Vorsicht, die bei dem Gedanken, mich ins Ungewisse zu begeben, Purzelbäume schlägt. Meinen Partner Klaus, den ich niemals verlassen könnte. Und die Erinnerung an meinen Vater.

Seinetwegen bin ich damals nach Efringen-Kirchen zurückgekommen. Ich war auf dem Sprung nach Paris, als er plötzlich erkrankte. Ich hatte eine Stelle in einem Gourmetlokal in Aussicht. Aber Dinge wie Gourmetlokale sind dem Krebs nun mal egal.

Selbst Petra findet es richtig, dass ich die Stelle damals sausen ließ und in der »Sonne« das Zepter übernahm, während mein Vater im Krankenhaus um sein Leben kämpfte. Sie kann verstehen, warum ich zurückkam. Aber sie akzeptiert die Gründe nicht, die mich zum Bleiben bewegen. Sie versucht oft, mich von ihrer Perspektive zu überzeugen, und vermutlich hat sie eigens zu diesem Zweck heute auch ihren Mann mitgebracht.

Fabian ist von Beruf Berater. Er ist es gewohnt, den Leuten die verrücktesten Ideen zu verkaufen. Während ich den beiden zum Gebäck einen Kaffee zubereite, lässt Fabian eine ganze Liste an Vorschlägen vom Stapel, was ich mit meinem Leben sonst noch anfangen könnte. Ich könnte mich zum Beispiel zur Diätköchin umschulen lassen, Diätköche sind wahnsinnig gefragt. Oder ich könnte ein Kochbuch verfassen, Kochbücher landen regelmäßig auf den Bestsellerlisten. Ich könnte auch im Internet einen Koch-Blog starten. Oder ich könnte einen Food Truck eröffnen.

»Moment mal«, sage ich, nun doch ein wenig ärgerlich. »Schlägst du mir ernsthaft vor, in einem Imbiss zu kochen?«

»Kein Imbiss. Ein Food Truck«, sagt Fabian und lächelt. Er erklärt mir ausführlich, wie wahnsinnig cool diese Food-Truck-Szene sei. Innovativ. Kreativ. Jung. Modern. Ein Megatrend für die Zukunft.

Ich hatte mir fest vorgenommen, nach den zwei Hefeschnecken mit dem Essen aufzuhören. Aber um diesen Quatsch zu ertragen, muss ich mir nun doch noch eine Madeleine nehmen.

Fabian hat von Gastronomie überhaupt keine Ahnung. Ein Koch mit Selbstachtung, erkläre ich ihm, würde niemals in Erwägung ziehen, sich in einen Imbiss zu stellen. Und ein hipper englischer Name ändere daran gar nichts. Energisch beiße ich in meine Madeleine.

»Jan hat es getan«, sagt Fabian und sieht mich provozierend an.

Ich verschlucke mich prompt und muss fürchterlich husten, um den Bissen wieder aus dem Hals zu bekommen.

Fabian scheint sehr zufrieden mit der Wirkung seiner Worte, Petra hingegen wirkt etwas besorgt. Das liegt daran, dass wir über Jan eigentlich nicht reden. Seit zwanzig Jahren ist er bei uns ein Tabuthema. Und wenn wir doch über ihn reden, dann sagen wir nur üble Sachen. Ich nehme an, Petra war nicht eingeweiht in diesen wunderbaren Plan, mir ausgerechnet Jan Meister aus dem »Eber« als leuchtendes Beispiel vorzuhalten. Sie hätte Fabian bestimmt davon abgeraten.

»Hat Jan wirklich einen Food Truck gefahren?«, frage ich, nachdem ich die Madeleine ausgehustet und mir die Nase geputzt habe.

»Ja«, sagt Fabian, den mein Tonfall und vermutlich auch mein Grinsen nun offenbar etwas verunsichern. »Drüben in Australien. In der Nähe von Sydney, glaube ich.«

Das wird ja immer besser. Jetzt kann ich mir das Lachen nicht mehr verkneifen. Schadenfreude ist kein netter Charakterzug. Normalerweise neige ich gar nicht dazu. Aber Jan Meister aus dem »Eber« hat es schon immer verstanden, in mir die schlimmsten Triebe zu wecken.

Jan ist mit uns zur Schule gegangen. Früher waren wir befreundet. Doch seit zwanzig Jahren gehen wir uns aus dem Weg. Seit zwanzig Jahren habe ich Jan Meister –

wenn überhaupt – nur von Weitem gesehen. Ich weiß, dass Jan genau wie ich eine Kochlehre gemacht hat. Ich ging für die Ausbildung nach Baden-Baden. Darüber, wo Jan hinging, gibt es verschiedene Versionen. Das ist das Problem in einem Dorf wie dem unseren, es wird viel geredet. Aber den Wahrheitsgehalt dieser Gerüchte kann man nur schwer einschätzen. Und da denken die Leute, das habe was mit dem Internet zu tun. Von wegen. Ich bin mir ziemlich sicher, Fake News wurden in Efringen-Kirchen erfunden.

Jan ist vor drei Monaten nach Efringen zurückgekommen. Er arbeitet jetzt drüben im »Eber«, in der Kneipe seines Vaters. Das ist auch nicht glamouröser, als in der »Sonne« zu kochen. Trotzdem werden über Jan die wildesten Geschichten herumerzählt. Er habe für einen Ölscheich gekocht. Oder für einen Filmstar. Oder für Bill Gates. Dabei ist Bill Gates bekennender Vegetarier. Und drüben im »Eber« besteht der vegetarische Teller aus Pommes ohne Schnitzel.

Bill Gates, das ist vollkommen unrealistisch. Dennoch glaubt das ganze Dorf unerschütterlich daran, dass Jan Meister im Ausland eine große Nummer geworden ist. Von wegen Filmstar, denke ich. Jan ist mit einem Imbiss durch die Gegend getingelt. Dagegen wirken meine Jobs in Bad Krozingen und am Titisee ja beinahe schon mondän.

Ich bedanke mich herzlich bei Fabian für die Aufmunterung. Er wirkt ein wenig verwirrt. »Was ist denn jetzt mit dem Food Truck?«, fragt er. »Wirst du dir das überlegen?«

Ich lache ihn fröhlich an. »Vielleicht im nächsten Leben.«

Die Episode hat mich entspannt, und wir plaudern noch eine Weile über die Hochzeitsreise der beiden. Am nächsten Tag werden sie auf eine tropische Insel fliegen. Beim Abschied umarmt mich Petra kräftig.

»Lass dich nicht unterkriegen«, sagt sie und reibt mir aufmunternd die Schulter. »Dein Essen war spitze. Und die dumme Sache mit den Muscheln ist bis morgen bestimmt vergessen.«

3

Am Montagmorgen laufe ich bei wunderschönem Wetter von meiner Wohnung zur »Sonne«. Laut Radio fällt in München Graupel, und Berlin ist unter einer Kaltluftglocke gefangen. Aber bei uns im Markgräflerland ist jetzt im März schon der Frühling angekommen. Hier in Efringen-Kirchen strecken die Osterglocken und Tulpen ihre Köpfe aus dem Boden, und in den Gärten im Dorfzentrum blüht üppig der Goldregen. Daran versuche ich mich heute Morgen zu erfreuen.

In einem Winkel meines Kopfes hängen noch immer die dunklen Gedanken, aber es gelingt mir, sie in Schach zu halten, während ich zügig voranschreite, um die Ecke biege und die »Sonne« vor mir liegen sehe. Sie ist wunderschön an diesem Frühlingsmorgen. Die altmodischen Fensterläden leuchten fröhlich rot, die Fenster blitzen, und auf dem Giebel des ausladendenden Daches hat sich seit letzter Woche ein Storchenpärchen eingenistet. Dieser Anblick entlockt mir nun sogar ein Lächeln.

Alles wirkt so friedlich und harmonisch. Der freundliche Morgen scheint mir zu versichern, dass sich die Sache mit den Muscheln inzwischen tatsächlich erledigt hat.

Petra ist davon überzeugt. Und ich hoffe es zumindest. Ich hoffe außerdem, dass Klaus in der Samstagnacht nicht noch mit Angelika rumgemacht hat.

So. Jetzt ist es raus. Ich wollte mir das bisher nicht so recht eingestehen, aber inzwischen kann ich es nicht mehr verdrängen. Weil ich den ganzen Sonntag über nichts von Klaus gehört habe. Er hat weder angerufen noch eine SMS geschrieben, und als ich ihm ein Cheer-up-Smiley mit hochgerecktem Daumen auf WhatsApp hinterlassen habe, hat er auch darauf nicht reagiert.

Es ist natürlich nicht so, dass Klaus und ich ununterbrochen miteinander kommunizieren. Normalerweise hätte ich gar nicht erwartet, an einem Sonntag von ihm zu hören. Aber nach dem Debakel mit der Hochzeitstorte dachte ich, na ja, er würde sich vielleicht melden. Ich dachte, er würde vielleicht versuchen, mich ein wenig aufzumuntern. Und ganz nebenbei hätte ich mich dann auch versichern können, dass Samstag Nacht, als Klaus Angelika nach Hause brachte, nichts passiert ist.

Angelika hat in Efringen-Kirchen nämlich schon mindestens drei Ehen auf dem Gewissen. Natürlich lässt das meine Alarmglocken schrillen. Nicht, dass ich die Beziehung, die Klaus und ich haben, mit einer Ehe vergleichen möchte. Natürlich nicht. Aber Angelika hat es ja, wie ich aus eigener Erfahrung weiß, auch nicht speziell auf Ehepaare abgesehen. Ich beschleunige meine Schritte.

Unter der Linde auf unserem Vorplatz, wo ich im Sommer immer ein paar Tische platziere, steht der alte Transporter des Biohofes, der am Montag und Mittwoch die Ware ausliefert. Neben dem Wagen sehe ich Meli, meine Küchenhilfe, mit dem Fahrer plaudern. Ich grüße die beiden, schnappe mir im Vorbeigehen eine Kiste mit Gemüse und trage sie nach drinnen.

Auf dem Weg in die Küche entdecke ich im Gastraum

Klaus. Sofort beginnt mein Herz heftig zu pochen. Klaus sieht an diesem Morgen wieder wahnsinnig gut aus. Ein wenig wie James Dean.

Oder besser gesagt, Klaus sieht aus, wie James Dean ausgesehen hätte, wäre er nicht so früh verstorben und etwas älter geworden. Das würde ich ihm möglicherweise nicht genau in diesen Worten sagen. Klaus ist nämlich ein klein wenig eitel.

Hinten in seiner Jeans hat Klaus immer einen Kamm stecken. Das hatte James Dean übrigens auch. In regelmäßigen Abständen pflegt sich Klaus mit dem Kamm durch seine Stirnlocke zu fahren. Bei anderen Männern würde das vermutlich lächerlich wirken. Bei Klaus hingegen sieht es wahnsinnig James-Dean-mäßig aus. Trotzdem habe ich ihn am Anfang unserer Zusammenarbeit gebeten, das Kämmen in der Küche zu lassen. Wegen der fliegenden Haare.

Klaus hat das nicht so gut aufgenommen. Etwas beleidigt fragte er mich, ob ich damit andeuten wolle, dass er eine Glatze bekomme? Natürlich nicht, sagte ich hastig und versicherte ihm, sein Haar sei im Gegenteil ganz besonders prächtig. »Genau«, sagte er zufrieden und ließ mich dann wissen, dass so eine Haarpracht eben regelmäßiger Pflege bedürfe. Und wie er das jetzt anstellen solle? Etwa während des Servierens? Mit zwei Salattellern in den Händen?

Diesem Argument hatte ich nicht viel entgegenzusetzen. Ist ja auch keine so große Sache, die paar Haare wieder aus der Suppe zu klauben.

Petra sagt, sie könnte nie mit einem Mann zusammenleben, der im Badezimmerschränkchen mehr Platz beansprucht als sie selbst. Mich würde das nicht stören.

Um ehrlich zu sein, ich fände es schön, Klaus' Badezimmerschränkchen überhaupt mal zu sehen.

Ich denke, sein kleiner Hang zu Eitelkeit hat damit zu tun, dass Klaus in Wirklichkeit ein Künstler ist. Und Künstler haben nun mal ein besonders ausgeprägtes ästhetisches Empfinden. Petra ist für eine solche Betrachtung viel zu nüchtern. Sie besteht immer auf Fakten und wollte von mir wissen, wie viele Ausstellungen Klaus denn vorweisen könne und wie seine Verkaufszahlen aussähen. Dabei weiß doch jeder, dass die richtig guten Künstler erst tot umfallen müssen, bevor sie Geld verdienen.

Da Klaus sich glücklicherweise bester Gesundheit erfreut, kann er von seiner Kunst nicht leben. Deshalb bin ich ja überhaupt erst auf die Idee gekommen, ihn eines Abends ganz spontan zu fragen, ob er Lust hätte, bei mir in der »Sonne« als Partner einzusteigen.

Okay, spontan ist gelogen. Ich hatte den Gedanken wochenlang mit mir herumgetragen. Ich hatte ihn aufgeschrieben und umformuliert und vor dem Spiegel eingeübt, und außerdem vor dem Gespräch in der Küche ganz allein eine halbe Flasche Rotwein geleert. Es war die mutigste Tat in meinem ganzen Leben.

Als ich den Gastraum betrete, hebt Klaus den Kopf von der Zeitung und springt dann auf, um mir mit der Gemüsekiste zu helfen. Er kann manchmal sehr lieb und verständnisvoll sein, und an diesem Morgen ist er besonders rücksichtsvoll. Er bringt die Kiste selbst in die Küche und besteht darauf, dass ich mich einen Moment zu ihm an die Theke setze. Er macht uns beiden einen Espresso und setzt sich dicht neben mich.

»Wie geht es dir?«, fragt er und sieht mir tief in die Augen. Klaus hat schöne Augen. Ein samtiges, tiefes

Braun. Und lange Wimpern. Nur mit Mühe widerstehe ich dem Impuls, einfach in seinen Augen zu versinken.

Ich versuche stattdessen unauffällig, einen Blick auf seinen Hals zu werfen. Auf die weiche Kuhle seitlich der Kehle, am Ansatz des Schlüsselbeins. Dort pflegt Angelika ihre Opfer mit einem Knutschfleck zu markieren. Auf der rechten Seite ist Klaus' Hals jungfräulich weiß und unberührt. Die linke Seite kann ich nicht sehen, da hat er den Hemdkragen etwas hochgeschlagen. Deshalb kann ich nicht guten Gewissens behaupten, dass ich mich prima fühle.

Ich zucke mit den Achseln. »Fünfzig – fünfzig würde ich sagen.«

Klaus schenkt mir ein verständnisvolles Nicken. »Kann ich mir vorstellen. Das mit Samstag war scheiße.« Nachdenklich rührt er in seinem Espresso.

Dann sagt er mit zerknirschtem Lächeln: »Ich wollte dich gestern ja eigentlich anrufen. Aber dann bin ich irgendwie nicht dazu gekommen.«

»Das macht nichts ...«, beeile ich mich zu sagen.

Klaus trinkt seinen Espresso in zwei großen Schlucken aus. »Weißt du, Betty, ich habe mir gestern den ganzen Tag lang den Kopf über die Zukunft der ›Sonne‹ zerbrochen. Ich finde, so kann das nicht weitergehen.«

Augenblicklich sackt mir das Herz in die Hose. Klaus hat in den letzten Wochen öfter mal davon gesprochen, wie sehr er sein früheres Leben als freier Künstler vermisst. Jetzt durchzuckt mich der schreckliche Gedanke, dass ich ihn mit meinen Muscheln möglicherweise aus der »Sonne« vertrieben habe.

»Woran hast du denn gedacht?«, frage ich mit banger Stimme.

»Ich finde, wir müssen die Karte umstellen.«

Die Karte! Vor lauter Erleichterung wird mir ganz flau. Selbstverständlich können wir die Karte umstellen. Daran habe ich ja selbst schon oft gedacht. Bisher habe ich mich nicht dazu überwinden können, weil ich mir Sorgen machte, damit die Stammgäste zu vergraulen. Aber wenn Klaus hinter mir steht, würde ich sogar das riskieren. Und ich habe eine Menge Ideen.

Wir könnten zum Beispiel anstelle der Schnitzel in Zukunft ein schönes Entrecote machen, sage ich zu Klaus. Und die profanen Fritten würde ich gerne durch Pommes Alumettes ersetzen. Oder durch einen knusprigen Gratin dauphinois. Außerdem sollten wir zwei oder drei gepflegte Vorspeisen auf die Karte setzen. »Vielleicht«, sage ich mutig, mit einem Augenzwinkern, »könnten wir sogar Muscheln servieren.«

»Oder Burger«, sagt Klaus. »Und Fritten brauchen wir zwingend. Wobei ich finde, wir sollten zusätzlich auch noch Country Wedges machen«.

»Country Wedges?«, frage ich mit schwacher Stimme.

»Du weißt schon, diese dicken Kartoffeldinger. Man kann die fix und fertig kaufen und muss sie nur noch in die Fritteuse schmeißen ...«

Ich schlucke leer. »Du willst aus der ›Sonne‹ eine Frittenbude machen?«

»Frittenbude?« Klaus runzelt die Stirn. »Na hör mal, Betty, so was sagt doch heutzutage keiner mehr. Ich rede davon, moderner zu werden. Hip, jung, schnell. Damit kann man auch richtig Kasse machen. Das Konzept ist natürlich noch nicht ganz ausgereift ...«

Er hält einen Moment lang inne und dreht den Löffel seines Espressos zwischen den Fingern. Dann sagt er entschlossen: »Ich fliege heute nach Berlin.«

»Du willst weg?«, frage ich schwach. »Jetzt?«

»Nur ein paar Tage«, entgegnet er ungeduldig. »Eine Woche längstens. Um ein wenig Großstadtluft zu schnuppern. Mir die Szene anzusehen. Ein paar Ideen zu sammeln und den Horizont zu erweitern. Dir würde das nebenbei gesagt auch nicht schaden. Ich will dir damit keinen Vorwurf machen. Aber in diesem Mief hier kann ja kein Mensch auf neue Ideen kommen.«

Er lässt seinen Blick über die Inneneinrichtung schweifen, die ich unverändert von meinem Vater übernommen habe. Aus Kostengründen. Nicht, weil ich besonders auf gedrechselte Holzromantik oder Velourspolster stehe. Während Klaus die Stühle mit angeekelter Miene betrachtet, schlucke ich noch einmal und fasse mir dann ein Herz.

Ich versichere meinem Partner, dass ich gegen neue Stühle gar nichts einzuwenden habe. Und ich bin durchaus mit ihm einig, dass wir uns auch kulinarisch weiterentwickeln müssen. Aber Fritten? Könnten wir stattdessen nicht genau in die andere Richtung gehen?

Ich versuche, Klaus meine Vision zu beschreiben. Man soll nicht wegen billiger Fritten in die »Sonne« kommen, sondern wegen der originellen Rezepte. Wegen der regionalen Küche. Und wegen der Qualität. Gemüse aus der Gegend. Forellen aus dem Schwarzwald. Fleisch von Markgräfler Rindern. Nicht diesen vorgefertigten Allerleibrei, wie man ihn überall findet.

Ich habe mich in Fahrt geredet und halte inne, um Atem zu schöpfen. Dabei wird mir bewusst, dass Klaus meinen Blick schon seit Längerem meidet. Er schaut auf seine Hände und macht sich an einem Nagelhäutchen zu schaffen.

Mein Mund wird trocken. Meine Hände unter dem Tisch verkrampfen sich. »Lass es uns doch ausprobieren!«, sage ich mit falschem Optimismus in der Stimme. »Was haben wir schon zu verlieren? Wenn die Gäste nicht zufrieden sind, können wir immer noch Wedges servieren.« Etwas verzweifelt lache ich auf. »Aber das wird ganz sicher nicht passieren. Denn eigentlich bin ich eine gute Köchin.«

»Tja«, sagt Klaus und sieht mich endlich wieder an, »da sind die vom *Efringer Boten* aber leider anderer Meinung.«

4

Der *Efringer Bote* erscheint einmal in der Woche immer am Montagmorgen. Ich habe ihn in der »Sonne«, weil er gratis ist und weil manche meiner Gäste gerne die Kleinanzeigen lesen.

An redaktionellem Inhalt hat der Bote neben Dorfklatsch und dem Comic seit ein paar Wochen auch eine Gastrokolumne zu bieten. Gelegentlich habe ich sie überflogen, und meinem Eindruck nach ist sie vor allem deshalb erfunden worden, um dem Chefredakteur einmal die Woche ein Gratisessen zu verschaffen.

Dagegen ist nichts einzuwenden. Den Chef eines Blattes, dessen Ein-Mann-Redaktion sich mietfrei im Hinterzimmer der lokalen Kirchgemeinde eingenistet hat, kann man ja durchaus unterstützen. Selbstverständlich hätte ich dem Mann ohne zu Zögern jederzeit ein kostenloses Hausmacherpfännchen angeboten. Ich hatte sogar erwartet, dass er deswegen vorstellig wird.

Was ich nicht erwartet habe, ist, vom *Efringer Boten* einen derartigen Nackenschlag versetzt zu bekommen.

Die Gastrokolumne dieser Woche steht auf Seite drei von zehn und ist heute mit einer besonders fetten Schlagzeile versehen:

WAREN DIE MUSCHELN VERDORBEN?

Betty Bauer, die Köchin der »Sonne«, soll am Samstagabend bei einem festlichen Hochzeitsessen verdorbene Muscheln aufgetragen haben. Wie der Bote *in Erfahrung bringen konnte, ist ein weiblicher Gast nach dem Genuss der Muscheln ernsthaft erkrankt. Und mehrere Quellen, die anonym bleiben wollen, berichten von Unwohlsein und Übelkeit nach dem Essen.*

Wenig überrascht zeigte sich auf Anfrage Jan Meister, weit gereister Koch im Restaurant »Eber« in Efringen-Kirchen. Er äußerte starke Zweifel an den Fähigkeiten seiner Konkurrentin in der »Sonne«. »Betty Bauer ist eine Feld-Wald-und-Wiesen-Köchin, die versucht, Chef de Cuisine zu spielen«, sagte Meister im Gespräch mit dem Efringer Boten. *»Bei Muscheln kann das gefährlich werden. Wir können froh sein, dass niemand gestorben ist.«*

Die Lektüre ist niederschmetternd. Die Zeitung vor mir ausgebreitet, bleibe ich völlig erschlagen am Tisch im Gastraum sitzen.

Inzwischen bin ich allein. Als ich zu lesen begonnen habe, ist Klaus nach Hause gegangen. Er muss packen. Für seine Forschungsreise zu den Berliner Frittenbuden. Und was soll ich jetzt noch dagegen sagen?

Irgendwann taucht Meli auf und versucht, mich zu trösten. Dieses Käseblatt, behauptet sie, lese doch ohnehin keiner. Unmittelbar darauf muss sie mir jedoch eröffnen, dass der Gemüselieferant diese Woche ausnahmsweise bar bezahlt werden will.

Zum Glück habe ich genug Geld in der Tasche. Wäre ich dem Mann seinen Salat schuldig geblieben, hätte der *Efringer Bote* in der nächsten Woche wohl schon meinen Konkurs vermeldet.

Ich fühle mich mutlos und völlig leer. Meli verzieht sich in die Küche, und ich sollte mich ebenfalls an die Arbeit machen. Aber ich kann mich nicht dazu aufraffen. Wozu auch? Nach diesem Artikel werden wir heute Abend ja ohnehin keine Gäste haben.

Das Scheppern aus der Küche klingt, als würde Meli dort die Scherben meiner zerbrochenen Träume zusammenkehren. Vielleicht werde ich bis in alle Ewigkeit ganz allein an diesem Tisch sitzen bleiben. Erschöpft lasse ich den Kopf sinken und schließe die Augen ... da rieche ich den Rauch.

Ich fahre hoch und sehe meine Mutter die Tür zur Gaststube aufstoßen. Ihre Miene lässt Schlimmes ahnen. In der erhobenen Hand hält sie wie ein zorniger Donnergott sowohl ein Exemplar des *Efringer Boten* als auch ihre brennende Zigarette. Sie ist starke Raucherin, und vielleicht hat sie die Zigarette zwischen den Fingern einfach vergessen. Aber es wäre auch möglich, dass sie vorhat, den *Efringer Boten* aus Ärger über die Kritik rituell zu verbrennen.

Meiner Mutter ist ehrlich gesagt eine Menge zuzutrauen. Vermutlich stammen wir beide von zwei unterschiedlichen Planeten.

»Mein armer Schatz!«, ruft sie pathetisch. Ich stehe auf und hole den Aschenbecher, den ich nur für sie hinter der Theke aufbewahre.

Meine Mutter hat generell nicht die Neigung, sich an Verbote zu halten, und das Rauchverbot in Kneipen kümmert sie schon gar nicht. Denn erstens spielt sie ja Bridge mit dem Bürgermeister, und zweitens ist sie hier schließlich zu Hause.

Bevor ich übernahm, war meine Mutter drei Jahrzehnte lang das Herz der »Sonne«. In diesem Gastraum durfte ihr niemand mit Frechheiten kommen. Und erst recht nicht mit so einem »unterirdischen Geschmiere«, wie es sich der *Efringer Bote* heute geleistet hat. Deshalb will meine Mutter mich unverzüglich hinüber zur Kirchgemeinde schleifen, wo wir diesem sogenannten Chefredakteur dann mal ordentlich die Meinung geigen.

Ich erwäge ernsthaft, dem Mann per SMS eine Warnung zu schicken. SOFORT DAS LAND VERLASSEN! Er würde vermutlich reagieren. Auch er spielt Bridge mit meiner Mutter.

Obwohl ich im Moment keine große Sympathie für die freie Presse hege, will ich doch keinen Mord auf mein Gewissen laden. Ich sage meiner Mutter, sie solle sich beruhigen. Ich könne meine Kämpfe schon selbst ausfechten.

»Ehrlich?« Sie kneift die Augen zusammen. Wegen des Rauchs, nehme ich an.

Natürlich habe ich nicht die leiseste Ahnung, wie ich den Chefredakteur zur Rechenschaft ziehen kann. Ich bin eher ein friedlicher Mensch. Ich mag es nicht herumzuschreien. Möglicherweise könnte ich meinen Strauß mit dem *Efringer Boten* ja brieflich austragen? Der Chefredakteur würde mich bestimmt nicht verraten.

Ich bitte meine Mutter, sich zu setzen, und habe sie schon fast beruhigt, als die Tür ein zweites Mal aufgeht. Ein großer blonder Kerl tritt herein. Als er meine Mutter sieht, zuckt er sichtlich zusammen.

Ha! Mit meiner Mutter hat Jan Meister nicht gerechnet. Der Mann, der mich in der Zeitung aufs Übelste verunglimpft hat, bleibt zögernd am Eingang stehen, während meine Mutter flink wie ein Wiesel auf die Füße springt.

Mit einem kämpferischen Wirbeln ihrer Stöckelschuhe stürmt sie auf Jan zu und rennt ihn beinahe über den Haufen. Der blonde Hüne weicht einen Schritt zurück und sieht betreten auf sie hinunter. Jan ist satte dreißig Zentimeter größer als meine zierliche Mutter und bestimmt doppelt so breit. Ich kann nicht umhin zu bewundern, wie sie so einen Klotz von Mann schon im ersten Anlauf aus dem Gleichgewicht bringen kann.

Sie stemmt die Arme in die Hüften und funkelt ihn zornig an: »Jan Meister! Du solltest dich was schämen. Was fällt dir ein, solche Ungeheuerlichkeiten in die Zeitung zu setzen!«

»Hannelore«, sagt Jan, »schön dich zu sehen.« Er gibt sich gelassen, aber ich kann genau erkennen, dass er sich, während er redet, noch mal einen halben Meter in Richtung Ausgang schiebt. »Wir haben uns ja ewig nicht gesehen. Gut siehst du aus. Wie das blühende Leben.«

»Komm mir nicht so«, sagt meine Mutter. »Denk ja nicht, du bräuchtest mir nur Honig um den Bart zu schmieren und kannst damit deinen Kopf aus der Schlinge ziehen. Bist du denn von allen guten Geistern verlassen, meine Betty derart schlechtzumachen?«

Jans Blick flitzt zu mir hinüber. »Hallo, Betty. Du siehst auch gut aus.«

Meine Mutter schnaubt. »Mehr hast du nicht drauf?«

Mit Worten war Jan noch nie besonders gut. Sein Vater, der Wirt im »Eber«, kann sich allerdings durchaus mit meiner Mutter messen. Möglicherweise sind Jan und ich auch deshalb ein wenig ruhiger geworden.

Wir sind beide in einem Restaurant groß geworden, vier Straßen voneinander entfernt. Als Kinder steckten wir ständig zusammen. Als Kinder mochten wir einander. Aber das hat sich gründlich geändert. Und nun hat mich Jan mit diesem Artikel schon zum zweiten Mal aufs Übelste hintergangen.

»Ich war das nicht«, sagt er und sieht mir in die Augen.

»Ach«, macht meine Mutter. Sie schnappt sich die Zeitung und hält ihm den unseligen Artikel direkt vor die Nase. Dazu muss sie sich ganz schön strecken. »Und was ist das? Hier steht dein Name. Willst du mir etwa sagen, dieser Schmierfink vom *Efringer Boten* habe alles erfunden?«

»Nein, das nicht.« Jan rollt unbehaglich die Schultern. »Ich habe mit ihm geredet. Aber ich wusste nicht, dass es dabei um Betty ging. Ich habe lediglich angemerkt, dass der Umgang mit Muscheln tückisch sein kann. Wenn man das nicht gelernt hat, sollte man die Finger davon lassen. Das war nicht persönlich gemeint.«

Abermals streift mich sein Blick, und ein bisschen ärgert es mich schon, dass meine Haare wieder in alle Richtungen abstehen. Warum kann ich nicht so eine glatte Mähne haben wie zum Beispiel Angelika? Egal.

Ich schiebe meine Mutter zur Seite und sehe Jan eindringlich an: »Du denkst also, ich kann nicht kochen!«

»Hab ich nicht gesagt«, sagt Jan. Ein einfaches »Nein« hätte auch gereicht. »Ich sagte lediglich, dass man bei Muscheln vorsichtig sein soll. Und dass es hilft, wenn man ein wenig Übung hat.«

»Und die hast du in einem Food Truck gesammelt oder was?«

Jan runzelt die Stirn. »Zufällig ja.«

»Imbiss-Muscheln«, sage ich spitz. »Das kennt man ja. Ganz was Feines.«

Das Stirnrunzeln vertieft sich. »Zufällig ja.« Kann der auch noch andere Worte?

»Und weil du im Umgang mit Muscheln so unglaublich gut warst, dort drüben in Australien, bist du auch zurückgekommen. Nach Efringen-Kirchen. In die Kneipe deines Vaters.«

»Das ist bei dir ja auch nicht anders.« Jan sieht mich herausfordernd an.

So muss er mir nun gar nicht kommen.

Ich mustere ihn voll Herablassung. Das ist nicht einfach für mich. Weil Herablassung nun mal nicht meinem Naturell entspricht. Und weil ich zu Jan hinaufschauen muss – rein körperlich natürlich. Ich glaube, es gelingt mir dennoch ganz gut.

Ich kann sehen, wie sich unter dem Dreitagebart, den Jan sich zugelegt hat, die Wangen röten. Hoheitsvoll erkläre ich ihm, dass er für seinen Vater arbeite. Aber in der »Sonne« bin ICH die Chefin.

»Da hört man aber was anderes«, gibt Jan patzig zurück. Er weiß genau, dass er rot geworden ist, und das ärgert ihn. Dieses Problem hatte er schon immer. »Du tanzt doch nur nach der Pfeife deines Partners. Und der ist überdies noch ein Versager.«

»Immerhin ...«, sage ich spitz, »immerhin musste Klaus nicht bei seinem Vater unterkriechen.«

»Das musste ich auch nicht«, sagt Jan, noch eine Schattierung dunkler geworden. »Ich hatte in Sydney drei Trucks am Laufen.«

»Wirklich?«, fragt meine Mutter, diese Verräterin.

»Und immerhin kann mein Vater kochen«, fährt Jan fort, ohne sie zu beachten. »Dieser Klaus hingegen lässt sich ja nur von dir aushalten.«

»Unsinn!«, fahre ich zornig auf.

Jan presst die Lippen zusammen. »Und nur, dass du es weißt: Man erzählt sich auch, er würde dich betrügen. Heimlich hat der nämlich längst was mit Angelika angefangen.«

5

Auch der schlimmste Tag geht irgendwann mal zu Ende. Wir haben an diesem Abend tatsächlich erschreckend wenige Gäste, und ich schließe die Küche eine Stunde früher als sonst. Dann marschiere ich durch die Dämmerung nach Hause.

Das Wetter draußen unterscheidet sich markant von meiner inneren Stimmung. Von mir aus könnte es regnen. Auch Blitz und Donner oder Hagel würden gut zu meiner Laune passen. Aber wie um mich zu verhöhnen, ist der Tag in einen wunderschönen Frühlingsabend übergegangen. Die Luft ist süß und duftet nach feuchter Erde und jungen Pflanzen. In den Büschen pfeifen die Spatzen, und aus den offenen Fenstern höre ich Lachen und fröhliche Stimmen. Ich bin der einzige Mensch in ganz Efringen-Kirchen, der an diesem Abend allein Trübsal bläst.

Eigentlich wollte ich mich zu Hause auf direktem Weg in meinem Bett verkriechen. Aber in der Wohnung angekommen beschließe ich trotzig, mir erst mal ein Glas Wein zu gönnen. Ich öffne eine besonders gute Flasche Rosé aus der Provence und setze mich mit meinem iPad raus auf den Balkon.

Über Klaus will ich nicht nachdenken. Auch nicht über den *Efringer Boten*. Und schon gar nicht über Jan, den ich hochkant hinausgeschmissen habe. Aber ich möchte nun endlich wissen, was alle Welt plötzlich an diesen Food Trucks findet. Sogar meine Mutter war beeindruckt, als Jan von seinen Trucks erzählte.

Am Fenster sitzend gebe ich »Food Truck« bei Google ein und sehe mich voll bestätigt, als ich die erste Seite anklicke. Es ist eine Stellenanzeige.

»Partner für coolen Food Truck gesucht.« Ein Vorstellungstermin in zwei Tagen. Und der Auftraggeber: Kebab International!

Na bitte, denke ich und rümpfe die Nase. Genau, wie ich dachte. Ein Imbisswagen mit hippem Namen.

Ich rufe die nächste Seite auf und halte inne, als ich auf dem Bildschirm einen süßen Wagen erblicke. Mit Autos kenne ich mich nicht aus. Aber dieser Wagen hat eine knubblige Kühlerschnauze, er ist rot und weiß gestrichen und in den Fenstern hängen fröhlich karierte Vorhänge. Über der Verkaufstheke aus poliertem Holz verkündet ein handbemaltes Schild, dass es hier »Crêpes bretonnes« zu essen gibt.

Meine Vorurteile geraten ein wenig ins Wanken. Diesen Wagen würde ich nun wirklich nicht als »Imbiss« bezeichnen. In so einem niedlichen Wagen würde ich mich möglicherweise doch in die Küche stellen. Da erkenne ich plötzlich, wo dieser Wagen steht. Sofort werde ich ganz aufgeregt. Das ist Monte Carlo!

Ich klicke mich auf der Seite nach unten und beginne, den Text zu lesen. Ist das zu fassen? Die wollen in Monte Carlo tatsächlich einen Street-Food-Markt machen. Das kann ich kaum glauben. Aber damit nicht genug, ist mit dem Markt auch noch ein Wettbewerb verbunden. Und Prinzessin Stéphanie persönlich wird dem glücklichen Gewinner seinen Hauptpreis überreichen.

Gedankenverloren schenke ich mir ein weiteres Glas Wein ein.

Ich habe seit frühester Kindheit eine Schwäche für die Prinzessin. Seit ich sie in einem Hochglanzmagazin bei der Friseurin meiner Mutter in Eimeldingen zum ersten Mal erblickte. Das Foto zeigte eine strahlend schöne junge Frau mit frechem Blick und königlicher Haltung.

Ich kann nicht sagen, was es war, aber das Bild berührte mich zutiefst, ich war von der Prinzessin sofort vollkommen hingerissen. Das bemerkte auch Dagmar, die meiner Mutter die Haare richtete. Sie erlaubte mir, das Bild aus dem Heft herauszureißen, und bevor wir den Laden verließen, sagte sie mit einem Augenzwinkern: »Weißt du, Betty, ich glaube, du ähnelst der Prinzessin ein wenig.«

Ich war wie vom Donner gerührt und hielt das Bild der Prinzessin während der ganzen Busfahrt wie einen Schatz umklammert. Zu Hause hängte ich es dann mit einer Reißzwecke an die Wand über mein Bett. Dort hing das Bild bestimmt zehn Jahre lang. Die Prinzessin lächelte frech und stolz auf mich hinunter, und ich muss gestehen, dass dieses Lächeln mich Abend für Abend glücklich machte.

Ein Nachhall dieses Gefühls ist mir bis heute erhalten geblieben. Nicht so viel, dass ich mir nun extra einen Food Truck zulegen würde, um nach Monaco zu kommen. Aber doch so viel, um den Text zweimal gründlich durchzulesen. Und mir im Internet weitere Bilder von Food Trucks anzuschauen. Dabei muss ich mir eingestehen, dass ich mit meinem Urteil über diese Wagen möglicherweise etwas voreilig war.

Zwei Tage später sitze ich um elf am Morgen in einem Hinterzimmer von Kebab International. Ich warte schon seit einer Stunde und würde am liebsten wieder gehen. Aber irgendwie wäre das peinlich, jetzt vor den anderen einfach aufzustehen. Auch wenn keiner von denen, die mit mir die Wartezeit teilen, so aussieht, als müsste man ihn oder sie als Koch besonders ernst nehmen. Ich bin bei Weitem die Älteste hier. Was vielleicht nicht erstaunlich ist, wenn man bedenkt, dass es darum geht, einen Food Truck zu betreiben. Welcher arrivierte Koch würde das schon machen? Ich natürlich auch nicht. Ich bin nur hier, um ein wenig zu gucken.

In den letzten zwei Tagen habe ich mir im Internet öfter mal Bilder von Food Trucks angesehen. Ich habe auch ein paar Artikel dazu gelesen. Vor allem aber habe ich mir Street-Food-Rezepte runtergeladen. Manche klingen richtig lecker. Das hat mich ziemlich überrascht. Aber bei manchen Rezepten ist mir tatsächlich das Wasser im Mund zusammengelaufen. Deshalb spiele ich inzwischen auch mit dem Gedanken, das eine oder andere dieser Gerichte vielleicht auf die Karte der »Sonne« zu setzen.

Ich hatte viel Zeit, um darüber nachzudenken. Weil ich diese Woche schrecklich unterbeschäftigt war. Ich saß in der Küche der »Sonne« und wartete auf Gäste, die nicht kamen, oder auf eine der spärlichen SMS, die Klaus mir aus Berlin sandte. Ich schätze, die Street-Food-Idee dürfte auch ihm gefallen.

Also bin ich heute Morgen kurz entschlossen hergefahren. Nicht um mich zu bewerben, sondern vielmehr um ein wenig zu spionieren. Um richtige Food-Truck-Luft zu schnuppern. Um den Kopf durchzulüften. Und ein paar Ideen zu klauen.

Vielleicht sieht man mir das an. Oder vielleicht liegt es auch daran, dass ich als Einzige in diesem Raum weder Tattoo noch Piercing trage. Jedenfalls lässt man mich bei Kebab International ganz schön lange warten.

Während die jungen Menschen einer nach dem anderen aus dem Raum gerufen werden, bleibe ich in meiner Ecke sitzen wie ein braun gewordener Apfel, den man am Ende des Tages an die Pferde verfüttert. Zum Schluss bin ich ganz allein mit einem Kerl, dessen Zungenpiercing jedes Mal unheimlich blitzt, wenn er in meine Richtung lächelt. Als auch er den Raum verlässt, und ich tatsächlich als Letzte hier sitze, platzt mir dann der Kragen. Spionage hin oder her, so was muss ich mir nicht bieten lassen.

Ich beschließe, Kebab International auf der Stelle zu verlassen, wobei ich nach zwei Stunden Warten erst noch kurz eine Toilette brauche. Das stellt sich als unerwartet schwierig heraus.

Die ersten drei Kabinen, die ich entdecke, sind ganz eindeutig mit einem Männchen beschriftet. Ich bin ja nicht besonders heikel und würde im äußersten Notfall auch mal für Männer gehen. Vorausgesetzt, ich hätte zufällig Wegwerf-Handschuhe aus Plastik dabei.

So schnell das mit zusammengekniffenen Backen eben möglich ist, suche ich weiter. Nach drei Abzweigungen und einer kleinen Treppe habe ich mich in dem Gebäude völlig verloren.

Man hört ja gelegentlich in den Wirtschaftsnachrichten von verschlungenen Firmenkonglomeraten und denkt dann immer, das wäre übertrieben. Aus eigener Erfahrung kann ich nun sagen: Kein bisschen! Kebab International ist tatsächlich ein Labyrinth.

Ich irre durch die endlosen Flure und habe die Hoffnung schon aufgegeben, ein Klo zu finden oder auch nur den Ausgang, als sich vor mir plötzlich eine der Bürotüren öffnet. Heraus schießt eine junge Frau, die mich um ein Haar rammt.

Kann man vor lauter Schmerzen in der Blase auch Halluzinationen bekommen? Ich habe noch nie davon gehört, aber ich weiß zum Beispiel auch rein gar nichts über Außerirdische oder elektrische Gitarren. Ich nehme also an, es ist möglich.

Eine Halluzination ist als Erklärung jedenfalls überzeugender, als anzunehmen, dass diese Frau hier arbeitet. Sanduhrfigur, ewig lange Wimpern, rabenschwarzes Haar bis zum Hintern, zehn Zentimeter hohe Killerabsätze und ein Minirock, der nur unwesentlich länger ist als das gelbe T-Shirt, das ich trage.

Kann sein, dass ich sie anstarre. Kann sein, dass mir dabei auch der Mund offen steht. Natürlich wende ich den Blick sofort ab, als sie in meine Richtung sieht, und studiere mit großem Interesse das spannende Muster auf dem Linoleumboden, schließlich will ich nicht unhöflich wirken. Aber ich habe den Ausdruck von Dringlichkeit auf ihrem Gesicht gesehen und interpretiere ihn völlig richtig.

Sobald sie um die Ecke ist, folge ich ihr, und – halleluja! – sie führt mich auf direktem Weg zur nächsten Damentoilette.

Meine unfreiwillige Retterin ist bereits in der Kabine verschwunden, aber glücklicherweise gibt es zwei. Ich gehöre nicht zu den Frauen, die gerne im Rudel die Toilette besuchen. Ich bin im stillen Kämmerlein lieber allein. Wenn es sich gar nicht anders einrichten lässt – wie zum

Beispiel jetzt gerade –, bemühe ich mich, wenigstes dezent zu pinkeln. Natürlich erfordert das eine gewisse Kunstfertigkeit, aber ich kann ohne zu übertreiben behaupten, es in dieser Disziplin recht weit gebracht zu haben.

Tatsächlich bin ich derart leise, dass meine Nachbarin in der Kabine nebenan plötzlich misstrauisch wird. Sie hämmert völlig unvermittelt an die Zwischenwand. Ich falle vor Schreck beinahe von der Brille.

»He, Sie dort drüben, was zum Teufel machen Sie eigentlich?«

Ich zögere einen Moment. Wie genau will sie das jetzt wissen?

»Haben Sie mich verfolgt?«

»Gefolgt, nicht verfolgt«, sage ich und räuspere mich. Ich erkläre, ich sei ihr gefolgt, weil ich dringend eine Toilette brauchte und mich im Gebäude nicht auskenne.

»Arbeiten Sie bei Kebab International?«

»Äh, nein ...« Ich erzähle von der Stellenanzeige und muss mich dann unterbrechen, weil plötzliche Geräusche aus der Nebenkabine signalisieren, dass die Frau dort drüben auf den Höhepunkt der Verdauungsleistung zusteuert.

Hastig betätige ich die Spülung und verlasse die Kabine. Ich will ja schließlich nicht stören. Hinter mir ertönt ein zufriedenes Seufzen.

»Und«, sagt sie eine Sekunde später, als wäre nichts gewesen, »wie ist die Bewerbung gelaufen?«

Ich neige ja heftig zum Fremdschämen. Während sie dort drinnen völlig ungerührt eine halbe Rolle Klopapier vernichtet, stehe ich mit rotem Kopf draußen am Waschbecken und erzähle stammelnd, ich sei gegangen, bevor das Gespräch stattgefunden habe.

»Warum?«, fragt sie und öffnet die Tür. Sie ist völlig gefasst. Eine schöne Frau. Sie könnte das Titelblatt eines Magazins zieren. Na ja, vielleicht nicht das Titelblatt der *Vogue*, aber im *Playboy* würde sie auf jeden Fall groß rauskommen. Wer hätte gedacht, dass ein so schönes Wesen solche Geräusche produzieren kann?

Sie wäscht sich die Hände, worüber ich sehr erleichtert bin, denn auch ich esse dann und wann gerne mal einen Döner.

Ich habe ein Restaurant zu führen, erzähle ich ihr. Ich kann es mir nicht leisten, zwei Stunden oder länger auf ein Gespräch zu warten. Ich muss das Abendessen vorbereiten.

»Dann sind Sie tatsächlich Köchin?« Das scheint sie zu interessieren. Sie will wissen, wo ich koche, was ich koche und warum ich dort wegwill.

Ich murmle etwas wie: Es hätten sich in letzter Zeit ein paar Probleme ergeben.

»Polizei?«, fragt sie und sieht mich alarmiert an.

»Nein, natürlich nicht«, entgegne ich schockiert und muss dann etwas ausholen, um ihr die Sache zu erklären. Ich erzähle von der Hochzeitstorte und dem französischen Menü, das keiner zu schätzen wusste, das mir überdies sogar eine miese Gastrokritik eingetragen hat, wodurch mir nun die Gäste fehlen, was ich wirklich nicht fassen kann, weil man mich seit Jahren kennt in Efringen-Kirchen und ich schon ein wenig mehr Loyalität erwartet hätte.

Wahrscheinlich liegt es daran, dass wir uns auf einer Toilette befinden. Es plätschert einfach alles aus mir heraus. Dinge, die ich normalerweise nicht sage. Dinge, von denen ich nicht mal wusste, dass ich sie denke. Zum

Beispiel, dass ich die Nase voll habe von Efringen-Kirchen, diesem Kaff.

Die junge Frau hört mir zu. Sie fummelt ein bisschen an ihrer Mähne herum, zupft da und dort eine Strähne zurecht, spielt mit den großen goldenen Klunkern, die sie reichlich an Ohren, Hals und Fingern trägt, poliert ihre langen, knallrot lackierten Fingernägel ... aber sonst ist sie wirklich erstaunlich geduldig.

Ich will ihr eben erklären, dass ich nur hergekommen bin, um Ideen zu sammeln, aber die junge Frau mit dem fehlenden Schamgefühl unterbricht mein Stammeln.

»Ich bin Iva Leonida.« Sie streckt mir die Hand entgegen. Automatisch ergreife ich sie. »Sie haben Glück, dass Sie mich getroffen haben. Ich habe diesen Job ausgeschrieben. Wenn Sie wollen, können Sie ihn haben.«

6

Nun bin ich komplett verwirrt. Hat mir diese Frau eben einen Job angeboten? Einfach so, aus heiterem Himmel? Ich starre sie sprachlos an. Bestimmt dreißig Sekunden lang.

Wir stehen noch immer im Damenklo, und irgendwann wird mir klar, ich muss reagieren. Also danke ich ihr. Aus Höflichkeit. Weil man so was nun mal tut. Wie hätte ich denn wissen sollen, dass sie in meinem Dank eine Zusage sehen würde?

Sie fällt mir vor Freude sofort um den Hals.

Sie ist ziemlich überschwänglich, aber auch irgendwie süß. Während der Umarmung kann ich den Fehler leider auch nicht richtigstellen, weil ihr üppiger Busen sich direkt auf der Höhe meines Gesichts befindet und ich zum Reden einfach nicht genug Luft bekomme. Und kaum hat sie mich losgelassen, will mir Iva Leonida unbedingt den Truck vorführen.

Wo ich schon mal hier bin, packt mich nun plötzlich doch die Neugier. Ich kann mir den Wagen ja zumindest mal anschauen. Reine Recherche. Keine Verpflichtung. Ich lasse mich von Iva zurück ins Labyrinth der Flure und Gänge von Kebab International schleppen und habe dabei Zeit, mir auszumalen, wie es wäre, tatsächlich mit einem Truck runter nach Südfrankreich zu fahren. Völlig verrückt! Völlig unrealistisch!

Aber plötzlich durchfährt mich der Gedanke, wie es

wäre, so eine Reise mit Klaus zu machen. Natürlich fantastisch. Und Klaus würde das sicher gefallen. So frei und ungezwungen in den Tag hinein zu leben.

Ich sehe mich an einem Strand in einem süßen Wagen Crêpes und Galettes backen, und diese Vorstellung stimmt mich fröhlich und vorsichtig optimistisch. Vorsichtiger Optimismus liegt auf meiner Gefühlsskala schon beinahe an der Spitze. Vorsichtiger Optimismus bei mir ist bei anderen Menschen pure Euphorie.

In diesem Zustand befinde ich mich, als Iva Leonida eine Hintertür öffnet. Wir betreten einen Hof, der offensichtlich als improvisierter Pausenplatz dient. Zerschlissene Gartenstühle stehen herum, am Boden liegen jede Menge Zigarettenkippen, in einer Ecke stapeln sich leere Kisten und Kartons, und in der anderen Ecke parkt ein alten Dönerwagen. Richtig alt. Und unglaublich hässlich.

Auf dieses Gefährt weist Iva Leonida mit einer großartigen Geste: »Voilà.«

Ich sehe sie verständnislos an. Was will sie mir sagen? Ist der Food Truck möglicherweise hinter dem hässlichen Wagen verborgen? Kann ich ihn deshalb nicht entdecken?

»Ist er nicht eine Schönheit?«, fragt Iva Leonida begeistert.

Ich sehe mich erneut um, doch etwas Schönes kann ich auf diesem Hof beim besten Willen nicht entdecken. Ich zucke hilflos mit den Achseln.

»Na, der Wagen«, sagt sie ungeduldig und geht auf die Dönerkarre zu.

Mir dämmert allmählich die traurige Wahrheit. »Sprechen wir von diesem Wagen?«, frage ich fassungslos.

»Man muss ihn vielleicht ein wenig herrichten«, meint Iva Leonida und zieht mich zu dem Transporter hinüber, der aus der Nähe betrachtet noch viel hässlicher ist. »Gründlich putzen, da und dort ein wenig Farbe, und dann können wir starten.«

»Und Döner verkaufen?«

»Natürlich nicht.« Empört sieht sie mich an. »Du musst ein Food-Konzept entwickeln. Hotdogs, Burger, keine Ahnung. Von mir aus auch Muscheln.« Sie lächelt strahlend. »Ich lasse dir da völlig freie Hand. Das ist deine große Chance.«

Wann sind wir eigentlich zum Du übergegangen? Iva Leonida beginnt, mir begeistert auszumalen, welche fantastischen Abenteuer wir beide in diesem Wagen zusammen erleben können, aber ich habe für heute mehr als genug vom Träumen. Das habe ich nun davon.

Natürlich kommt es nicht infrage, die Küche der »Sonne« gegen diese Schrottkarre einzutauschen. Das sage ich Iva klipp und klar.

Doch irgendwie kommt die Botschaft bei ihr nicht an. Seelenruhig erklärt sie mir, es sei völlig in Ordnung, wenn ich noch Bedenkzeit brauche. Ein klarer Fall von Wahrnehmungsstörung.

Einen Tag später, am Freitag, ruft Iva Leonida an und will wissen, ob ich meine Meinung schon geändert habe. Natürlich nicht, sage ich. Und habe den Eindruck, sie hat nun begriffen, dass es nichts wird mit uns beiden.

Am Samstag ruft sie wieder an. Inzwischen befürchte ich, sie gehört zu den Menschen, die einfach nicht lockerlassen können.

Als auch am Sonntag das Telefon klingelt, beginne

ich, mir Sorgen zu machen, dass Iva Leonida möglicherweise bald ganz unverfroren auch in der »Sonne« auftaucht. Ich will Klaus auf keinen Fall den Eindruck vermitteln, dass ich mich hinter seinem Rücken nach einem anderen Partner umschaue.

Klaus ist nämlich inzwischen aus Berlin zurückgekommen. Nachmittags um vier ist seine Maschine gelandet. Das weiß ich aus dem Flugplan.

Nicht dass ich Klaus etwa überwache. Aber ich habe eine kleine Willkommensüberraschung für ihn. Ich habe ein Picknick zubereitet, um ihn zu Hause willkommen zu heißen. Dabei habe ich mich von den vielen bunten Bildern und den leckeren Rezepten, die ich die Woche über im Internet betrachtet habe, inspirieren lassen. Gewaltige Burger, mit frischem Gemüse beladen. Veganer Kartoffelstampf in Bechern. Cupcakes in den verrücktesten Farben. Sandwiches, die fantastisch aussehen.

Es wäre doch gelacht, habe ich mir gedacht, wenn ich so etwas nicht auch hinbekomme. Zugegeben, ich stand den ganzen Tag in der Küche. Aber meine Speisekarte kann sich nun sehen lassen, wie ich finde. Ich habe Burger in einem getoasteten Brötchen, belegt mit fetten Fleischtomaten und würzigem Schweizer Gruyère-Käse sowie glasierten Zwiebelringen und kross gebratenem Speck.

Als Alternative gibt es selbst gebackene Ciabatta mit einer Füllung aus geschmortem Rindfleisch und marinierten Auberginen, gewürzt mit Korianderblättern, Pfeffer, Muskatnuss, Kardamom und Kreuzkümmel, in frisch gepressten Orangensaft eingelegten Rosinen und einem Hauch von Knoblauch.

Als Nachspeise wollte ich Crêpes machen, musste aber einsehen, dass man die schlecht transportieren kann. Deshalb gibt es nun eine Tarte aux poires und leckeres Schokoladenmousse in kleinen rot gepunkteten Bechern.

Ziemlich unerwartet hat mir diese Art zu kochen richtig Spaß gemacht, und ich kann mir sehr gut vorstellen, in der Küche der »Sonne« eine ähnliche Richtung einzuschlagen. Ich freue mich schon auf Klaus' überraschtes Gesicht, als ich das Essen in Tücher einschlage und in zwei großen Körben verstaue.

Klaus wohnt zu Fuß nur fünf Minuten weg, in einer sehr schönen Dachwohnung. Ich habe ihn dort mal abgeholt. Die Wohnung hat mir damals beinahe den Atem verschlagen. Sie ist als Loft gestaltet. Nur das Badezimmer hat eine Tür, der Rest des Raumes ist offen. Das bedeutet unter anderem, dass Klaus' Bett direkt neben dem Esstisch steht.

Natürlich habe ich diesbezüglich keine Hintergedanken. Aber er hat mir in dieser Woche gefehlt. Und vielleicht hat er mich ja ebenfalls vermisst? Vielleicht haben wir beide diese kleine Pause gebraucht. Vielleicht ist der Blick aus der Distanz manchmal ein wenig klarer. Und vielleicht bin ich für Klaus ja doch nicht nur eine Geschäftspartnerin.

Ich habe auch eine Flasche Champagner eingepackt, unter dem Vorwand, feiern zu wollen, dass wir mit der »Sonne« nun einen neuen Start wagen. Aber wer weiß, was sich daraus noch entwickelt ...

Es ist ein wolkenlos klarer, warmer Frühlingsabend, und in den blühenden Büschen vor Klaus' Haus zwitschern die Vögel. Möglicherweise können wir später noch draußen sitzen. Klaus hat ganz oben unter dem Dach einen winzigen Balkon. Der Balkon ist so klein, dass wir uns aneinanderpressen müssten. Aber vielleicht wäre das kein Problem.

Obwohl mir vor lauter Nervosität mächtig die Knie zittern, schaffe ich die Treppen bis ganz nach oben in Rekordzeit. Ich streiche mir die Haare glatt und schlage im Korb das Tuch zurück, sodass man sofort die leckeren Burger sieht.

Dann hebe ich die Hand und klingele.

Es dauert einen Moment, bis Klaus öffnet. Sein Anblick verschlägt mir die Sprache. Er sieht wie ein Filmstar aus. Sein Haar ist leicht verwuschelt, auf seinen Wangen liegt ein Bartschatten. Seine Augen glänzen, und seine Haut glüht. Er trägt eine ausgewaschene Jeans und sonst gar nichts.

Ich starre ihn wortlos an, ein zittriges Lächeln auf den Lippen, das Klaus nach einer langen Weile nur halbherzig erwidert.

»Betty«, sagt er. Möglich, dass ich mir das nur einbilde, aber erfreut klingt er nicht. Und auch seine Haltung wirkt verkrampft. Beinahe so, als versuchte er, mir den Blick ins Innere nach Möglichkeit zu versperren.

Leider klappt das nicht ganz. Klaus sieht wirklich ganz toll aus, aber er ist nun mal nicht besonders breit gebaut. An seiner Schulter vorbei kann ich den ganzen Raum überblicken. Die unbenutzt wirkende Küche. Den großen Esstisch in der Mitte. Daneben das zerwühlte Bett, aus dessen schwarzen Laken sich soeben etwas schält. Ich kneife die Augen zusammen und sehe genauer hin.

»Betty«, sagt Klaus noch einmal, und diesmal scheint

in seiner Stimme Bedauern mitzuschwingen. »Warum bist du nur hergekommen?«

»Ich wollte dir etwas zu essen bringen«, sage ich und hebe den Korb mit den Burgern in die Höhe. »Street Food. Ich dachte, das würde dich freuen ...« Meine Stimme bricht.

Klaus stößt einen Seufzer aus, während sich hinten aus dem Bett lange gebräunte Beine schwingen, gefolgt von Angelikas blonder Mähne.

Sie schlingt sich ein winziges Tuch um die Hüften. Dann kommt sie mit schwingenden Brüsten auf uns zu und nimmt mir den Korb aus den Händen. »Betty«, sagt sie mit einem maliziösen Lächeln. »Da sind aber hoffentlich keine Muscheln dabei.«

TEIL 2

Schroffe Juraketten und sanftes Weinland:

Efringen-Kirchen – Baume-les-Dames – Beaune

Frühlingsmenü aus dem Jura

Soufflé au Comté

***

Salade de Lentilles au Bleu d'Auvergne
Linsensalat mit Blauschimmelkäse

***

Coq au Vin Jaune
Hähnchen in Vin Jaune

***

Crêpes Griottines
Crêpes mit Sauerkirschen

Und im Grunde will ich das auch nicht.

7

Fünf Tage später fahren Iva Leonida und ich in aller Herrgottsfrüh mit dem alten Dönerwagen auf die Grenze nach Frankreich zu. Es ist die letzte Woche im März, und die Nächte sind nicht mehr so garstig lang. Trotz der frühen Stunde dämmert es bereits, und erste Vögel zwitschern. Iva sitzt am Steuer und wirkt locker und entspannt. Auf ihren Lippen liegt ein erwartungsvolles Lächeln.

Meine Lippen hingegen sind zusammengekniffen. Und meine Hände sind zu Fäusten geballt, so fest, dass die Finger schmerzen. Mein ganzer Körper ist auf das Äußerste angespannt, und die Augen habe ich zu kleinen Schlitzen zusammengezogen.

Ich kann die Straße vor uns kaum noch erkennen. Und im Grunde will ich das auch nicht.

Das wirkt vielleicht ein wenig kindisch, aber ich muss sagen, als Kind bin ich gut damit gefahren, in kritischen Lagen die Augen zusammenzukneifen. Die Monster unter meinem Bett haben mich jedenfalls immer in Ruhe gelassen. Darauf hoffe ich auch diesmal.

Wobei die Monster heute die Form von Grenzbeamten haben. Ich befürchte, dass sie uns an der Zollstation bereits erwarten.

Die Sorge ist vielleicht übertrieben, aber nicht ganz aus der Luft gegriffen. Zugegeben, systematische Grenzkontrollen gibt es seit Jahren keine mehr. Doch ich habe gehört, es gibt unregelmäßige Patrouillen, die in den letzten Jahren überraschend wieder an den Grenzen aufgetaucht sind. Gesehen habe ich sie noch nie.

Aber es würde mich nicht erstaunen, ihnen ausgerechnet heute über den Weg zu laufen, denn ich habe Diebesgut geladen. Heute Nacht sind Iva und ich in die »Sonne« eingebrochen.

Wir haben den Grill gestohlen. Und zwei Bains Marie zum Warmhalten. Außerdem meine Küchenmesser, zwei Hightech-Dampfkochtöpfe, meine Lieblingsbratpfanne, ein Crêpeeisen und ein ganzes Bündel Schöpflöffel und Kellen.

Für Klaus habe ich dort, wo der Grill stand, einen Zettel hinterlassen:

Lieber Klaus, ich habe mir einige Dinge geborgt. Bringe sie voraussichtlich in drei Monaten wieder.
Betty

Juristisch gesehen ist so ein Zettel vermutlich keine Entlastung. Klaus hat ihn wahrscheinlich auch noch gar nicht gesehen. Er pflegt sich morgens um fünf ja nicht in der Küche der »Sonne« aufzuhalten. Bis er den Verlust bemerkt, sind wir hoffentlich über alle Berge.

Das jedenfalls war der Plan. Rein, raus und schwupp über die Grenze. Wie diese professionellen Diebesbanden, von denen man immer wieder in der Zeitung liest. Bei denen scheint das prima zu klappen. Aber die haben natürlich auch deutlich mehr Übung.

Während wir uns dem Grenzhäuschen nähern, halte ich den Atem an und presse meine Lider jetzt ganz fest zusammen.

Iva scheint die ganze Sache sehr viel weniger ernst zu nehmen. Sie klingt wie ein begeisterter Sportreporter, laufend gibt sie Kommentare ab: »*Betty und Iva nähern sich der Grenze. Noch fünfzig Meter, dann haben sie's geschafft. Bisher keine Verfolger. Halt, stopp, da vorne regt sich was ...* Ich stöhne auf, und Iva kichert. »*Ach nein, das war nur ein Vogel.*«

Langsam frage ich mich wirklich, was sie in ihrem jungen Leben bisher so getrieben hat. Als ich zum ersten und einzigen Mal ohne Ticket mit dem Bus unterwegs war, habe ich mir vor Angst beinahe in die Hosen gepinkelt. So was ist Iva bestimmt nie passiert.

Meine kriminelle Karriere ist – Vorbereitung und Flucht inklusive – gerade mal drei Stunden alt. Ich bin in diesen drei Stunden um drei Jahre gealtert. Mindestens. Iva hingegen wirkt eher belebt. Man könnte meinen, die ganze Sache sei auf ihrem Mist gewachsen.

Aber das stimmt nicht. Die Küche der »Sonne« zu plündern war ganz allein meine Idee.

Daran kann man sehen, wie sehr ich mich verändert habe, seit ich vor fünf Tagen bei Klaus auf der Schwelle stand.

Vor fünf Tagen hatte ich das Gefühl, mein armes Herz müsste brechen. Ich versuchte verzweifelt, nicht auf Angelikas nackte Brüste zu starren, und wäre vor Scham am liebsten im Boden versunken. Was auch Klaus bestimmt nur recht gewesen wäre. Ihm war die Sache nämlich durchaus peinlich.

Angelika hingegen schien ihren Auftritt sehr zu genießen. Ein triumphierendes Lächeln lag auf ihren Lippen, während die Sekunden quälend langsam dahintickten.

Eine halbe Ewigkeit lang sagte niemand ein Wort. Dann begann mein Telefon zu klingeln. Wie eine Ertrinkende griff ich danach.

Es war Iva Leonida. »Hallo, Betty!«, rief sie munter. »Was ist jetzt mit dem Food Truck? Bist du dabei, oder bist du dabei?«

Automatisch drehte ich mich um und machte mich daran, die Treppe hinabzusteigen. Eine reine Fluchtreaktion. Mein Körper fühlte sich an wie der einer alten Frau. Meine Knie zitterten, und ich musste mich mit einer Hand ans Geländer klammern, während ich mit der anderen das Telefon festhielt. »Vielleicht«, antwortete ich auf ihre Frage, als ich den unteren Stock erreichte.

»Wirklich?« Iva stieß einen Schrei aus.

Dazwischen glaubte ich zu vernehmen, wie sich oben die beiden über meine Körbe mit dem Picknick hermachten, und ich hörte ganz deutlich, wie Angelika erfreut mit der Zunge schnalzte. »Das ist ja der Hammer. Es gibt sogar Champagner.«

Das war wirklich der Hammer. Mir wurde beinahe übel bei der Vorstellung, wie Angelika und Klaus sich zusammen im Bett an meinem Champagner gütlich taten. Ohne einen genauen Plan zu haben, beschleunigte ich meine Schritte und sagte zu Iva Leonida, es gebe da noch eine klitzekleine Bedingung.

»Klar«, rief sie fröhlich. »Alles, was du willst.«

»Ich will mit dem Truck nach Südfrankreich fahren.«

Damit brachte ich Iva tatsächlich kurz zum Verstummen.

»Hast du was getrunken?«, fragte sie dann.

Hatte ich nicht. Natürlich nicht.

Wie auch, wenn mein Champagner oben in der Dachwohnung war. Bei dem Mann, den ich liebte. Und bei Angelika.

Ich verließ Klaus' Haus und warf die Tür hinter mir zu. Während der Knall in der leeren Straße nachhallte, erklärte ich Iva meine Bedingung. Wir würden nach Monaco fahren und dort am 30. Juni – dem Beginn der französischen Sommerferien – beim Street-Food-Wettbewerb mitmachen. Wir würden den ersten Preis gewinnen und bei der großen Preisübergabe Prinzessin Stéphanie persönlich die Hand schütteln.

»Alles klar«, sagte Iva und lachte. »Klingt prima. Ich habe keine Ahnung, wer zum Teufel diese Prinzessin ist. Aber das kannst du mir unterwegs erklären.«

Ich vermute mal, Iva hat mich nicht ganz ernst genommen an dem Abend. Sie dachte wahrscheinlich, ich machte einen Scherz.

Aber nach Scherzen war mir nicht zumute. Nicht in dem Moment, als ich mit gebrochenem Herzen zu Klaus' Wohnung hochschaute, und auch nicht in der Nacht, die ich mit Heulen verbrachte. Es war, als stürzte alles über mir zusammen. Meine enttäuschten Hoffnungen. Meine unerfüllten Träume. Meine Pläne, die allesamt kläglich gescheitert waren.

Ich hatte Klaus nicht für mich gewinnen können, und ich hatte es auch nicht geschafft, in der »Sonne« als Köchin Anerkennung zu bekommen. Ich war jetzt siebenunddreißig! Und ich hatte rein gar nichts vorzuweisen.

Durch dieses Durcheinander an Gefühlen und frustrierenden Gedanken zog sich während der gesamten Nacht wie ein roter Faden der Plan, nach Monaco zu fahren.

Als ich Iva diese Bedingung stellte, war das ohne Nachdenken geschehen. Völlig aus dem Bauch heraus. Später, in der Nacht, dachte ich wirklich darüber nach. Während ich heulte und Berge von Papiertaschentüchern verbrauchte, schien diese Reise nach Monaco das Einzige zu sein, was noch zählte.

Vermutlich hatte ich einen Nervenzusammenbruch erlitten. Ich war verrückt geworden. Vollkommen übergeschnappt. Das war die einzig logische Erklärung. Den Plan wollte ich dennoch nicht aufgeben. Er hatte sich in meinem Kopf festgesetzt, und auch wenn ich zehnmal wusste, dass ich einem Hirngespinst nachjagte, war es mir egal. Es fühlte sich einfach richtig an.

Es fühlte sich an, als müsste ich in meinem Leben diesen einen Sieg erringen. Es fühlte sich an, als könnte ich es schaffen.

Am nächsten Morgen packte ich eine Tasche und verließ meine Wohnung. Das war eine ganz instinktive Handlung. Ich wollte niemanden sehen. Ich wollte mit niemandem reden, der mich dort aufspüren konnte. Nicht mit meiner Mutter und schon gar nicht mit Klaus. Ich wollte mich nicht mehr umstimmen lassen.

Vorübergehend bezog ich Quartier bei Petra und Fabian, die noch in den Flitterwochen waren.

Am Nachmittag traf ich dann pünktlich um zwei bei Kebab International ein. Iva Leonida hatte bestenfalls halbherzig mit mir gerechnet, das war ihr anzusehen. Sie wirkte überrascht und erfreut.

In den folgenden Tagen putzten wir mit Feuereifer den alten Dönerwagen. Vermutlich war auch das eine Folge meines Nervenzusammenbruchs. Unter normalen

Bedingungen hätte ich das Innere dieses Wagens höchstens in einem Raumfahreranzug betreten. Wenn überhaupt. Wahrscheinlicher ist, dass ich nach einem kurzen Blick auf die Küche schreiend das Weite gesucht hätte.

Ganz offensichtlich hatte in diesem Wagen seit Jahrzehnten keiner mehr einen Putzlappen in die Hand genommen. Der Boden war so klebrig, dass jeder meiner Schritte ein schmatzendes Geräusch erzeugte. Ich hatte ständig das Gefühl, mir würden die Schuhe ausgezogen. Rund um den Grill und die Fritteuse bildeten die Schichten verkrusteten Fetts einen durchgängigen Panzer, der vermutlich sogar für einen Archäologen interessant gewesen wäre. Zudem musste ich befürchten, dass sich aus den Schimmelpilzen im Kühlschrank und in der Fritteuse bislang unbekannte Lebensformen entwickelt haben könnten.

Kurz gesagt, der Wagen war eine Katastrophe. Ekelerregend und mit großer Sicherheit auch gesundheitsgefährdend. Eine einzige Brutstätte unaussprechlicher Magen- und Darmkrankheiten. Aber ich brauchte ihn, um nach Monaco zu kommen.

Volle zwei Tage lang putzte ich wie eine Besessene. Und dabei gelang es mir tatsächlich, jeden Gedanken an die »Sonne« zu verdrängen. Mir war vollkommen klar, dass ich mir solche Gedanken auch nicht leisten konnte. Hätte ich erst mal angefangen, mir um die »Sonne« Sorgen zu machen, ich wäre nie aus Efringen-Kirchen weggekommen.

Das schien auch Iva Leonida zu spüren. Sie stellte keine Fragen. Sie versuchte nicht zu ergründen, woher mein plötzlicher Meinungsumschwung kam, und selbst erzählte sie auch nicht viel.

Wir hörten leise Musik aus dem Radio und redeten über Fettflecken, Scheuermittel und darüber, wo wir jetzt noch mehr von diesen Putzlappen herbekommen konnten. Für mich war das genau richtig. Es war, als hätten wir beide keine Vergangenheit. Und wir arbeiteten hart daran, auch den Wagen von seiner Vergangenheit zu befreien. Was wir nicht sauber bekamen, warfen wir hinaus. Den Kühlschrank zum Beispiel. Die Fritteuse. Und auch den Grill.

Leider war das mindestens ein Gerät zu viel.

Am Mittwochabend saßen wir erschöpft vor dem sauberen, aber leider leer geräumten Wagen und sprachen zum ersten Mal ernsthaft über Geld. Die Diskussion dauerte nicht lange. Weder Iva noch ich verfügten über nennenswerte Mittel. Iva hatte gar kein Geld, und meine Rücklagen steckten in der Ausstattung der »Sonne« und in den drei Monatsmieten für meine Wohnung, die ich für die Zeit der Reise zur Seite gelegt hatte.

Zusammen kamen wir gerade mal auf eintausendfünfhundertachtzig Euro. Das würde für einen Kühlschrank reichen, aber den Grill und die Fritteuse konnten wir vergessen ...

Ich bin nicht leichtfertig zur Diebin geworden. Wirklich nicht. Einen quälend langen Tag verbrachte ich damit, mir die Alternativen vorzustellen. Am Samstag wieder in die »Sonne« gehen und für den Rest meines Lebens unglücklich werden? Oder der »Sonne« schon in der Freitagnacht einen Besuch abstatten und mir aus der Küche einfach holen, was wir noch brauchten? Ich entschied mich für die zweite Option.

Leider, muss ich jetzt sagen. Weil ich Kriminalität

schon aus grundsätzlichen Überlegungen nicht gutheißen kann.

Und weil mich beinahe der Schlag trifft, als wir vor der Grenze stehen, und Ivas Stimme sich plötzlich verändert.

»Scheiße«, zischt sie leise. »Da steht tatsächlich einer.«

Wir rollen im Leerlauf, und ich höre hinten im Wagen überdeutlich die geklauten Geräte rumpeln. In der Hast konnten wir sie nicht einmal recht verstauen, sie stehen offen im Laderaum. Der Zöllner kann sie unmöglich übersehen, wenn er uns zwingt, die Tür zu öffnen.

Iva kurbelt das Fenster hinunter. Ich kann die frische Morgenluft auf meinem heißen Gesicht spüren. Sehen kann ich allerdings nichts. Weil ich mich verhalte wie jeder vernünftige Mensch, der eines Nachts unter seinem Bett tatsächlich ein Monster findet: Ich stelle mich tot.

Ich lasse die Augen fest geschlossen, presse den Kopf in die Rückenlehne und wende mein Gesicht vom offenen Fenster ab. Keine Ahnung, ob der Zöllner auf diese Schmierenkomödie tatsächlich hereinfällt. Ich sehe bestimmt nicht so aus, als würde ich schlafen. Vermutlich sehe ich eher aus, als hätte ich Magenkrämpfe.

Die habe ich inzwischen auch. Ich zittere am ganzen Körper und müsste ganz dringend auf die Toilette. Durch das Rauschen in meinen Ohren kann ich Ivas Stimme nur noch undeutlich vernehmen. Sie sagt irgendwas und lacht. Der Zöllner antwortet in einem tiefen Bass.

Seine Stimme klingt autoritär. Seine Stimme klingt, als könnte er Diebe und Schmuggler schon auf hundert Meter erkennen. Er wird mir mein schlechtes Gewissen an der Nasenspitze ansehen und mich nach Efringen-Kirchen zurückschicken. Ich werde den geklauten Grill wieder in die »Sonne« bringen müssen. Ich werde vor Scham im Boden versinken ...

In meinem Albtraum gefangen, merke ich erst nach einer Weile, dass wir wieder fahren. »Der Typ wollte nur ein wenig plaudern«, sagt Iva munter. »Du kannst die Augen jetzt aufmachen.«

Ich schlage die Augen auf und sehe durch die Frontscheibe direkt in den Himmel hinauf. Der Tag ist angebrochen. Vor mir erstreckt sich weit und blau ein strahlender Frühlingshimmel, getupft mit frühmorgendlichen Schäfchenwolken.

Der Himmel über Frankreich ist so viel schöner als der Himmel, den ich von Deutschland kenne. Ein großes Gefühl von Freude erfüllt mich plötzlich. Meine Brust wird weit, ich könnte singen und lachen und schreien. Ich drehe den Kopf nach links, und gleichzeitig sieht auch Iva zu mir her.

»Ist das zu fassen«, ruft sie mit einem breiten Lächeln. »Wir haben es geschafft. Wir sind tatsächlich unterwegs. Wir fahren nach Südfrankreich!«

8

Ich kann mich an der Landschaft kaum sattsehen. Wie ein kleines Kind, das zum ersten Mal einen Ausflug unternimmt, klebe ich am Fenster. Wir fahren übers Land inmitten von grünen Weiden, durch lichte kleine Wäldchen und verschlafene Dörfer.

Ich bin nicht zum ersten Mal in diesem Land, aber noch nie ist mir so stark aufgefallen, wie unglaublich französisch hier alles ist. Eine altmodische Boulangerie, in deren Schaufenster sich Berge von Croissants türmen. Eine hübsche Mademoiselle auf einem schwarzen Bicyclette an der Kreuzung. Ein Monsieur mit Baskenmütze, der Zeitung und Baguette unter den Arm geklemmt hat und auf einem Bänkchen sitzend die Nase an die Sonne hält. Das stolze Rathaus im Zentrum des Dorfes. Die bunten Wappen an der Fassade, die knatternden blau-weiß-roten Fahnen. Das alles gibt mir das Gefühl, bereits unendlich weit von Efringen-Kirchen entfernt zu sein.

Das entspricht nicht ganz der Realität. Wir sind nämlich nicht besonders schnell. Es stellt sich rasch heraus, dass unser Dönerwagen für die Autobahn wenig geeignet ist. Selbst auf der Landstraße sind wir ein rollendes Hindernis.

Wir können nicht schneller als siebzig fahren. Höchstens. Schon bei neunundsechzig erklingen aus dem Motor seltsame Geräusche, und ehrlich gesagt mache ich mir auch bei neunundsechzig schon Sorgen um unseren frisch geklauten Grill, der hinten im Laderaum bei jeder Kurve rumpelt.

Siebzig ist nicht schnell. Aber wir haben drei Monate Zeit, um nach Monaco zu kommen, und so eine Reise, wie wir sie machen, sage ich zu Iva, unternimmt man ja vielleicht nur einmal im Leben. Wir sollten jede Stunde genießen.

»Aber Betty«, entgegnet Iva leicht empört. »Wir sind doch nicht in den Ferien. Reisen ist jetzt unser Geschäft. Und kochen natürlich. Wir sind doch nun Unternehmerinnen.«

»Unternehmerinnen« scheint mir ein wenig hoch gegriffen. Wir fahren einen halb defekten Wagen, dessen Küche man nicht benutzen kann. Das mit dem Kochen muss auf jeden Fall warten, bis wir einen Kühlschrank gekauft haben. Und den geklauten Grill müssen wir fachgerecht einbauen lassen. Wir brauchen zudem neue Gasflaschen, um die Geräte dann auch zu betreiben. Wir benötigen Wasserkanister und Verpackungsmaterial, Wegwerfbesteck und Speisekarten, von Lebensmitteln nicht zu reden.

Es fehlt uns, kurz gesagt, an allem. Und in erster Linie fehlt uns leider das Geld, um all diese Dinge anzuschaffen.

Normalerweise würde mir so eine Situation entsetzliche Kopfschmerzen bereiten. Aber meinem Drängeln ist es zu verdanken, dass wir so unvorbereitet losgezogen sind, und deshalb darf ich jetzt nicht jammern. Ich entwickele stattdessen eine Art Plan und schlage Iva vor, in einer ersten Etappe bis hinunter ins Burgund zu fahren, dort einen längeren Halt einzulegen und uns kurzfristige Jobs zu besorgen.

Ich kenne die Gegend ein wenig. Ein früherer Chef von mir hat auf den dortigen Gütern immer seinen Wein besorgt. Ich durfte ihn damals öfter begleiten, weil ich die Einzige war, die sich in Frankreich verständigen konnte.

Das bringt mich auf den Gedanken, Iva nach ihren Sprachkenntnissen zu fragen. »Sprichst du eigentlich Französisch?«, will ich wissen. »Klar«, sagt Iva selbstbewusst. »Kein Problem. Französisch kann doch jeder.«

Ich weiß nicht genau, wie sie das meint, und sehe sie zweifelnd an. Mir ist die Sprache jedenfalls nicht einfach so im Schlaf zugeflogen. Ich war jahrelang Dauergast in der Volkshochschule und habe zahllose Stunden damit verbracht, zu Hause im Wohnzimmer Vokabeln und Grammatik zu pauken.

Doch es fühlte sich für mich nicht wie Arbeit an. Es fühlte sich eher so an, als würde ich auf meinem Sofa sitzend allabendlich eine kleine Frankreichreise machen.

Allerdings habe ich den Verdacht, dass Iva ein ganz anderes Verständnis von einem gelungenen Abend hat. Sie zwinkert mir fröhlich von der Seite zu und meint: »Don't worry, Betty.«

Das ist Englisch! Aber egal. Wenn Iva die Sprache noch nicht kann, denke ich entschlossen, dann wird sie sie unterwegs eben noch lernen müssen.

Bis zum Wettbewerb in Monaco sind es noch vierzehn Wochen. Wir können es uns also zeitlich leisten, eine Weile im Burgund zu bleiben. Was wir uns weniger leisten können ist, uns bereits auf den ersten hundert Kilometern grauenhaft zu verfahren. Leider geschieht das aber.

Iva sitzt am Steuer. Sie ist mehr als zehn Jahre jünger als ich, und zehn Jahre, muss ich nun lernen, machen einen großen Unterschied. In Ivas Alter muss man sich zum Beispiel nicht mit Cellulite abquälen. Und auch die Falten machen noch keine Sorgen. So etwas wie Rückenschmerzen oder steife Glieder kennt man nur vom Hörensagen. Und so etwas wie eine Landkarte auch. Ich habe von zu Hause eine alte französische Straßenkarte mitgebracht, doch Iva weigert sich, sie zu benutzen. Sie findet so eine Karte aus Papier viel zu unhandlich. Und auch ein wenig peinlich. Und überhaupt – wie soll das denn funktionieren? So ganz ohne Ton?

Iva verlässt sich tausendmal lieber auf das Navigationsprogramm in ihrem Handy, und natürlich lasse ich sie gewähren. Man soll dem Fahrer nicht ständig dreinreden. Mir ist auch durchaus bewusst, dass ich in Sachen Sorgen auf einem anderen Niveau operiere als meine unbekümmerte Partnerin, und ich möchte an unserem ersten Tag nicht schon eine Grundsatzdiskussion vom Zaun brechen. Ich halte also meine Klappe und bemühe mich, es als vorübergehende Erscheinung zu betrachten, als die Hügel rund um uns herum immer höher und steiler werden, bis man sie nicht mehr als Hügel, sondern eigentlich mit Fug und Recht als Berge bezeichnen könnte.

Irgendwann verlieren wir dann plötzlich den Handyempfang. Das kommt für Iva völlig überraschend. Etwas hektisch weist sie mich an, das Handy aus dem Fenster auf der Beifahrerseite in die Höhe zu halten. Ich tue ihr natürlich den Gefallen, auch wenn ich die Chance für äußerst gering halte, dass wir auf diese Weise zufällig eine Funkwelle einfangen.

Die Berge um uns herum sind inzwischen sehr hoch, wir sind am Grund des Tals regelrecht gefangen. Klar, dass wir in diesem Loch keinen Funkempfang haben. Iva hat das bislang gar nicht mitbekommen. Weil sie ja ununterbrochen auf ihr Display schauen musste.

Erst jetzt fällt ihr auf, wie ländlich die Gegend ist. Ländlich und verlassen. Unsere Straße folgt einem Flüsschen, das sich plätschernd durch das Tal windet. Das Ufer ist gesäumt von wilden Trauerweiden, in deren überhängenden Zweigen fröhlich die Vögel zwitschern.

Abgesehen von diesen Vögeln gibt es hier keine Lebewesen. Und die Straße ist zu eng, um den Truck zu wenden. »Denkst du«, fragt Iva mit unsicherem Lachen, während sie langsam weitertuckert, »wir sind aus Versehen in die Schweiz gefahren?«

O nein!, denke ich erschrocken. Das könnte tatsächlich sein.

Die böse Ahnung verdichtet sich, als wir uns hinter der nächsten Kurve abrupt einer Kuh gegenübersehen. Iva kann gerade noch bremsen. Das mächtige Tier stiert uns durch die Windschutzscheibe herausfordernd an, und als wir den Blick etwas eingeschüchtert erwidern, schüttelt es missbilligend den Schädel.

Dann stößt die Kuh ganz unvermittelt ein lautes Brüllen aus. Iva und ich zucken beide zusammen. Was war denn das für ein Geräusch? Es klang, als hätte ein Löwe gebrüllt. Wir haben wohl versehentlich eine wilde Bergkuh aus ihrem Versteck gelockt. Und leider ist sie nicht allein. Mit dem Brüllen ruft sie ihren Stamm herbei. Eine zweite, eine dritte, eine vierte Kuh ... im Nu sind wir umzingelt.

»O mein Gott!« Iva reißt die Augen auf, und als die

Kühe anfangen, ihre Flanken an unserem Wagen zu reiben, stößt sie ein entsetztes Keuchen aus. »Was machen die denn? Um Himmels willen! Die sollen aufhören! Die zerstören unseren Wagen!«

Genau das wollte ich auch sagen! Ich schaue Iva fassungslos an. Es geschieht nicht oft, dass mir in Sachen Sorgen jemand den Rang abläuft. Ich hätte das nie im Leben erwartet, aber meine Partnerin scheint vor den Kühen richtig Angst zu haben. Und dummerweise kann eine Kuh das erkennen.

Sie trottet auf Ivas Seite des Wagens und beschnuppert dort das Fenster. Dann, als würde ihr nicht gefallen, was sie hinter der Scheibe sieht, senkt die Kuh die Hörner und beginnt, mit den Hufen zu scharren. »Sie greift mich an!«, ruft Iva panisch und drückt sich in den Fahrersitz, als wollte sie darin verschwinden. »Hilfe! Betty, mach was!«

Ich reagiere auf den Schrei, indem ich die Wagentür öffne. Das überrascht mich selbst am meisten. Aber damit nicht genug, ich steige tatsächlich auch aus. Es ist, als ob mein Mut ganz plötzlich gewachsen wäre. Als hätte ich durch Zauberei den Mut geschenkt bekommen, den Iva inzwischen verloren hat. Ich erkenne mich selbst kaum wieder.

Ich umrunde den Wagen und nähere mich der aufmüpfigen Kuh seitlich von vorne. »Ho«, sage ich. Mein Herz schlägt mir bis zum Hals. Ich habe keinen blassen Schimmer vom korrekten Umgang mit Kühen, aber »Ho« schreien sie doch immer in diesen Cowboy-Filmen, oder? Die Kuh wendet den Kopf und sieht mich an.

Ich kann es nicht fassen. Es ist mir tatsächlich gelungen, sie von Iva abzulenken. »Ho, Ho«, mache ich. Das scheint der Kuh zu gefallen. Eine lange Zunge schnellt aus ihrem Maul, und für den Bruchteil einer Sekunde flackert Panik in mir auf. Aber dann beginnt die Kuh, sich mit der langen Zunge ihre Nase zu putzen.

Menschen sehen beim Naseputzen ja immer ein wenig lächerlich aus. Bei Kühen, stelle ich fest, ist das nicht anders. Unwillkürlich muss ich lachen. Die Kuh sieht mich beleidigt an, und um sie zu trösten, beginne ich, ihr die Stirn zu kraulen.

Dabei mache ich zum ersten Mal in meinem Leben eine dieser »außerkörperlichen Erfahrungen«. Ich sehe mich selbst von oben. Als hätte ich meinen Körper jemand anderem überlassen. Jemandem, der sehr viel mutiger ist als ich. Jemandem, der mit dieser Kuh problemlos Freundschaft schließen kann. Jemandem, der sogar versucht, sie mit sanfter Gewalt von der Straße zu stoßen.

Ich hätte es vermutlich irgendwann geschafft, aber glücklicherweise trifft kurze Zeit später der Bauer ein, dem die Tiere gehören, und nimmt mir diesen Job ab. Er entschuldigt sich, dass seine Tiere uns aufgehalten haben, scheint es aber auch ein wenig seltsam zu finden, dass Iva sich weigert, ihre Wagentür aufzumachen. Ich finde das auch nicht gerade höflich und bemühe mich, Ivas patziges Verhalten meinerseits ein wenig auszugleichen, indem ich nett mit dem Mann plaudere. Er ist mindestens fünfzig, hat einen struppigen Bart und eine erloschene Pfeife zwischen den Lippen, aber ich ertappe mich dabei, wie ich mit ihm flirte.

Dieses seltsame Verhalten kann ich nur meinem

Erfolg mit den Kühen zuschreiben. Ich bin von Flirten sonst eher überfordert. Beim Flirten muss man locker bleiben, und locker auf Kommando gelingt mir selten. Aber meine neu entdeckten Fähigkeiten als Kuhflüsterin scheinen mich regelrecht zu beflügeln. Die Sätze in der fremden Sprache kommen mir wie von selbst über die Lippen. Und als ich dann auch noch erfahre, dass wir uns der Schweizer Grenze zwar genähert haben, uns aber nach wie vor in Frankreich befinden, kann ich mich vor Begeisterung kaum mehr halten. »*Fantastique!*«, rufe ich strahlend, was mir beim Bauern gleich noch ein paar Extrapunkte einbringt.

Vielleicht hat er mich ein klein wenig missverstanden. In erster Linie freue ich mich, dass wir nicht in den Alpen stecken. Stattdessen sind wir im Jura gelandet. Einer Gegend, sagt der Bauer, welche die meisten Fremden nicht recht zu schätzen wüssten. Er findet es ganz toll, dass ich hier eine Ausnahme bilde und nicht etwa runter ins Burgund fahren wolle. Oder gleich in den Süden. Das könne er sich schon gar nicht erklären, sagt er mit missbilligendem Zungenschnalzen. Warum die Menschen sich alle an dieser Côte d'Azur drängen.

Ich schätze, ich könnte ihm das sagen. Aber das würde die freundliche Stimmung nur unnötig trüben. Salomonisch sage ich, dass ich für meinen Teil alle Regionen von Frankreich liebe. Allein schon wegen der wunderbaren Küche. Weil ich nämlich Köchin bin.

»*Une cuisinière!*«, ruft der Bauer erfreut und betrachtet mich nun mit ganz neuer Hochachtung. Dann erklärt er mir eifrig, dass die französische Küche natürlich die beste Küche der Welt sei, es aber zwischen den Regionen große Unterschiede gebe. Nicht ganz überraschend vertritt er die Überzeugung, die Küche des Juras sei allen anderen Regionen eindeutig vorzuziehen.

Aus Höflichkeit stimme ich ihm zu. Aber ich bin dabei vielleicht nicht ganz so überzeugend. Jedenfalls runzelt der Bauer die Stirn. Daraufhin gestehe ich zögernd, von der jurassischen Küche keine große Ahnung zu haben.

Der Bauer schiebt seine Pfeife in den anderen Mundwinkel und betrachtet mich lange. Dann sagt er ernsthaft: »Das müssen wir ändern.«

9

Der freundliche Bauer empfiehlt mir, meine Weiterbildung in Sachen jurassischer Küche im Café de la Paix in Baume-les-Dames zu starten. Ich bin sofort einverstanden. Nach seinen Schwärmereien bin ich inzwischen wirklich gespannt, was diese famose Küche des Juras denn so alles zu bieten hat.

Außerdem scheint Baume-les-Dames ein charmantes Städtchen zu sein. Es liegt in der Nähe von Besançon, direkt am Ufer des Doubs. Der Fluss bildet in dieser Gegend die Grenze zwischen Frankreich und der Schweiz, und von dem Bauern habe ich erfahren, dass er eine naturwissenschaftliche Besonderheit ist, weil sein Lauf einen Kreis beschreibt. »Das gibt es sonst nirgends auf der ganzen Welt«, sage ich zu Iva, die das allerdings nicht die Bohne zu interessieren scheint.

Sie ist dezidiert dagegen, in Baume-les-Dames einen Halt einzulegen. Sie möchte diese »fürchterliche Gegend« so rasch wie möglich verlassen und – wie die Masse der Touristen – schleunigst ins Burgund hinunterfahren.

Aber ich möchte bleiben. Nach dem Erlebnis mit den Kühen und dem Flirt mit dem Bauern ist mir der Jura bereits sympathisch. »Sei doch mal ein wenig spontan«, sage ich zu Iva, und überraschenderweise gelingt es mir tatsächlich, sie zu überzeugen.

Nach unserem Zusammenstoß mit den Kühen schwächelt sie noch ein bisschen. Ich glaube zu wissen, wie sie sich fühlt: ein wenig verlegen und peinlich berührt über die eigene Angst. Normalerweise ist das mein Part. Doch diesmal empfinde ich völlig anders. Beschwingt. Gestärkt. Motiviert. Wie eine Heldin eben. Für mich ist es eine völlig neue Erfahrung. Und ich bin überrascht, wie gut sie mir gefällt.

Baume-les-Dames ist tatsächlich ein sehenswertes Städtchen. Auch Iva muss das zugeben. Es gibt eine wunderschöne alte Klosterkirche und im Stadtkern zahlreiche Häuser, die noch aus dem Mittelalter stammen. Dort, an einem wunderschönen weiten Dorfplatz gelegen, finden wir auch das Café de la Paix. Vor dem Eingang prangen zwei gewaltige Linden, die mich für einen Moment an die »Sonne« zu Hause erinnern. Aber das Café de la Paix liegt im Gegensatz zur »Sonne« auch noch direkt am Fluss. Auf der Rückseite gibt es eine Terrasse, die sich bis ans plätschernde Wasser zieht. Bestimmt ist es wunderbar, dort am Ufer einen lauen Sommerabend zu verbringen.

Doch jetzt im März ist es reichlich kühl. Ich kann deshalb gut verstehen, dass die Terrasse verlassen ist. Weniger gut kann ich nachvollziehen, weshalb die Gäste des Café de la Paix draußen vor dem Restaurant auf dem Dorfplatz sitzen. Sie haben sich in Jacken gewickelt und drängen sich an die Hausmauer, wo sie ihre Gesichter der schwachen Morgensonne entgegenstrecken und mit klammen Fingern ihre Tassen mit Café au Lait umfassen.

So einen Kaffee, sagt Iva sofort, will sie sich auch bestellen. Und sie hätte auch Lust auf frisches Baguette und Marmelade. Die Aussicht auf ein Frühstück hat ihre Laune merklich verbessert.

Bis wir ins Innere des Gastraums treten und dort schlagartig begreifen, weshalb die anderen Gäste lieber draußen bleiben.

Optisch ist am Café de la Paix nicht das Geringste auszusetzen. Der Gastraum ist im Gegenteil ausgesprochen hübsch. Ein altes Riemenparkett in sanftem Honiggelb, cremeweiße Säulen, die eine hohe Decke tragen, und draußen, unmittelbar vor den großen Fenstern, der Fluss, der träge vorbeigleitet. Es wäre ein wunderbarer Ort zum Verweilen, wenn in der Luft nicht ein entsetzlicher Käsegeruch hinge.

Die Käse-Luft ist dick und schwer, und als wir eintreten, fühlt es sich an, als würden wir gegen eine olfaktorische Mauer rennen. Iva Leonida bleibt ruckartig stehen, und ich höre, wie sie neben mir ein leises Ächzen ausstößt. Ich selbst muss ebenfalls einen Moment gegen leichte Übelkeit ankämpfen.

Die Quelle des Gestanks ist ein Tisch im hinteren Bereich des Restaurants. Auf kleinen Platten und Tellern kann ich dort bestimmt ein Dutzend verschiedener Käse sehen. Ich glaube eigentlich nicht, dass sie zur Standardeinrichtung gehören. Auch in Frankreich würden sie ihre Gäste nicht auf die Dauer vergraulen wollen. Kann es sein, dass dieser Käse nur für uns aufgebaut wurde?

Neben dem Käse steht ein Wachposten, ein junger Bursche mit schwarzer Hose, weißem Hemd und Fliege, dessen Aufgabe an diesem Morgen darin zu bestehen scheint, unsere Ankunft zu vermelden. Vielleicht soll er auch noch verhindern, dass wir uns wieder vom Acker machen, nachdem wir den Käse gerochen haben.

Auf sein Rufen hin kommt die Wirtin aus der Küche geeilt. Sie ist klein und rundlich, und ich finde sie sofort sympathisch. Ihr schwarzes Haar ist am Hinterkopf zu einem abenteuerlichen Knoten geschlungen, und um die rechte Hand trägt sie einen knallroten Verband. Für eine Köchin ist das problematisch. In meinem käseumnebelten Hirn bildet sich eine Idee: Diese Wirtin könnte möglicherweise Hilfe gebrauchen. Iva und ich wiederum sind dringend auf Einkommen angewiesen.

Also ist vollkommen klar, was ich zu tun habe: Ich muss mich beweisen. Ich muss mich von meiner besten Seite zeigen und dem Käsegestank trotzen. Iva scheint das nicht zu begreifen. Während uns die Wirtin mit einem breiten Lächeln begrüßt und fröhlich verkündet, sie habe uns schon erwartet, weil Armand, der Bauer, sie telefonisch vorgewarnt habe, fühle ich, wie Iva neben mir zu einer Fluchtbewegung ansetzt. Ich schaffe es gerade noch, sie am Arm zu packen.

»Reiß dich zusammen«, zische ich aus dem Mundwinkel. Das ist gar nicht so einfach, wenn man sich gleichzeitig um ein freundliches Lächeln bemüht. Zumal Iva zappelnd versucht, sich von mir loszureißen.

Natürlich scheitert sie kläglich. Ich stemme nicht umsonst Tag für Tag schwere Gusseisenpfannen. So ein Training zeigt irgendwann Wirkung. Rein ästhetisch betrachtet würde ich meine Oberarme jederzeit tauschen. Aber was die Kraft betrifft, kann Iva mir nicht das Wasser reichen. Sie sackt ein wenig in die Knie, und weil ich nicht will, dass sie uns beide unmöglich macht, indem sie hier noch zusammenklappt, erkläre ich der Wirtin, meine Freundin habe wohl einen Anfall von Reisekrankheit erlitten. Es wäre sicher besser, jemand würde sie nach draußen begleiten, und vielleicht könnte sie ja auch einen Kaffee bekommen?

Die Köchin scheint meine Lüge sofort zu durchschauen. Sie wischt sich die Hände an ihrer Schürze und zieht vielsagend eine Braue hoch. »Armand hat mir gesagt, Sie sind Köchin. Aber das gilt wohl nicht für Ihre Freundin?«

»Nein«, entgegne ich mit fester Stimme. *»La chef de cuisine, c'est moi.«*

Ich kann nicht behaupten, ich hätte nicht gewusst, was da auf mich zukommt. Aber Iva schuldet mir definitiv einen Gefallen. Einen großen! Sie kann die nächste Stunde gemütlich draußen auf dem Platz an der frischen Luft verbringen, wo sie Kaffee trinkt und Baguette isst und mit dem jungen Kellner plaudert, der sie ganz offen anhimmelt. Ich hingegen muss unter der strengen Aufsicht von Marie, der Wirtin, jetzt einen Käse-Crashkurs absolvieren.

Käse, erklärt sie mir, gehöre unabdingbar zur jurassischen Küche. Natürlich verwende auch ich Käse. Ich serviere in der »Sonne« ganz gerne mal eine Käseplatte. Oder im Sommer einen Käsesalat. Aber hier im Jura hat der Einsatz von Käse eine ganz andere Dimension. Hier im Jura gilt Käse als Grundnahrungsmittel. Er wird schlichtweg für alles verwendet.

Mit Käse macht man Pasteten und Kuchen in mindestens fünfzehn verschiedenen Varianten. Käse wird im Jura gebacken, gratiniert und geschmolzen und in den seltsamsten Kombinationen serviert. Zu Geflügel zum Beispiel. Oder zu Morcheln. Zudem gibt es tausend verschiedene Käsesorten, wie mir Marie wortreich erklärt. Und wie es aussieht, muss ich sie alle probieren.

Ich mag Käse. Wirklich. Und dann und wann ein Stück Käse zu essen habe ich bisher auch nicht als gesundheitliches Risiko betrachtet. An diesem Morgen jedoch verputze ich in knapp einer Stunde etwa mein halbes Jahreskontingent, und danach fühlt sich mein Magen schon ein wenig seltsam an.

In meinem Eifer, der Wirtin zu gefallen, habe ich den großen Fehler begangen, schon beim ersten Käse kräftig zuzulangen. Es ist ein Comté aus der Gegend. Er schmeckt würzig mild und richtig lecker. Alles halb so wild, denke ich, und höre der Wirtin aufmerksam zu.

Sie weiß einfach alles über diesen Käse. Wie alt er ist. Wo er gelagert wurde und welche Milch man dafür verwendet. Marie ist ein wandelndes Käselexikon, und sie freut sich sichtlich über mein Interesse. Und so fühlt sie sich ermuntert, mir nun auch die heftigeren Käsesorten vorzusetzen. Ich probiere den Morbier, den man an der Ascheschicht in seinem Innern auf den ersten Blick erkennen kann. Das ist praktisch, denn wenn ich so eine Ascheschicht sehe, werde ich von dem Käse in Zukunft auf jeden Fall die Finger lassen. In der Asche, lerne ich, entsteht während der Gärung Blauschimmel. Und der ist nun wirklich nicht mehr jedermanns Sache.

Zu meiner Schande muss ich gestehen, dass mir der erste Bissen beinahe die Tränen in die Augen treibt. Die Wirtin ist hochzufrieden mit dieser Reaktion. Eigens für mich, verkündet sie stolz, habe sie einen besonders reifen Käselaib aus dem Keller geholt.

Ich versuche, die Fassung zu bewahren, und greife hastig nach einem bereitgestellten Glas mit gelber Limonade, um den Käsegeschmack so schnell wie möglich hinunterzuspülen. Dabei merke ich leider zu spät, dass auch die Limonade ein wenig seltsam schmeckt.

Nachdem ich das ganze Glas in einem Zug geleert habe, strahlt mich die Wirtin an: »*Ça vous plaît evidemment!*« Dann verkündet sie fröhlich, dass es sich bei diesem Getränk mitnichten um Limonade handle, sondern vielmehr um eine weitere hochgeschätzte Spezialität. »Unser berühmter Vin Jaune! Wie schön, dass Sie ihn mögen.«

Der »gelbe Wein« wird aus weißen Savagnintrauben nur im Jura hergestellt. Er ist ziemlich süß im Geschmack, was aber ganz gut zu den pikanten Käsesorten passt, wie ich beim zweiten Glas finde. Ich bin ja strikt dagegen, vor dem Mittagessen zu trinken, aber mit dem ganzen Käse im Magen befinde ich mich in einer Ausnahmesituation. Und der Vin Jaune hat, wie ich bald merke, eine wohltuende Wirkung. Vermutlich enthält er irgendwelche Fermente, um die Verdauung zu erleichtern.

Jedenfalls fühle ich mich nach dem dritten Glas bereits erheblich besser. Vielleicht war es gar nicht der Käse, der mir Unwohlsein bereitete? Vielleicht litt ich ja an Flüssigkeitsmangel? Etwas übermütig geworden, lasse ich mir in der Folge auch noch einen Mont d'Or servieren. Dieser Käse ist so reif, dass man ihn direkt aus der Schale löffelt. In der Nase ist er ziemlich streng und riecht leicht faulig. Doch als ich mich überwinde, einen Löffel davon in den Mund zu stecken, ist er am Gaumen überraschend mild.

Möglicherweise hat der Morbier eine betäubende Wirkung auf meine Geschmacksknospen ausgeübt? Ohne mit der Wimper zu zucken, putze ich auch noch den Bleu de Gex weg, einen lokalen Blauschimmelkäse. Marie ist ganz begeistert von der Todesverachtung, mit der ich einfach in alles mal hineinbeiße.

Wir haben uns an den Tisch gesetzt, wo wir noch ein Gläschen trinken, und ich beschließe, die positive Stimmung zu nutzen, und frage Marie nach dem Verband. »Ein dummer Unfall«, sagt sie seufzend und gesteht mir dann, sie sei in der Küche ausgerutscht. Auf einer Bananenschale! »Das ist ein wenig peinlich.« Peinlich finde ich das nun gar nicht. Mir war schon immer klar, man darf Bananenschalen nicht unterschätzen.

Von dieser Gemeinsamkeit ermutigt, wage ich es nun, Marie direkt zu fragen, ob ich ihr denn helfen könne? Zufällig würde ich einen Job suchen. Nur vorübergehend. Die Wirtin sieht mich prüfend an.

»Na ja«, sie wiegt den Kopf, »es wäre schon ganz angenehm, in der Küche Unterstützung zu haben. Für eine Woche oder zwei.« Allerdings, schränkt sie sofort ein, möchte sie doch zuerst wissen, wie ich dazu komme, mit einem alten Dönerwagen quer durch Frankreich zu fahren.

»Das ist ein Food Truck«, sage ich automatisch.

»Ein Food Truck?« Marie runzelt die Stirn. »Bei allem Respekt, aber ist das nicht ein wenig hochgegriffen?«

Ich beginne ihr zu erklären, dass wir den Wagen noch renovieren wollen. »Wir hätten das natürlich vor der Abfahrt erledigen sollen, aber leider mussten wir Efringen-Kirchen ziemlich schnell verlassen.«

Das ist keine gute Wortwahl, sehe ich sofort. Zur gerunzelten Stirn gesellt sich nun eine misstrauische Falte zwischen Maries Augen. Ich suche in meinem Wortschatz nach einer besseren Formulierung. Es ist nicht so einfach, meine besondere Lage auf Französisch zu beschreiben. »Um ehrlich zu sein«, sage ich schließlich, »es lag an meinem Partner Klaus. Ohne in die Details zu gehen, es ist da was vorgefallen ... Jedenfalls, ich konnte einfach nicht bleiben.«

Mein Gestammel hat eine erstaunlich beruhigende Wirkung. Die Runzeln und Falten scheinen sich plötzlich zu glätten, Maries Augen blitzen. »*Eh voilà*«, sagt sie. »Ein Mann.«

An das nun folgende Gespräch kann ich mich später nur zum Teil erinnern. Denn Marie schenkt öfter mal nach, während ich erzähle. Ich beschreibe ausführlich mein kompliziertes Verhältnis zu Klaus. Und am Rande der Unterhaltung kommt wohl auch Angelika zur Sprache. Marie schnalzt – sehr französisch – bedauernd mit der Zunge, während ich erzähle.

»Ich konnte nicht in der ›Sonne‹ bleiben«, sage ich schließlich mit leicht verwaschener Stimme. »Ich hatte es so was von satt, für Klaus die Arbeit zu machen. Und dann auch noch zu sehen, wie er und Angelika ... ausgerechnet ...«

Marie ist vollkommen einverstanden. Ich musste Klaus verlassen. »Wie hat er denn reagiert?«, fragt sie mit funkelndem Blick und lehnt sich dabei ein wenig vor.

Ich zucke mit den Achseln: »Er weiß noch nichts davon.«

Klaus ist kein Frühaufsteher. An einem Montagmorgen taucht er üblicherweise kurz nach Mittag in der »Sonne« auf. Und dann lässt er sich ein wenig Zeit. Er trinkt einen Espresso oder zwei und blättert sich durch die Zeitung. Ich schätze, er hat die Küche der »Sonne« heute noch nicht betreten. Ich würde auch nicht darauf wetten, dass er den fehlenden Grill bemerkt. Von den Messern ganz zu schweigen. Aber irgendwann, am frühen Nachmittag, sage ich zu Marie, dürfte er meinen Zettel finden ...

Sie unterdrückt ein Kichern. Die Sache mit dem Zettel findet sie einfach *formidable*. Ich vermute mal, Marie kennt auch einen Klaus. Sie hebt ihr Glas mit dem letzten Wein, und wir stoßen an. Auf meine Entscheidung und auf meine Freiheit, *»À la liberté!«*. Auf den Food Truck, auf den Käse und auf Frankreich. Danach muss Marie in die Küche.

Ich bleibe noch ein wenig sitzen. Ich klaube mein Handy aus der Tasche und stelle es auf leise. Vermutlich wird Klaus anrufen, wenn er in den nächsten Stunden meinen Zettel findet. Aber ich will nicht mit ihm reden. Ich will auch nicht an ihn denken. Eigentlich will ich überhaupt nur mal ganz kurz die Augen schließen. Weil ich plötzlich so müde bin.

Ich rücke meinen Stuhl zur Wand, lehne meinen Kopf neben dem Buffet an eine der Säulen, und das Letzte, woran ich mich später erinnere, ist der Geruch des Käses, der mir in die Nase steigt. Mit leichtem Erstaunen nehme ich zur Kenntnis, dass ich Käsegeruch inzwischen ziemlich lecker finde.

10

Als ich erwache, liege ich unter dem Dach eines Himmelbetts zwischen weiß gestärkten Laken, die frisch nach einem fremden Waschmittel riechen. Bin ich gestorben und in den Himmel gekommen? Die dröhnenden Kopfschmerzen sprechen dagegen. Ich kann mich kaum bewegen, so sehr schmerzt mein Schädel.

Auch wenn ich nur eine vage Erinnerung an den Religionsunterricht habe, glaube ich eigentlich nicht, dass es im Himmel derartig heftige Schmerzen geben sollte. Und die Hölle wiederum würde man wohl nicht ausgerechnet mit Himmelbetten ausstatten. Folglich bin ich noch am Leben. Allerdings habe ich keine Ahnung, wo ich mich befinde.

Ich nehme den Pfosten des Bettes zu Hilfe, um mich vorsichtig in die Höhe zu ziehen, wobei ich selbst über die Geräusche erschrecke, die ich dabei von mir gebe. Im Sitzen brauche ich dann ein paar Sekunden, um im Hirn den Schalter zu finden, der meinen Blick auf scharf stellt. Ich sitze, erkenne ich schließlich, in einer Art Gästezimmer. Dem Himmelbett gegenüber prangt ein alter Spiegel. Eine antike Kommode steht an der Wand. Von der Decke baumelt eine schlichte weiße Lampe. Und neben dem Bett steht auf dem Nachttisch ein Glas Wasser mit einem Alka Seltzer.

Erstaunlicherweise erkenne ich das Mittel. Obwohl ich so was noch nie benutzt habe. Ich rühre das Pulver ins Wasser und trinke in vorsichtigen Schlucken, um meinen Magen nicht zu reizen. Dabei sehe ich aus dem Fenster. Draußen fließt ein Fluss vorbei. Er ist gesäumt von Weiden. Es wäre herrlich, denke ich, jetzt dort draußen am Ufer zu sitzen.

Dieser Vorstellung folgt auf dem Fuß ein plötzlicher Erinnerungsschub. Ich bin im Café de la Paix, wo ich eben noch gemütlich mit Marie zusammensaß. Wir haben Käse gegessen und ein wenig Wein getrunken. Vin Jaune aus Sauvignontrauben. Bei der Erinnerung daran beginnt in meinem Bauch ein kleines Teufelchen wilde Kapriolen zu schlagen. Ich stöhne leise.

Kann es sein, dass ich betrunken war? Ach was, nein! Auf keinen Fall. Ich war noch nie betrunken. Es muss sich bei meinem Zustand wohl eher um eine Art Kollaps handeln. Vermutlich durch den Käse hervorgerufen. Oder durch das Übermaß an Emotionen in den letzten Tagen. Dieser Gedanke bringt mich zu Klaus, und ich krame mit schmerzendem Kopf und schmerzendem Herzen sofort mein Telefon heraus. Inzwischen hat er sicher meinen Zettel gefunden und mich daraufhin angerufen.

Ich fühle mich nicht stark genug, um direkt mit ihm zu sprechen. Aber ich möchte dennoch wissen, was mir Klaus zu sagen hat.

Ich halte das Telefon in den Händen und hole tief Luft, bevor ich das Display entsperre. Ich habe keine Ahnung, was mich erwartet. Vorwürfe, dass ich einfach gegangen bin? Die Bitte, zurückzukehren? Eine Entschuldigung? Für einen Moment gestatte ich mir, bei diesem Gedanken zu verweilen. *Betty, liebste Betty. Es war ein dummer Fehler. Bitte komm zurück. Lass mich nicht allein. Ohne dich ist das Leben nicht dasselbe.*

Ich schaue auf das Display hinunter und schlucke. Schlagartig fühle ich mich schal und leer. Ich habe nur eine Nachricht bekommen: *Willkommen in Frankreich,* lese ich. *Günstige Datenpakete können Sie nun zum Preis von 0,20 € auch mobil im Ausland empfangen.*

Ich lege das Telefon zur Seite und stehe ächzend auf. Ein Blick in den Spiegel zeigt mir leider genau das, was ich erwartet habe. Ich kneife mich in die Wangen, um etwas Farbe in mein Gesicht zu bekommen, reibe mir mit dem Zeigefinger über die Zähne und glätte die Locke, die mir am Hinterkopf senkrecht in die Höhe steht. Halbwegs präsentabel quäle ich mich dann die Treppe hinab und schleiche bedrückt in die Küche, wo die Mise en Place bereits in vollem Gange ist.

Erschrocken werfe ich einen Blick auf die Uhr. Ich habe ganze vier Stunden in dem Himmelbett verschlafen. Mir ist die Situation natürlich furchtbar peinlich. Aber Marie, die Wirtin, scheint mir das nicht nachzutragen. Sie empfängt mich in der Küche wie eine liebe Freundin und reicht mir mit einem Augenzwinkern ein weiteres Glas Alka Seltzer. Dabei enthält sie sich aller überflüssigen Kommentare.

Ganz im Gegensatz zu Iva Leonida, die ich überraschenderweise ebenfalls in der Küche vorfinde. Sie überschüttet mich geradezu mit Vorwürfen und bissigen Sprüchen. Was mir eigentlich einfalle, mich derart gehen zu lassen? Und ob ich mich nicht schäme, mich schon vor dem Mittagessen sinnlos zu betrinken?

»Ich war doch nicht betrunken«, sage ich entsetzt.

»Ach nein?«, gibt Iva hochtrabend zurück. »Dann hast du wohl keine Kopfschmerzen? Keine pelzige

Zunge und unerklärlichen Durst? Und dir ist auch kein bisschen übel?«

Ich würde gerne den Kopf schütteln. Geht aber leider nicht. Ein Kopfschütteln würde wohl augenblicklich einen Brechreiz auslösen.

»Na also«, sagt Iva triumphierend. »Du hast dir fröhlich die Glocke gefüllt, und ich durfte hier die ganze Arbeit für dich machen. Ich bin schon seit Stunden am Gemüseputzen. Jetzt sind meine Nägel vollkommen im Eimer.« Anklagend streckt sie mir ihre Hände entgegen, die heute Morgen tatsächlich noch wesentlich besser aussahen.

»Diese Frau«, sagt Iva und schießt einen zornigen Blick in Maries Richtung, »ist einfach unmöglich. Das ist kein Job hier. Das ist die reine Sklaverei.«

»Heißt das etwa«, frage ich erstaunt, »dass wir hier arbeiten dürfen?« Das würde natürlich auch Ivas Aufzug erklären. Sie hat über ihr Minikleid nämlich eine Schürze geschlungen. Ein hässliches Teil voller Flecken. Ein Teil, wie es Iva Leonida freiwillig wohl nie tragen würde.

»Du hast einen Job«, gibt Iva unwirsch zurück. »Und jetzt, wo du endlich ausgeschlafen bist, kannst du ja auch übernehmen.«

Aber so einfach, wie Iva sich das vorstellt, läuft die Sache nicht. Wir haben nämlich beide einen Job bekommen. Neben einem kleinen Lohn erhalten wir Kost und freies Logis in einem Doppelzimmer. Ich finde das äußerst praktisch. Aber es bedeutet natürlich, dass wir vierundzwanzig Stunden täglich im Café de la Paix verbringen. Wo Marie in den folgenden Tagen mit Argusaugen darüber wacht, dass Iva ihren Teil der Arbeit auch tatsächlich macht. Sie muss Kartoffeln schälen und Karotten raspeln. Sie muss aus Gurkenhälften nette Schiffchen schnitzen, Brot zu Croûtons rösten, Salate richten und Kräuter hacken. Stundenlang. Weil die jurassische Küche nämlich erstaunlich viele Kräuter verwendet. Das saftige Poulet au Vin Jaune zum Beispiel wird mit einer Mischung von Estragon, Liebstöckel und Muskatnuss eingerieben, bevor man es im Weißweinsud eine Stunde lang vorsichtig köchelt. Und die Lachsforelle aus heimischen Gewässern gart in einem Kräutermantel, für den man neben Rosmarin und Thymian auch Bohnenkraut und einen Klacks Roquefort verwendet. Eine halbe Stunde in den Ofen und dann mit neuen Kartoffeln und einem leichten Schaum aus Meerrettich und Quark serviert, ist dieser Fisch ein wahres Gedicht.

Während ich in der kommenden Woche als rechte Hand von Marie fungiere, schwelge ich förmlich in diesen Gerichten. Jeden Tag entdecke ich ganz neue Geschmackskombinationen. Ich bin begeistert von den zahllosen Variationen, in denen die jurassische Küche den regionalen Käse, die frischen Kräuter und das junge Frühlingsgemüse verwendet. Marie ist sehr großzügig mit ihrem Wissen und zeigt mir ständig neue Rezepte. Wenn ich am Morgen in die Küche trete, liegt auf meinen Lippen schon ein erwartungsvolles Lächeln. Es ist, als könnte ich jeden Tag ein Geschenk auspacken.

Allerdings wird dieses Hochgefühl, je weiter die Woche fortschreitet, immer mehr von meinem schlechten Gewissen getrübt. Als ich Efringen-Kirchen verließ, habe ich rein instinktiv gehandelt. Meine Flucht war beinahe so was wie Selbsterhaltung. Doch inzwischen geht es mir besser, und ich kann die Konsequenzen meines Handelns nicht mehr einfach ignorieren. Inzwischen leide ich daran, die »Sonne« im Stich gelassen zu haben.

Nach sieben Tagen rufe ich meine Mutter an. Ich hatte ihr eine lapidare Nachricht hinterlassen, dass ich in Urlaub fahre. Wie lange dieser Urlaub dauert, davon hat sie keine Ahnung. Doch auf die Dauer kann ich sie nicht im Ungewissen lassen. Noch während ich ihre Nummer wähle, hoffe ich feige, dass ich möglicherweise nur die Mailbox erreiche.

Doch daraus wird leider nichts.

Meine Mutter meldet sich nach dem zweiten Klingelton. Ihre Stimme klingt fröhlich. Ich senke beschämt den Kopf, während sie eine ganze Batterie von Fragen auf mich abfeuert. Wo ich denn sei, und wie es mir gehe? Ob ich die Ferien genieße? Wann ich denn wieder zurück sein werde?

»Im August vermutlich«, sage ich, nur auf die letzte Frage eingehend, und halte den Atem an.

»Aha«, sagt meine Mutter. Dann rechnet sie nach. Sie kommt zu dem Schluss, dass ich mich täuschen muss. »August?«, wiederholt sie zweifelnd. »Das ist aber erst in drei Monaten.«

»Stimmt«, sage ich zerknirscht und erzähle dann hektisch und etwas unkoordiniert vom Food Truck, von Iva Leonida und von meinen Plänen, nach Monaco zu fahren und dort den Wettbewerb zu gewinnen.

Als ich geendet habe, zündet sich meine Mutter erst mal eine Zigarette an. Ich höre sie am anderen Ende einen tiefen Zug nehmen. »Das erklärt eine Menge«, sagt sie dann.

Sie sei in der »Sonne« gewesen, erzählt sie mir nun, und habe dort Klaus in der Küche getroffen. »Ich bin ganz schön erschrocken, das kann ich dir sagen. Ist ja noch nie vorgekommen. Ich hatte eigentlich erwartet, dass er die Küche schließt. Und ... ich weiß nicht ... Sandwiches serviert, während du in Urlaub bist. Aber ich dachte natürlich auch, dass dein Urlaub zwei Wochen und nicht drei Monate dauert.«

»Ich weiß«, sage ich mit gequälter Stimme, während mich die Scham überwältigt. Was bin ich nur für ein Monster! Wie konnte ich einfach davonlaufen? Ohne auch nur eine Sekunde darüber nachzudenken, was das für meine Mutter bedeutet. Ich höre sie einen Zug aus ihrer Zigarette nehmen und schließe ergeben die Augen.

»Klaus hat gar nicht gut ausgesehen. Ich fürchte, der Dampf in der Küche ist Gift für seine Frisur.« Meine Mutter kichert.

Ich reiße die Augen erstaunt wieder auf. »Du denkst, das ist lustig?«, frage ich.

»Na ja ... irgendwie schon.« Sie kichert erneut. »Um ehrlich zu sein, mir war diese Tolle schon immer zu affig.«

Meine Mutter findet es ganz in Ordnung, dass ich Klaus, wie sie es nennt, »ins kalte Wasser geworfen« habe. »Ich habe mich ja bisher zurückgehalten. Aber Typen wie deinen Klaus darf man nicht mit Samthandschuhen anfassen. Die finden doch immer eine Entschuldigung, um sich vor der Arbeit zu drücken. Jetzt hat er drei Monate Zeit, um sich endlich zu bewähren.«

Die Meinung meiner Mutter erschüttert mich. Ich hatte keine Ahnung von ihren Vorbehalten gegen Klaus. Und ich habe ganz bestimmt nicht erwartet, von ihr für mein feiges Verschwinden auch noch gelobt zu werden. Ich fühle mich dabei ganz schrecklich. Was, wenn Klaus sich nicht bewährt? Was, wenn Klaus, und mit ihm die »Sonne«, im kalten Wasser einfach untergeht?

»So schlimm wird es schon nicht werden«, sagt meine Mutter vollkommen gelassen.

»Und was, wenn doch?« In meiner Stimme schwingt Verzweiflung. Diese Frage quält mich schon seit Tagen. »Was würde Papa dazu sagen? Er hat die ›Sonne‹ doch geliebt.«

»Ja, natürlich«, sagt meine Mutter. »Aber deswegen bist du doch nicht verpflichtet, dein Leben ebenfalls dort zu verbringen. Hast du das etwa gedacht?« Sie klingt ganz erstaunt. »Hast du gedacht, ich würde so was von dir erwarten?«

Ich zucke mit den Achseln und kann nicht antworten. In meinem Hals sitzt ein dicker Kloß. Mit der »Sonne« sind für mich so viele Emotionen verbunden. Weil sie mich noch immer an meinen Vater erinnert. Weil die »Sonne« der Platz ist, an den er zurückkehren könnte.

Ich höre meine Mutter seufzen. »Betty, Schätzchen«, sagt sie sanft. »Dein Vater ist schon vor zwei Jahren gestorben.«

»Das weiß ich doch«, sage ich beinahe schluchzend. »Aber er hat so an der ›Sonne‹ gehangen ...« Ich kann nicht weitersprechen.

»Ich vermisse ihn auch«, sagt meine Mutter leise. »Aber dein Vater würde bestimmt nicht wollen, dass du dich an die ›Sonne‹ kettest. Dein Papa war ein glücklicher Mann. Er hat in seinem Leben genau das gemacht, was ihm Freude bereitet. Und glaub mir, für dich würde er sich einfach nur dasselbe wünschen.«

II

Mir ist nicht bewusst gewesen, wie schwer die Verantwortung für die »Sonne« auf mir gelastet hatte. Doch nach dem Gespräch mit meiner Mutter fühle ich mich, als wäre mir ein großes Gewicht von den Schultern genommen worden. Ich habe zwei Jahre lang für die »Sonne« geschuftet, jetzt soll Klaus mal seinen Beitrag leisten.

Er wird es wohl schaffen, denke ich mir, wenigstens so viel Umsatz zu machen, dass er die Pacht bezahlen kann. Es sind ja nur läppische drei Monate. Für mich ist diese Sorglosigkeit nicht gerade charakteristisch.

Ich bin in den kommenden Tagen beinahe euphorisch. Voller Energie, hellwach und begierig, jeden neuen Eindruck in mich aufzusaugen. Die Welt erscheint mir richtig schön. Die Sonnenstrahlen, die sich schmeichelnd über das honiggelbe Parkett der Gaststube legen und sprühende Lichter in die Wellen des Flusses vor der Terrasse werfen. Der dunkelblaue Himmel, die länger werdenden Abende im Frühling. Der singende, zwitschernde Klang französischer Stimmen, die mein Essen loben.

Ein schöner Tag reiht sich an den anderen. Der März geht in den April über, und ich genieße jede Sekunde. Marie wird mir dabei zu einer richtigen Freundin.

Wir schwingen auf der gleichen Wellenlänge. Wir sind beide Arbeitstiere, aber wir können auch wunderbar zusammen lachen und reden. Wir haben dieselben Ansichten übers Essen, übers Backen, über die Welt im Allgemeinen und vor allem über Männer. Bei Marie fühle ich mich verstanden. Ich habe den Eindruck, sie kennt meine Sorgen.

Sie scheint es sogar als ihre Mission zu betrachten, mir das Leben etwas leichter zu machen. Wäre Klaus anwesend, würde sie ihm vermutlich die Leviten lesen. Aber Klaus ist weit weg in Efringen-Kirchen. Also nimmt sich Marie anstelle meines alten Partners meine neue Partnerin vor und scheucht Iva Leonida durch ein anspruchsvolles Küchenarbeits-Trainingsprogramm. Natürlich ist das super. Und ich finde, Iva kann nur profitieren von der Arbeit hier. Leider sieht sie das selbst jedoch anders.

Seit unserem ersten Tag hier in Baume-les-Dames ist Iva schlecht gelaunt, und ihre Stimmung wird immer dunkler. Da kommt es mir gerade recht, dass ich eine Zeit lang nicht viel von ihr mitbekomme. Marie hält sie ständig beschäftigt. Mit einfachen Hilfsarbeiten. Ich finde das in Ordnung. Auch für Rüsten und Hacken gilt die alte Weisheit: Übung macht den Meister.

Das Café de la Paix ist sehr beliebt in der Gegend. Untertags gibt es deshalb nur wenig Gelegenheit zum Plaudern. Und am späten Abend, wenn Marie und ich uns nach getaner Arbeit noch ein Gläschen gönnen, muss Iva die Küche putzen. Danach ist sie immer ganz erschlagen. Bis ich es hinauf ins Zimmer schaffe, ist sie meistens schon eingeschlafen.

Leider scheint sie sich aber an die Arbeit zu gewöhnen. Nach etwa fünf Tagen hat sie plötzlich genug Energie, um sich am Abend im Bett noch bei mir zu beklagen.

Ihre Arbeit sei anstrengend und langweilig. Sie habe sich die Fingernägel abschneiden müssen. Und kurze Fingernägel sähen einfach grässlich aus. Vom ewigen Stehen kriege sie außerdem dicke Beine und Rückenschmerzen.

So sei das eben in der Küche, versuche ich, ihr zu erklären. Auch der langweilige Kram gehört nun mal zu einer ordentlichen Ausbildung.

Aber Iva lässt sich nicht beruhigen. »Ausbildung?«, zischt sie mich an. »Wovon redest du, zum Teufel? Das ist doch keine Ausbildung! Diese Frau nutzt uns nur aus. Und du merkst es nicht einmal.«

Sie beißt sich in ihrer Abneigung Marie gegenüber regelrecht fest. Das wird mit jedem Tag schlimmer.

Nach etwa eineinhalb Wochen taucht sie spät am Abend plötzlich noch im Gastraum auf. Ihre Arbeit sei beendet, verkündet sie mürrisch und verlangt nun ebenfalls ein Glas Wein. Das kann man ihr schlecht verweigern. Sie trinkt drei Gläser in rascher Folge, hat aber keine Lust, sich am Gespräch zu beteiligen. Stumm wie ein Fisch sitzt sie neben uns, schüttet Wein in sich hinein und verströmt miese Stimmung. Wir lösen die Runde bald auf.

Iva und ich gehen hoch, und noch während ich die Tür zu unserem Zimmer aufschließe, legt meine Partnerin plötzlich los.

»Ich will jetzt endlich nach Südfrankreich fahren!«, schreit sie unvermittelt. Dann stemmt sie mit blitzenden Augen die Arme in die Seiten, um mir eine Predigt zu halten. Wir seien gerade mal zweihundert Kilometer weit gekommen. In zehn Tagen! Wenn das so weitergehe, würden wir Monaco zu Silvester erreichen.

Mir ist es furchtbar peinlich, wie sie sich hier benimmt. Schließlich sind wir nicht die einzigen Gäste. Vermutlich sind auf unserem Stockwerk schon alle vor Schreck aus dem Bett gefallen. Und bestimmt kann man Ivas keifende Stimme bis hinaus auf die Straße hören. Ganz instinktiv versuche ich daher, sie erst mal zu beruhigen.

»Zugegeben«, sage ich betont gelassen, »zweihundert Kilometer klingt nicht nach viel. Aber wir wussten von Anfang an, dass wir Geld brauchen. Und dafür muss man nun mal arbeiten.«

»Das muss auch anders gehen«, ruft Iva trotzig. »Bei dem bisschen Lohn, das uns diese Sklaventreiberin bezahlt, werden wir noch monatelang hier rumhocken. Deinen Wettbewerb kannst du dann vergessen. Und diese doofe Prinzessin auch.«

Allmählich werde ich ebenfalls sauer. Es gibt absolut keinen Grund, die Prinzessin auch noch in unseren Streit hineinzuziehen. Wenn sie einen Vorschlag hat, sage ich scharf zu Iva, dann solle sie ihn jetzt vorbringen. Ansonsten würde ich gerne schlafen gehen.

»Nein«, ruft sie entrüstet. »Jetzt wird nicht gepennt. Zuerst müssen wir zusammen einen neuen Plan entwickeln.«

»Was denn für einen Plan?«, frage ich genervt. »Da gibt es nichts zu planen. Die Sache ist ganz klar. Hier haben wir einen Job, freies Essen und ein Zimmer. Das werden wir bestimmt nicht einfach so aufgeben. Wozu denn? Um uns spätestens übermorgen an einem neuen Ort einen neuen Job zu suchen? Der dann vielleicht viel schlechter ist.«

»Oder vielleicht auch besser. Das weißt du nicht. Du willst es ja nicht mal versuchen.«

»Weil ich die Branche nun mal kenne.«

»Oder«, sagt Iva schnippisch, »weil du es dir hier so verdammt gemütlich eingerichtet hast. Ein bisschen kochen und backen. Sich jeden Abend volllaufen lassen und dann mit der anderen alten Schachtel über die Männer herziehen wie zwei Hyänen.«

Die andere alte Schachtel? Ich höre wohl nicht recht! Ich bin gerade mal siebenunddreißig. Soooo alt ist das nun auch wieder nicht. »Wir ziehen nicht über die Männer her«, sage ich beleidigt.

Iva verdreht die Augen. »Du solltest dir selber mal zuhören. Es ist doch jeden Abend dieselbe Leier. *Klaus hat dich ausgenutzt. Klaus hat dich betrogen*. Ich kann das schon gar nicht mehr hören. Du suhlst dich ja regelrecht in der Opferrolle.«

Ich starre Iva fassungslos an. Das Blut steigt mir in die Wangen, mir wird ganz heiß vor lauter Zorn. Ich soll mir in der Opferrolle gefallen? Ausgerechnet ich? Die niemals jammert! Die stattdessen die Zähne zusammenbeißt und arbeitet!

Was Iva ja nicht fertigbekommt. Einfach ihre Arbeit zu machen und mal ein paar Tage lang die Klappe zu halten.

»Hier geht es doch gar nicht um Klaus«, stoße ich hervor. »Hier geht es doch in Wirklichkeit nur um dich. Darum, dass du nicht arbeiten magst. Darum, dass es zu viel für dich ist. Darum, dass du das Handtuch wirfst.«

»Mach ich doch gar nicht!«

»Wer jammert denn hier ständig?«, frage ich scharf und erinnere sie an ihre Klagen über dicke Beine, abgeschnittene Fingernägel und weitere Nebensächlichkeiten.

»Du bringst es nicht. Du hast keinen Mumm in den Knochen.«

Das hat gesessen. Sie zuckt zurück und zischt mich zornig an: »Was soll das heißen? Dass ich eine Versagerin bin?«

»Nenn es, wie du willst.« Ich zucke mit den Achseln. »Keine Lust auf Arbeit. Arbeitsallergie. Jedenfalls ist so was in einem Food Truck nicht zu gebrauchen. Wie zum Teufel hast du dir das vorgestellt? Hast du gedacht, du kannst einfach nett am Tresen lehnen und mit den Gästen schäkern? Nein, meine Liebe, so wird das nicht laufen.«

»Es wird überhaupt nicht laufen!«, ruft sie, vor Zorn ganz rot im Gesicht. »Weil ich mir von dir so einen Scheiß nicht bieten lassen muss. Was ist in deinem Leben denn so toll gelaufen? Du hast dich jahrelang von einem Schönling ausnutzen lassen. Und heulst dem Kerl auch noch hinterher. Von dir brauche ich ganz bestimmt keine Ratschläge anzunehmen.«

Wir stehen uns wortlos gegenüber und versuchen, uns gegenseitig niederzustarren. Die Sekunden ticken vorbei. Nach einer gefühlten Ewigkeit blinzelt Iva. Dann sagt sie rau: »Das hat wohl keinen Sinn mit uns beiden.«

Der erste Satz von ihrer Seite, den ich voll und ganz unterschreiben kann. Ich nicke. »Hat es nicht. Nein. Ich schlage vor, wir drehen um und fahren morgen zurück.«

»Aber diesmal«, sagt Iva heftig, »auf der verdammten Autobahn!«

12

Am nächsten Morgen fahren wir zurück. Morgens um sieben kann ich mich gerade noch von Marie verabschieden, eine Viertelstunde später sind wir bereits auf der Straße. Der Morgendunst über den Wiesen verbreitet eine ähnliche Stimmung wie vor elf Tagen, als wir in Efringen-Kirchen in dieses Abenteuer starteten.

Die Stimmung im Wageninnern ist natürlich vollkommen anders. Seit wir losgefahren sind, haben Iva und ich kein einziges Wort miteinander gewechselt. Wir schweigen uns verbissen an. Auch wenn ich für meinen Teil den Streit inzwischen bedaure, würde ich das niemals zugeben. Eher würde ich mir die Zunge abbeißen.

Weil ich mit meinem Bedauern nämlich allein dastehe. Iva nimmt das scheinbar alles ganz gelassen. Dass wir jetzt aufgeben und zurückfahren, scheint ihr nicht das Mindeste auszumachen. Im Gegenteil, ich habe den Verdacht, sie ist erleichtert. Nach unserem Streit hat sie prima geschlafen. Und jetzt sitzt sie ausgeruht, locker und vollkommen entspannt am Steuer. Sie blickt nicht ein Mal in meine Richtung.

Das ist nicht nur äußerst stur, sondern auch ziemlich dämlich, denn ich habe auf meinem Schoß die Landkarte ausgebreitet. Ich könnte Iva, die ja heimwill, den kürzesten Weg zur Autobahn weisen. Wenn sie mich aber ignoriert, kann ich ihr auch nicht helfen.

Anstatt mich zu fragen, fummelt sie lieber an ihrem

Handy herum. An einer roten Ampel am Ausgang des Städtchens gelingt es ihr schließlich, das Navi einzuschalten. Na prima, denke ich, jetzt hab ich gar nichts mehr zu tun.

Eine Weile beobachte ich durchs Fenster, wie sich draußen die Landschaft ändert, während wir den Jura mit seinen schroffen Bergen allmählich hinter uns lassen. Im Burgund ist die Landschaft lieblicher. Weite, tiefgrüne Wiesen, kleine Hügel, eine Menge Reben. Hier gibt es uralte Burgen und Schlösser und gewaltige Klöster, minutenlang fahren wir an verwitterten Mauern entlang. Wir sind mitten in Frankreichs Kernland. Von da aus herrschten die Herzöge von Burgund jahrhundertelang über halb Europa. Vom Kloster Cluny hier in der Gegend gingen die Kreuzzüge aus. Ich würde es gerne besichtigen. Ich würde auch gerne nach Dôle, nach Dijon oder Beaune fahren, um burgundischen Wein zu kosten. Wenn ich ehrlich bin, würde ich beinahe alles lieber tun, als zurück nach Efringen-Kirchen zu fahren.

Weil ich mich davor fürchte, dass ich zu Hause sofort wieder in mein altes Leben schlüpfe. Wie in einen alten Wintermantel, den man im Dezember aus der Mottenkiste holt, obwohl man sich doch schon vergangenen Winter ganz fest vorgenommen hatte, endlich einen neuen zu besorgen.

Müde lehne ich meinen Kopf gegen das Fenster. Ich lag stundenlang wach in der Nacht. Ivas Vorwürfe nagten an mir. Sie drehten sich in meinem Kopf und machten mich ganz unruhig. Als würde eine Schar Ameisen in meinen Gliedern kribbeln. Das Bett, in dem ich zehn Tage lang wunderbar geschlafen hatte, erschien mir hart und klumpig. Ich warf mich hin und her und versuchte, in den zerknüllten Laken eine bequeme Position zu finden.

Doch Iva hatte mir die Bequemlichkeit gründlich ausgetrieben. Was, wenn sie recht hatte? Zumindest ein bisschen? Ich konnte nicht bestreiten, dass ich Klaus zwei Jahre lang mit Samthandschuhen angefasst hatte. Ich wollte, dass er sich wohlfühlt in der »Sonne«. Ich wollte, dass er mich mag. Im Rückblick wirkt mein Verhalten selbst in meinen Augen mutlos und ziemlich traurig.

Ich starre durchs Fenster ins Leere und stelle mir vor, wie sich der alte Mantel anfühlen wird, den ich demnächst wieder trage. Beengend. Schwer. Und muffig. Als an der nächsten Kreuzung der erste Wegweiser zur Autobahn auftaucht, stoße ich unhörbar einen kleinen Seufzer aus und schließe dann erschöpft die Augen.

Als ich sie wieder aufschlage, steht die Sonne deutlich höher, und wir befinden uns auf einer Landstraße mitten im Nirgendwo. Zumindest fühlt es sich so an, denn ich kann weit und breit kein einziges Haus entdecken. Von Menschen gar nicht zu reden. Nur die leere Straße, die sich vor uns kilometerweit durch grüne Weinberge schlängelt.

»Wo sind wir?«, frage ich und reibe mir die Augen.

»Keine Ahnung«, sagt Iva Leonida mit gepresster Stimme. Als ich zu ihr hinüberschaue, hat sie die Stirn gerunzelt und die Augen zusammengekniffen. »Sieh mich nicht so an. Das verdammte Navi ist ausgefallen. Und dann war da eine Umleitung. Ich bin nur den Schildern gefolgt.«

»Dann ist ja alles in Ordnung«, sage ich begütigend. Ich will Iva nicht noch mehr aufregen. Sie sieht ohnehin so aus, als sei sie kurz davor, die Nerven zu verlieren.

Ich versuche, mich nützlich zu machen, indem ich aus dem Fenster nach dem nächsten Umleitungsschild Ausschau halte. Kein Schild weit und breit. Kein Schild, kein Fahrzeug, kein Haus, noch nicht einmal ein Stall. Nur die Straße und die Hügel, über die sich in langen Reihen die frischen grünen Reben ziehen. Sie hätten, denke ich nach fünf Minuten, diese Schilder schon ein wenig dichter setzen können. Weitere fünf Minuten später frage ich bei Iva nach, welche Farbe die Schilder denn hatten. Nur zur Sicherheit. Damit ich sie nicht übersehe. »Weiß«, entgegnet Iva wie aus der Pistole geschossen. »Und winzig waren sie. Man konnte sie kaum entdecken. Eine Frechheit ist das.«

Nun verstehe ich, warum sie die Augen zusammenkneift. Und ich muss ihr beipflichten: Praktisch sind solche Schilder nicht.

Ich kneife die Augen ebenfalls zusammen und frage beiläufig, wie lange es denn etwa her sei, seit sie zum letzten Mal ein Schild gesehen habe.

»Halbe Stunde?«, sagt sie und lässt es wie eine Frage klingen.

»Eine halbe Stunde!«, rufe ich aus.

»Vielleicht auch länger. Eine Dreiviertelstunde, Stunde. Keine Ahnung. Ich kann ja hier nicht alles gleichzeitig machen. Ich muss fahren und den Weg suchen. Da kann ich nicht auch noch die Zeit zwischen den Schilden stoppen. Und du warst ja gar keine Hilfe.«

Den Vorwurf im letzten Satz überhöre ich. Natürlich, ich habe geschlafen. Aber wäre Iva nicht so stur wie ein Esel, hätte sie mich ja wecken können. Im Übrigen waren wir, als ich eingeschlafen bin, keine dreißig Kilometer von der Autobahn entfernt. Wie Iva es geschafft hat, uns während meines kleinen Nickerchens in diese menschenleere Gegend zu katapultieren, ist mir ein Rätsel. Ich konsultiere die Landkarte und frage sie, in welche Richtung wir denn gefahren seien. Norden? Süden? Osten? Westen?

»Woher zum Teufel soll ich denn das wissen!«

Ich enthalte mich einer Antwort und klopfe mir mental selbst auf die Schulter für mein konstruktives Verhalten, während ich versuche, Iva irgendeine nützliche Information zu entlocken. Kann sie sich an die Landschaft erinnern, durch die wir gefahren sind? Oder an die Namen der Dörfer, die wir durchquert haben müssen.

»Vielleicht was mit C«, sagt Iva.

Ich stecke sofort meine Nase in die Karte. Auf Anhieb finde ich etwa zwanzig Ortschaften, die mit C beginnen und von der Distanz her vermutlich infrage kommen. Ich lese Iva die Namen vor. Chaussin? Chemin? Courcelles? Cugney?

Sie zuckt mit den Achseln. »Vielleicht das Letzte?«

»Bist du sicher?«, frage ich zweifelnd, denn das würde bedeuten, dass wir etwa fünfzig Kilometer nach Nordosten gefahren sind.

»Nein! Nein, zum Teufel. Ich kann mich an gar nichts erinnern. Ich bin gefahren. Und jetzt muss ich pinkeln.«

Mit diesen Worten hält sie mitten auf der Straße an und stellt den Motor ab.

Sofort schießt mein Adrenalinspiegel in die Höhe. Es ist gefährlich, mitten auf der Straße einfach anzuhalten!

Ich werfe einen hektischen Blick nach hinten. Im Moment ist die Straße leer. Aber natürlich könnte jede Sekunde ein Laster aus der Kurve schießen.

»Schön wär's«, sagt Iva, als ich meine Befürchtung äußere, und klettert aus dem Wagen.

Will sie jetzt etwa auf die Reben pinkeln? Ich wende indigniert meinen Blick ab, wobei mir leider nur zu bewusst ist, dass ich selbst auch bald einmal auf die Toilette müsste. Zudem habe ich ein wenig Hunger. Und Durst. Weil wir Baume-les-Dames so überstürzt verlassen hatten, habe ich nicht daran gedacht, mein übliches Notpaket mit Wasser und Brot einzupacken. Die Situation ist wirklich äußerst unangenehm.

Um mich abzulenken, vertiefe ich mich in die Landkarte und beruhige mich ein bisschen. Unsere Lage ist ernst, aber nicht kritisch, sage ich zu mir. Wir befinden und schließlich in Frankreich. In einem zivilisierten Land. Wir brauchen nur weiterzufahren. Dann muss über kurz oder lang ja wohl irgendwann das nächste Dorf auftauchen.

Das teile ich auch Iva mit, als sie wieder in den Truck klettert. Beneidenswert entspannt im Übrigen. »Der Plan ist, wir fahren einfach weiter, bis wir das nächste Dorf erreichen.«

»Wow«, sagt Iva. »Toller Plan. Da wäre ich nie drauf gekommen.«

Ich finde, Sarkasmus ist nicht angebracht in unserer Lage, in die uns – wohlgemerkt – Iva Leonida hineingefahren hat. Aber da wir auf dem Heimweg sind, kann ich mir die Mühe sparen, Iva noch erziehen zu wollen. Vermutlich ist in ihrem Fall ohnehin Hopfen und Malz verloren. Sie dreht den Zündschlüssel, um den Wagen zu starten, und der Motor tut einen Rülpser. Das ist alles.

»Was ist los?«, frage ich sofort.

Iva gibt keine Antwort. Sie dreht den Schlüssel ein zweites Mal.

Nichts. Nicht mal mehr ein Rülpser. Nur große Stille, in der ich plötzlich den leisen Wind höre, der draußen durch die Reben rauscht und von Weitem das Krächzen eines Raben.

Ein dritter und ein vierter Versuch. Vor dem fünften haut Iva kräftig aufs Armaturenbrett. Unnötig zu sagen, dass auch das nichts bringt.

»Der Wagen ist hinüber«, sagt sie und zieht den Schlüssel ab.

»Hinüber?« Augenblicklich verschließt sich meine Kehle, und ich habe das Gefühl, keine Luft mehr zu bekommen. »Was heißt das, hinüber?«

»Dass wir nicht mehr fahren können«, sagt Iva lakonisch und stößt zornig ihre Tür auf.

»Was machst du da?«, rufe ich erschrocken. Ich glaube, mich sicher zu erinnern, in einer Anweisung zum Verhalten bei Pannen mal gelesen zu haben, man solle auf keinen Fall den Wagen verlassen.

Iva klettert hinaus. »Du kannst ja hierbleiben und warten. Vielleicht kommt irgendwann ein Auto vorbei. Aber ich hocke nicht hier herum. Ich laufe zum nächsten Dorf. So weit kann das ja nicht sein, zum Teufel.«

Damit marschiert sie los. Meine Gedanken rasen.

Mein Instinkt rät mir, im Wagen auszuharren und darauf zu hoffen, dass man mich rettet. Ich bin beinahe sicher, das entspricht auch der offiziellen Empfehlung für solche Situationen. Auf der anderen Seite mag ich meinem Instinkt im Moment nicht so recht vertrauen. Zugegeben, von Zeit zu Zeit hat er verhindert, dass ich mir Ärger einhandelte. Aber andererseits hat er mir auch nicht gerade die großen Höhenflüge beschert.

Vielleicht sollte ich mein Bauchgefühl einfach mal ignorieren und genau das Gegenteil machen? Nur um das mal auszuprobieren? Ich werfe einen Blick in den Rückspiegel. Weit und breit ist kein Auto in Sicht. Vielleicht wäre jetzt der richtige Moment, um meinen Instinkt über Bord zu werfen? Das nächste Dorf könnte ja tatsächlich direkt hinter dem Hügel liegen. Ich hole tief Luft und gebe mir einen Ruck. Dann schnappe ich meine Tasche und steige aus dem Wagen, um Iva zu folgen.

Hinter dem Hügel liegt kein Dorf. Nur der nächste Hügel. Und dann noch einer und dahinter ein weiterer. Es gibt hier draußen gar nichts. Vor allem keinen Handyempfang. Iva prüft das alle naselang. Sonst haben wir ja auch nichts zu tun.

Wir trotten im Gleichschritt nebeneinander her. Die menschenleere Landschaft, durch die wir marschieren, hat etwas Unwirkliches an sich. Für einen Morgen im April ist es wahnsinnig heiß geworden. Die Atmosphäre ist schwül und drückend. Die Luft ist erfüllt von unnatürlich lautem Grillenzirpen, und zwei kohlschwarze Raben ziehen tiefe Kreise direkt über unseren Köpfen. Weit entfernt kann ich am Horizont dicke, dunkle Wolken sehen. Ich bin damit beschäftigt, diese bedrohlichen Wolken genau im Auge zu behalten, als Iva Leonida unvermittelt sagt: »Mein Vater wird mich umbringen!«

Ich sehe sie erstaunt an. »Warum? Wegen des Wagens? Den kann man bestimmt reparieren.«

»Doch nicht wegen des Wagens.« Iva schnaubt. »Der Wagen ist ihm egal. Nein, weil ich aufgegeben habe.«

Ich beobachte sie von der Seite, während wir weitertrotten. Ihr Kopf ist gesenkt, sie starrt vor sich hin. Die dunklen Wolken, die sich am Himmel rasend schnell nähern, scheint sie nicht mal zu bemerken. Ihr Blick ist nach innen gerichtet. Und es sieht ganz so aus, als würde sich dort ebenfalls ein Gewitter zusammenbrauen.

»Er hält mich für eine Versagerin«, platzt sie schließlich heraus. »Und du ja auch.«

Trotzig schiebt sie die Unterlippe vor und wirkt plötzlich sehr kindlich. Wie ein kleines Mädchen, das mit den Tränen kämpft, zwinkert sie heftig.

Offenbar habe ich sie mit meinem Vorwurf gestern wirklich hart getroffen. Sofort tut mir das leid. Ihre Meckerei ist mir auf die Nerven gegangen. Und Iva hat den Streit begonnen. Aber ich bin schließlich älter als sie. Ich hätte überlegen und gelassen bleiben sollen. Außerdem bin ich ja vermutlich nur deshalb so heftig in die Luft gegangen, weil in Ivas Worten auch ein Körnchen Wahrheit steckte. Etwas mehr als ein Körnchen sogar.

Deshalb sage ich versöhnlich: »Die Küche ist nun mal ein Knochenjob. Jeder denkt ab und zu daran, den Bettel hinzuschmeißen. Das macht dich noch nicht zur Versagerin.«

»Irgendwie schon.« Iva schnieft. »Mein Studium habe ich ja auch in den Sand gesetzt.«

»Was hast du denn studiert?«, frage ich, um sie abzulenken.

»Medizin«, sagt sie. »Und Pharmazie. Und Rechtswissenschaften. In dieser Reihenfolge.«

Ich verbeiße mir das Lachen.

»Ja, ich weiß. Schrecklich.« Iva verzieht das Gesicht. »Aber ich wollte überhaupt nicht studieren. Und wenn, dann ganz sicher nicht Medizin. Im Ernst, Betty, wer will schon freiwillig ständig so einen scheußlichen weißen Kittel tragen.«

Na, das ist ja mal ein vernünftiges Argument. Ich muss mir erneut ein Grinsen verkneifen, während Iva mir erklärt, für ihren Vater seien Ärzte das Größte. »Er hat das Studienfach für mich ausgewählt. Er konnte damals nicht studieren. Deswegen will er jetzt unbedingt eine Tochter mit Doktortitel. Das ist die reine Kompensation.«

Sie runzelt zornig die Stirn. Als es mit Medizin nicht klappte, sollte Iva nach dem Wunsch ihres Vaters wenigstens Apothekerin werden. Und als sie auch dort die Prüfung verhaute, bestand ihr Vater auf Rechtswissenschaften.

»Das war vielleicht öde, sag ich dir. Ich bin über diesen Büchern einfach ständig eingeschlafen. Das Zeug ist derart trocken. Man liest einen Absatz und – zack – ist man weg. Ehrlich, Betty. Da kannst du gar nichts machen.«

Treuherzig sieht Iva mich an.

Auch wenn sie ihre Geschichte auf witzige Weise erzählt, ich nehme Iva nicht ganz ab, dass ihr Scheitern sie gar nicht berührt. Ich kenne das Gefühl, im Leben nicht recht vom Fleck zu kommen. Keine Erfolge vorweisen zu können. Ich hatte nur keinesfalls erwartet, dass sich die schöne Iva Leonida in einer ähnlichen Lage befindet.

»Lass dich nicht unterkriegen«, sage ich tröstend. »In einem anderen Studium, das besser zu dir passt, wirst du bestimmt reüssieren.«

»Das glaube ich eigentlich nicht«, entgegnet sie düster.

Als sie in diesem Winter auch noch die Jura-Prüfung versiebte, verlor ihr Vater endgültig die Geduld. Er hat Iva rausgeschmissen. »Ich soll lernen«, sagt Iva schmollend, »wie es ist, sein eigenes Geld zu verdienen.«

Der Kebab-König des Markgräflerlandes hat seiner Tochter einen alten Wagen überlassen und ihr gesagt, jetzt könne sie mal ausprobieren, wie gut es ihr gefalle, so eine Art von Job zu haben.

»Er denkt, ich packe das nicht«, sagt Iva empört. »Er denkt, nach ein paar Tagen Döner verkaufen komme ich angekrochen und schreibe mich wieder an der Uni ein. Aber das kann er vergessen.«

Sie bleibt stehen und sieht mich an. »Deshalb war ich ja so happy, als ich dich gefunden habe, Betty. Ich wollte ihm ein Schnippchen schlagen. Ich wollte keine Döner verkaufen. Ich wollte aber unbedingt mit dir zusammen diese coole Food-Truck-Sache machen.«

»Das können wir immer noch«, sage ich spontan.

»Wirklich? Nach den ganzen hässlichen Sachen, die ich dir gestern an den Kopf geworfen habe?« Zerknirscht sieht sie mich an.

Ich verziehe das Gesicht. »War ja nicht ganz falsch.« Es fällt mir nicht leicht, das einzugestehen. »Möglicherweise habe ich mich manchmal tatsächlich wie eine Märtyrerin benommen. Und was Klaus betrifft ...« Ich schlucke leer, und sage dann mit fester Stimme: »Ich habe beschlossen, Klaus nicht mehr länger nachzuweinen.«

»Na hoffentlich«, sagt Iva zufrieden. »Der Kerl ist eine Niete. Du solltest ihn ganz schnell vergessen.«

Eine Niete, das ist heftig. Ich unterdrücke den Impuls, doch noch was Nettes über Klaus zu sagen. Daran muss ich wohl noch arbeiten. Ich kann meine Gefühle nicht einfach von jetzt auf gleich ändern. Aber, denke ich entschlossen, ich kann immerhin verhindern, dass diese Gefühle wie Unkraut wuchern und mir den Weg zu meinen eigenen Träumen versperren.

Ich räuspere mich und sehe Iva tief in die Augen. »Ich will nicht zurück nach Efringen-Kirchen.«

»Ich auch nicht«, sagt Iva und lächelt strahlend.

Es fühlt sich an, als würde eine tonnenschwere Last von meinen Schultern fallen, aber ich bin noch nicht fertig.

»Ich will aus diesem Wagen einen richtigen Food Truck machen. Ich will fantastisches Street Food kochen.« Automatisch hebe ich das Kinn und drücke den Rücken gerade. »Und nur dass du's weißt, ich will unbedingt diesen Wettbewerb gewinnen. Dafür werde ich rackern. Wenn nötig, vierundzwanzig Stunden am Tag.«

»Das werde ich auch«, ruft Iva begeistert. »Hoch und heilig versprochen. Betty, das ist fantastisch! Wir fahren tatsächlich weiter! Darauf schlagen wir ein.«

Sie streckt mir euphorisch ihre Hand entgegen, und genau in der Sekunde, in der ich sie ergreife, zuckt über unseren Köpfen der erste Blitz aus den Wolken.

13

Der Regen donnert wie die Sintflut auf unsere Köpfe herunter. Innerhalb von Sekunden sind wir vollkommen durchnässt. Es ist, als wären im Himmel alle Schleusen geöffnet worden.

Doch nachdem wir uns versöhnt haben, sind Iva und ich nun ganz beseelt von dem Gedanken, uns zu beweisen. Schon aus purem Trotz marschieren wir tapfer weiter. Wir sehen aus wie zwei nasse Katzen. Das Wasser rinnt uns in die Augen, wir können kaum noch den Weg erkennen. Das mächtige Gewitter verwandelt die ganze Gegend in einen wahren Höllenkessel. Der heiße Asphalt der Straße dampft, ringsum zucken Blitze, die zumindest mich ständig zusammenfahren lassen, und über den Reben liegt ein stetiges dunkles Donnergrollen.

Dann geschieht ein Wunder. Als wir um die nächste Kurve biegen, sehe ich dort ein Gebäude. Nicht irgendein Gebäude, nein, es ist wie im Märchen: Am Fuß des Hügels, den wir umrunden, kann ich ein Schloss ausmachen. Na ja, eher ein Schlösschen. Besonders groß ist es nicht. Aber in meiner Lage will ich mich nicht mit kleinlichen Unterscheidungen aufhalten. Es sind nur noch zweihundert Meter, als Iva und ich zum Spurt ansetzen.

Trotz des Regens kann ich erkennen, dass das Schlösschen leicht verfallen und etwas baufällig wirkt.

Vermutlich ist es von Geistern bevölkert, aber nicht einmal das kann mich jetzt schrecken. Atemlos erreichen wir ein großes Tor und versuchen, es zu öffnen. Mist, verdammter! Es ist abgeschlossen!

Das Tor ist in eine efeuumrankte Mauer eingelassen, und es dauert einen Moment, bis wir inmitten des nassen Grünzeugs einen Klingelzug finden. Wir ziehen ihn zweimal und warten. Ein weiterer Blitz zuckt auf und beleuchtet gespenstisch die Türme des Schlösschens hinter der Mauer. In einem der Fenster glaube ich, eine Bewegung auszumachen.

Das ist ganz schön unheimlich. Ich schlage die Arme über der Brust zusammen, während Iva noch mal klingelt und als sich weiterhin nichts regt, zum Dauerklingeln übergeht.

Bei dem tiefen Donnergrollen kann ich rein gar nichts hören und erschrecke höllisch, als das Tor sich plötzlich öffnet. Durch den Spalt erkenne ich eine alte Frau, die uns unter der Kante eines großen roten Regenschirms hervor ungnädig mustert.

»*Il n'y a pas de dégustation aujourd'hui.*«

Als wäre damit alles entschieden, schickt sie sich an, uns die Tür vor der Nase zu schließen. Geistesgegenwärtig schiebt Iva ihren Fuß dazwischen.

Die Stirn der alten Dame legt sich daraufhin in noch tiefere Falten. »*Arrêtez, immédiatement. Sinon, j'appellerai la police.*«

»O ja, bitte«, sage ich und nicke heftig. Die Polizei, die Feuerwehr, wen auch immer. Nur bitte, bitte lassen Sie uns vorher rein. Eine Bö treibt uns den Regen beinahe waagrecht ins Gesicht, während wir versuchen, der alten Dame klarzumachen, dass wir eine Panne haben. Weil weder Iva noch ich das französische Wort dafür kennen, behelfen wir uns mit Händen und Füßen und führen vor dem Tor eine kleine Pantomime auf. Nach dem Blick, mit dem sie uns mustert, hält sie uns für zwei Verrückte. Deshalb bin ich mehr als erstaunt, dass sie uns doch noch die Tür öffnet.

Wir schlüpfen durch das Tor in einen gepflasterten Innenhof, den wir im Schlepptau des roten Schirms hastig überqueren, um durch eine weitere Tür endlich ins Trockene zu gelangen.

Ich muss mir erst das Wasser aus den Augen wischen, bevor ich erkenne, dass wir in einer Art Ritterhalle stehen. Sie ist zwei Stockwerke hoch und geht weit oben in eine steinerne Kuppel über. Auch die Fliesen am Boden sind aus grob behauenem Stein.

Es ist eiskalt hier drinnen. In einem gewaltigen Kamin steht winzig klein eine einzelne Kerze. Die wärmt natürlich kein bisschen. Über dem Kamin hängt eine riesige Tapisserie in verblichenen Farben, und entlang der Wände zieht sich eine Ahnengalerie. Die Bilder sind in goldgeschnitzten Rahmen gefasst und zeigen strenge Männergesichter, die missbilligend auf uns herunterschauen. Unverkennbar sind hier die Vorfahren der alten Dame versammelt. Das Mienenspiel ist das gleiche. Die alte Dame scheint zu überlegen, was sie mit uns anfangen soll, während sie ihren Schirm zuklappt und mit strengem Blick die Pfütze mustert, in der wir inzwischen stehen. Mit einem ärgerlichen Zischen bedeutet sie uns schließlich, uns nicht vom Fleck zu rühren.

»Ziemlich unheimlich hier drinnen«, sage ich zu Iva Leonida, nachdem die alte Dame hinter einer der schweren Türen verschwunden ist, die von der Halle abgehen.

»Findest du?«, fragt sie laut, und ihre Stimme verhallt geisterhaft in den Weiten der steinernen Kuppel über unseren Köpfen.

»Ja«, flüstere ich, weil ich dieses Echo nicht noch einmal provozieren möchte. »Wohin ist sie verschwunden?«

»Hoffentlich ein Handtuch holen«, sagt Iva und streift sich das Wasser von den Armen. Ein einziges Handtuch würde nicht mal annähernd reichen, um uns beide trocken zu kriegen, aber das ist noch lange nicht meine schlimmste Befürchtung.

»Was?«, fragt Iva und lacht. »Denkst du, sie wird uns wie Hänsel und Gretel in einen Kochtopf werfen?«

Ich habe keine Ahnung, wie Iva auf solche Gedanken kommt, aber das Bild von einem gewaltigen Topf über loderndem Feuer passt erschreckend gut zu diesem Schloss. Natürlich setzt es sich sofort fest in meinem Kopf. Ich sage Iva, es sei nicht angebracht, hier dumme Sprüche zu reißen. »Wir kennen diese Frau nicht. Und kein Mensch weiß, dass wir hier sind ...«

»Eben«, sagt Iva mit todernster Miene. »Sie könnte uns einfach verschwinden lassen. Und so ein Kochtopf wäre, zumindest in deinem Fall, ja durchaus ein passendes Ende.« Ihr Kichern bricht abrupt ab, als sich erneut eine Tür öffnet. Ein Riesenkerl von einem Mann tritt zu uns in die Halle.

Er mustert uns von oben bis unten. »Mesdames«, sagt er dann, »wenn Sie mir bitte folgen wollen.«

Der Riese führt uns durch die Halle und in einen Raum, dessen Ausmaß dem seinen entspricht. In der Mitte, unterteilt von einem steinernen Torbogen, dient der rechte Teil des riesigen Zimmers offenbar als Hauswirtschaftsraum. Hinter dem Torbogen liegt eine Küche, die sich allem Anschein nach schon seit Beginn der Zeit dort befindet. Vor dem Fenster prangt ein brunnenartiger Spülstein aus grob behauenen Sandsteinblöcken, den man einfach so, wie er ist, ins Museum stellen könnte. Zwei Schritte weiter sehe ich ein Emaillebecken, das bestimmt ebenfalls schon hundert Jahre auf dem Buckel hat. Und an der Wand gegenüber befindet sich schließlich auch noch eine moderne Küchenzeile. Platzsparen ist hier wohl kein Thema.

Fasziniert sehe ich mich um. Dieser Raum ist lebendige Küchengeschichte. Es gibt einen Kachelofen, einen Herd, den man mit Holz befeuert, und eine gemauerte Feuerstelle, über der auch tatsächlich noch ein mächtiger Kessel hängt. Angesichts der Unterhaltung, die wir in der Halle geführt haben, bin ich ziemlich stolz, dass ich bei seinem Anblick nicht mit der Wimper zucke. Er sieht wirklich genau so aus wie der Kessel, in dem die böse Hexe Hänsel und Gretel schmoren wollte.

Eine Viertelstunde später sitzen Iva und ich gemütlich in warme Badetücher gewickelt am Küchentisch. Der Riese hat unsere nassen Kleider in den Trockner geworfen und sich inzwischen auch ganz manierlich vorgestellt. Er heißt Gustave und ist hier im Schloss wohl so was wie das Mädchen für alles. Nachdem er uns zum Umziehen diskret allein gelassen hat, serviert er uns jetzt einen ausgezeichneten Rotwein. In jeder anderen Gegend der Welt hätten wir einen Kakao bekommen. Oder einen heißen Tee. Aber schließlich sind wir im Burgund, und Gustave verkündet stolz, dass der Wein, den wir trinken, selbstverständlich von den Hügeln stammt, die zum Schloss gehören. Auf dem Etikett steht in schönen alten Lettern: Château Nairaux. Er schmeckt vorzüglich und kostet vermutlich ein kleines Vermögen.

Deshalb und wegen der Erfahrung, die ich im Jura mit dem Vin Jaune gemacht habe, halte ich mich ein wenig zurück. Iva hingegen lässt sich gerne nachschenken, und auch Gustave scheint einem Gläschen oder zwei keineswegs abgeneigt zu sein. Dabei wird er ziemlich gesprächig und erzählt aus seinem Leben.

Ich hatte selbstverständlich angenommen, er sei auf diesem Gut schon zur Welt gekommen. Als er uns erzählt, dass er dreißig Jahre lang auf einem riesigen Ozeandampfer über die Weltmeere gefahren ist, kann ich das kaum glauben. Gustave sieht in meinen Augen wie der perfekte Weinbauer aus. Sein Haarschopf ist grau gesprenkelt. Um die Augen hat er zahllose kleine Fältchen. Er ist sonnenverbrannt und kräftig, ganz so, als würde er eine Menge Zeit draußen im Freien verbringen.

Aber er ist nicht für den Wein zuständig. Der Wein ist ganz allein Sache von Madame de la Sorgue. Sie ist hier die Chefin. Gustave hingegen ist im Haus beschäftigt. Er erledigt zahllose Arbeiten, die in einem Schloss so anfallen. Eine antike Heizung flicken. Uralte Steinmauern abstützen. Dachrinnen putzen und Kamine säubern. Und außerdem kochen.

Natürlich erzählt ihm Iva sofort, dass auch ich eine Köchin bin. »Tatsächlich«, sagt er wenig begeistert.

Ich vermute mal, Kochen ist nicht seine Leidenschaft. Und – wie soll ich das sagen – auch sein Essen ist entsprechend. Er bietet uns einen Teller Eintopf an, den er als »Bœuf bourguignon« bezeichnet. Ich will ja nicht meckern, aber dieses »Bœuf« schmeckt wirklich nicht besonders. Das Fleisch ist ledrig, in der Soße schwimmen Klumpen, und den Geschmack könnte man bestenfalls als »interessant« bezeichnen. Ich esse den Teller trotzdem leer. Weil ich Hunger habe. Und aus Höflichkeit natürlich. Außerdem ist Gustave sympathisch.

Während Iva und ich an seinem Rindfleisch arbeiten, erzählt er uns von seinen Reisen. Und von Madame de la Sorgue. Er hat die Herrin des Schlosses auf dem Schiff kennengelernt. Auf einer Überfahrt nach Argentinien. Wo sich Madame für ein paar Wochen dem argentinischen Weinbau widmete. Darüber, wie er anschließend in diesem Schloss gelandet ist, schweigt sich Gustave allerdings aus.

Iva hat dazu natürlich sofort eine Theorie bei der Hand. »Eine Liebesgeschichte«, haucht sie leise. »So romantisch. Genau wie auf der Titanic.«

Vielleicht hat Gustave auf seinen Reisen auch ein wenig Deutsch gelernt. Ich glaube, er hat Iva verstanden. Ein Lächeln zuckt um seinen Mund. Und um Iva daran zu hindern, jetzt wirklich indiskret zu werden, wechsle ich rasch das Thema. Ich frage Gustave, ob er auf dem Ozeandampfer denn auch als Koch gearbeitet habe. »Um Himmels willen«, ruft er aus und schüttelt energisch den Kopf. »Ich bin kein Koch, das sagte ich doch. Ich bin mein ganzes Leben lang Mechaniker gewesen.«

»Ach«, sagt Iva und legt flugs ihre Gabel beiseite. »Das ist ja spannend! Wissen Sie, was? Einen Mechaniker könnten wir wirklich dringend gebrauchen.«

14

Mit Ivas spontaner Reaktion ist der Kern einer Idee geboren. Während wir eine weitere Flasche des ausgezeichneten Château Nairaux trinken, entwickeln wir am Küchentisch sitzend einen genialen Plan.

Wie alle guten Pläne ist er ganz einfach. Gustave wird unser Auto flicken. Ich übernehme, um ihn zu entlasten, dafür seinen Dienst in der Küche. Gustave ist sofort einverstanden. Er wirkt sogar richtig aufgedreht bei dem Gedanken, der Küche entfliehen zu können. Ich wiederum freue mich auf die Gelegenheit, an so einem speziellen Ort nach Herzenslust wirken zu dürfen.

Alle sind sehr zufrieden. Bis Gustave dann plötzlich meint, wir müssten natürlich noch Madame de la Sorgue um Erlaubnis bitten. Damit habe ich nicht gerechnet. Madame hat bei mir nicht den Eindruck hinterlassen, besonders umgänglich zu sein, und mir wird etwas mulmig zumute bei der Vorstellung, sie ganz offiziell um einen Job bitten zu müssen. Aber ich will natürlich nicht unseren schönen Plan scheitern lassen. Außerdem wäre es mir schrecklich peinlich, eingestehen zu müssen, dass ich mich vor einer alten Dame fürchte.

Deswegen finde ich mich kurze Zeit später in einem ungemütlichen Salon wieder, wo die Herrin des Schlosses auf mich wartet.

Sie empfängt mich in einem thronartigen Sessel, dessen Armlehnen in geschnitzten Löwenköpfen mit weit aufgerissenen Mäulern enden. Wirklich sehr ermutigend. Verstohlen sehe ich mich um. Doch eine Sitzgelegenheit für mich kann ich nicht entdecken. Mir bleibt nichts weiter übrig, als vor ihrem Sessel stehen zu bleiben wie eine arme Büßerin. Ich trete von einem Bein aufs andere und weiß nicht, wohin mit meinen Händen, und Madame hat einen Blick aufgesetzt, der mich sofort vermuten lässt, ich hätte aus Versehen den Hosenschlitz offen stehen. Oder mir würde vielleicht etwas Unappetitliches aus der Nase ragen. Ich muss mich enorm zusammenreißen, um mir nicht sofort ins Gesicht zu greifen.

»Sie wollen also für mich kochen?«, knarzt die Dame des Hauses, nachdem sie mich mindestens eine halbe Minute lang schweigend gemustert hat.

»Ja, Madame«, entgegne ich und bin in Versuchung, auch gleich noch einen Knicks zu machen. Zum Teufel, Betty, denke ich. Reiß dich zusammen!

»Aha«, macht Madame und linst jetzt noch gestrenger über ihre Habichtsnase. Dann erklärt sie mir, in ihrer Küche zu kochen sei eine große Ehre. Die könne man nicht einfach so jeder dahergelaufenen Köchin mal eben gewähren. In ihrer Küche sei schon ein Herzog von Burgund verköstigt worden. Und was ich denn vorzuweisen hätte, um mich dieser stolzen Vergangenheit auch nur annähernd würdig zu zeigen.

Natürlich bin ich völlig erschlagen. Ein Herzog von Burgund – um Himmels willen! Ich leiere etwas stotternd meinen Lebenslauf herunter, der Madame de la Sorgue leider gar nicht beeindruckt. Sie fragt nach Referenzen. Und als ich ihr aus dem Gedächtnis ein paar Namen nenne, ist sie noch immer nicht zufrieden. In der Folge quetscht sie mich über Kochtechniken aus, wobei ich nicht beurteilen kann, ob ihr die Antworten überhaupt etwas sagen.

Ich habe den Verdacht, Madame will mir den Job einfach nicht geben. Als ihr die Fragen ausgehen, lehnt sie sich unzufrieden in ihrem Sessel zurück und beginnt, mit einem Finger in raschem Rhythmus auf den Kopf des Löwen zu klopfen. Das ist schrecklich irritierend. Ich versuche krampfhaft, den Finger nicht weiter zu beachten und an etwas anderes zu denken. An den Truck. An den Süden. An die Reise, die vor uns liegt, und an den Wettbewerb, den ich vergessen kann, wenn ich es jetzt nicht schaffe, diese Frau von mir zu überzeugen.

Nach langem Überlegen kneift Madame dann schließlich triumphierend ihre Augen zusammen. Ich fürchte, das ist kein gutes Zeichen. Ihr ist doch noch eine Frage eingefallen. »Wenn Sie so gut sind, wie Sie behaupten«, sagt sie und sieht mich herausfordernd an, »wie kommt es dann, dass Sie mit einem kaputten Wagen auf der Straße landen?«

O je. Damit musste ich wohl rechnen. Die Frage ist offensichtlich, auch Marie hat sie mir gestellt. Ihr konnte ich damals ohne Scham meinen Kummer mit Klaus anvertrauen. Bei Madame kommt so etwas natürlich nicht infrage. Sie würde mich zweifellos für einen Waschlappen halten.

Ich suche nach der richtigen Formulierung, als mir plötzlich klar wird, dass es hier nicht mehr nur um semantische Feinheiten geht. In meinem Innern hat sich was verändert. Das muss heute geschehen sein. Als Iva und ich auf der Landstraße einen Pakt geschlossen haben. Wir haben uns entschieden, trotz aller Widrigkeiten die Reise weiterzuführen. Und Klaus hatte damit rein gar nichts zu tun. Ich bin nicht wegen Klaus mit einem kaputten Wagen auf der Straße gelandet. Ich bin hier, weil ich einen Traum verfolge. »Madame«, sage ich und richte mich auf, »ich bin hier, um eine Siegerin zu werden.«

Am nächsten Morgen bin ich in Gustaves altem Landrover unterwegs zum Markt, um dort einzukaufen. Ich habe den Job tatsächlich bekommen! Ich werde auf Château Nairaux kochen. In einer Küche, von der schon mal ein Herzog von Burgund verköstigt wurde. Ich bin wild entschlossen, mich dieser Ehre würdig zu erweisen. Außerdem möchte ich Madame nicht enttäuschen. Weil sie mir ja ihr Vertrauen schenkt. Und weil sie mir überdies glaubhaft androhte, mich auf TripAdvisor in der Luft zu zerreißen, sollte ihr mein Essen nicht schmecken. Das möchte ich lieber nicht riskieren und habe mich deshalb entschieden, für Madame ein »Bœuf bourguignon« zu kochen. Schließlich steht dieses Gericht exemplarisch für die stolze Küchentradition dieser Region.

Außerdem setze ich darauf, dass ich nach Gustaves gestrigem Essen eigentlich nur punkten kann. Ich möchte nicht arrogant erscheinen, aber ich wage zu behaupten, mein »Bœuf« wird das seine um Längen schlagen. Madame wird den Unterschied sicher bemerken. Sie wird sich glücklich schätzen, ihr Rindfleisch vermutlich zum ersten Mal auch tatsächlich kauen zu können. Und dafür wird sie mich lieben, denke ich zuversichtlich, während ich über die Landstraße kurve.

Gestern im Regen hatten wir den Eindruck, uns mitten in menschenleerem Ödland zu befinden. Dabei ist

Château Nairaux keine dreißig Kilometer von Beaune entfernt. Ich brauche mit dem Wagen nur zwanzig Minuten dorthin. Beaune liegt südlich von Dijon und ist ein wichtiges Zentrum der Region. Mitten in der Stadt, auf einem kopfsteingepflasterten Platz, der von Kirchen und den Palästen reicher Weinhändler umgeben ist, gibt es einen wunderbaren Markt. Jetzt im Frühling ist er eine wahre Augenweide. Ich schlendere zwischen den Ständen umher und suche nach den frischesten jungen Karotten, den würzigsten Schalotten, den knackigsten grünen Bohnen und den winzig kleinen neuen Kartoffeln. Mein Bœuf bourguignon heute Abend soll perfekt werden. Ich kaufe Champignons, frische Petersilie, getrocknete Lorbeerblätter und am Charcuterie-Wagen eine dicke Scheibe fetten Speck. Dann fehlt mir nur noch das Fleisch. Aus der besten Metzgerei selbstverständlich, die Beaune überhaupt zu bieten hat.

Da ich mich nicht auskenne, wende ich einen Trick an. Man kann die Qualität eines Lebensmittelhändlers nämlich sehr einfach an den Kunden erkennen. Ich folge einer Frau, die sich neben mir am Gemüsestand ganz besonders heikel zeigte. Sie befühlte Stück um Stück, um herauszufinden, was sie zu kaufen gedachte. Und beim Wirsing bestand sie darauf, dass er aufgeschnitten wurde. Wirsing ist ein Wintergemüse, und deshalb ist es nur vernünftig, sich im April zunächst einmal von seiner Frische zu überzeugen. Die Dame trägt ein dunkelblaues, schmal geschnittenes Schneiderkleid, und es würde sich fast lohnen, ihr nur deshalb hinterherzugehen, um zu beobachten, wie sie elegant mit ihren Absatzschuhen über das holprige Pflaster schwebt. Alte Schule eben. Sie führt mich direkt zum

Ladengeschäft eines Metzgers an der Ecke nahe der Kirche. Als ich ihr folge, stoße ich auf der Schwelle mit einem Mann zusammen.

Ich traue meinen Augen kaum. Der Mann ist geschätzte eins neunzig groß, trägt Dreitagebart und auf dem Kopf ein Durcheinander an verwuscheltem blondem Haar. Vor mir steht Jan Meister aus dem »Eber« in Efringen-Kirchen.

»Was machst du denn hier?«, will er wissen und reißt ebenfalls vor Erstaunen die Augen auf.

»Urlaub«, sage ich kurz angebunden.

»Aha«, macht Jan.

»Und selber?«, frage ich.

»Auch Urlaub«, versichert er rasch.

Irgendetwas in seinem Blick lässt mich daran zweifeln. Er sieht mich nicht direkt an und beginnt nun auch noch, an seinen Haaren herumzuzupfen. Bei Frauen soll diese Geste ja bedeuten, dass sie ihr Gegenüber ganz besonders mögen. Hab ich mal gelesen. Bei Jan bedeutet es einfach, dass es ihm peinlich ist, mir zu begegnen.

Dazu hat er auch allen Grund. Ich habe nicht vor, ihm den miesen und gemeinen Zeitungsartikel zu verzeihen. Nicht zu reden von dem persönlichen Angriff auf meine Fähigkeiten. Ich will mit ihm auch nicht mehr Zeit als unbedingt nötig verbringen. Deshalb versuche ich, an ihm vorbei in den Laden zu gelangen. Das ist bei diesen breiten Schultern nicht einfach. Der Mann steht da wie der Klotz, der er auch ist.

»Lässt du mich bitte durch?«, frage ich spitz.

»Natürlich«, sagt Jan, ohne allerdings auch nur einen Millimeter zur Seite zu rücken.

Ich ziehe die Brauen hoch. »Heute noch?«

»Klar.« Jan läuft rosarot an und bewegt sich einen klitzekleinen Schritt zur Seite. »Ich dachte nur ... wenn wir uns hier schon treffen ... könnten wir doch vielleicht ein Glas zusammen trinken gehen?«

»Warum?«, frage ich sofort.

Jan zuckt zusammen. »Wie warum?«

»Ein Glas zusammen trinken? Warum sollten wir das machen?«

»Na weil ... einfach so. Weil wir uns kennen.«

Also bitte! *Weil wir uns kennen?* Denkt er wirklich, mit einer laschen Erklärung und einem Glas Wein wäre der Schaden wiedergutzumachen, den er angerichtet hat?

Ich lächle verhalten und sehr damenhaft. »Leider«, sage ich, »werde ich erwartet.«

Ich kaufe vier Portionen des besten Rindfleischs, das sie beim Metzger haben, und verlasse dann den Laden, nur um draußen erneut Jan ins Blickfeld zu bekommen. Er steht am Brotstand, und ich beobachte von hinten, wie er gut zwei Dutzend kleine Brötchen kauft. Das macht mich nun doch ein wenig stutzig. Warum kauft er Brot für eine ganze Fußballmannschaft? Wenn er doch im Urlaub ist, wie er behauptet. Inzwischen bin ich mir beinahe sicher, dass er schwindelt. Aber warum?

Neugierig geworden, folge ich ihm, als er den Brotstand verlässt und über den Markt in Richtung eines großen Parkplatzes schlendert. Als ich sehe, wohin er sich wendet, trifft mich beinahe der Schlag.

Jan läuft quer über den Parkplatz, schnurstracks auf einen riesigen Truck zu. Ein Monster von einem Wagen, der gleich drei Parkplätze einnimmt. Chromglänzend und mit aerodynamisch abgerundeten Kanten könnte er direkt aus den Sechzigerjahren stammen. Er könnte in Amerika über endlose Highways rauschen. Eine Ikone sozusagen. Wenn man auf so was steht.

Als Jan sich nähert, fliegt die Tür auf, und eine schlanke schwarzhaarige Frau tritt ihm entgegen. Typ Großstadtamazone. Lange Beine, die trotz des kühlen Wetters in superknappen Jeansshorts stecken. Darüber trägt sie eine altmodische Weste. Ihre nackten Arme sind muskulös und braun gebrannt. Über das linke Schulterblatt scheint ein Tattoo zu verlaufen. Ein Adler vielleicht? So genau kann ich das auf die Distanz nicht erkennen. »Hast du die Zwiebeln bekommen?«, ruft sie Jan entgegen. »Wir brauchen auch noch Ketchup, wenn wir morgen öffnen wollen.«

Fassungslos drehe ich mich weg. Ich habe genug gehört und gesehen. Jan hat mich angelogen. Er macht nicht Urlaub hier im Burgund. Jan hat sich einen Food Truck besorgt. Und ich könnte schwören, dass er und seine Amazone sich genau wie Iva und ich auf dem Weg nach Südfrankreich befinden.

15

Ich fahre so rasch wie möglich zurück zum Schloss, um Iva die Neuigkeiten brühwarm weiterzugeben. Ein zweiter Wagen aus Efringen-Kirchen ist unterwegs nach Monaco!

»Das weiß ich schon«, sagt sie und lächelt.

Sie hat die Zeit, die ich auf dem Markt war, dafür genutzt, eine Facebook-Seite für unseren Food Truck einzurichten. Na ja, sie hat es zumindest versucht. Es liegt nicht an Iva, dass die Seite reichlich karg aussieht, wir haben im Moment einfach nicht viel vorzuweisen. Es gibt ein Bild des Trucks, wie wir ihn am frühen Morgen mit Gustaves altem Landrover in den Hof des Schlosses schleppen. Auf einem zweiten Bild beugt sich Gustave mit besorgter Miene über die offene Motorhaube und betrachtet das Getriebe. Inzwischen hat er den Motor auseinandergenommen und die Einzelteile über den ganzen Hof verteilt.

Glücklicherweise hat Iva davon nicht auch noch ein Bild gepostet. Denn im Moment sieht Gustave weniger wie ein Mechaniker als vielmehr wie ein Fernseharzt aus, der im Begriff ist, den trauernden Angehörigen schlimme Nachrichten zu überbringen. Ich stoße einen Seufzer aus. Unsere Facebook-Seite ist mitleiderregend. Damit entspricht sie leider genau der Realität.

Die Seite von Jan hingegen liest sich schon jetzt wie eine Erfolgsgeschichte. Iva ist durch Zufall darüber gestolpert. »Ist doch lustig«, sagt sie, »dass ihr beinahe Nachbarn wart und nun unabhängig voneinander beide nach Monaco fahrt.«

»Lustig« kann ich das nun gar nicht finden. Mein Verdacht ist hiermit bestätigt. Warum zum Teufel, denke ich zornig, kann Jan nicht einfach wieder nach Australien verschwinden? Warum muss er von allen Zielen, die er hätte ansteuern können, ausgerechnet Monaco wählen? Da mache ich einmal in meinem Leben etwas ganz Verrücktes, und wer kommt mir entgegen? Jan Meister aus dem »Eber«!

Meine Laune sinkt auf den Tiefpunkt, als ich seine Facebook-Seite genauer unter die Lupe nehme. Jan hat schon aus seiner Abfahrt ein Brimborium gemacht. Das kann ja noch heiter werden. Ich habe mich aus Efringen-Kirchen wie eine Diebin davongeschlichen. Aber Jan hatte seinen Truck einen ganzen Nachmittag lang direkt vor dem »Eber« stehen. Er hat für das halbe Dorf Burger gebraten. Und dafür bekam er auch noch jede Menge hochgereckter Daumen.

Einer davon scheint sogar von meiner eigenen Mutter zu stammen. Die hätte mich auch warnen können, denke ich sauer.

»Ist ja eklig«, sage ich zu Iva. »Wie der herumprotzt mit seinem Wagen.«

»Ach«, sagt Iva. »Der Wagen hat schon was. So groß und stark und männlich.«

Als ich sie daraufhin unsanft in die Seite boxe, kichert sie fröhlich. Der Wagen, lese ich, ist ein Airstream. Offenbar ein Klassiker. Food Trucker auf der ganzen Welt überschlagen sich förmlich, um einen davon in die Finger zu bekommen.

Mich beeindruckt das gar nicht. Boshaft deute ich an, dass Jan vielleicht etwas zu kompensieren hat. Wenn er so einen großen, langen Wagen braucht.

»So habe ich dich ja noch nie erlebt«, sagt Iva und kichert erneut. Dann will sie wissen, warum mich dieser Kerl derart auf die Palme bringt. »Da steckt doch mehr dahinter«, sagt sie neckend. »Komm schon. Erzähl Tante Iva die Geschichte.«

Das werde ich ganz bestimmt nicht machen. Schon allein deshalb, weil es nicht viel zu erzählen gibt. Es ist tausend Jahre her, dass Jan und ich ein Paar waren. Und es dauerte nur kurze sechs Wochen. Einen Sommer lang. Bis die Schule wieder begann und Angelika dem sonnendurchfluteten Traum ein abruptes Ende bereitete.

Keine große Sache. Jeder hat solche Erinnerungen an seine erste Liebe. Dadurch zeichnet sich die erste Liebe ja gerade aus. Dass sie irgendwann zerbrochen ist. Unter Schmerzen und Tränen, die man im zarten Alter von siebzehn eben besonders stark empfindet. Weil man mit siebzehn noch an so etwas wie ewige Liebe oder Vertrauen oder Seelenverwandtschaft glaubt. Ich zumindest. Auf einer Lichtung im Wald im weichen Moos zu liegen, Jan tief in die Augen zu schauen und ihn dabei zu küssen war für mich mit siebzehn in etwa dasselbe wie ein Ehegelöbnis. Ich habe das alles viel zu ernst genommen. Ich war mir sicher, ich würde mein ganzes Leben mit diesem Mann verbringen. Ich wollte gar nichts anderes mehr, als seine Lippen küssen, die in diesem Sommer nach wilden Himbeeren schmeckten. Noch heute sind mir wilde Himbeeren von allen Früchten die liebsten. Aber das alles werde ich Iva auf keinen Fall anvertrauen.

Stattdessen erzähle ich ihr vom Artikel im *Efringer Boten*. Und von der Rolle, die Jan dabei spielte. Iva wird richtig sauer. Vermutlich sind das ihre südländischen Gene, denn ich scheine inzwischen zu ihrer Familie zu gehören. Und das bedeutet, dass sie an Jan schlagartig nichts Positives mehr finden kann.

Der Wagen ist tatsächlich protzig. Und auch wenn Jan auf den Bildern zugegebenermaßen ein wenig wie ein Wikinger aussieht, ist Iva doch sicher: In Wirklichkeit ist er hässlich. Und seine Burger sind ganz bestimmt grässlich!

»Burger«, sagt sie und schnaubt verächtlich. »Da hast du auf jeden Fall sehr viel Besseres zu bieten.«

Das hätte ich schon. Ich habe eine Fülle von Ideen. Von Crêpes und Galettes oder leckeren Sandwiches über frische Salate bis zu Suppenvariationen. Das Problem ist nur, dass wir für diese wunderbaren Gerichte eine Küche brauchen.

Wenn wir Sandwiches anbieten wollen, brauchen wir einen Ofen, um Brötchen zu backen. Und für die Suppe Wärmeplatten. Bei Salaten wiederum benötigen wir ausreichend Kühlraum. Und eine lange, saubere Theke auf der wir die frischen Gerichte appetitlich anrichten können. Wir haben leider nichts von alldem.

Eine Weile schweigen wir betreten, dann sagt Iva energisch: »Okay. Ein Problem nach dem anderen. Zuerst muss der Wagen ja mal fahren. Lass uns doch nach Gustave schauen.«

Besonders motivierend ist das leider nicht.

Als wir den Hof erreichen, steht unser armer Dönerwagen traurig aufgebockt und ist völlig ausgeweidet.

Und Gustave hat die Schirmmütze ins Genick geschoben und kratzt sich ratlos den grauen Schopf. »Hmmm«, macht Iva, während mir das Herz in die Hose sackt. Was, wenn Gustave es nicht schafft? Vielleicht ist er wie diese Teenager, die ständig Dinge auseinanderschrauben und sie nicht mehr zusammenbekommen?

Während Iva hinübergeht und Gustave ihre Hilfe anbietet, verziehe ich mich in die Küche, wo ich umgehend einen Kalender konsultiere.

Ich rechne aus, wie viel Zeit uns bis Monaco noch bleibt. Ganze zwölf Wochen. Das sind vierundachtzig Tage. Oder zweitausendsechzehn Stunden. Die Stunden habe ich berechnet, um mich zu beruhigen. Leider klappt das nicht so richtig. Es hat zur Folge, dass ich jetzt die Uhr im Auge behalte, während ich, am Küchentisch sitzend, eine Liste der noch offenen Arbeiten erstelle. Zuoberst schreibe ich: »Motor flicken« und male zwei dicke Ausrufezeichen dahinter. Dann unterstreiche ich es doppelt, während ich mit einem Auge den Sekundenzeiger auf meiner Uhr im Blick behalte.

Mir ist noch nie aufgefallen, wie rasend schnell sich so ein Sekundenzeiger bewegt. Obwohl meine Uhr ganz schön groß ist, hat der Zeiger sie bestimmt schon zweimal umrundet, seit ich hier sitze. Ist das normal? Dass die Zeit derart schnell verrinnt? Wie um Himmels willen soll man bei diesem rasenden Tempo überhaupt etwas geregelt kriegen? Nicht zu reden von den tausend Dingen, die Iva und ich möglichst sofort erledigen sollten. Mir schwirrt schon der Kopf, wenn ich nur daran denke.

Geschlagene fünf Minuten und zwanzig Sekunden lang bleibe ich wie gelähmt am Küchentisch sitzen, dann reiße ich mich zusammen. Solch eine Zeitverschwendung kann ich mir nicht mehr leisten. Ich habe mir vorgenommen, Madame das beste Bœuf ihres Lebens zu servieren, und genau das werde ich nun auch machen. Ich kriege vielleicht kein Auto zum Laufen, aber, so denke ich trotzig, immerhin kann ich kochen.

»Bœuf bourgignon« ist ja ein französischer Klassiker. Daher habe ich das Gericht auch bestimmt schon ein Dutzend Mal zubereitet. Zu Hause in Efringen-Kirchen. In der Küche meiner Wohnung. Die sich leider entscheidend von der Küche in einem Schloss unterscheidet.

In meiner Küche in Efringen-Kirchen kenne ich mich aus. Ich würde selbst im Schlaf sämtliche Utensilien finden. Hier muss ich alles erst mal suchen. Und erstaunlicherweise finde ich die Dinge nur selten dort, wo sie logischerweise hingehören würden. Gustave ist kein Koch. Vermutlich folgt die Ordnung in der Küche einer Mechanikerlogik.

Erschwerend kommt hinzu, dass die Küche ja gewissermaßen organisch gewachsen ist. Es gibt Regalbretter, die man nur erreicht, indem man sich am Boden flach auf dem Bauch ausstreckt. Für andere Regale wiederum ist es nötig, aus dem Tisch und einem Stuhl einen kleinen Turm zu bauen. Das ist ganz schön anstrengend. Auch die Wege hab ich unterschätzt. In meiner Küche zu Hause sind sämtliche Gerätschaften mit maximal drei Schritten zu erreichen. Ich jammere manchmal über fehlenden Platz. Das werde ich nicht mehr machen. Ich weiß die Nähe nun zu schätzen. Um die Distanzen in dieser Küche hier zu überbrücken, würde ich eigentlich Rollschuhe brauchen. Das alles hat zur Folge, dass die Arbeit deutlich länger dauert als erwartet. Am Ende bin ich völlig verschwitzt und einigermaßen sicher, dass mein Haar eine Katastrophe ist. Doch immerhin habe ich mein Bœuf fertig bekommen. Ich nehme einen Löffel und probiere mit klopfendem Herzen. ... Das Fleisch ist zart und würzig. Die Karotten sind knackig geblieben, und die frischen kleinen Kartoffeln schmecken sanft und erdig wie ein Frühlingsmorgen. Erleichtert atme ich aus. Gott sei Dank. Es ist gelungen.

Um dem Anlass den richtigen Rahmen zu geben, decke ich den Tisch im Speisezimmer mit schönen antiken Tellern, die ich in der Anrichte gefunden habe, mit Leinenservietten und Rotweinkelchen aus echtem Kristallglas. Gustave geht extra in den Keller, um einen passenden Wein zu holen. Alles sieht perfekt aus, als wir uns zu viert an den Tisch setzen.

»Bon appetit«, sage ich und warte erwartungsvoll, während die anderen zu essen beginnen. Iva nimmt einen Bissen und dreht verzückt die Augen gen Himmel, auch Gustave wirkt beeindruckt. Madame de la Sorgue hingegen stochert in ihrem Bœuf nur missgelaunt herum. Nach wenigen Bissen legt sich die Gabel wieder beiseite. »Was ist los?«, frage ich alarmiert. »Ich weiß nicht«, entgegnet sie mürrisch. »Dieses Bœuf bourguignon schmeckt seltsam. So ganz anders als bei Gustave.«

16

Mein Bœuf bourguignon schmeckt anders als bei Gustave. Natürlich.

Zum Teufel noch mal, das war doch der Sinn der Sache! Gustaves Bœuf war zäh und klumpig, die Soße war versalzen, das Gemüse war verkocht. Und ausgerechnet dieses Essen will Madame mir als Maßstab vorhalten? Ich kann es kaum fassen.

Aber leider wiederholt sich dieses Muster in den nächsten Tagen. Nicht nur sein Bœuf, auch Gustaves Pastete ist besser als meine. Und mein Hühnchen kann sich mit seinem ebenfalls nicht messen. Sogar meine Forelle bleibt meilenweit hinter seiner zurück. Es ist jeden Abend dasselbe. Madame probiert ein paar wenige Bissen und verzieht dann das Gesicht. Sie legt überdeutlich die Gabel zur Seite und greift stattdessen zum Baguette, das ich zum Essen reiche. Muss ich ja. Madame würde mir sonst noch verhungern.

Ich lege mich wirklich ins Zeug in dieser Woche. Ich koche mich durch die klassischen Spezialitäten der burgundischen Küche. Poulet Gaston Gérard, mit einer Soße aus weißem Wein und würzigem Senf aus Dijon. Jambon persillé, eine sehr leckere Terrine, in die neben Petersilie auch Zwiebeln, Schalotten, Thymian und Lauch gehören. Oder Coq au Vin. Oder Œufs en meurettes. Am Ende wage ich mich sogar an Schnecken. Doch Madame kann mein Essen einfach nicht leiden.

Vielleicht gibt es ja tatsächlich romantische Bande zwischen Madame und Gustave, wie Iva behauptet. Vielleicht kann man Madames Verhalten damit erklären. Sie möchte Gustave nicht kränken. Vielleicht steckt Loyalität oder gar Liebe hinter ihren ruppigen Kommentaren zu meinen Gerichten.

Leider kann ich an diese Erklärung auf die Dauer aber nicht recht glauben. Nach ein paar Tagen beginnt die ständige Ablehnung an meinem Selbstbewusstsein zu nagen.

»Um Himmels willen«, sagt Petra, als wir eine Woche später am Sonntagabend telefonieren. »Jetzt lass dich von dem alten Drachen doch nicht so terrorisieren.«

Meine Freundin ist zurück aus den Flitterwochen, und ich habe auch ihr inzwischen die Wahrheit gebeichtet. Petra ist restlos begeistert von meinen Plänen. Sie ist überzeugt, dass ich in Monaco gewinnen werde, und versucht, mich aufzubauen. Sie sagt, ich müsse dringend an meinem Selbstbewusstsein arbeiten.

Die kann leicht reden.

Ich dachte wirklich, ich hätte in dieser Hinsicht Fortschritte gemacht. Nach den Kämpfen, die ich in den letzten Wochen ausgefochten habe, fühlte ich mich stark und mutig. Ich habe schon so viele Prüfungen bestanden: Habe Efringen-Kirchen und Klaus verlassen. Den Grill aus der »Sonne« geklaut. Die Grenzbeamten, eine Horde wilder Kühe und den jurassischen Käse bezwungen. Aber in Bezug auf mein Selbstbewusstsein bin ich offenbar dennoch nicht viel weitergekommen. Mein Selbstbewusstsein kommt mir inzwischen vor wie ein glitschiger Fisch. Immer wenn ich glaube, es sicher in Händen zu halten, flutscht es mir wieder davon.

»Ich kann dieses Geräusch nicht mehr hören«, sage ich zu Petra am Telefon. »Dieses Knuspern und Kauen. Dieses Krachen der Kruste. Es ist jeden Abend dasselbe. Die Frau ernährt sich von Baguette.«

»Lass sie doch«, sagt meine Freundin. »Die hat doch keine Ahnung.«

Hat sie leider doch. Schließlich ist Madame de la Sorgue eine bekannte Önologin. Der Wein von Château Nairaux gehört zu den besten des Landes. Und dafür ist ganz allein sie verantwortlich.

»Und wenn schon«, sagt Petra schnippisch. »Herrgott, Betty, du bist ja völlig blockiert. Was ist nur in dich gefahren? Du überschlägst dich ja förmlich, nur um dieser Frau ein Lächeln zu entlocken. Versuch doch mal das Gegenteil. Versuch doch mal, ihr NICHT zu gefallen.«

Na prima. Vielen Dank auch. Diesen Rat hätte sie sich sparen können. Um den Leuten NICHT zu gefallen, brauche ich mich nicht extra anzustrengen. Das geht ganz von allein. Kann man zum Beispiel auf Facebook sehen.

Dort entspannt sich inzwischen eine regelrechte Debatte um die zwei Köche aus Efringen-Kirchen, die beide nach Monaco fahren. Aber nicht zusammen! Es werden schon Wetten abgeschlossen, darüber, wer von uns beiden diesen Wettbewerb gewinnen könnte. Die Quoten stehen neunzig zu zehn für Jan. Er hat auf Facebook inzwischen schon über zweitausend »Likes« erhalten. Wir hingegen mussten erst mal ein Foto von Iva posten, um überhaupt ein wenig Zuspruch zu bekommen.

Auf dem Foto trägt Iva einen alten Strohhut von Madame und einen Mechanikeroverall. Den hat ihr

Gustave geliehen. Nachdem die beiden entdeckt haben, dass Iva ein Händchen für Motoren hat.

Das hat uns alle ein wenig überrascht. Iva hat die letzte Woche größtenteils draußen im Hof bei Gustave verbracht. Vermutlich lag das anfangs auch an den fehlenden Alternativen. Ich hatte in der Küche keine Arbeit für sie. Und das Unterhaltungsangebot ist hier im Schloss ja auch sehr bescheiden. Den ganzen Tag die alten Tapisserien an den Wänden anzustarren ist auf die Dauer nicht das Wahre.

Draußen im Hof tat sich wenigstens was. Inzwischen hat Iva, wie sie mir versichert, eine echte Liebe zu dieser Bastelei entwickelt. Wobei sie es vorzieht, ihre Tätigkeit anstatt Basteln »Tuning« zu nennen.

Ob es an Ivas Hilfe lag, kann ich nicht beurteilen, aber Ende der Woche haben die beiden den Motor tatsächlich wieder zusammenbekommen. Sie strahlen um die Wette, als sie mir ihr gemeinsames Werk vorführen. Der Motor schnurrt wie ein Kätzchen. Ich bin wirklich beeindruckt.

Und ziemlich erleichtert, denn damit sind wir wieder im Rennen. Wir haben noch elf Wochen Zeit, um nach Monaco zu kommen, und ich freue mich, dass wir nun endlich weiterfahren können. Nicht zuletzt dürfte sich damit auch mein Problem mit Madame elegant erledigt haben.

Ich will mich sofort ans Packen machen, aber Iva hält mich zurück. »Das wollte ich dir noch erzählen«, sagte sie mit breitem Lächeln. »Gustave ist bereit, uns auch bei der Küche zu helfen. Ist das nicht fantastisch?«

Das ist es tatsächlich. Ich hatte fest damit gerechnet,

dass wir uns in Beaune neue Jobs besorgen müssen, um den Kücheneinbau zu finanzieren. Wenn Gustave uns hilft, geht das natürlich wesentlich schneller. Der einzige Hacken bei der Sache: Ich muss weiter für Madame kochen.

Einen halben Tag verbringe ich mit Gustave und Iva und erkläre den beiden, wie die Küche im Truck am Ende aussehen sollte. Wir sitzen am Tisch und zeichnen Pläne, messen Arbeitsflächen aus und diskutieren, welche Materialien sich für die Theke und die Regale, die Gustave bauen will, am besten eignen. Als alles klar ist, verziehen sich die beiden wieder nach draußen. Ich sehe ihnen wehmütig nach. Denn ich bin nun wieder auf mein Problem mit Madame zurückgeworfen.

Das zeigt sich dramatisch am nächsten Tag, als ich den Markt besuche. Tausend Rezepte schwirren mir durch den Kopf. Aber ich kann mich für keines entscheiden. Soll ich mich an einer Entenbrust versuchen? Oder an Kaninchenschlegel? Oder an Gemüse? Oder an Suppe? Ich laufe wie blind durch die Reihen der Stände, unfähig, auch nur ein Petersiliensträußchen zu kaufen. Egal, wonach ich an den Ständen greife, ich habe sofort Madame vor Augen. Wie sie probiert und enttäuscht ihre Lippen verzieht. Wie sie die Gabel zur Seite legt und ein weiteres Mal nach dem Brotkorb greift ...

Während ich verzweifelt ein Gericht nach dem anderen verwerfe, führen mich meine Schritte automatisch zur südwestlichen Ecke des Marktes hinüber. Dort stand in den vergangenen Tagen Jan mit seiner Amazone und verkaufte Burger. Ich habe mir angewöhnt, stets einen kleinen Blick auf seine Geschäfte zu werfen. Nur aus der Ferne natürlich. Aber es war irgendwie beruhigend, die Konkurrenz im Auge zu behalten. Doch als ich an diesem Morgen beim Käsestand vorsichtig um die Ecke linse, ist der Airstream verschwunden.

Jan ist weitergezogen. Verdammt! Jetzt hat er einen Vorsprung. Das macht mich ganz zappelig. In Lyon findet in drei Wochen ein großer Street-Food-Markt statt. Bestimmt ist Jan auf dem Weg dahin. Iva und ich wollen diesen Markt eigentlich ebenfalls besuchen. Doch bisher habe ich weder eine Küche noch ein vernünftiges Food-Konzept.

In Wirklichkeit, denke ich frustriert, kann ich mich mit Jan überhaupt nicht vergleichen. Er wird in Richtung Süden fahren, während ich im Schloss rumhocke und versuche, Madame de la Sorgue zu gefallen.

Dabei ist es völlig unerheblich, was ich koche. Egal, wie sehr ich mich bisher ins Zeug gelegt habe, Madame konnte ich nicht mal ein Lächeln entlocken.

Ich drehe mich um und lasse meinen Blick abermals über den Markt schweifen. Was habe ich eigentlich zu verlieren? Vor mir liegt ein Meer an Farben, Gerüchen und Geschmäckern. Ein Meer von Möglichkeiten. Plötzlich bin ich wild entschlossen, mich nicht länger entmutigen zu lassen. Ich werde aus diesen Möglichkeiten etwas machen.

Ich dränge Madame aus meinen Gedanken. Ich vergesse alle Rezepte und lasse mich, während ich zum zweiten Mal an diesem Morgen durch die Stände gehe, nur von meinen Sinnen leiten. Von den Gerüchen und den wunderbaren Farben. Ich kaufe süß duftende Kirschtomaten und lasse mir spontan auch noch ein Bündel frischen Mangold einpacken. Einfach nur weil das Grün so wunderbar zum Rot der Tomaten passt.

Am nächsten Stand kaufe ich scharfe Chilis. Dann verführt mich bei der Charcuterie der saftige Bauernschinken.

Gaston vom Käsestand bietet mir ein Stück Morbier an, das ich verschmähe, doch dann zeigt er mir den frischen Ziegenkäse. Ziegenkäse? Dagegen habe ich ein Vorurteil. Ich lasse ihn ein kleines Stück abschneiden und probiere. Dann bin ich hingerissen. Der Käse schmeckt mild und würzig nach Wiesenkräutern, nach frischer Milch und ein wenig, ich gebe es zu, auch nach Ziegen. Ich kaufe ein großes Stück und dann noch violette Feigen aus Andalusien und duftende Orangen aus Ägypten und Mandeln, die auf Korsika wachsen. Ich fülle meine Körbe mit tausend Dingen, die scheinbar nicht zusammenpassen, aber inzwischen beginnt sich in meinem Kopf so etwas wie ein Plan zu bilden.

Am Abend lege ich im Speisesaal wie immer die Teller mit Goldrand auf. Doch es fehlen die Töpfe und Schalen. Heute gibt es kein »normales« Mahl. Heute werden wir im Château nämlich Street Food essen.

Ich habe Crêpes und Galettes gebacken. In der süßen Variante sind die Crêpes mit einem feinen Chutney aus Orangen, Feigen und den frischen Kirschtomaten bestrichen. Die herzhaften Galettes dagegen sind mit Mangold und Ziegenkäse belegt. Dazu gibt es eine Variante mit einer Mousse aus leckerem Bauernschinken, bestreut mit frischem Schnittlauch und Schalotten. Und für die Süßmäuler eine Crêpe mit karamellisierten Mandelsplittern und hauchdünn geschnittenen Birnenschnitzen.

Es gibt kein Rezept für diese Gerichte. Ich habe sie

während des Kochens erfunden. Und zum ersten Mal seit Tagen hat mir die Arbeit wieder richtig Spaß gemacht.

Ich bin fest entschlossen, mich von Madame nicht einschüchtern zu lassen, aber dennoch ein wenig aufgeregt, als ich die Crêpes und die Galettes aus der Küche bringe.

Madame reagiert sofort. Schnell ist sie ja für ihr Alter, das muss man ihr lassen. »Was ist denn das?«, ruft sie entrüstet.

»Crêpes«, sage ich mit meinem schönsten Lächeln, obwohl ich mich innerlich winde. »Im Wesentlichen Mehl, Eier und Milch.«

»Ich weiß, was das ist.« Madame schießt einen vernichtenden Blick auf mich ab. »Wollen Sie mich hier für dumm verkaufen?«

»Nein«, entgegne ich harmlos. »Ich dachte nur, Sie hätten gefragt.«

»Das war eine rhetorische Frage«, schnaubt Madame in einem Tonfall, als wäre sie sicher, dass das Wort »Rhetorik« mich überfordert.

»Rhetorisch zurückgefragt: Möchten Sie mal probieren?«

Madame runzelt irritiert die Stirn. »DAS ist keine rhetorische Frage.«

Irgendwie schon. Madame hat schließlich die ganze Woche in ihrem Essen nur herumgepickt wie ein schlecht gelaunter kleiner Vogel. Ich vermute ja inzwischen, dass sie in ihrem Zimmer heimlich ein Lebensmittellager hortet. Allein von den drei Bissen, die sie während der Mahlzeiten zu sich nimmt, kann man nicht überleben.

Dieser Gedanke hilft mir nun, meine Gelassenheit zu

wahren. Madame wirkt etwas weniger bedrohlich, wenn ich mir vorstelle, wie sie Chips in sich reinfuttert. Ich zucke also nur mit den Achseln und sage in gespielter Gleichmut: »Rhetorisch oder nicht, wenn Sie noch was wollen, dann müssen Sie sich beeilen.«

Das ist nicht gelogen. Während unserer kleinen Diskussion hat Gustave schon zweimal zugeschlagen und ist eben dabei, nach einer dritten Galette zu langen, und auch Iva lässt sich von ihm gleich noch eine zweite Portion reichen. Ich selbst greife nun ebenfalls zu, während ich beobachte, wie sich in Madames Blick tatsächlich eine gewisse Nervosität zeigt. Es gibt nur noch je eine Galette und eine Crêpe.

Mit der Miene einer Königin, die gezwungen ist, sich weit unter ihr Niveau zu begeben, schnappt sich Madame geschwind die Galette. Sie öffnet sie mit der Gabel und wirft einen Blick auf die Füllung, bevor sie sich seufzend dazu herablässt, ein Stück davon zu kosten. Ich beobachte sie aus den Augenwinkeln und sehe ihre Brauen für den Bruchteil einer Sekunde in die Höhe schnellen, als sich der Geschmack in ihrem Mund entfaltet.

Sie schafft die Galette in Rekordzeit, aber nicht schnell genug, um sich auch noch die Crêpe zu sichern. Iva hat sie ihr buchstäblich vor der Nase weggeschnappt und verdreht dann, während sie isst, auch noch genussvoll die Augen.

Madame hat diesmal ihre Gabel in der Hand behalten. Unzufrieden spielt sie damit herum. Ich esse seelenruhig fertig, dann drehe ich mich zu ihr um. »Ich hätte noch ein paar Portionen in der Küche. Was meinen Sie, soll ich sie holen?«

TEIL 3

Durch die Gartenlandschaft des Rhône-Tals
über Frankreichs Gourmethauptstadt
zu den Toren der Provence:

Beaune – Bourg-en-Bresse – Lyon – Orange

Frühsommerliches Menu rustique

Pâté en croûte de cochon fermier d'Auvergne
Bauernhofpastete im Teigmantel

***

Quenelle de brochet artisanale,
coulis d'étrilles et riz
Hechtklößchen mit Krabbencoulis und Reis

***

Assortiment de fromage accompagné
de moutarde aux figues
Reichhaltige Käseplatte mit Feigensenf

***

Beignets de fleurs
Blütenkrapfen

17

Ich streiche in der kommenden Woche jeden Tag im Kalender ab und bleibe dabei ziemlich gelassen. Weil wir inzwischen wirklich Fortschritte machen. Gustave und Iva sind jeden Tag fleißig dabei, unsere Küche einzurichten. Ich habe das Ergebnis bisher leider noch nicht gesehen, weil die beiden ein großes Geheimnis daraus machen. Doch diese kleine Unsicherheit wird mehr als aufgewogen durch meine steigende Zuversicht, was das Essen betrifft.

Ich serviere nun täglich Street Food im Château. Nicht nur Crêpes und Galettes. Auch zum Beispiel frisch gebackene Maisbrötchen mit marinierten Rindfleischstreifen an einer scharfen Soße. Oder süßsauer eingelegtes Hühnchen mit knackigem Salat und Bohnen in einem knusprigen Baguette. Oder geräucherten Fisch aus der Saône auf selbst gebackenem Roggenbrot mit Meerrettichschaum und einem Tupfer Honig. Es ist, als wäre ein Damm gebrochen. Bei mir und auch bei Madame.

Zu Beginn unseres Aufenthaltes pflegte sie mich wie eine Magd zu behandeln, wenn wir uns außerhalb der Essenszeiten im Schloss zufällig trafen. Doch inzwischen ist unser Umgang schon beinahe freundschaftlich geworden. In gewissen Grenzen, versteht sich. Natürlich achtet Madame weiterhin streng darauf, zum Personal ein wenig Distanz zu wahren. Aber sie taucht jetzt öfter mal schon am Nachmittag in der Küche auf.

Sie möchte dann wissen, was ich zum Abendessen koche. Sie schnuppert mit ihrer langen Nase und öffnet die Deckel der Pfannen.

Einmal, als sie dachte, ich sehe es nicht, habe ich sie sogar beim Naschen erwischt. Ich habe natürlich blitzschnell in die andere Richtung geschaut. Alles andere hätte den zarten Banden zwischen uns bestimmt nur geschadet. Aber ganz heimlich habe ich das Naschen als Kompliment betrachtet und mich darüber gefreut.

In diesen Tagen ist das Leben im Schloss richtig angenehm. Auf dem Markt in Beaune kenne ich inzwischen jeden. Ich liebe die Küche im Schloss und blühe regelrecht auf bei der Anerkennung, die ich nun Abend für Abend für meine Gerichte bekomme. Als Iva und Gustave eines Morgens glücklich verkünden, dass sie ihre Arbeit heute beenden wollen, mischt sich in meine Freude schon fast ein wenig Wehmut. Ich kann es kaum fassen, aber ich denke, ich werde Madame tatsächlich ein bisschen vermissen.

Am Abend darf ich den Wagen besichtigen. Iva macht daraus eine richtige Show. Sie führt mich mit verbundenen Augen in den Hof hinaus, wo ich erst auf ihr Kommando meine Binde lösen darf.

Vermutlich bin ich nicht objektiv, aber der Wagen sieht prächtig aus. Er ist frisch geputzt, und die Reste der früheren Beschriftung, die auf der Kühlerhaube immer so hässlich aussahen, sind verschwunden. Genau wie die alte zerkratzte Theke, die an feuchten Tagen eklig nach Zwiebeln und Döner roch. Die gesamte Seitenwand des Trucks wurde ausgewechselt, und als Gustave sie öffnet, liegt dahinter eine brandneue Theke. Die

Stellfläche ist hygienisch aus rostfreiem Stahl gefertigt, doch die Verkleidung ist aus Holz. Das gibt dem Wagen gleich einen ganz anderen Charakter. Auf der linken Seite des Tresens steht, exakt eingepasst, eine große Glasvitrine. »Die ist für Kuchen und Torten«, sagt Iva und strahlt wie ein Maikäfer. »Wir müssen deine Kunst schließlich zeigen.«

Ich freue mich schrecklich. Auch wenn ich, um ehrlich zu sein, eher bezweifle, dass ich es schaffe, im Truck eine Torte zu backen. Dazu fehlt mir die Ausrüstung.

»Meinst du?«, fragt Iva und lächelt verschmitzt. »Dann wirf doch mal einen Blick in die Küche.«

Auch mit dem größten Wohlwollen war es schwierig, an unserer Küche im Dönerwagen etwas Schönes zu finden. Billige Schränke, deren weiße Abdeckungen im Lauf der Jahre ein schmutziges Grau angenommen hatten, ein zerbeultes Spülbecken, ein abgetretener Bodenbelag, aus dem wir das alte Fett trotz aller Mühe nie ganz herausbekommen haben.

Dazu kommen die beengten Platzverhältnisse. Der Innenraum des Wagens misst dreieinhalb auf zweieinhalb Meter. Opulente Küchenträume kann man auf so einer Fläche natürlich vergessen. Ich erwarte keine Wunder, als ich die Tür aufstoße. Doch dann stockt mir beinahe der Atem.

Ein neuer Bodenbelag in Mitternachtsblau lässt den Innenraum sehr viel größer erscheinen. Ein neues, breiteres Spülbecken blinkt und funkelt. Die Schränke haben neue Türen erhalten, die tatsächlich schließen, und dazu ein praktisches Innenleben. Alle Geräte sind bestens eingepasst und so angebracht, dass sie den Arbeitsablauf erleichtern. Dabei wird jeder Zentimeter im

Wagen optimal genutzt. Es gibt eine neue große Arbeitsplatte. Es gibt Hängekörbe, in denen wir Früchte und Gemüse aufbewahren können. Und es gibt tausend Kleinigkeiten, die diese Küche zu einem wahren Schmuckstück machen. Blumentöpfe neben der Theke, in denen bunte Stiefmütterchen wachsen. Knallrote Halter für Messer und Pfannen. Karierte Geschirrtücher in leuchtenden Farben. Und eine große Schiefertafel, auf der mit bunter Kreide geschrieben steht: »Heute Betty Spezial!«

Das alles allein würde mich schon aus den Socken hauen, aber dann entdecke ich in der neuen Küche auch noch einen Ofen. Ich staune ihn mit offenem Mund an. Es ist ein wahres Luxusmodell. Multifunktional. Man kann in ihm backen. Man kann den Teig gehen lassen oder Gemüse dünsten. Man kann sogar Fleisch darin garen. Mit diesem Ofen werden meine kulinarischen Möglichkeiten auf einen Schlag beinahe verdoppelt. Selbst gebraucht kostet so ein Ofen ein kleines Vermögen. Ich habe keine Ahnung, wie die beiden ihn bezahlen konnten, ohne eine Bank zu überfallen. »Mit der Prämie«, sagt Iva strahlend, »die wir zum Abschied von Madame bekommen.«

Ich drehe mich um, breite die Arme aus und bin drauf und dran, Madame einfach um den Hals zu fallen. »Na, na, na«, macht diese und tritt rasch zur Seite, wobei sie den Champagner, den sie zur Besichtigung stiftet, wie einen Schild vor den Körper hält. Ich drücke meinen Dank dann ganz gesittet mündlich aus und wische mir unauffällig eine Träne der Rührung aus dem Augenwinkel, während Madame die Flasche öffnet.

Ursprünglich schwebte ihr vor, damit den Truck zu

taufen. Sie wollte die Flasche wie bei einer Schiffstaufe gegen die Wand knallen lassen. Wir anderen waren dagegen. Zum einen, weil wir den Champagner lieber trinken möchten, und zum andern, weil wir mit so einer massiven Flasche möglicherweise ein Loch in den Truck schlagen würden.

Außerdem haben wir noch keinen Namen. »Den brauchen Sie aber«, sagt Madame streng, während sie unsere Gläser füllt. »Sie können nicht ohne Namen auftreten. Wie soll man Sie denn finden, wenn Sie keinen Namen haben? Wie soll man Ihnen vertrauen?«

Das Problem ist uns nicht neu. Wir haben schon stundenlang über dem Namen gebrütet. Unsere Facebook-Seite heißt momentan ganz profan »Food Truck, Betty und Iva«. Doch damit kann man nun wirklich keinen Wagen beschriften. Wir haben es auch mit Kombinationen unserer Namen versucht. Aber weder »Ivetty« noch »Biva« konnte uns so richtig überzeugen. Ich sage Madame, wir seien für jeden Vorschlag offen. Dann stoßen wir an.

Wir sitzen an diesem Abend lange draußen im Hof. Nach dem Champagner gibt es Rotwein. Einen Château Nairaux selbstverständlich. Madame de la Sorgue kann zu diesem Wein wunderbare Geschichten erzählen. Sie weiß bis ins Detail, wo die Reben standen, ob es Frost gab in diesem Jahr und wie der Sonnenstand war. Als es dämmert, beginnen in den Weinbergen um das Schloss Tausende Grillen zu zirpen, und während ein blassgoldener Mond langsam in den Himmel steigt, bringt uns Gustave ein Ständchen auf seiner Mundharmonika. Es ist ein schöner Abend, und irgendwann glaube ich aus den Augenwinkeln sogar zu erkennen, dass Gustave und Madame Händchen halten.

Am nächsten Morgen brummt mir der Schädel.

Es sind noch zehn Wochen bis zum Wettbewerb, und wir haben ausgemacht, als erste große Herausforderung den Street-Food-Markt anzusteuern, der am ersten Mai-Wochenende in Lyon stattfindet. Lyon ist die Gourmethauptstadt des Landes, und natürlich bin ich deshalb auch ein wenig aufgeregt. Wir haben übers Internet schon einen Standplatz reserviert. Und obwohl wir neun Tage haben, um hinzukommen, bin ich am nächsten Morgen ziemlich zapplig und früh auf den Beinen.

Am liebsten würde ich sofort losfahren, doch Iva kriecht erst um neun aus den Federn. Bis dahin habe ich längst mein Gepäck in den Truck geladen. Und im Schloss die Küche gescheuert. Weil ich im Laufe der Woche dort ein wenig Ordnung in die Schränke gebracht habe, hinterlasse ich Gustave zwei dicht beschriebene Seiten mit Anleitungen. Und Madame hinterlasse ich – gut sichtbar auf dem Tisch platziert – den Flyer eines Pizzaservice. In einer lauschigen Frühlingsnacht mögen die beiden Händchen halten, aber ob Madame sich wieder an Gustaves Küche gewöhnen kann, wage ich zu bezweifeln.

Um zehn ist Iva endlich auch so weit. Wir versammeln uns alle im Hof, wo Iva von Gustave zum Abschied feierlich einen Overall überreicht bekommt. Die beiden umarmen sich herzlich. Zu derartigen Vertraulichkeiten lässt sich Madame dann doch nicht hinreißen. Sie reicht mir förmlich die Hand, und als ich mich bei ihr noch einmal für den Ofen bedanke, winkt sie brummig ab. Sie erwarte keinen Dank, sagt sie und guckt dabei streng über ihre Nase. Sie verlange lediglich, dass ich ihr und ihrer Küche und dem Herzog von Burgund in Monaco keine Schande bereite. Ich solle nicht mal daran denken, beim Wettbewerb etwa nur als Zweite abzuschneiden.

»Sie müssen siegen«, sagt sie knapp. »Sie haben ja jetzt einen Ofen, nun brauchen Sie nur noch zu kochen.« Madame hat mich wirklich ins Herz geschlossen.

Als ich mich zum Gehen wende, räuspert sie sich heftig. »Übrigens«, sagt sie dann, »mir ist ein Name eingefallen. Nicht so ein neumodischer Firlefanz. Sie sollten es schlicht halten, finde ich. Sie sind zwei Frauen in einem Truck auf der Straße. Folglich muss Ihr Name lauten: *Les Demoiselles en route.*«

18

Wir diskutieren den Namen, als wir auf die Autobahn fahren. Iva findet ihn nicht schlecht. Ich mag ihn ebenfalls. Ich sage ihn leise vor mich hin: »Les Demoiselles en route.« Das hört sich für mich wirklich prima an.

Wir haben eine Küche. Wir haben einen Namen. Wir können inzwischen sogar mit neunzig Sachen auf der Autobahn fahren. Wir haben noch zehn Wochen Zeit und sind dem Traum von Monaco deutlich nähergekommen.

Während wir in Richtung Süden brausen, sehe ich träumerisch aus dem Fenster. Die Gegend draußen ist wunderschön. Gelegentlich kann ich durch dichte Weiden- und Erlenhecken einen Blick auf die Saône erhaschen. Ein paar Kilometer weiter westlich fließt die Seine. Die beiden Flüsse umrahmen eine weite Ebene, die man nicht umsonst den »Garten von Frankreich« nennt. Jetzt im Frühling scheint die Vegetation vor praller Lebensfreude beinahe zu explodieren. Ich sehe blühende Kirsch- und Apfelbäume, niedrigen Weizen und jungen Mais auf den Feldern und das grüne Blattgewirr der Reben, die sich in die Höhe recken. Es ist, als würde man ein kleines Paradies durchqueren. Die Côte d'Azur haben wir natürlich noch nicht erreicht, doch das Wetter an diesem Morgen fühlt sich bereits sehr südlich an. Schwalben und ein paar einzelne Falken tummeln sich an einem wolkenlosen Himmel, von dem seit dem frühen Morgen ununterbrochen die Sonne strahlt. Bis Lyon sind es keine zweihundert Kilometer mehr, und als wir zum Tanken halten, ertappe ich mich bei dem Gedanken, dass es beinahe schade ist, diese Gegend auf der Autobahn im Eilzugtempo zu durchqueren. Ich träume vor mich hin, während ich den Wagen tanke, was eine geraume Weile dauert, und während Iva zum Shop eilt, um zu bezahlen, putze ich noch die Windschutzscheibe und prüfe pflichtbewusst den Luftdruck der Reifen. Nachdem ich das Luftdruckmesssgerät wieder zurückgehängt habe, drehe ich mich schwungvoll um und pralle mit Iva zusammen.

Sie ist im Shop sehr viel schneller fertig geworden, als ich erwartet hatte. Und ich hatte auch keine Ahnung, dass sie in dieser kurzen Zeit auch noch Kaffee aufgetrieben hat. Die überschwappende Flüssigkeit trifft mich völlig unvorbereitet. Ich zucke zurück, während Iva vor Schreck die Becher fallen lässt.

Ein älteres Ehepaar, von dem ich vermute, dass es aus Großbritannien stammt, applaudiert gemessen. Offenbar kann man in unserem Crash einen gewissen künstlerischen Wert erkennen. Der Rest der Umstehenden versucht notdürftig, die Schadenfreude zu verbergen. Nur ein dicklicher Kerl mit Blumenkohlohren bricht ungeniert in Lachen aus.

Ich nehme ihn streng ins Visier. Zum einen wegen des Gelächters. Zum andern aber auch, weil ich solche Blumenkohlohren bisher nur aus dem Kino kenne. Wie um Himmels willen kriegt man solche Ohren? Schlägereien? Unglaublich harte Kopfkissen?

Als der Träger der Ohren bemerkt, wohin ich schaue, ist mir das natürlich peinlich. Obwohl ihn meine Blicke ganz und gar nicht zu stören scheinen. Er dreht sich im Gegenteil noch zur Seite, um mir – fröhlich grinsend – die volle Aussicht zu gewähren. Indigniert schlage ich meine Augen nieder und sehe runter auf mein eigenes Problem.

Keine Ahnung, wie Iva das geschafft hat, aber von dem ganzen Kaffee hat sie nur zwei Spritzer abbekommen. Der Rest des Inhalts beider Becher hat sich über mich ergossen. Von der Hüfte abwärts ist meine Hose mit Kaffee getränkt, was sich vor allem im Schrittbereich nun wirklich nicht angenehm anfühlt. Über den Fleck könnte ich möglicherweise hinwegsehen. Aber ich kann nicht stundenlang in einer Pfütze sitzen. Ich zupfe noch an der Hose herum, doch innerlich habe ich schon aufgegeben. Innerlich ist mir klar, ich werde mich umziehen müssen.

Grundsätzlich ist dagegen nichts einzuwenden. Ich habe natürlich eine zweite Jeans im Gepäck. Bisher habe ich sie auf der Reise aber nicht angezogen. Und auch zu Hause habe ich sie streng genommen noch nie getragen. Es handelt sich nämlich um die Jeans, die bei mir im Kleiderschrank ganz zuunterst im Stapel lag. Dort lag sie, weil ich in den Jahren, seit ich sie besitze, kein einziges Mal hineingepasst habe. In der euphorischen Stimmung, in der ich mich beim Aufbruch befand, habe ich sie eingesteckt, ohne nachzudenken. Es sollte mich eigentlich nicht wundern, wenn ich für diese Euphorie nun einen bitteren Preis bezahle.

Ich krame die Jeans aus dem Gepäck und gebe Iva die Anweisung, wenn ich nicht zurückkehren sollte, in spätestens zwanzig Minuten einen Notarzt zu rufen.

Dann verziehe ich mich mit meiner engen Hose schlecht gelaunt auf die Damentoilette. Ich rechne mit dem Schlimmsten, als ich die Tür des Kabinchens hinter mir schließe. Atemnot und Schwindel. Eine gequetschte Niere. Keine Ahnung, was ich dann mache, denke ich mürrisch, während ich aus der nassen Hose schlüpfe. Vielleicht kann mir Iva ja ihren Overall leihen. Darin sehe ich vermutlich wie ein Zwerg im Schlafsack aus. Ganz automatisch streife ich die neue Jeans über, ziehe sie hoch und schließe den Knopf. Ich bin noch immer sauer – da wird mir plötzlich bewusst, was sich unter meiner Gürtellinie Erstaunliches ereignet hat. Verblüfft schaue ich nach unten und entdecke zu meiner großen Überraschung zwischen Nabel und Hosenbund mindestens einen Millimeter Luft. Ich stoße triumphierend die Faust in den Himmel und stürme in den engen Jeans, die wie durch ein Wunder tadellos sitzen, aus dem Kabäuschen und hinüber zu unserem Wagen. Dort reiße ich die Tür auf und lasse mich auf den Beifahrersitz fallen.

»Iva«, sage ich freudestrahlend, »du wirst es nicht glauben. Ich habe abgenommen!«

»Wie schön«, bemerkt eine fremde Stimme, und ein fremder Kopf schiebt sich unvermittelt zwischen die Vordersitze. An dem fremden Kopf sitzt ein Blumenkohlohr. Und das erkenne ich nun schon. »Ich versuche das ja auch ständig«, sagt der mollige Kerl vom Parkplatz und zwinkert. »Abzunehmen, meine ich. Sie müssen mir unbedingt verraten, wie Sie das geschafft haben. Weil ... ich muss schon sagen, es steht Ihnen ausgezeichnet.«

Blumenkohlohr heißt Sean. Er ist Ire. Ein Tourist,

der gestrandet ist. Er will in den Süden, genau wie wir. Und Iva hält es für eine gute Tat, ihn ein Stück mitzunehmen. Sie erklärt mir das alles, während sie von der Raststätte wieder auf die Autobahn steuert. Ich traue meinen Ohren nicht. Da bin ich gerade mal fünf Minuten weg, und Iva lässt einen fremden Mann in unseren Wagen steigen? »Bist du wahnsinnig geworden?«, zische ich aus dem Mundwinkel.

»Warum?«, sagt Iva harmlos.

»Warum?«, fragt Blumenkohlohr dazwischen.

Allein sein Kopf zwischen den Sitzen ist eine Provokation. So was ist absolut verboten. Man darf nicht im Laderaum eines Transporters mitfahren. Man darf auch die Zwischenwand nicht entfernen, die den Laderaum von der Fahrerkabine trennt. Wie hat er das übrigens fertiggebracht? Unseren Wagen derart schnell auseinanderzunehmen?

»Das hat er nicht«, verteidigt ihn Iva und erklärt mit süßem Lächeln, wegen des Wagens bräuchte ich mir keine Sorgen zu machen. Es sei so vorgesehen, dass man aus der Fahrerkabine über eine Luke in den Laderaum gelangen könne. Gustave hatte diese geniale Idee. »Er dachte, es sei praktisch. Falls wir zum Beispiel mal im Wagen übernachten müssten.«

Im Wagen übernachten? Das kommt ja überhaupt nicht infrage! Allein die Vorstellung lässt mich schaudern. Ich bin nicht der Typ, der im Wagen übernachtet. Und auch nicht der Typ, der es für eine gute Tat hält, dubiose Anhalter mitzunehmen. Das versuche ich auch Iva klarzumachen.

»Er ist nicht dubios«, entgegnet sie strafend. »Sei doch nicht so herzlos. Was soll der arme Kerl denn machen?

Sein Auto ist gestohlen worden. Mit allen Papieren. Mit seinem Pass, mit dem Geld und den Kreditkarten. Er hatte alles im Wagen gelassen, und am Morgen war es verschwunden.«

Ich bin stark versucht, mir vor die Stirn zu schlagen. Weil ich solch einen Leichtsinn gar nicht fassen kann. Wer kommt denn auf die Idee, seine Papiere über Nacht einfach im Wagen zu lassen? Niemand, sagt meine innere Stimme und fügt hinzu: Du wirst hier verschaukelt.

Warum, frage ich misstrauisch, habe sich Blumenkohlohr denn nicht an die Polizei gewendet?

»Das hat er ja getan« sagt Iva prompt. »Nur dort konnte man ihm auch nicht helfen. Die haben eine Anzeige aufgenommen. Das war alles. Falls man die Papiere findet, bekommt er sie zurück. Aber wie groß stehen dafür wohl die Chancen?« Sie zuckt bedauernd die Achseln, und Blumenkohlohr macht das auch.

Das ist ein wenig irritierend. Die lebhafte Gestik dieses Menschen. Direkt vor meiner Nase. Ich versuche geflissentlich, den Blickkontakt zu vermeiden, was zugegeben etwas kindisch ist, denn der Kerl verschwindet ja dadurch nicht.

»Wegen des verlorenen Passes«, sage ich zu Iva, »muss Blumenkohlohr sich an seine Botschaft wenden.«

»Er heißt Sean«, sagt Iva streng. »Und seine Botschaft hat er längst angerufen. Doch die Botschaft war geschlossen. Weil heute in Irland ein Feiertag ist.«

Das kann ich nun fast nicht glauben. Gibt es auf einer Botschaft nicht so was wie einen Notfallschalter? Davon bin ich bisher ausgegangen. Die Möglichkeit, dass eine Botschaft im Notfall einfach geschlossen haben könnte, erschüttert mich wirklich. Ich kaue mental daran herum, während Iva vorschlägt, Blumenkohlohr doch zumindest bis nach Lyon mitzunehmen. »Dann sitzt er wenigstens nicht mehr mitten in der Pampa fest. Und morgen ist seine Botschaft dann offen. Ach, komm schon, Betty ... wir fahren doch ohnehin in diese Richtung. Was ist dagegen schon einzuwenden?«

»Dass wir den Kerl überhaupt nicht kennen«, sagte ich heftig, wobei ich unglücklicherweise in seine Richtung schaue und einem Blick aus funkelnden grünen Augen begegne. Die Augen sind voller Schalk und Lebensfreude. Sie scheinen zu lachen.

Ich seufze leise. Blumenkohlohr ist wahrlich kein schöner Mann. Aber seine Augen sind fantastisch.

Zwei Stunden später sitzt Sean, der Ire, dem sein Pass abhandengekommen ist - oder auch nicht - gemütlich mit uns beim Mittagessen. Ich konnte ihn nicht mehr rausschmeißen. Nicht, nachdem ich in seine Augen gesehen hatte. Die ja immerhin zu beweisen scheinen, dass er uns wenigstens in Bezug auf seine Nationalität die Wahrheit gesagt hat. Für den Rest seiner Geschichte würde ich keineswegs die Hand ins Feuer legen.

Doch wenn man davon absieht, dass man ihm nicht recht trauen kann, dann ist dieser Sean ziemlich sympathisch. Es ist schwer, sich seinem Charme zu entziehen. In kurzer Zeit gelingt es ihm sogar, unsere mürrische Kellnerin zum Lachen zu bringen. Was nicht zuletzt an seinem drolligen Akzent liegen könnte. Es klingt ein wenig wie Englisch, aber es ist Französisch. Wenn man sich den Akzent wegdenkt, spricht Sean die Sprache ausgezeichnet. Vor allem ist er völlig ungehemmt. Wir sitzen noch keine fünf Minuten, da führt er bereits ein lebhaftes Gespräch mit unseren drei Tischnachbarn, die sich bislang angeschwiegen hatten. Von den drei Männern erfahren wir, dass morgen hier im Ort ein großer Markt stattfindet. Sofort schlägt Sean vor, dass wir daran teilnehmen sollen.

»Ist doch lustig«, sagt er mit einem Augenzwinkern, »so ein Markt auf dem Lande. Wir könnten ein wenig Geld verdienen.«

»Wir?« Ich ziehe die Augenbrauen hoch und sehe ihn fragend an. Meines Wissens hat ihn niemand eingeladen, bei uns im Truck mitzumachen. Außerdem haben wir erst die Hälfte der Strecke nach Lyon hinter uns gebracht.

Wir sind hängen geblieben, weil mir die beiden anderen unablässig in den Ohren lagen, welchen Hunger sie haben. Ich habe mich schließlich erweichen lassen, und wir sind zum Mittagessen nach Bourg-en-Bresse gefahren.

Die kleine Stadt liegt rund dreißig Kilometer östlich der Autobahn auf der Höhe von Macon. Es gibt hier eine sehenswerte Kathedrale und eine Stadtmauer, deren Fundament bis in keltische Zeit zurückreicht. Aber ich wage zu behaupten, niemand kommt nach Bourg-en-Bresse, um sich die Mauer anzuschauen. Oder die Kathedrale. Man kommt nur aus einem Grund hierher: um Hähnchen zu essen. Die weißen Hühner aus dieser Gegend sind als *Poulet de Bresse* im ganzen Land bekannt, und auch wir sind extra dreißig Kilometer gefahren, um sie zu probieren.

Wir sind mitten in der Stadt in einem Lokal mit dem sprechenden Namen »Le petit poulet« gelandet. Laut

TripAdvisor gilt dieses Restaurant als wahres Mekka für Hähnchenliebhaber, und die Speisekarte bestätigt das umgehend. Es gibt fünfzehn verschiedene Hähnchengerichte, und wenn man was ohne Hühnerfleisch möchte, muss man Nudeln ohne Soße bestellen. Was wir selbstverständlich nicht machen.

Es ist laut und gemütlich hier drinnen, und während wir auf das Essen warten, kommt Iva noch einmal auf diesen Markt zu sprechen. Sie meint, es wäre vielleicht wirklich lohnend, daran teilzunehmen. Und eine gute Gelegenheit, in aller Ruhe unsere neue Küche zu testen. Wir hätten danach ja immer noch genug Zeit, nach Lyon zu fahren. Sehe ich alles ein. Habe ich mir, um ehrlich zu sein, auch alles schon selbst überlegt. Dennoch bin ich nicht begeistert. Weil wir, wenn wir bleiben, ganz bestimmt Sean an der Backe haben.

Ich bin zu höflich, um das laut auszusprechen, aber ich möchte mich nicht durch einen gemeinsamen Marktauftritt noch enger an diesen Kerl binden. Woher wissen wir denn, dass wir ihm vertrauen können? Er könnte sich als Klotz am Bein erweisen. Oder noch viel schlimmer, während des Marktes lange Finger machen. Und dann würden wir selbst mit drinhängen.

Während ich versuche, Iva telepathisch meine Besorgnis zu übermitteln, sehe ich draußen vor dem Fenster aus den Augenwinkeln etwas Silbernes vorbeiflitzen. Das silberne Etwas war kein Mensch, so viel konnte ich erkennen. Es war auch kein Personenwagen, Traktor oder Laster. So im Vorbeisausen hatte das silberne Ding verdammt viel Ähnlichkeit mit einem Airstream.

»Ihr entschuldigt mich kurz«, sage ich zu den beiden anderen und schnappe meine Tasche mit dem Telefon drin. Dann mache ich mich unter den verblüfften Blicken der beiden auf den Weg zum Klo. Zum Glück gibt es dort drinnen WLAN. Ich setze mich auf den Deckel und logge mich bei Facebook ein. Dort finde ich die Bestätigung.

Fahren heute nach Bourg-en-Bresse, hat Jan heute Morgen gepostet. *Werden am großen Hähnchenmarkt teilnehmen. Let's rock the chicken!*

Was für ein dämliches Wortspiel. Es hat ihm dennoch sage und schreibe achtzig Likes eingetragen. Wie doof kann man eigentlich sein? Als ob man im Poulet-Paradies auf seine Burger gewartet hätte. Ich schätze, hier in Bourg-en-Bresse wird Jan eine Schlappe einfangen. Nach Bourg-en-Bresse kommt man zum Hähnchenessen. Kein Mensch wird einen Burger bestellen. Eigentlich schade, denke ich, wenn ich das verpasse.

19

Am nächsten Tag fahren wir morgens um halb sechs auf den Markt von Bourg-en-Bresse und stellen unseren Wagen im Zentrum direkt auf den gepflasterten Vorplatz vor dem »Le petit poulet« ab. Es ist der beste Stellplatz des ganzen Marktes. Er liegt in der Mitte des Straßenabschnitts, der heute für den Verkehr gesperrt ist, im Herzen des geschäftigen Treibens.

Unser Wagen ist ganz frisch mit knallroter Farbe beschriftet. »Les Demoiselles en route« prangt in noch feuchter Farbe auf beiden Wagenseiten. Iva parkt den Wagen, Sean und ich steigen aus und öffnen gemeinsam die Luke. Sofort dringt ein leckerer Duft nach Backwaren aus dem Innern. Ich stelle die Tafel mit dem Angebot auf die Kühlerhaube, rücke sie gerade und sehe mich um.

Ich entdecke den Airstream keine fünf Meter weiter auf der anderen Straßenseite. Neben der Tür lehnt wie hingegossen die tätowierte Amazone, Jan steht daneben. Er trinkt Kaffee aus einem dampfenden Becher und hat uns noch nicht gesehen.

Die Amazone schubst ihn an. Schwungvoll dreht er sich um, und als sein Blick den meinen trifft, verschluckt er sich. Er hustet heftig, läuft rot an und spuckt Kaffee in alle Richtungen. Mit etwas Glück hat er dabei sogar die Amazone getroffen. Allein schon dafür hat es sich gelohnt, heute so früh aufzustehen.

Bis auf drei läppische Stunden Schlaf haben wir ununterbrochen durchgeschuftet, seit ich mich am Vortag bereit erklärt hatte, am Markt in Bourg-en-Bresse doch noch teilzunehmen. Inzwischen bin ich froh, über meinen Schatten gesprungen zu sein. Auch wenn wir, wie erwartet, Sean an der Backe haben, war ich doch gezwungen, meine Meinung über ihn etwas anzupassen. Er hat sich nämlich als sehr hilfreich erwiesen. Wie sich zeigte, ist Sean wirklich gut darin, Dinge aufzutreiben. Eine günstige Unterkunft. Bio-Eier und frische Früchte. Einen arbeitslosen Maler, der für ein Bier und ein Abendessen unseren Wagen beschriftet. Und das Wichtigste von allem: einen Standplatz der Extraklasse auf einem Markt, bei dem die Plätze bereits seit Wochen vergeben sind.

Sean hat unseren Platz beim Kartenspiel gewonnen. Er hat ihn dem Besitzer des »Le petit poulet« abgenommen. Normalerweise stellt der Wirt an den Markttagen selbst ein paar Tische nach draußen. Das kann er auch heute machen, er wird den Gästen Getränke servieren. Aber das Essen dazu kommt aus unserem Wagen. Ich glaube, der Chef des »petit Poulet« kann dem Deal inzwischen sogar was Positives abgewinnen. Nachdem er die Schmach verwunden hat, von einem Iren mit Blumenkohlohren im Kartenspiel geschlagen worden zu sein.

Er wirkt zwar etwas verkatert, aber er begrüßt uns freundlich und bietet an, Kaffee zu machen. »Das wäre wirklich ganz wunderbar«, haucht Iva Leonida. Meine Partnerin schwächelt ein bisschen.

Sie trägt eine große Sonnenbrille und hat ein rotes Tuch äußerst elegant um den Kopf geschlungen. Bei ihrem Anblick muss man sofort an schnittige Cabrios, Meeresküsten, Casinos und Diamanten denken. Bei mir ist das vermutlich anders. Auch wenn ich und Sean ebenfalls ein solches Tuch tragen. Es ist farblich auf die neue Beschriftung unseres Wagens abgestimmt und dient uns als Erkennungszeichen. Ich habe mein Tuch schlicht im Nacken zusammengebunden. Wie es die Marktfrauen in Frankreich alle machen. Iva sagt, das wirkt charmant. Ich freue mich über das Kompliment, auch wenn klar ist, dass in optischer Hinsicht Iva Leonida unser Trumpf ist.

Obwohl sie behauptet, in dem durchgelegenen und etwas muffigen Bett heute Nacht kein Auge zugetan zu haben, sieht Iva fantastisch aus. Wie Sophia Loren in jungen Jahren. Als sie kräftig gähnt und sich wie eine Katze rekelt, rutscht ihr Rock noch ein Stück nach oben. Der Wirt ist anschließend gerne bereit, uns zum Kaffee noch ein Croissant zu spendieren. Ich baue fest darauf, dass Ivas weibliche Reize auch unsere Verkäufe steigern werden. Ich habe ihr sogar zu diesem wahnsinnig kurzen roten Rock geraten. Weil er genau wie die Tücher zur Beschriftung passt und weil ich Iva inzwischen als auch wandelnde Werbemaßnahme betrachte. Ich bin auf dem besten Weg, mich zu einer knallharten Geschäftsfrau zu entwickeln.

Ich lasse Sean und Iva in aller Ruhe draußen vor dem Wagen ihren Kaffee trinken. Nicht zuletzt mit dem Hintergedanken, unseren zukünftigen Kunden kurz mal Ivas Beine zu zeigen, bevor sie später hinter der Theke verschwinden. Ich selbst nehme meinen Kaffee mit nach drinnen. Dort werkle ich friedlich vor mich hin, als plötzlich Jan vor dem Dönerwagen steht. Ich sehe, wie er Sean mit einem misstrauischen Blick bedenkt, bevor er sich ganz lässig an meine Theke lehnt.

»Kann ich dir helfen?«, frage ich zuckersüß. »Möchtest du ausnahmsweise mal was Leckeres essen?«

»Was hast du denn zu bieten?«, gibt Jan zurück.

Ich rattere die Karte herunter. »Demoiselles mit Zucker und Butter, mit Mirabellen und Schlagsahne oder in der salzigen Variante, mit Roquefort, Speck und Zwiebeln, oder neutral mit Rosmarin und Olivenöl.«

Jan blickt etwas verdutzt aus der Wäsche. Von »Demoiselles« hat er noch nie gehört. Logisch. Dieses Gebäck habe ich gestern erst erfunden. Nachdem ich bereits auf Château Nairaux mindestens dreizehn Varianten verschiedener Brötchen gebacken habe, kam ich gestern auf die Idee, dem Teig aus Butter, Mehl und Hefe neben frischer Milch auch ein wenig Quark beizugeben. Das hat dem Gebäck genau den richtigen Biss gegeben. Beim Mehl habe ich außerdem ein Drittel Dinkel verwendet und war dann selbst überrascht, was für einen Unterschied das macht. Die »Demoiselles« sind rund und nicht zu groß, sodass sie bequem in eine Hand passen. Man kann zwei davon essen. Oder auch drei. Deswegen gibt es so viele Varianten. Jan entscheidet sich nach längerem Überlegen für ein Demoiselle mit Olivenöl und Kräutern.

Er ist mein allererster Kunde. Aber ich habe nicht vor, ihm den Rabatt zu gewähren, den die Marktfahrer traditionellerweise dem ersten Kunden geben. Ich kassiere vier Euro von ihm, bevor ich mich an die Arbeit mache.

»Lecker«, sagt er, als er von mir das Demoiselle entgegennimmt und sofort hineinbeißt. Ich glaube, es schmeckt ihm wirklich. Er spürt dem Geschmack im Gaumen nach und leckt sich dann die Lippen.

So als ein glücklicher Kunde wirkt Jan direkt sympathisch. Er kaut mit vollen Wangen, und drei große Bissen später ist das Demoiselle verschwunden.

Jan scheint zu überlegen, ob er noch ein zweites nehmen soll, aber er entscheidet sich dagegen. »Hör mal, Betty«, sagt er stattdessen. »Was ich dir noch sagen wollte: Es tut mir leid. Die Sache mit Klaus und Angelika. Ich wollte dich damit nicht kränken. Ich habe deswegen ein schlechtes Gewissen.«

Und schwups ist der sympathische Jan verschwunden.

»Ein schlechtes Gewissen wegen Angelika?«, sage ich spitz. »Na, das Gefühl kennst du ja.«

Jan zieht unwillig die Brauen zusammen. »Fängst du wieder damit an?«

Was heißt denn hier wieder? Soweit ich mich erinnern kann, haben wir nach diesem Dorffest zum Ende des Sommers, das ich wegen einer läppischen Grippe damals nicht besuchen konnte, kaum noch miteinander geredet. Es war das Ende der Sommerferien und, wie sich zeigte, zugleich auch das Ende unserer Beziehung. Das ist zwanzig Jahre her, aber wenn ich daran denke, fühlt es sich an, als wäre es gestern gewesen. Ich trug einen dicken Wollschal um meinen Hals geschlungen, hatte warme Socken übergezogen und fror trotzdem in meinem Bett. Vom Dorfplatz her drangen Gelächter und Fetzen von Musik an meine Ohren. Ich weiß noch, dass die Musik mich ein wenig traurig machte, und ich kann mich lebhaft an die Sehnsucht erinnern, die mich erfasste: Ich wäre so gern dabei gewesen.

So was wie Facebook gab es ja nicht, damals in den neunziger Jahren. Wir hatten kein WhatsApp, kein

Snapchat und auch kein Instagram. Aus heutiger Sicht waren unsere Methoden der Informationsübermittlung ziemlich primitiv.

Und dennoch wusste ich schon am nächsten Morgen ganz genau, was sich spät in der Nacht in der Scheune hinter dem Lebensmittelladen zwischen Jan und Angelika zugetragen hatte. Ich hatte von mindestens drei Seiten detaillierte Berichte bekommen. Keine Fotos natürlich, aber das machte die Sache nicht besser. Es brachte im Gegenteil nur meine Fantasie in Gang ...

Ich blieb ein paar Tage länger zu Hause, als wegen der Sommergrippe erforderlich gewesen wäre. Und als ich wieder zu Schule kam, gab ich Jan auf dem Schulhof eine schallende Ohrfeige.

Aber darüber geredet haben wir nicht.

Jan stößt einen gewaltigen Seufzer aus. Von der Art, wie ihn leidende Ehemänner von sich geben, wenn sie von ihren nervenden Weibern zu Rede gestellt werden. Leidende – und schuldige – Ehemänner.

»Du hast damit angefangen«, sage ich trotzig und atme tief durch, um die Erinnerung loszuwerden. »Dann darfst du dich jetzt nicht beklagen.«

»Ich habe nicht angefangen«, sagt Jan. »Würd ich nie machen. Wer redet denn schon von so uralten Kamellen. Und außerdem war das damals alles ganz anders, als du dachtest.«

Jetzt hatte dieser Mann zwanzig Jahre Zeit, um sich eine Entschuldigung auszudenken, und das ist das Beste, was ihm einfällt?

Ich schüttle nur wortlos den Kopf.

»Herrgott, Betty, ich war betrunken.« Er fährt sich

durch die Haare, die danach wild in alle Richtung stehen. »Ich war siebzehn. Ein betrunkener Kerl mit Hormonstau.«

»Ja dann«, sage ich. »Das hättest du mir doch schon vor zwanzig Jahren sagen können.«

»Ehrlich?«, fragt Jan und sieht mich hoffnungsvoll an.

Ich ziehe ein Gesicht. »Nein! Natürlich nicht!«

»Also weißt du«, er schüttelt den Kopf, »verarschen kann ich mich selber.«

»Aber es macht mehr Spaß, wenn ich es tue«, sage ich schnippisch. »Mir zumindest.«

Vielleicht ist das kleinlich. Aber ich freue mich diebisch über diesen kleinen Sieg. Vor zwanzig Jahren hatte ich mich schrecklich verraten und hilflos gefühlt. Während ich Jan nachsehe, der mit hängenden Schultern wieder über die Straße trottet, merke ich plötzlich: Das ist heute anders! Zum einen, weil ich Jan natürlich nicht mehr vertraue und folglich auch nicht verraten werden kann. Und zum anderen, weil ich nicht mehr hilflos bin. Im Gegenteil, denke ich siegesgewiss: Jetzt werde ich ihn im Truck vernichten!

So kommt es denn auch tatsächlich. Die Geschäfte laufen sensationell an diesem Tag in Bourg-en-Bresse. Ich habe zweihundert Portionen meiner Demoiselles gebacken und könnte locker das Doppelte verkaufen. Zeitweise ist die Schlange vor unserem Wagen derart lang, dass sie hinüber bis zum Airstream reicht. Dort stehen lediglich zwei, drei Typen, die ein Bierchen zischen. Es ist fantastisch!

Ohne dass wir uns abgesprochen haben, sind wir drei ein tolles Team. Ich bin für die Küche zuständig. Die Demoiselles habe ich vorgebacken, und sie kriegen im Wagen den letzten Schliff. Ich schneide sie auf und dekoriere sie mit frischen Früchten und Sahne. Oder sie werden noch kurz mit Roquefort, Speck und Zwiebeln überbacken. Der Duft lockt die Leute an.

Oder Sean. Der hat sich unter der großen Platane platziert, die vor dem »Le petit poulet« wohltuenden Schatten spendet. Von dort aus lotst er die Kunden von der Straße weg und rüber zu unserem Wagen, wo sie die charmante Iva empfängt. In regelmäßigen Abständen schlüpft sie außerdem hinter der Theke hervor, um mit dem Handy ein paar Fotos von dem Andrang bei uns zu machen. Manchmal bückt sie sich dabei ein bisschen. Was den Andrang dann jedes Mal verdoppelt.

Als sich der Markt dem Ende zuneigt, sage ich ihr, sie solle zum Vergleich auch noch ein paar Fotos von Jans Wagen machen. Von der leeren Wüstenei, die sich davor ausbreitet. Die können wir dann auf Facebook zeigen. Würde die Wettquoten vielleicht ein wenig ins Wanken bringen.

»Betty«, sagt sie begeistert. »Du bist ja ein richtiges Biest!«

20

Nach diesem Erfolg bin ich in den folgenden Tagen ganz entspannt. Ich habe es nicht mehr eilig damit, nach Lyon zu kommen. Der Street-Food-Markt wird erst in sieben Tagen stattfinden, und wir haben beschlossen, dass wir diese Woche dazu nutzen können, um hier auf dem Land ein paar weitere Märkte zu besuchen.

Den ersten dieser Tage verbringen wir ganz faul in Bourg-en-Bresse und schauen uns – den Bauch gut gefüllt mit leckeren Hähnchen – am Ende sogar die Stadtmauer an. Am Abend sitzen wir auf dem Vorplatz des »Petit poulet«, wo wir gewissermassen schon zur Familie gehören.

Wir trinken gemütlich ein Glas Weißwein. Sean macht Scherze mit dem Wirt, Iva surft mit ihrem Handy irgendwo im Internet rum, und ich betrachte die letzten Sonnenstrahlen, die durch das grüne Blätterdach fallen und bin völlig mit mir im Reinen, als Iva plötzlich fragt: »Hast du den Post von Jan gesehen?«

Das habe ich nicht. Ich bin von Facebook ja ziemlich unabhängig und konnte es problemlos verlassen, nachdem ich heute Morgen entdeckte, dass sich die Wettquote deutlich zu unseren Gunsten verändert hatte. Wir haben eine Menge Gratulationen aus Efringen-Kirchen bekommen, nachdem Iva ihre Fotos hochgeladen hatte, und ich bin angenehm überrascht, dass sich auch

Jan den Glückwünschen anschließt – bis mir Iva den Text vorliest.

»Gratulation zum Erfolg«, schreibt Jan. »In der Provinz kommt ihr sehr gut an.«

»So ein Arsch«, rufe ich laut. Sean, der dieses deutsche Wort offensichtlich bisher nicht kannte, sieht erstaunt hinüber. Ich verzichte darauf, ihm eine Sprachlektion zu geben, aber die Formulierung ärgert mich wirklich. Sie legt nahe, dass ich mit meinem Essen nur auf dem Land Erfolg habe, in der Stadt hingegen kläglich versagen würde.

Als ob Jan, was Städte betrifft, ein Kenner wäre. Schließlich ist der ja auch in Efringen-Kirchen aufgewachsen. Ich bin beinahe sicher, diese Formulierung hat ihm seine Partnerin eingeflüstert. Die heißt Hanne und kommt aus Duisburg. Eine echte Großstadtpflanze.

Ihren Namen habe ich im Internet gefunden. Als ich heute Morgen beim Surfen zufällig über sie gestolpert bin. Iva nennt so was Internet-Stalking, was ich grenzenlos übertrieben finde. Ich nenne es Konkurrenzanalyse. Und das macht heutzutage ja nun wirklich jeder. Vorzugsweise sucht man dabei schmutzige Sachen. Hab ich natürlich auch getan. Gefunden habe ich leider nur wenig.

Hanne aus Duisburg ist zwei Jahre jünger als ich, aber da sie dünn ist wie eine Bohnenstange, hat sie wohl wenig Unterhautfettgewebe. Die zwei Jahre, finde ich, fallen rein optisch kaum ins Gewicht. Hanne hat ihre Ausbildung in Köln gemacht. Dann ist sie in den Norden gezogen. Sie hat in zwei großen Hotels gearbeitet und schließlich im Hamburger Schanzenviertel eine coole Kneipe geleitet. Na und? Ist mir doch egal!

Ich gebe zu, früher haben mir große Städte ziemlichen Respekt eingeflößt. Respekt im Grenzbereich zu Panik. Allein die vielen Menschen. Das Durcheinander in den Straßen. Der ständige Lärm. Die merkwürdigen Riten und Verhaltensweisen, die Stadtbewohner kultivieren. Dahingeworfene Floskeln, die man auf keinen Fall wörtlich nehmen sollte. *Wir sehen uns. Ich ruf dich an. Bis bald.* Ich habe das nie verstanden. Warum kann man sich nicht einfach die Wahrheit sagen? *Tschüss. Auf Nimmerwiedersehen. Hab noch ein schönes Leben.*

Ich fühlte mich immer fremd in großen Städten. Aber natürlich habe ich mich in den letzten Wochen wahnsinnig weiterentwickelt. Jetzt macht es mir gar nichts mehr aus, gegen eine coole Szenefrau wie diese Hanne antreten zu müssen. Das nehme ich ganz gelassen.

Okay. Was große Städte betrifft, kann ich es nicht mit ihr aufnehmen. Doch ich kenne Baden-Baden. Und den Titisee. Und zu Iva sage ich: »Was ist eine Stadt denn schon anderes, als zehnmal Efringen-Kirchen hintereinander? Oder zwanzig Mal.«

»Oder dreiundsechzigmal«, gibt Iva zurück, »das ist zum Beispiel bei Lyon der Fall.«

Warum muss sie immer die falschen Dinge wörtlich nehmen?

Dreiundsechzigmal Efringen-Kirchen bedeutet eine Einwohnerzahl von einer halben Million. Damit ist Lyon die drittgrößte Stadt in Frankreich, eine Tatsache, die ich jetzt doch ziemlich bedrohlich finde.

Aber es gelingt mir recht gut, sie zu verdrängen, während wir in den nächsten Tagen gemächlich übers Land trödeln. Wir haben Glück mit dem Wetter und können die letzten Apriltage bei schönstem Sonnenschein genießen. Wir lassen uns Zeit und fahren durch die wunderbaren französischen Alleen, in denen Pappeln oder Platanen ein dichtes grünes Blätterdach bilden, gemütlich von Dorf zu Dorf. Wir übernachten in kleinen Pensionen und verbringen die Abende auf den Terrassen eines Bistros, wo wir zufrieden an die Hauswand gelehnt einen Weißwein trinken.

Einmal machen wir auf dem Gipfel eines Hügels ein Picknick mit Baguette und Käse. Weil wir es dabei mit dem Camembert übertreiben, müssen wir uns nach dem Essen flach auf dem Rücken ausstrecken. Iva schläft sofort ein, während Sean und ich, nebeneinander liegend, in den Himmel hinaufschauen. Wir unterhalten uns leise, um Iva nicht zu wecken, zeigen uns die Wolkenbilder, die wir im Blau entdecken.

Dabei fällt mir zum ersten Mal auf, dass Sean eine sehr schöne Stimme hat. Sie ist dunkel und weich und samtig. Aber gleichzeitig kann man in ihr auch sein Augenzwinkern hören. Ich finde, seine Augen und seine Stimme passen überhaupt sehr gut zusammen.

In den letzten Tagen bin ich mit ihm ins Reine gekommen. Ich empfinde ihn nicht mehr als Belastung. Im Gegenteil, es ist schön, an diesem Nachmittag seiner leisen Stimme zu lauschen, und die verrückten Bilder, die er oben am Himmel sieht, entlocken mir ein Lächeln. Als Iva aufwacht, fahren wir weiter.

Trotz unserer gelassenen Stimmung arbeiten wir hart in diesen Tagen. Wir besuchen Macon, Châtillon und Trévoux, wo sich meine Demoiselles überall sehr gut verkaufen. Die kleinen Märkte auf dem Land gleichen sich alle ein wenig. Es wird Gemüse aus der Region angeboten, und prominent in der Mitte der ersten Gasse steht ein Charcuterie-Wagen. Es gibt immer zwei, drei Stände mit fantastischem Käse. Und überall findet man eine alte Frau, die billige Socken und Unterwäsche anbietet. Manchmal kann man an einem rosaroten Wägelchen Zuckerwatte oder gebrannte Mandeln kaufen. Und meist gibt es irgendwo an einer Ecke auch noch einen Chinesen.

Ich mag diese Vorhersehbarkeit. Ich mag es, dass sich Verkäufer und Kunden auf diesen Märkten kennen. Manchmal schon seit Jahren. Man weiß, dass Madame de Briant jeden Freitag Fisch kauft. Man kennt Monsieur Auberts Problem mit seinen geschwollenen Knöcheln. Man plaudert über die Verwandtschaft, tauscht an den Ständen den neuesten Dorfklatsch aus und empört sich gemeinsam darüber, was die »in Paris oben« wieder machen. Nach dem Markt treffen sich dann alle auf »un petit blanc«. Meistens sind wir auch dabei.

Dafür, dass wir von außen kommen, werden wir erstaunlich schnell in diese Gemeinschaften aufgenommen. Iva meint, das liegt daran, dass ich aus Efringen-Kirchen stamme. Ich finde das ziemlich frech. Als würde ich meine dörfliche Abstammung irgendwie ausdünsten, und die anderen könnten das riechen. Ich denke, es liegt eher an Sean. Er hat eine ausgeprägte Fähigkeit, neue Freundschaften zu schließen.

Wo wir auch halten, es dauert nicht lange, und Sean scherzt mit den Gemüsefrauen. Oder er hilft dem Mann von der Charcuterie, seinen Truck auszuladen. Er kann auch stundenlang in seinem lustigen, englisch gefärbten Französisch mit dem Käseverkäufer fachsimpeln.

Ich finde es faszinierend, wie ihm die Sympathien zufliegen. Faszinierend und ein wenig erschreckend. Weil auch ich so reagiere.

Tatsache ist, dass Sean ein Teil unseres Teams geworden ist. Es wäre schwierig, auf ihn zu verzichten. Auf seine sozialen Fähigkeiten, die uns an den Märkten alle Türen öffnen. Auf die Tatkraft, mit der er mit anpackt. Und, ja, auch auf ihn als Menschen. Er mag ein Bruder Leichtfuß sein, ein Gaukler, aber er bringt mich zum Lachen.

Als wir in Trévoux, unserer letzten Station vor Lyon, nach getaner Arbeit gemütlich zusammen beim Essen sitzen, frage ich ihn, wie er es schafft, sich keine Sorgen zu machen.

»Sorgen?«, fragt er zurück. »Worüber?«

»Über dein Leben. Deine Zukunft. Deine Altersvorsorge.«

Sein herzliches Gelächter treibt mir sofort die Schamröte in die Wangen. Ich fühle mich entlarvt. Natürlich ist es uncool, über die Altersvorsorge nachzudenken. Aber andererseits ... man liest ja ständig in der Presse, das gesamte System stehe kurz vor dem Zusammenbruch.

»Diese Artikel lese ich nicht«, sagt Sean ganz ernsthaft. »Würde ich sie lesen, würde das die Lage der Altersvorsorge ja auch nicht verbessern. Also lasse ich es bleiben.«

Eine umwerfende Logik ist das. Ich trinke noch einen Schluck Wein, hauptsächlich, um meine Verlegenheit zu verbergen. Wegen des Fauxpas, mich als so uncool erwiesen zu haben. Und auch wegen Seans grünen Augen, die mich eindringlich mustern.

»Wenn ich mir Sorgen mache«, sagt er plötzlich, »dann um dich.«

»Das ist nicht nötig«, entgegne ich verlegen und will ihm schon von meinem Bausparvertrag erzählen, da greift er nach meiner Hand.

»Du bist zu ernst«, sagt er. »Denkst ständig über solche Dinge nach. Dabei könntet du das Leben doch einfach genießen.«

Ich runzle die Stirn. Das mit der Hand kam überraschend. Und Sean macht keine Anstalten, meine Hand wieder loszulassen. Im Gegenteil.

Als ich ihm sage, dass ich mein Leben im Bewusstsein einer sicheren Altersvorsorge eben besser genießen könnte, zieht er mich abrupt aus meinem Stuhl hoch und führt mich nach draußen. »Wir beide«, sagt er entschlossen, »werden jetzt mal einen kleinen Spaziergang machen.«

Natürlich geht das gar nicht. Wir haben die Rechnung nicht bezahlt und Iva einfach sitzen lassen. Wir müssen den Wagen vom Marktplatz fahren. Wir müssen unser Zeug zusammenpacken und uns auf den Weg nach Lyon machen. »Später«, sagt Sean und zieht mich einfach hinter sich her. Er führt mich ans Ende des Platzes und schlüpft dort in eine enge Gasse, die direkt im Friedhof mündet.

Was will Sean mir damit sagen? Dass alle Probleme vergänglich sind?

»Danke«, sage ich. »Ich fühle mich schon viel besser. Jetzt lass uns zurückgehen.«

»Nix da«, erwidert er lächelnd und führt mich zu einer steinernen Bank, wo er mich bittet, mich zu setzen. Rechts und links ist die Bank von blühenden Rosenbüschen eingerahmt.

»Schließ mal die Augen«, sagt Sean.

Keine Ahnung, warum ich das mache.

Die Sonne fällt auf mein Gesicht, und mit geschlossenen Augen recke ich mich automatisch den wärmenden Strahlen entgegen. Es ist erstaunlich still hier. Über die Mauer hört man ferne Stimmen vom Marktplatz herüberwehen. Man hört den leisen Wind, der mit den Blättern des Rosenbusches spielt. Man hört ein paar Spatzen pfeifen. Und das Summen einer Biene. Ich fühle, wie sich in meinem Nacken die Muskeln allmählich entspannen, während ich den Geräuschen nachlausche. Ich fühle den Windhauch auf meiner Haut und neben mir die Wärme eines menschlichen Körpers, und plötzlich kann ich die Rosen riechen. Es ist ein Duft wie leuchtende Farben. Wie ein Sonnenaufgang. Wie das Bouquet des besten Weins, den ich je gekostet habe.

Unwillkürlich stoße ich einen kleinen Seufzer aus. Ich habe die Augen noch immer geschlossen, aber ich kann beinahe fühlen, wie Sean neben mir leise lächelt. »Das«, sagt er, »das ist Leben.«

21

Als wir zurückkommen, ist der Wagen schon abfahrbereit. Iva hat alles erledigt und grinst uns frech entgegen. Als wäre da zwischen Sean und mir irgendetwas gelaufen.

Ich erzähle ihr natürlich, dass wir nur auf dem Kirchhof waren. Daran ist nichts Anrüchiges. Doch das wissende Lächeln klebt weiter auf ihren Lippen. Als wäre ihr vollkommen klar, dass mich diese Viertelstunde, die wir im Kirchhof waren, ordentlich durcheinandergebracht hat.

Selbstverständlich verstehe ich, was Sean mir damit sagen wollte. Carpe diem. Genieße den Tag. Rieche heute den Duft der Rosen und denke dabei nicht an morgen. Diese Botschaft ist völlig klar. Was ich mich allerdings frage: Ist ihm auch bewusst, dass ich ihn auf einmal mit ganz anderen Augen betrachte? Dass ich plötzlich entdecke, wie schön seine Hände sind, die mir eine der Rosen als Geschenk überreicht haben? Dass ich in seinen Augenwinkeln die netten kleinen Lachfalten sehe? Und die goldenen Lichter in seinem roten Haar? Die Rose, die ich als Geschenk mitgenommen habe, erfüllt mit ihrem Duft den ganzen Wagen.

Als wir das offene Land hinter uns lassen und auf die Autobahn fahren, wird der Verkehr allmählich dichter, und prompt beginnen meine Nerven zu flattern. Auf den Märkten, die wir bislang besuchten, bestand unsere Konkurrenz aus einem Hotdog-Wagen. Oder aus der lokalen Bäckerei, die am Markttag Sandwiches anbietet. Oder aus dem Chinesen, dessen Angebot alle schon seit zwanzig Jahren kennen. In Lyon wird das anders werden. In Lyon werden über sechzig Wagen um die Gunst und den Appetit eines verwöhnten Publikums werben. In Lyon muss ich mich beweisen.

Ich weiß inzwischen, was ich kann. Aber es wäre verrückt zu glauben, dass man hier nur auf mich gewartet hat. Es wäre verrückt, vor Lyon keinen Respekt zu haben.

Wir erreichen die Stadt, die dreiundsechzigmal größer ist als Efringen-Kirchen, nachmittags um vier. Das ist eine schlechte Zeit, um sich über den achtspurigen Péripherique zu quälen. Wir brauchen zwei Stunden, bis wir in der Innenstadt sind. Sie erstreckt sich rund um die beiden Flüsse, die die Stadt durchqueren. Hinter der Sâone liegt, gekrönt von einer Basilika, die Altstadt mit ihren verwinkelten Gassen und den berühmten kleinen Bistros, die in Lyon »Bouchons« heißen. Hinter der Rhône wiederum ist rund um den Bahnhof Part-Dieu ein modernes Geschäftsviertel entstanden. Zwischen den beiden Flüssen liegt auf der Presqu'île, der Halbinsel, das Zentrum von Lyon.

Im Internet habe ich gelesen, dass die Stadt schon vor Jahrhunderten mit Seidenweberei reich und mächtig wurde. Das kann man sehen. Wir fahren auf prächtigen breiten Straßen, gesäumt von prunkvollen, reich verzierten Bauten. Die Straßenlaternen sind eiserne Jugendstilkandelaber, und auf jedem Platz, den wir überqueren, sprudelt ein opulenter Brunnen. Ivas Navi führt uns quer über die Presqu'île ans Ufer der Saône. Dort liegt unser Ziel am Fuße eines Hügels.

Der Street-Food-Markt findet auf dem Gelände eines Kulturzentrums statt, das ursprünglich mal ein Kloster war und zwischenzeitlich sogar als Kaserne diente. Wir sind spät dran. Als wir von der Straße abbiegen, stehen bestimmt schon fünfzig Wagen auf einem weiten Platz, der in Zeiten der Kaserne vielleicht dazu diente, zackiges Marschieren zu üben. Der Kontrast zu heute könnte nicht größer sein. Die Wagen, die sich hier versammelt haben, sind schrill und charmant, und keiner sieht aus wie der andere.

Es gibt Autos in allen Formen und Farben. Bunt bemalt und reich geschmückt. Wagen, die aus einem alten Film zu stammen scheinen. Fünfzigerjahre-Charme, liebevoll restauriert und instand gehalten. Daneben gewaltige futuristische Busse.

Ich halte Ausschau nach dem Airstream und entdecke ihn ganz hinten, in der Nähe einer Glaskuppel. Wir hingegen werden nach rechts zu den Arkaden des alten Klosters geleitet. Dort weist man uns einen Standplatz zu. Wir sind in unserer Reihe die Letzten, die eintreffen. Rechts von uns hat sich bereits ein quietschgelber alter Citroën eingerichtet. Links steht eine rosarote Vespa mit angebautem Anhänger, der wie ein Lollipop leuchtet. Unser armer Dönerwagen wirkt inmitten dieser Schönheiten wie das sprichwörtliche hässliche Entlein. Er tut mir beinahe leid. Und ich schäme mich auch ein bisschen.

Ich lasse mir Zeit mit dem Aussteigen, während Iva auf ihrer Seite längst hinausgesprungen ist. Ihr gefällt dieser Trubel. »Das ist ja super hier«, ruft sie strahlend.

Ich tausche lächelnd einen Blick mit Sean und fühle mich für einen Moment wie eine Mutter, die mit der Kleinen auf die Kirmes geht.

Unsere beiden Nachbarn sind in Ivas Alter. Gina stammt aus Umbrien und ist eine waschechte Pizzaiola. In ihrem gelben Citroën hat sie tatsächlich einen kleinen Pizzaofen stehen. Ferdinand, unser Nachbar zur Linken, ist Österreicher. In seinem jungen Gesicht prangt ein gewaltiger Schnauzbart, dessen Enden er ständig zwischen den Fingerspitzen zwirbelt. Von Wien her kommend ist er mit seinem Gefährt quer durch die Alpen gefahren, um der Prinzessin von Monaco seine Suppe zu kredenzen. Seine Worte, nicht meine.

»Dann wollt ihr auch nach Monaco?«, fragt Iva ganz begeistert.

Gina nickt. »Ich glaube, das werden viele machen. Wir wollen alle runter an die Côte. Dort kann man in dieser Jahreszeit richtig gut verdienen. Und die meisten werden die Chance nutzen, auch am Wettbewerb teilzunehmen.« Sie zuckt mit den Achseln und lächelt. »Man kann es ja mal versuchen. Ist doch allemal besser, als das Geld gleich ins Casino zu tragen. Außerdem werden wir jede Menge Spaß dabei haben.«

Iva teilt diese Meinung natürlich. Mir hingegen, das muss ich gestehen, wird etwas mulmig, als ich meine Konkurrenz betrachte. Kaum jemand sieht normal aus. Die meisten hier scheinen sich im Gegenteil einen Spaß daraus zu machen, mit ihrer schrillen Aufmachung sogar noch die Wagen zu übertreffen. Ich sehe waschechte Hippies, die unter den Arkaden einen dubiosen Glimmstängel herumreichen. Einen Typen in voller Seemannsmontur mit gewaltigen Oberarmmuskeln, bei dem ich mich frage, ob er in seinem Wagen möglicherweise Spinat verkauft. Zwei junge Frauen flanieren in Haremskostümen an uns vorbei. Und der Typ von gegenüber, der uns freundlich winkt, hat in seiner Nase mindestens dreizehn Ringe.

Die meisten dieser schillernden Figuren sind deutlich unter dreißig. Ich bin vermutlich die Älteste auf dem ganzen Platz. Von Jan mal abgesehen. Und der hat immerhin eine Partnerin mit Tattoo. Und einen Truck, den man vorzeigen kann. Ich hingegen wirke bieder wie ein Gänseblümchen.

Ich weiß, ich sollte nicht so reagieren. Ich weiß, ich sollte stolz den Kopf in den Nacken werfen und diesem Ansturm auf mein Selbstbewusstsein trotzen. Aber ich spüre das glitschige Biest von Fisch heftig in meinen Händen zucken. Sean und Iva wollen auf dem Markt sofort die Runde machen. Ich plädiere dafür, dass wir zuerst unser Quartier beziehen, und melde mich freiwillig, um unsere Reisetaschen dorthin zu bringen. Es ist mir ganz recht, für einen Moment Abstand von diesem Trubel zu bekommen.

Ganz allein trotte ich zwei Straßen weiter zu der kleinen Pension, in der wir heute Morgen ein Zimmer reserviert haben, das wir uns teilen müssen. Lyon war ziemlich ausgebucht, bis auf diesen einen Raum war in der Nähe des Marktes nichts mehr zu bekommen.

Das Zimmer erweist sich als Kammer, direkt unter dem Dach, stickig und eng. Ich stelle die Taschen ab und setze mich auf eines der durchhängenden Betten. Ich drehe den Kopf und dehne meinen Nacken. In den Ohren höre ich meine Muskeln knirschen.

Damals in Efringen-Kirchen hätte ich mir nicht

träumen lassen, mich inmitten einer Szenerie wie dort auf dem Marktplatz wiederzufinden. Die bunten Wagen, die lebenslustigen, exotischen Vögel, die gänzlich unbelastet zu sein scheinen von Selbstzweifeln, wie sie mich leider immer wieder quälen. Bestimmt hat keiner von denen so wie ich einen Knoten im Magen.

Ich recke die Arme in die Höhe, strecke mich und atme tief durch. Dann gehe ich hinüber ins Gemeinschaftsbad, das wir uns mit zwei anderen Zimmern teilen. Dort spritze ich mir Wasser ins Gesicht und mustere mich im Spiegel. Mein Haar ist ein einziges Durcheinander – aber meine Augen leuchten.

Überrascht starre ich mein Spiegelbild an. Ich wirke nicht ängstlich oder verzagt. Ich sehe vielmehr aus, als hätte ich Lust, den Stier bei den Hörnern zu packen.

Auf Weg nach draußen treffe ich Sean. Er sieht gut aus, fällt mir auf. Das Marktfahrerleben bekommt ihm ausgezeichnet. Sein Gesicht hat Farbe bekommen, und ich glaube, er hat abgenommen.

»Wolltest du nicht auf den Markt?«, frage ich erstaunt.

Sean zuckt mit den Achseln. »Ich dachte, ich schaue mal nach dir. Alles in Ordnung?«

»Das Zimmer ist Mist«, sage ich. »Aber für eine Nacht wird es schon gehen.«

»Das Zimmer kümmert mich eigentlich nicht«, entgegnet Sean und lässt seinen Blick unverwandt auf mir ruhen. Im Halbdunkel des Flurs stehen wir nahe beieinander. Ich kann ihn atmen hören. »Ist bei dir alles in Ordnung?«

Ich fühle einen kleinen Stich von Freude. Er ist extra gekommen, um nach mir zu schauen. Mit einem Lächeln sehe ich ihn an. »Bei mir ist alles gut.«

»Prima«, sagt Sean zufrieden. Ein breites Grinsen legt sich auf sein Gesicht.

Er streckt mir die Hand entgegen: »Dann lass uns auf die Party gehen.«

Die Stimmung auf dem Gelände gleicht inzwischen einem großen Volksfest. Ich habe den Eindruck, dass die meisten Trucker die Nacht hier draußen verbringen werden. Zwischen den Wagen herrscht reges Gewusel. Neue Freundschaften werden geschlossen. Man tauscht Erfahrungen aus. Für das Publikum ist der Markt noch geschlossen, aber viele Trucker haben trotzdem ihre Luken geöffnet und verteilen gratis Essen an jeden, der vorbeikommt.

Ich esse eine leckere Galette bei den beiden Haremsdamen, und innerhalb von fünf Minuten tauschen wir schon Backtipps aus. Ich bin überrascht, wie leicht es mir fällt, mich in dieser Umgebung mit wildfremden Menschen zu unterhalten. Irgendwann ist Sean verschwunden, aber das stört mich nicht mal.

Ich setze mich zu den anderen an ein großes Feuer, das jemand am Ende unserer Wagenreihe angezündet hat. Fetzen von Musik und fremder Sprachen wirbeln durch die Luft. Es riecht nach gegrilltem Fleisch und exotischen Gewürzen. Weinflaschen werden hervorgezaubert und herumgereicht.

Ich sitze bei Iva und Gérard, dem Kerl mit den Nasenringen, der sich mächtig ins Zeug legt und meine Partnerin anbaggert. Plötzlich drängt sich Jan dazwischen.

Ich habe keine Lust, mich mit ihm zu unterhalten. Ich möchte auch nicht mit ihm gemeinsam ans Feuer kuscheln. Das könnte einen falschen Eindruck erwecken.

Falls zum Beispiel Sean uns zusammen sehen würde. Ich rücke ein Stück von Jan weg und recke automatisch den Kopf, um zu sehen, ob ich Sean in der Menge entdecke. »Suchst du deinen Typen?«, fragt Jan mit gehässiger Stimme.

Ich verdrehe die Augen: »Das ist nicht ›mein Typ‹.«

»Nein?«, fragt Jan. »Wer ist er dann?«

»Keine Ahnung«, sage ich nonchalant und komme mir ziemlich bohèmehaft vor. »Woher soll ich das wissen? Ich habe mir von ihm ja keinen Lebenslauf vorlegen lassen.«

»Das hättest du mal besser machen sollen«, mosert Jan herum.

»Warum?«

»Warum? Na, hör mal. Das fragst du noch? Du lässt jemanden in deinen Wagen, ohne die geringste Ahnung, um wen es sich dabei eigentlich handelt.«

Ich erkläre ihm scharf, dass ich von Sean genügend weiß, um ihm zu vertrauen. Dafür müsse man nämlich nicht zusammen den Kindergarten besucht haben. »Im Gegenteil«, füge ich hinzu, »gerade Menschen aus dem Kindergarten können einen manchmal am schlimmsten betrügen.«

»Herrgott, Betty«, fährt Jan auf. »Das kannst du doch nicht vergleichen.«

»Was denn?«, frage ich harmlos und klimpere mit den Wimpern.

Jan atmet hörbar aus und versucht, sich zu beruhigen. »Ich wollte dich nur warnen. So ein Anlass wie dieser zieht immer auch zwielichtige Gestalten an. Und dieser Sean ...« Er zuckt mit den Achseln. »Sorry. Tut mir leid. Aber für mich sieht er einfach wie ein Betrüger aus.«

»Wirklich?«, frage ich beißend. »Woran kannst du denn einen Betrüger erkennen? An den roten Haaren? Am irischen Namen? Weil er nicht ganz so deutsch ist wie du und deine Hanne?«

Jan zieht die Augen zu Schlitzen zusammen. »Was unterstellst du mir da?«

»Ach, hör dir doch mal selber zu«, sage ich unwirsch. »Sean sieht aus wie ein Betrüger? Ich bitte dich. Und mehr hast du nicht auf Lager?« Ich recke das Kinn in die Höhe und sehe ihn herausfordernd an.

Jan beißt sich auf die Lippen. »Also gut«, sagt er dann. »Was will der Kerl von dir? Warum schmeißt er sich derart an dich ran? Das tut er doch nicht ohne Grund. Schon mal überlegt, was dahintersteckt?«

»Ja, was denn wohl?«, frage ich eisig, während ich versuche, meine Betroffenheit zu verbergen. Seine Bemerkung hat mich verletzt. »Vielleicht mag er mich ja einfach. Nur weil du dir das nicht vorstellen kannst, heißt das nicht, es ist unmöglich.«

Jan scheint langsam zu begreifen, was er da von sich gegeben hat. Ungeschickt versucht er, seine Worte zu korrigieren, und macht damit alles nur noch schlimmer. Er habe nicht andeuten wollen, sagt er hastig, dass ich nicht liebenswert sei. Oder eine tolle Frau. Oder dass ich die Typen etwa bezahlen müsse ... Abrupt verstummt er.

»Scheiße«, sagt er dann.

Ich hätte es selbst nicht besser ausdrücken können. Ohne ein Wort zu sagen, stehe ich auf und drehe mich um. Ich will keine Sekunde länger mit diesem arroganten Mistkerl verbringen. Ich hoffe, Jan wird noch heute Nacht vom Blitz getroffen. Ich laufe in die Dunkelheit zwischen den Wagenreihen, und während die fröhlichen Stimmen hinter mir langsam verklingen, fange ich an, mich auch über mich selbst zu ärgern.

Warum lasse ich Jan überhaupt so nahe an mich heran? Warum schaffe ich es nicht, seine fiesen Bemerkungen einfach an mir abgleiten zu lassen. Ich hätte mich zum Teufel noch mal nicht von ihm vertreiben lassen dürfen. Unschlüssig bleibe ich stehen und sehe plötzlich zwischen zwei Wagen Sean auftauchen. Eine Sekunde lang wirkt er überrascht, dann kommt er eilig auf mich zu. »Betty«, sagt er ein wenig außer Atem. »Was machst denn du hier draußen? Ich dachte, du bist bei den andern.«

Ich zucke mit den Achseln.

»Du willst doch nicht schon schlafen gehen?«, fragt er und tritt noch näher. »Das kannst du nicht machen. Bleib noch ein bisschen.«

»Ich weiß nicht«, sage ich zögernd. Doch eigentlich bin ich bereit, mich überreden zu lassen. Sean blickt mich intensiv an. Aber ich bin mir nicht ganz sicher, was hinter seiner Stirn vorgeht. Er scheint in die Dunkelheit zu lauschen. Und er macht keinerlei Anstalten, mich zum Bleiben zu überreden.

Enttäuscht wende ich mich zum Gehen. Da packt Sean plötzlich meinen Arm. »Betty, warte ...« An seiner Schläfe pocht eine Ader. Mein Herz macht einen Satz, als sein Gesicht sich meinem nähert. Ich sehe den fernen Feuerschein in seinen Augen tanzen. Ich sehe die Schatten, die seine Wimpern werfen. Dann sehe ich gar nichts mehr. Weil wir uns küssen.

22

Sean hat weiche Lippen, die nach Muskatnuss riechen. Sie sind auch ein wenig salzig. Ich kann fühlen, wie er atmet. Ich kann fühlen, wie sein Herz gegen das meine schlägt. Seine Arme halten mich umschlungen, seine Hand hält meinen Kopf, seine Finger sind in meinem Haar vergraben. Er macht alles richtig. Und doch ...

Es ist nicht so, dass ich alle naselang von Männern, die ich erst seit wenigen Tagen kenne, in eine Umarmung gezogen werden. Das ist mein erster Kuss seit ... Ach, ich mag gar nicht zurückrechnen. Ich versuche aufrichtig, ihn zu genießen. Aber etwas stimmt nicht. Etwas an diesem Kuss fühlt sich nicht richtig an.

Ich öffne vorsichtig ein Auge und erkenne durch die Wimpern, dass auch Sean seine Augen geöffnet hat. Aber er sieht nicht in meine Richtung!

Im ersten Moment bin ich überrascht. Im zweiten irritiert. Dann merke ich plötzlich, was das bedeutet, und mir wird ganz kalt. Der Kuss ist nicht echt. Jan hatte recht. Warum auch immer Sean mich küsst, mit dem Herzen ist er nicht dabei.

Plötzlich fühlt sich seine Umarmung nur noch beengend an. Ich versuche, mich von ihm zu lösen, doch damit erreiche ich lediglich, dass Sean mich jetzt noch fester packt.

Dann höre ich Schritte, die sich nähern. Zwei Personen mindestens. Sie kommen aus der Richtung, aus der auch Sean gekommen ist. Und sie haben es eilig. Sean hält mich eng umschlungen und presst seine Lippen auf die meinen. Es fühlt sich an, als würde er mir den Mund zuhalten. Die schnellen Schritte halten inne, als sie uns im Schein des Feuers zwischen den Wagen entdecken.

»He!«, ruft eine Stimme. »Ihr zwei Turteltauben! Habt ihr hier vielleicht einen Kerl vorbeilaufen sehen?«

Ich habe keine Chance, eine Antwort zu geben. Ich bin schon froh, wenn ich genügend Luft zum Atmen bekomme.

»Lass sie«, sagt ein zweiter Mann. »Die sind beschäftigt.« Sein Lachen ist spöttisch und neidisch zugleich.

»Verdammt«, sagt der erste Mann. »Er darf uns nicht entwischen. Das waren die Einnahmen der ganzen Woche. Wenn ich diesen Kerl zwischen die Finger kriege ...«

Ich höre, wie sie sich entfernen. Erst als ihre Schritte ganz verklungen sind, lässt Sean seine Arme sinken. Er stößt einen Seufzer aus und wirft einen schnellen Blick um sich. Dann lächelt er mich an und zuckt mit den Achseln.

Ich bin wie gelähmt vor Schreck. Denn mir ist schlagartig klar geworden, dass meine schlimmsten Befürchtungen sich bewahrheitet haben. Sean ist ein Dieb. Ein Gauner der übelsten Sorte. Und ich habe mich übertölpeln lassen. Ich bin auf seinen Charme hereingefallen. Meine Enttäuschung ist bodenlos.

Dann sagt Sean ganz harmlos: »Was denkst du, Betty, gibt's dort am Feuer noch was zu essen?«

Essen! Er denkt an Essen! Er benutzt mich als Deckung und glaubt dann tatsächlich, er könnte mir einen Kebab spendieren und zum Alltag übergehen?

Bis gerade eben hätte ich vor Enttäuschung losheulen können, doch seine flapsige Bemerkung ändert alles. Heißer Zorn schießt in mir hoch.

»Bist du verrückt geworden?«, schreie ich ihn an, und das Schreien fühlt sich befreiend an. »Was hast du getan?«

»Nichts«, sagt Sean, und sein Blick gleitet hinüber zu den Wagen, hinter denen die Männer verschwunden sind. »Du denkst doch nicht ... Betty, bitte, das hast du ganz falsch verstanden. Lass es mich erklären.«

Er muss mich wirklich für verblödet halten. Vermutlich habe ich ihm dazu auch genügend Anlass gegeben. »Halt den Mund«, fahre ich ihn an. Mein Atem fliegt. Meine Augen brennen. Ich bin so wütend, dass sich meine Hände von ganz allein zu Fäusten ballen. Ich hatte keine Ahnung, dass solche Mengen von Zorn in mir stecken.

»Verschwinde«, schreie ich Sean an. »Komm mir nie mehr unter die Augen.«

»Aber Betty, hör mal ...«

Das bringt das Fass zum Überlaufen. Ich hebe die Hand und verpasse Sean eine schallende Ohrfeige.

Die Nacht verbringe ich dann allein in dem stickigen Zimmer unter dem Dach. Bevor ich mich ins Bett lege, stelle ich Seans Tasche vor die Tür.

Meinem Eindruck nach habe ich keine Sekunde geschlafen. Ich habe mich im Bett hin und her gewälzt, düsteren Gedanken nachgehangen und vergebens auf Ivas Schritte im Flur gelauscht. Meine Partnerin ist nicht aufgetaucht. Aber die Tasche vor der Tür ist am Morgen verschwunden.

Im Morgengrauen schleppe ich mich hinüber zum

Marktgelände und mache mich ganz allein an die Vorbereitung. Ich mische das Mehl im richtigen Verhältnis. Ich rühre Butter, Milch und Quark hinein. Ich knete den Teig mit einer Intensität, die an einen Ringkampf erinnert. Ich präpariere die Bleche und backe die Rohlinge vor. Ich bin verdammt noch mal hergekommen, um zu backen und zu kochen, und genau das tue ich nun. Aber es macht mich nicht glücklich.

Gegen halb zehn streckt eine zerzauste Iva ihren Kopf in den Wagen. »Gutes Timing«, sage ich sauer. Ich habe eben die letzten Demoiselles auf dem Backblech ausgelegt.

»He«, sagt sie und schiebt sich zu mir in die Küche. »Das war keine Absicht, okay? Wir haben einfach verschlafen.«

Wir! Na klar. Danke fürs Unter-die-Nase-Reiben. Ich wäre ja nie im Leben von selbst darauf gekommen, wie Iva die Nacht verbracht hat. Wer würde denn auch an Sex denken, bei ihren glühenden Wangen, ihren leuchtenden Augen und den Grashalmen, die zum Teufel noch mal in ihren Haaren hängen.

»Wo ist denn Sean?«, fragt Iva und streckt beiläufig ihre Finger nach den frisch gebackenen Demoiselles aus. Ich schnappe mir eine hölzerne Kelle und haue drauf.

Iva zuckt zurück. »Aua. Spinnst du?« Empört sieht sie mich an, während sie ihre Hand reibt. »Um Himmels willen! Was ist denn dir über die Leber gekrochen?«

Ich schiebe krachend das letzte Blech in den Ofen und knalle die Tür zu. »Sean habe ich rausgeschmissen«, sage ich. »Und du könntest jetzt mal was Nützliches machen und die Kirschen entkernen.«

Ich stelle die Kiste mit den Früchten, die ich gestern

auf dem Land noch besorgen konnte, heftig auf den Tresen. Die Demoiselles möchte ich mit zuckrigen Butterbröseln und Kirschkompott servieren. Gestern lief mir bei dieser Vorstellung noch das Wasser im Mund zusammen. Heute lässt sie mich vollkommen kalt. Ich fange an, die Steine aus den Kirschen zu schneiden, und Iva ist schlau genug, sich ganz still ebenfalls ein Messer zu nehmen.

»Was ist passiert?«, fragt sie nach einer Weile.

Ich attackiere eine weitere Kirsche, aber das hilft mir auch nicht, meinen Zorn abzubauen. So eine kleine Kirsche ist kein ernsthafter Gegner. »Sean hat versucht, mich zu küssen!«, sage ich schließlich.

»Und das ist schlimm?«, fragt Iva erstaunt. »Ich meine ... ich hatte den Eindruck, ihr beiden würdet euch inzwischen wirklich gut verstehen.«

Ich lasse mein Messer sinken. Den Eindruck hatte ich auch. Ich hatte wirklich begonnen, Sean zu mögen. Sehr sogar. Ich hatte angefangen, die Welt durch seine Augen zu betrachten, und hatte mich in seiner Nähe frisch und lebendig gefühlt.

Energisch packe ich wieder mein Messer und schlitze eine weitere Kirsche auf. »Er hat uns getäuscht und ausgenutzt«, sage ich, wobei meine Stimme noch immer vor Zorn und Ärger knistert. »Er ist ein Dieb und ein Schwindler. Und mich hat er nur als Deckung benutzt.«

Ich erzähle Iva alles und halte dabei den Blick die ganze Zeit stur auf die Kirschen gerichtet. Erst als ich fertig bin, sehe ich hoch. Iva lehnt am Tresen und spielt mit dem Messer. »Hat er gestanden, diese Männer beklaut zu haben?«

»Natürlich nicht.« Ich schnaube empört. »Er sagte, ich hätte alles falsch verstanden, und wollte es mir ›erklären‹.« Mit meinen vom Kirschsaft roten Fingern male ich Gänsefüßchen in die Luft.

»Und?«, fragt Iva.

»Nichts und.« Ich schnappe die Kirschen und haue sie in die Pfanne. »Glaubst du allen Ernstes, ich hätte mir auch noch seine Lügen anhören wollen? Ich habe ihm eine Ohrfeige verpasst.«

»Du hast ihn geschlagen?« Sie runzelt die Stirn. »Ohne ihm überhaupt die Chance für eine Erklärung zu lassen?«

Wir führen bestimmt eine Viertelstunde lang eine hitzige Debatte über meine Reaktion. Es kommt nicht viel dabei heraus. Iva ist mit meinem Verhalten überhaupt nicht einverstanden. Und ich wiederum kann nicht begreifen, wie sie Sean noch immer für ein Unschuldslamm halten kann. Die Auseinandersetzung drückt auf unsere Stimmung. Wir reißen uns zusammen und erledigen die Arbeit, aber wir reden nur noch wenig.

Als der Markt eröffnet, ist unser Wagen wie abgekapselt von der erwartungsvollen Freude, die den Platz erfüllt, und wir haben während der ersten Stunde keinen einzigen Kunden. Es ist eine Katastrophe. Auf den kleinen Märkten wurden wir immer richtig belagert. Doch hier scheint jeder um unseren Wagen einen großen Bogen zu machen.

Dabei würde alles stimmen. Das Wetter ist gut, es gibt eine Menge Besucher und sie haben auch Hunger. Sie essen bei Gina eine Pizza, oder sie kaufen sich auf der anderen Seite bei Ferdinand eine Suppe. Nur meine Demoiselles will niemand haben. Meine armen Demoiselles gehen auf diesem Markt einfach unter.

Ich weiß nicht, ob es an unserer Stimmung liegt, oder an unserem schmucklosen Wagen, der nicht mithalten kann in dem bunten Getümmel. Oder daran, dass Iva wie angeschraubt hinter der Theke steht und niemandem auch nur einen klitzekleinen Blick auf ihre Beine gönnt. Was auch immer der Grund dafür ist, es dauert ewig, bis sich endlich mal ein paar Kunden vor unserem Wagen einfinden.

Und dann schlägt das Schicksal gnadenlos zu. In Form eines Kirschkerns.

Der Kirschkern soll sich in einem Demoiselle befunden haben. Zumindest behauptet das ein Kunde. Das ist natürlich ganz schlechte Werbung. Und dieser Mann ist leider auch noch einer von der lauten Sorte. Er schreit herum und jammert, er habe sich beinahe einen Zahn an dem Kern ausgebissen.

Ich weiß, dass das unmöglich ist, denn ich habe die Kirschen ja gar nicht eingebacken. Aber natürlich entschuldige ich mich. Und selbstverständlich biete ich an, das Demoiselle, das er vor Schreck hat fallen lassen, zu ersetzen. Er kann auch zwei haben oder drei. Oder zehn.

Aber der Kunde lässt sich nicht beruhigen. Im Gegenteil, mit großem Gewese überprüft er mit den Fingern, ob seine Zähne jetzt nicht wackeln. Das tun sie nicht, ich sehe es genau. Aber der Anblick seines aufgerissenen Mauls genügt vollkommen, um auch noch den letzten Interessenten vor unserem Wagen zu vertreiben.

Am Nachmittag um vier sind unsere Verkäufe noch immer miserabel, und ich sage Iva, dass ich eine Pause brauche. Ich laufe ziellos über den Markt. Dabei gerate ich in die hintere Gasse, wo ich schon von Weitem den Airstream in der Sonne funkeln sehe. Selbst von hier aus kann ich erkennen, dass Jans Geschäfte spitzenmäßig laufen. Vor dem silbernen Wagen hat sich eine lange Schlage gebildet, und es schmerzt mich beinahe körperlich, mit anzusehen, wie Hanne und Jan in ihrer Küche wirbeln, um die Leute zu bedienen. Sie sind rasend schnell und scheinen sich auch ohne Worte bestens zu verstehen.

Ich stehe bestimmt zehn Minuten dort und starre zu ihnen hinüber. Ich habe die Zähne zusammengebissen, die Hände in den Taschen vergraben, und in meiner Brust tobt die Eifersucht. Ich bin neidisch auf die vielen Kunden der beiden. Ich bin neidisch auf die Harmonie zwischen ihnen, und vor allem bin ich neidisch, dass die beiden auch noch lachen und scherzen und großen Spaß an allem haben.

Wir können bis zum Ende des Marktes nicht mal die Hälfte der Demoiselles verkaufen. Fünf ganze Bleche voller Gebäck geben wir dem Hilfswerk ab, das am Eingang draußen Nahrungsmittel für Bedürftige sammelt. Bis wir den Wagen geputzt und verschlossen haben, ist es schon fast Mitternacht.

Wir verbringen eine weitere Nacht in der engen Kammer unter dem Dach, wo wir die Fenster aufreißen, aber dennoch kaum Luft bekommen. Und als wir dann endlich in unseren unbequemen Betten liegen, erzählt mir Iva, man habe übrigens heute am Markt einen Taschendieb geschnappt.

»Und nur für den Fall, dass du dich fragst, dieser Kerl war nicht Sean. Er hatte mit Sean nicht das Geringste zu tun.«

23

Es sind noch acht Wochen bis Monaco. Sechsundfünfzig Tage. Zwei davon brauche ich, um mein Scheitern in Lyon zu verdauen.

Am Tag nach dem Markt kehren wir der großen Stadt so schnell wie möglich den Rücken. Wir fahren weiter nach Süden, und schon nach wenigen Kilometern beginnt sich die Landschaft zu verändern. Der Boden wird trocken. Die grünen Wiesen verschwinden. Neben der Straße tauchen die ersten Sonnenblumenfelder auf. Und bald darauf sehe ich, an die Mauer eines verlassenen Stalls geschmiegt, einen blühenden Oleander.

Hinter Valence verlassen wir die Autobahn und fahren wieder über Land. Iva sitzt am Steuer, doch ihr Handy hat sie ausgeschaltet. Und ich bin auch nicht in der Stimmung, um in die Landkarte zu schauen und ihr Anweisungen zu erteilen. Ich bin von gestern noch ganz benommen und ziemlich niedergeschmettert. Möglicherweise geht es Iva ja ähnlich. So fahren wir beide in unsere Gedanken versunken einfach ins Blaue.

Ich habe den Eindruck, dass sich Iva, wenn wir an einer Kreuzung stehen, jeweils für die kleinste und kurvigste Straße entscheidet. Dieses System führt uns in kurzer Zeit mitten in ein Gebirge hinein. Die Straße windet sich in engen Serpentinen zwischen Felsen hindurch, auf denen knorrige Steineichen und verwitterte Pinien wachsen. Die Gegend ist einsam.

Dann und wann passieren wir ein kleines Dorf, und die wenigen Menschen, die wir sehen, wirken überrascht beim Anblick unseres Wagens und schauen uns lange hinterher. Der Kontrast zum Trubel in Lyon könnte nicht größer sein. Für mich ist das genau richtig. Ich fühle mich an diesem Tag, als würde ich von einer Krankheit genesen. Und die menschenleere, karge Umgebung wirkt wie Hühnerbrühe auf meine Seele.

Über Mittag machen wir Rast an einem verlassenen Kloster. Im halb verfallenen Kreuzgang essen wir zwei Demoiselles vom Vortag. Es ist friedlich hier. Die Sonne fällt gebrochen durch die steinernen Rundbogen, und in den Kapitelen unter dem weiß getünchten Gewölbe nisten Schwalben.

Die Natur hat den kunstvollen Kräutergarten wieder übernommen, den die Mönche im Zentrum des Kreuzgangs angelegt hatten. Man kann noch die sternförmige Struktur der Wege erkennen, die sorgfältig errichteten Steinmauern. Inzwischen werden sie von Lavendel, Rosmarin und blassroten Wildrosen überwuchert. Die Rosen lasse ich stehen, aber ich nehme ein paar Lavendel und Rosmarinzweige mit in den Wagen. Als wir weiterfahren, schließe ich die Augen und atme den Duft tief ein. Davon habe ich geträumt, in meiner Küche zu Hause.

Wir verbringen die erste Nacht in einer kleinen Pension mitten im Nirgendwo. Wir teilen uns ein schlichtes, luftiges Zimmer. Weiße Wände, zwei Betten mit Eisengestellen und als einziger Schmuck ein hölzernes Kreuz an der Wand.

Ich schlafe tief und traumlos, und als wir am nächsten Morgen weiter in Richtung Süden fahren, erkenne ich langsam die Schönheit der Gegend. Das Ockergelb der Felsen. Das satte Grün der Pinien. Eine Schar kleiner Ziegen, die flink und sicher den steilen Pfad neben der Straße hochklettern. Ein Falke, der majestätisch durch die Lüfte gleitet.

Je weiter wir nach Süden vordringen, umso dichter wird die Besiedlung. Die Dörfer schmiegen sich, eng um eine Kirche geschart, wie Vogelnester an die Bergterrassen. In einem der Orte machen wir halt und verbringen die zweite Nacht in einem winzigen alten Hotel mitten auf dem Dorfplatz. Als wir erwachen, wird vor dem Haus zu unserer Überraschung ein Markt aufgebaut. Wir lehnen im Pyjama aus dem Fenster, lassen uns von der Sonne bescheinen und sehen hinab.

Der Markt ist winzig. Ein Stand mit Gemüse. Ein Stand mit Eiern und Käse. Ein Bauer, der gackernde Hühner feilbietet. Und mittendrin steht unser Wagen. Der Wirt hat gestern wohl vergessen, uns darüber zu informieren. Jetzt sind wir eingeparkt. Nicht dass mich das stören würde. Ich habe nichts dagegen, noch ein paar Stunden hier zu verbringen, und schlage Iva vor, dass wir uns auf die Terrasse des Hotels setzen, wo unter uns schon die ersten Gläser Pastis ausgeschenkt werden. »Oder«, sagt Iva, »wir machen einfach mit und verkaufen hier am Markt ein paar Demoiselles.«

Wie stellt sie sich das vor? So einfach ist das nicht. Erst mal haben wir keine Verkaufsgenehmigung. Dann haben wir keine Demoiselles. Wir haben zwar Mehl und Hefe, aber keine frische Milch und rein gar nichts, um die Demoiselles zu verfeinern. »Aber bitte«, sagt

Iva. »Das ist doch kein Problem. Dort unten ist ja ein Markt.«

Ich schaue abermals aus dem Fenster. Inzwischen ist – wenig überraschend – ein Charcuterie-Wagen vorgefahren. Und am Rande des Marktes baut ein Hippie im dicken Strickpullover auf einem Leiterwagen Gläser mit Honig und Marmelade auf. Der sieht auch nicht so aus, als ob er eine Genehmigung hätte.

Ich stütze meine Ellbogen auf den Fensterrahmen, und während ich das Angebot draußen betrachte, beginne ich, im Kopf Geschmacksvarianten zusammenzustellen. Dagegen kann ich nichts machen, das geschieht ganz automatisch. Die Ideen tauchen auf wie Luftblasen, die im Wasser hochsteigen.

Wenn ich den Teig zum Beispiel mit etwas Vanille versetzen würde, könnte ich Demoiselles mit Marmelade backen. Und den Honig könnte ich benutzen, um auf die Schnelle eine Senf-Honig-Soße zusammenzurühren, die mit luftgetrocknetem Schinken vermutlich sehr lecker schmecken würde. Es ist machbar. Aber nach der Erfahrung in Lyon schaudert mir bei dem Gedanken, mich schon wieder hinter die Theke zu stellen.

»Ich brauche mindestens zwei Stunden«, sage ich zögernd zu Iva. »Bis dann ist der Markt bestimmt schon gelaufen.«

Iva zuckt mit den Achseln und sagt dann lakonisch: »In dem Fall, sollten wir uns wohl besser sofort an die Arbeit machen.«

Am Ende sind wir sogar schneller, und das ist vor allem Iva zu verdanken. An diesem Morgen wird mir so richtig bewusst, wie viel besser und flotter sie inzwischen geworden ist. Eine Stunde und dreißig Minuten, nachdem wir im Pyjama am Fenster standen, öffnen wir die Luke des Trucks, und Iva stellt die Tafel mit unserem Tagesangebot auf die Kühlerhaube.

Es ist nicht luxuriös. Keine Butterbrösel. Kein Kirschkompott. Im Wesentlichen verkaufe ich heute Marmelade- und Schinkenbrötchen. Allerdings sind die ganz frisch aus dem Ofen, und sie duften herrlich, als ich sie in der schönen Glasvitrine auf der Theke hübsch herrichte und mit dem Lavendel und Rosmarin aus dem Klostergarten schmücke.

Iva rückt die Tafel gerade, nickt zufrieden und gesellt sich dann zu mir in den Wagen. Sie stellt sich neben mich, und wir warten.

Der Erste, der zu uns herüberschlendert, ist der Hippie. Er möchte nichts kaufen. Er möchte nur ein wenig plaudern. Und uns den Flyer seiner Kooperative in die Hand drücken. Dann verschwindet er wieder.

Wir stehen hinter dem Tresen wie bestellt und nicht abgeholt. Gelegentlich trifft uns ein skeptischer Blick der übrigen Marktteilnehmer, die ihre eigenen Stände inzwischen bereits wieder räumen. Eine Hausfrau, die mit gut gefüllter Tasche heimwärts strebt, hält vor unserer Vitrine einen Moment inne ... dann murmelt sie was von Kalorien und entfernt sich wieder. Zwei junge Handwerker, die vor dem Wagen rumlümmeln, scheinen sich weniger für die Demoiselles als für Iva zu interessieren. Wobei ihr Interesse leider nicht so weit reicht, dass sie bei uns auch was kaufen.

Nach einer Weile seufze ich laut. Iva macht ein zerknirschtes Gesicht. »Vielleicht war das eine dumme Idee.«

Ich bin versucht, ihr recht zu geben. Das Warten ist quälend.

Ich stehe gut sichtbar und etwas erhöht hinter meinem Tresen und kann kein einziges Demoiselle verkaufen. Mein Leben lang hatte ich Angst davor, angestarrt und abgelehnt zu werden. In Lyon ist beides eingetreten. Und heute schon wieder.

Die Ablehnung schmerzt gewaltig – aber ich sterbe nicht daran. Es ist irgendwie gut, sich das mal bewusst zu machen. Ich seufze noch einmal, dann springe ich über meinen eigenen Schatten. »Ach was«, sage ich zu Iva, »die Idee war prima.«

Und weil ich plötzlich merke, dass ich Hunger habe, nehme ich mir ein Demoiselle mit Marmelade und beiße hinein. Es schmeckt lecker. »Die haben alle keine Ahnung, was sie verpassen«, sage ich mit vollem Mund.

Iva sieht mich ungläubig an.

»Komm schon, versuch auch mal. Oder hast du keinen Hunger?«

Mit einem Achselzucken nimmt sie sich schließlich ein Demoiselle mit Schinken. Ihrem Ausdruck nach zu schließen ist es ebenfalls in Ordnung. Ich werde mir davon wohl auch noch eines gönnen. Wir kauen mit vollen Backen, als ich zwei alte Leutchen bemerke, die quer über den Platz auf unseren Wagen zusteuern. Ein Pärchen, einfach gekleidet, die Gesichter runzlig und von der Sonne gezeichnet, mit festem Schuhwerk und Schwielen an den Händen.

Die Frau reckt aufmüpfig das Kinn in die Höhe. »Verkaufen Sie auch was, oder essen Sie alles selber?«

Hastig schlucke ich hinunter. Natürlich verkaufen wir.

»Was denn?«, fragt sie und linst in die Vitrine.

»Wir nennen es ein Demoiselle.«

Der alte Mann kichert. »*Eh bien*. Eine Demoiselle wollte ich schon lange. Nur meine Frau ist dagegen.«

Er zwinkert uns zu und zuckt dann theatralisch zusammen, als seine Frau ihn in die Seite knufft.

»Pass bloss auf, du ...«

Die beiden sind meine ersten Kunden, deshalb gebe ich ihnen zwei Demoiselles für den Preis von einem. Ich will sie damit natürlich nicht bestechen. Okay ... ich will sie nur ein bisschen bestechen. Sie nehmen ihr Gebäck von Iva entgegen und verspeisen es direkt vor dem Wagen, ohne ein Wort zu sagen.

Ich versuche, gelassen zu bleiben, doch am liebsten möchte ich sie schütteln. Und?

Der alte Mann leckt sich die Lippen und sieht seine Frau an. »*Pas mal*«, sagt er dann und sieht mich mit schräg gelegtem Kopf an. »*Pas mal du tout*. Ich denke, wir würden nicht Nein sagen, wenn wir noch mal zwei für den Preis von einem bekommen.«

Ich muss lachen. Alter Schlawiner.

Noch während ich das Geld kassiere, tauchen wie aus dem Nichts weitere Kunden auf. Der Mann vom Charcuterie-Wagen möchte probieren, wie sein Schinken schmeckt. Er nickt zufrieden, worauf der Gemüsehändler sich zu uns gesellt und ein Demoiselle mit Marmelade bestellt. Die beiden Handwerker schlendern, ein Bier in der Hand, betont locker von der Hotelterrasse herunter. Sie wollen Schinken und flirten heftig mit Iva, während sie auf das Essen warten.

Wir haben nur rund dreißig Demoiselles gebacken, und es gelingt uns, beinahe alles zu verkaufen. Die letzten beiden bringen wir hinauf ins Hotel, wo wir sie dem Wirt schenken. Im Gegenzug kriegen wir auf der Terrasse noch einen Pastis spendiert, bevor wir zufrieden weiterfahren.

Wir bleiben zwei Wochen in der Haute Provence. Es ist Mai, die beste Zeit im Jahr, um hier zu sein, und gelegentlich muss ich mich kneifen, um zu begreifen, dass ich mich wirklich und wahrhaftig in der Provence befinde. Die Realität übertrifft meine Träume in vielerlei Hinsicht. Sie ist bunter und lebendiger, als es meine Träume waren.

Gelegentlich ist sie auch schmutziger und manchmal bitterarm. Aber dennoch finde ich hier zu einer Lebensfreude, die ich zu Hause nicht hatte. Ich genieße es, jeden Morgen in einem anderen Bett aufzuwachen, die Fenster aufzustoßen und auf einen blühenden Oleander zu schauen. Ich genieße es, hinüber zur Boulangerie zu laufen, frisches Baguette zu kaufen, auf dem Rückweg schon ein Stück davon abzureißen und es noch im Gehen zu essen.

Die kleinen Dörfer mit ihren verwinkelten Gassen, mit den eisernen Kirchturmspitzen und den knorrigen Platanen auf dem Dorfplatz entzücken mich stets aufs Neue. In den Nachmittagsstunden spielen die Männer hier Pétanque, und ihre Frauen, die geblümte Kleider tragen, sitzen im Schatten auf den Bänkchen und würzen das Spiel mit spöttischen Kommentaren.

Wir reisen von Markt zu Markt, wie wir es schon oben im Burgund getan haben. Damals waren wir noch zu dritt. Ich gebe zu, dass ich Sean gelegentlich vermisse. Seine Fröhlichkeit. Die Art, wie er sich auf jedem

Markt sofort zu Hause fühlte. Und, ja, manchmal vermisse ich auch die Art, wie er mich betrachtete. Im Nachhinein gesehen, hätte ich ihm vielleicht die Chance auf eine Erklärung geben sollen. Mit Iva rede ich darüber nicht. Weder sie noch ich erwähnen seinen Namen, wenn wir am Abend noch einen Wein zusammen trinken. Ich bin ihr dankbar für diese Zurückhaltung.

Wir haben genügend andere Baustellen. Denn leider ist die traurige Wahrheit, dass wir auf den kleinen Märkten einfach zu wenig verdienen.

Iva hat angefangen, eine Buchhaltung zu führen. Jeden Abend zählt sie unsere Einnahmen und schnalzt dabei sorgenvoll mit der Zunge. Es reicht einfach nicht, erklärt sie mir, wenn wir pro Tag nur dreißig oder vierzig Demoiselles verkaufen. Wir müssten mindestens fünfzig losschlagen, um den »Break-even-Point« zu erreichen.

Ich habe keine Ahnung, woher sie plötzlich solche Ausdrücke hat. Aus dem Internet vermutlich. Die meisten dieser Begriffe klingen ziemlich exotisch. »Iuespi« zum Beispiel, der wird in der zweiten Woche plötzlich zum ganz großen Thema.

Als Iva den Begriff zum ersten Mal verwendet, dauert es bestimmt eine halbe Stunde, bis ich merke, dass es sich dabei nicht um ein Nahrungsmittel handelt. »USP« ist englisch, Unique Selling Proposition, was übersetzt bedeutet, dass wir auffallen müssen. Ohne das Wort zu kennen – auf diesen Gedanken bin ich auch schon gekommen.

Obwohl wir eine Spitzenküche in unserem Wagen haben, sieht er von außen leider immer noch aus wie der alte Dönerwagen. Er ist weiß und nüchtern, und von der roten Beschriftung mal abgesehen, könnte er auch als simpler Lieferwagen durchgehen. Das ist wenig verlockend. Auf den großen Märkten wirkt unser armes Auto wie ein hässliches Entlein unter lauter Schwänen. Ich finde, wir sollten ihn farbig streichen, und Iva ist ganz meiner Meinung. »Aber wovon sollen wir das bezahlen?«, fragt sie und tippt mit dem Finger mahnend auf ihre Buchhaltung. Hätte sie auch noch eine Brille auf der Nase, Iva würde inzwischen glatt als Managerin durchgehen. In gewisser Weise haben wir die Rollen getauscht. Ich bin in diesen Tagen nur bestrebt, die Reise nach Kräften zu genießen, aber Iva schmiedet heimlich Pläne.

Eines Abends, als wir friedlich irgendwo auf dem Land vor unserem Zimmer in der Sonne sitzen, verkündet sie, dass wir in die Stadt fahren müssen. Wir brauchen Geld, um den Wagen aufzupeppen, und zufälligerweise, sagt Iva, findet am kommenden Wochenende ein Street-Food-Markt in Orange statt.

Ich tue mich damit ordentlich schwer, doch wie man es auch dreht und wendet, selbst mir ist inzwischen klar geworden, dass wir größere Märkte brauchen, um unseren »Break-even-Point« zu erreichen. Ich könnte noch lange auf dem Land von Markt zu Markt tingeln, doch auch ich kann rechnen. Es bleiben nur noch sechs Wochen bis zum Wettbewerb in Monaco, und wenn wir dort eine Chance haben wollen, müssen wir dringend unsere »USP« verbessern. Also beiße ich in den sauren Apfel und erkläre mich einverstanden.

Damit hat Iva offenbar gerechnet. Sie hat uns für den Markt in Orange bereits angemeldet. Vorsorglich, wie sie sagt. Weil sie das nicht das Risiko eingehen wollte, dass wir am Ende keinen Platz bekommen. »Ein wenig Planung, Betty«, sagt sie mahnend, »muss schon sein im Leben.«

24

Am nächsten Tag fahren wir in die Stadt. Orange liegt nur zwanzig Kilometer nördlich von Avignon und kann wie Nîmes auf eine reiche römische Vergangenheit zurückblicken. Das Prunkstück der Stadt ist ein Amphitheater aus römischen Zeiten, in dem im Sommer Theateraufführungen und Opern zahlreiche Touristen anlocken.

Das Street-Food-Festival soll auf dem großen Platz vor dem Theater stattfinden. Wir wollen einen ersten Blick darauf werfen, und Iva schaltet ihr Navi ein, als wir die Stadt erreichen. Während die Stimme aus dem Handy uns durch die Straße leitet, sagt Iva beiläufig in meine Richtung: »Übrigens, was ich dir noch sagen wollte, es könnte durchaus sein, dass wir hier am Markt einige Bekannte wiedertreffen.«

Ich nehme an, sie redet von Jan. Ich habe mir schon ausgerechnet, dass sich unsere Wege irgendwann wieder kreuzen. Schließlich ist er mit dieser Hanne ja auch in Richtung Monaco unterwegs. Iva muss sich deswegen aber keine Sorgen machen. Ich bin geistig vorbereitet, sage ich zu ihr, und fest entschlossen, mich von Jan und seinem Airstream nicht mehr durcheinanderbringen zu lassen.

»Prima«, sagt Iva. »Gilt das auch für Sean? Den werden wir nämlich in etwa fünf Minuten am Amphitheater treffen.«

Wie bitte? Ich fahre herum.

»Sieh mich nicht so an«, sagt Iva mit sichtbar schlechtem Gewissen. Sie versucht, es abzubauen, indem sie mir einen kleinen Vortrag über die Unschuldsvermutung hält. Jeder Mensch – folglich auch Sean – habe bis zum Beweis des Gegenteils erst mal als unschuldig zu gelten.

Ivas Vater würde sich vermutlich freuen, dass von ihrem Jurastudium doch ein paar Dinge hängen geblieben sind. Ich finde es weniger prickelnd. Ich fühle mich hintergangen und setze zu einer Standpauke über Freundschaft und Vertrauen an. Da ich dabei mindestens zwanzigmal vom Navi unterbrochen werde, verliere ich allerdings irgendwann den Faden. »Ach, zum Teufel«, sage ich schließlich. »Ich kann nicht glauben, dass du dich wirklich mit Sean verabredet hast. Wie konntest du nur! Unschuldsvermutung hin oder her, ich habe ihm eine Ohrfeige gegeben. Es wird schrecklich peinlich werden ...«

»Tut mir leid«, sagt Iva und beißt sich auf die Lippen. »Aber weißt du, nachdem du Sean rausgeschmissen hast, hat Gérard ihn mitgenommen.«

An Gérard kann ich mich vage erinnern. Der Kerl mit den vielen Nasenringen. Iva hat in Lyon die Nacht mit ihm verbracht. Auf die Halbwertszeit ihrer Beziehung hätte ich allerdings keine große Wette abgeschlossen.

Offenbar habe ich mich da getäuscht. Iva hat per Handy Kontakt mit Gérard gehalten, und wenn sie von ihm redet, kriegt sie ganz rote Wangen. Gegen meinen Willen bin ich gerührt. Das ist wirklich süß.

Während der letzten zwei Wochen hat Iva eisern dichtgehalten, doch jetzt, wo die Schleusen geöffnet sind, sprudelt sie beinahe über vor Begeisterung. Gérard ist supergut aussehend. Er ist engagiert und sozial und wahnsinnig clever. Und den Food Truck macht er übrigens nur in den Semesterferien. Sonst studiert er in Paris Ingenieurwissenschaften. Aber er spiele mit dem Gedanken, sagt Iva mit glänzenden Augen, an die ETH nach Zürich zu wechseln. Offenbar ist diese ETH eine der weltweit renommiertesten Universitäten für Ingenieure. Und Zürich ist vom Markgräflerland aus gesehen sehr viel näher als Paris. Ich muss mir ein Grinsen verkneifen, als Iva – nur so als Gedankenspiel – sogar davon redet, sie könnte sich ja vielleicht auch wieder an der Uni einschreiben. Sie scheint den Nutzen einer guten Ausbildung plötzlich sehr viel höher einzuschätzen als noch vor ein paar Wochen.

Schweren Herzens gestehe ich mir ein, dass es gemein wäre, diese junge Liebe zu sabotieren. Das bedeutet, ich werde mich mit Sean arrangieren müssen.

Ich lege mir deshalb in aller Eile eine Begrüßungsformel zurecht, während wir vor dem Amphitheater einfahren. Sie soll locker und unverbindlich wirken. »Hallo, Sean. Was liegt an?« Oder »Hallo, Alter, so sieht man sich wieder.« Etwas in dieser Richtung.

Iva hat es nun ziemlich eilig, und obwohl auf der Straße ein schreckliches Durcheinander herrscht, quetscht sie unseren Wagen in einem halsbrecherischen Manöver in eine enge Lücke direkt gegenüber dem Theater. Der Grund für ihre Eile steht auf der anderen Straßenseite. Gérard winkt zu uns hinüber. Gina, die Pizzaiola, ist auch dabei, und auch Ferdinand aus Wien. Die beiden sind wirklich eine schöne Überraschung.

Sean hingegen ... nun ja, meine Gefühle sind etwas durcheinander, als ich ihn dort stehen sehe. Eine verwirrende Mischung aus Ärger, Verlegenheit und ein klein wenig Freude. Auf keinen Fall will ich mir davon etwas anmerken lassen. Ich ermahne mich, cool zu bleiben, als ich die Tür aufstoße und ohne jede Vorwarnung ausgerechnet Jan in die Arme laufe. »Hallo Alter«, sage ich locker. »Was liegt an?«

Jan wirkt etwas verdattert. »Hallo Betty«, sagt er schließlich. »Lange nicht gesehen.«

Lange? Na ja. Zwei Wochen. Meine Stippvisiten auf seiner Facebook-Seite nicht mitgerechnet. Er und diese Hanne müssen ja jeden noch so kleinen Erfolg ständig im Internet breittreten. Sie waren in Valence. In Montélimar. Und jetzt sind sie also in Orange. Ich hätte unbedingt eine zweite Floskel vorbereiten sollen. Jetzt habe ich mein Pulver bereits verschossen.

Das ärgert mich besonders, weil an Jans Fersen ja auch noch diese Hanne klebt. »Betty Bauer aus Efringen-Kirchen«, sagt sie pathetisch. »Na, das ist ja mal eine Überraschung. Wir dachten, du hättest aufgegeben.«

Ich lächle unverbindlich. »Aufgeben? Ich? Warum sollte ich?«

Das ist natürlich eine blöde Antwort, aber ich war überrumpelt. Man hätte sich ja zumindest erst mal vorstellen können. Schließlich kenne ich Hanne bisher nur aus dem Internet. Und dort hab ich zum Beispiel nicht herausfinden können, ob sie und Jan ein Paar geworden sind.

Nicht dass es eine Rolle spielte. Ich hätte es nur gerne gewusst. Einfach so. Den Bildern, die sie täglich posten, kann man ihren Beziehungsstatus nicht entnehmen. Aber jetzt, wo ich sie sehe ... die beiden stehen ganz schön dicht beisammen.

»Na, in Lyon«, sagt Hanne spitz, »bist du mit deinen ... Mademoiselles ... oder was immer das ist, ja ziemlich durchgefallen. Ich hab gehört, ihr hattet gerade mal zwei Kunden. Und einer der beiden hat sich dann auch noch einen Zahn ausgebissen.« Sie schüttelt den Kopf und schnalzt mit der Zunge. »So was ist natürlich ganz miese Werbung.«

Der Zahn hat nicht mal gewackelt! Aber darauf kommt es jetzt auch nicht an. Lyon war für uns eine Katastrophe. Daran gibt es nichts zu deuteln. Während Hanne und Jan große Erfolge gefeiert haben. Das reibt sie mir nun sichtlich voller Schadenfreude unter die Nase. Vor ihrem Wagen standen kilometerlange Schlangen. Sie hatten Hunderte zufriedener Kunden. Und ihr Signature Burger – der »Giant Maxi Man« – hat im Internet sogar eine Auszeichnung erhalten.

Ich zucke mit den Achseln. Und gebe dann zu, dass wir in Lyon tatsächlich ein paar Probleme hatten. So was wirkt ja immer souverän. Probleme eingestehen und daran arbeiten, sich zu verbessern, sieht wesentlich besser aus, als Energie auf blöde Ausreden zu verschwenden. Ich gestehe also ein, dass unser Team in Lyon nicht ganz reibungslos funktioniert hat.

»Reibungslos?« Hanne lächelt hämisch. »Der ist gut. Euer Team ist doch regelrecht auseinandergebrochen. Da war mächtig dicke Luft zwischen dir und deiner Partnerin, und dieser schmierige Ire soll sich inzwischen ja abgesetzt haben.«

»Keine Ahnung, wovon du redest«, sage ich mit einem netten Lächeln und sehe Hanne dabei an. Aber eigentlich meine ich Jan. Vielleicht hat er ja recht gehabt, als er mich damals vor Sean warnte. Aber erstens würde ich das nie zugeben, und zweitens gilt immer noch die Unschuldsvermutung. »Sean ist nur für ein paar Tage mit Gérard mitgefahren. Aber das war vorübergehend. Wir haben verabredet, uns hier zu treffen.« Ich sehe zur anderen Straßenseite hinüber und gebe mich freudig überrascht: »Ach, dort drüben steht er ja schon.«

Als ich die Straße überquere, spüre ich Jans Blicke in meinem Rücken, und hauptsächlich deshalb lasse ich die Begrüßungsfloskel bleiben und drücke Sean stattdessen spontan zwei Küsse auf die Wange.

Ihn scheint das zu freuen. »Betty«, sagt er und nimmt meine Hände, »es ist wirklich schön, dich wiederzusehen.«

Das mit den Händen wäre nicht nötig gewesen, aber weil Jan mich beobachtet, wehre ich mich nicht dagegen.

Sean scheint das irgendwie zu spüren. Er wirft einen Blick zur anderen Straßenseite und lässt meine Hände los. »Ist das nicht der Typ, der diesen Airstream fährt? Ihr habt euch ja ewig unterhalten ... Ihr kennt euch von früher, wenn ich mich entsinne. Jugendfreunde?«

»Eher Rivalen«, sage ich kurz angebunden. »Jan wollte mit seinem Erfolg prahlen.«

Sean stößt ein Schnauben aus. »Den hat er doch nur seinem Wagen zu verdanken. Der Truck ist cool, das muss man ihm lassen. Damit lockt er die Leute an. Aber was das Essen betrifft, bist du doch um Welten besser.«

Ich bin mir nicht sicher, ob Sean den »Giant Maxi Man« tatsächlich probiert hat, oder ob er nur versucht, gute Stimmung zu machen. Aber was den Wagen betrifft, hat er zweifellos recht.

»Deswegen sind wir hergekommen«, sagt Iva zu den

anderen. »Wir wollen morgen ordentlich Kohle machen, und dann lassen wir den Wagen aufmotzen.«

Keine Ahnung, ob die anderen ihr glauben. Eher nicht, würde ich sagen. So wie sie und Gérard sich anstrahlen ...

Unsere Wagenpläne finden dennoch einhellige Unterstützung. Wir kommen auf das Thema zurück, nachdem wir den Platz besichtigt haben und uns in der Abendsonne noch auf ein Glas Rosé in ein Straßencafé setzen. Ferdinand plädiert dafür, den Wagen regenbogenbunt anzumalen. Gina möchte lieber Blumen haben. Gérard findet, wir sollten den Wagen rot oder grün oder orange spritzen lassen. Hauptsache knallig!

»Und was möchtest du?«, fragt mich Sean. Er gibt sich seit der Begrüßung große Mühe, mich in ein Gespräch zu verwickeln. Aber ich tue mich schwer damit, einfach dort weiterzumachen, wo wir in Lyon aufgehört haben. Nur weil ich ihn auf die Wange geküsst habe, heißt das noch lange nicht, dass ich nun an seine Unschuld glaube. Allerdings bin ich mir auch nicht mehr sicher, ob er wirklich ein Dieb ist. Ich weiß einfach nicht mehr, was ich glauben soll.

Ich zucke mit den Achseln und sage verhalten: »Blau vielleicht.«

»Blau«, sagt Sean mit einem Lächeln. »Das ist eine gute Wahl.«

Wenig später entschuldige ich mich und verlasse die anderen. Sie wollen noch alle zusammen um die Häuser ziehen, doch ich habe schon andere Pläne für den Abend. Als Iva uns für den Markt angemeldet hat, hat sie außerdem beschlossen, dass wir uns – Buchhaltung hin oder her – hier in Orange mal eine ganze Wohnung leisten. Sie hat über Airbnb ein Appartement gemietet. Zwei Zimmer und – das Beste – eine große Küche.

Als ich das hörte, habe ich sofort beschlossen, unser Angebot am nächsten Tag etwas zu erweitern. Ich habe mir draußen vor der Stadt jede Menge frisches Gemüse und zwei große Töpfe besorgt. Jetzt will ich Gazpacho machen. Bei uns oben im Norden gilt Gazpacho als spanische Erfindung. Aber es gibt im ganzen Mittelmeerraum unendliche Variationen dieser kalten Suppe, die an heißen Tagen ein wunderbarer Genuss ist. Und auf unserem letzten Markt hat mir eine der Gemüsefrauen ihr Familienrezept verraten.

Ich koche das Rezept am Abend nach. Es macht unglaublich Spaß in dieser großen Küche. Ich habe frische Gurken, pralle Tomaten, kleine würzige Paprika, einen ganzen Sack Zwiebeln und drei große Knoblauchknollen. Die Tomaten verarbeite ich zu einer feinen Soße, indem ich sie lange einkoche und zweimal durch ein Sieb streiche. Die Gurken werden fein geschnetzelt. Die Zwiebeln dünste ich mit gutem Olivenöl an. Die Paprika kommen für zwanzig Minuten in den Ofen, damit ich sie anschließend schälen kann. Diese Mühe lohnt sich, die süßen Paprika schmecken geschält einfach viel besser. Ich habe auch frische Chilis besorgt, die ich sehr fein hacke und nur maßvoll verwende. Sie sind hier im Süden gewachsen, und anders als zu Hause in Deutschland sind sie höllisch scharf. Allein der Geruch treibt mir die Tränen in die Augen. Nachdem ich die Gurken und Paprikastücke mit dem Mixer zerkleinert habe, gieße ich vorsichtig die Tomatensoße zu. Ein wenig Olivenöl, die gedünsteten Zwiebeln, Knoblauch und Chili zum Abschmecken.

Dann nehme ich einen Löffel und probiere … herrlich! Wenn wir morgen wieder nichts verkaufen, werden wenigstens die Obdachlosen ganz hervorragend speisen.

Um Mitternacht gehe ich schlafen. Ich höre Iva nicht mehr nach Hause kommen, aber am nächsten Morgen steht sie eisern um sechs bei mir in der Küche und hilft mir, die Demoiselles zu backen. Kurz vor zehn sind wir fertig und müssen nur noch den Wagen beladen. Wir schnappen uns jede ein großes Backblech und tragen es nach unten. »Zum Glück«, sagt Iva auf der Treppe, »habe ich gestern Nacht einen Parkplatz direkt vor dem Haus bekommen.«

Als wir dann allerdings die Tür aufstoßen, ist von unserem Dönerwagen weit und breit nichts zu sehen.

»Das gibt's ja nicht!«, ruft Iva und drängt sich mit einem Blech in den Händen an mir vorbei aus der Tür. »Genau hier hat er gestanden.« Sie weist mit dem Kinn auf einen Kombi.

»Bist du sicher?«, frage ich. Der Kombi ist auch keine Schönheit. Aber mit dem Dönerwagen kann man ihn nicht verwechseln.

»Natürlich bin ich mir sicher.« Iva runzelt die Stirn. »Ich kann mich genau erinnern, dass ich vom Wagen bis zur Tür nur drei Schritte gegangen bin.«

»Vielleicht wurde er gestohlen?«, sage ich zweifelnd, denn eigentlich kann ich mir das nicht vorstellen. Wer klaut denn schon einen alten Dönerwagen? »Hast du ihn auch bestimmt abgeschlossen?«

»Aber klar doch«, sagt Iva und balanciert das Blech auf einer Hand, während sie in der Tasche nach dem Wagenschlüssel sucht. »Mist. Wo steckt er denn?«

Etwas nervös geworden gibt sie mir ihr Blech zu halten und sucht hektisch weiter, bis sie den Inhalt der Tasche schließlich auf den Bordstein lehrt. Geldbeutel, Schminketui, eine Bürste und Haarklammern, unsere gesamte Buchhaltung, eine Rolle Klebeband, ein altes Brötchen, dicke Socken und ein loser Lippenstift, der langsam über die Bordsteinkante rollt. Ich kann nur staunen, was Ivas Tasche so alles enthält. Nur leider keinen Wagenschlüssel.

Allmählich werden die zwei gut gefüllten Bleche sehr schwer. Ich sage Iva, sie solle versuchen, sich ihre Ankunft gestern ganz genau in Erinnerung zu rufen. »Du hast den Wagen geparkt und dann ...?«

»Na ja«, Iva sieht mich an. »Eigentlich habe nicht ich den Wagen hier geparkt.« Ihre Stimme klingt ein wenig defensiv. »Ich hatte ziemlich viel getrunken und wollte nicht mehr fahren. Ich hätte den Wagen ja stehen lassen. Aber dann hätten wir ihn heute Morgen erst mal holen müssen. Das fand ich blöd. Und deshalb ...«, sie beißt sich nervös auf die Unterlippe, »deshalb hab ich Sean fahren lassen.«

TEIL 4

Durch die unberührte Natur der Provence Verte an die mondäne Côte d'Azur:

Orange – Aix-en-Provence
Grasse – St. Tropez – Cannes

Street Food Provençale

Fougasse aux olives
Provenzalisches Fladenbrot mit Oliven

***

Caviar d'aubergines
Auberginencreme

***

Cigare de chèvre et miel
Ziegenkäse-Honig-Rolle

***

Croustillant de sardine au miel et à la menthe
Knusprige Sardinen mit Honig und frischer Minze

***

Pissaladière
Zwiebelkuchen aus Nizza

***

Crêpes au miel et aux framboises
Crêpes mit frischen Himbeeren und Lavendelhonig

25

Der Schlüssel bleibt verschwunden. Er ist nicht in der Tasche und auch nicht oben in der Wohnung. Iva hält es inzwischen für möglich, dass sie ihn gar nicht zurückbekommen hat. Sie kann sich nur noch sehr lückenhaft an ihre Heimkehr gestern erinnern.

Wir versuchen, Sean auf seinem Handy zu erreichen. Mindestens zehnmal rufen wir an und lassen es ewig klingeln. Niemand, nicht mal Sean, könnte bei dieser Klingelei einfach friedlich weiterschlafen. Er nimmt nicht ab, und dafür muss es einen anderen Grund geben.

Nun kontaktieren wir Gérard. Er ist bereits vor dem Amphitheater, wo er seinen Wagen für die Eröffnung des Marktes vorbereitet. Sean hat er heute noch nicht gesehen. Er hatte sich nichts dabei gedacht, sondern einfach angenommen, sein Kumpel würde bei uns aushelfen. Als er hört, dass sowohl Sean als auch unser Wagen sich über Nacht in Luft aufgelöst haben, ist er total geschockt. Und genau wie wir hat auch er keine Erklärung.

Allmählich sind wir wirklich verzweifelt. Nachdem wir auch die Krankenhäuser der Umgebung erfolglos abtelefoniert haben, müssen wir uns eingestehen: Die Unschuldsvermutung gilt nicht mehr.

Um elf taucht der Vermieter auf und will uns aus der Wohnung schmeißen. Wir wollten nur diese eine Nacht bleiben und müssen dem Mann nun noch einen weiteren

Tagessatz bezahlen. Weil wir die Wohnung nicht räumen können. Die ganze Küche steht voller Essen. Zwei riesige Töpfe Gazpacho und etwa dreihundert Demoiselles. Die können wir ohne Wagen gar nicht wegschaffen. Ich hatte ja befürchtet, in Orange einen Misserfolg zu erleiden. Dass wir es aber nicht mal bis auf den Marktplatz schaffen, hatte ich allerdings nicht erwartet.

Schließlich gehen Iva und ich zu Fuß zum Amphitheater hinüber. Dort ist der Markt inzwischen eröffnet worden. Iva flieht in Gérards Arme, und an seine Brust geschmiegt bricht sie in bitterliche Tränen aus. Sie hat ein furchtbar schlechtes Gewissen. Sie gibt sich die Schuld an allem.

Während Gérard Iva tröstet, übernehme ich vorübergehend den Platz in seinem Wagen. Später helfe ich bei Gina aus. So bin ich wenigstens beschäftigt. Gina und Ferdinand können das alles ebenfalls nicht fassen. Wo immer er sein mag, Sean müssen heftig die Ohren klingen. Der halbe Markt regt sich über ihn auf. Denn natürlich verbreitet sich die Neuigkeit wie ein Lauffeuer von Wagen zu Wagen.

Über kurz oder lang wird sie auch Jan erreichen. Ich hoffe nur, er kommt dann nicht angelaufen. Das könnte ich jetzt wirklich nicht ertragen, sein feixendes Gesicht zu sehen und zu hören, er habe mich gewarnt. Denn allmählich beginnt mir zu dämmern, was der Verlust des Wagens für Iva und mich tatsächlich bedeutet. Ohne einen Wagen ist unsere gemeinsame Reise hier zu Ende.

Wir können es uns unmöglich leisten, einen neuen Wagen zu kaufen. Iva kann sich vielleicht noch Gérard anschließen, doch ich werde die Reise abbrechen müssen. Dann muss ich zurück nach Efringen-Kirchen.

Ich fühle mich so benommen, als hätte ich einen heftigen Schlag auf den Kopf bekommen. Zurück in die »Sonne«? Zurück zu Klaus? Mir fällt plötzlich auf, wie lange ich schon nicht mehr an ihn gedacht habe. Tage, nein Wochen. Ich habe Mühe, mir überhaupt sein Gesicht vorzustellen. Ich weiß von meiner Mutter, dass er die »Sonne« am Laufen hält, und Petra hat mir etwas hämisch berichtet, dass man ihn kaum noch im Gastraum sichtet. Weil er nun Abend für Abend in der Küche rackert.

Mehr wollte ich eigentlich gar nicht wissen. Wir sind nun seit sieben Wochen unterwegs. Vielleicht ist die Geschichte mit Angelika längst zu Ende? Oder umgekehrt, vielleicht passen die beiden ja tatsächlich zusammen. Vielleicht hat sich Angelika inzwischen bei Klaus eingerichtet. Beide Varianten lassen mich an diesem Morgen vollkommen kalt.

Ganz offensichtlich befinde ich mich in einem Schockzustand. Ich stehe in Ginas Wagen, reiche einem kleinen Jungen, der sich dafür auf die Zehenspitzen stellen muss, seine Pizza über den Tresen und denke, wie sehr ich das alles hier vermissen werde. Die Landschaft, die Sonne, das Reisen im Wagen, die Menschen, die ich dabei treffe. Sogar das Gewusel der großen Märkte. Die bunten Food Trucks, die strahlenden Gesichter, die Gerüche in der Luft. Das vegane Curry von gegenüber. Ginas Pizzakräuter. Die frittierten Bananen der Südamerikaner. Selbst der Geruch der verdammten Burger wird mir irgendwie fehlen.

Ich stoße einen tiefen Seufzer aus und nehme das Geld des kleinen Jungen entgegen. Es sind fünfzig Cent zu wenig, aber das ist jetzt wirklich vollkommen egal.

Ich werde Gina den Verlust ersetzen. So viel Geld habe ich noch. Es würde vermutlich sogar reichen, um einige Tage hierzubleiben, denke ich plötzlich und versuche, in einem Anfall von Verzweiflung auszurechnen, wie lange ich die Abreise hinauszögern könnte. Eine Woche? Zwei? Oder drei, wenn ich bescheiden lebe und mir einen Job besorge ... Der Kleine huscht mit seiner Pizza davon, und als ich den Blick wieder hebe, sehe ich Sean. Er steuert direkt auf mich zu.

Sein Auftritt bleibt nicht unbemerkt. Man kennt sich ja inzwischen, und die meisten Trucker haben gehört, wie übel Iva und ich reingelegt wurden. In den Wagen wird getuschelt, während Sean vorbeigeht. Der eine oder andere lehnt sich weit über den Tresen, um ihm nachzuschauen. Die Marktbesucher treten ein wenig zur Seite. Sean schreitet durch die Menge wie Moses durch das Rote Meer.

Auch wenn man sich Moses gemeinhin ein wenig anders vorstellt. Nicht so knubbelig. Und ohne rote Haare. Und vielleicht auch nicht mit einem derart breiten Grinsen im Gesicht. »Betty«, ruft er schon von Weitem, »ich habe ein Geschenk für dich.« Dann zieht er mit triumphierender Miene unseren Wagenschlüssel aus seiner Hosentasche.

Ist er jetzt komplett verrückt geworden? Er taucht hier auf und überreicht mir meinen eigenen Wagenschlüssel mit einer Geste, als ob es die Kronjuwelen wären. Ich bin nicht undankbar. Ich weiß es durchaus zu schätzen, dass er überhaupt auftaucht. Vor allem jetzt, nachdem ich mir in der letzten halben Stunde so lebhaft meine Rückkehr nach Efringen-Kirchen ausgemalt habe.

Aber hätte Sean mir den Wagenschlüssel nicht einfach still und leise geben können? Wir haben seinetwegen die größten Ängste ausgestanden. Wir haben den Markt verpasst. Wir werden jede Menge Lebensmittel einfach wegschmeißen müssen. Da finde ich es schon recht vermessen, aus der Rückgabe des Wagens auch noch eine Show zu machen.

Die meisten hier auf dem Markt scheinen meine Meinung zu teilen. Kein Wunder. Als Food Trucker bist du zu hundert Prozent auf deinen Wagen angewiesen. Deswegen wird Autodiebstahl hier ziemlich persönlich genommen. Ich sehe Gérard die Fäuste ballen. Und der friedliche Ferdinand zieht zornig die Augenbrauen zusammen und macht sich bereit, seinen Anhänger zu verlassen. Gina wiederum schnappt sich tatsächlich das Pizzamesser, während Sean näher kommt. Plötzlich mache ich mir Sorgen. Die Stimmung ist derart aufgeladen, es braucht nicht viel, damit sie kippt.

Ich sollte versuchen, die Lage zu beruhigen. Etwas Versöhnliches sagen. Oder zumindest den Schlüssel nehmen, den Sean mir freudestrahlend entgegenhält. Aber bevor ich es schaffe, auch nur danach zu greifen, kommt aus dem Nichts wie eine Furie Iva herangeschossen. Sie geht mit Fäusten auf Sean los. »Du blödes Arschloch. Was hast du getan? Wie kannst du es wagen, hier aufzukreuzen! Ich habe dir vertraut. Wo zum Teufel ist unser Wagen?«

»Der steht vorne an der Straße«, sagt Sean hastig und weicht vor ihrem Zorn ein paar Schritte zurück. Dann sieht er mich hilfesuchend an. »Tut mir leid. Ich bin zu spät. Ich wollte den Wagen ja rechtzeitig bringen. Aber dann hat alles so wahnsinnig lang gedauert.«

»Was?«, frage ich scharf. »Was hat gedauert? Was hast du mit unserem Wagen angestellt?«

»Seht es euch an«, sagt Sean.

Wir sind mindestens zwanzig Personen, als wir uns auf den Weg hinüber zur Straße machen. Und während wir den Markt durchqueren, wird die Gruppe ständig größer. Trucker schließen ihre Wagen und laufen uns einfach spontan hinterher, zusammen mit jeder Menge Marktbesucher. In Lyon hat man uns vor zwei Wochen kaum zur Kenntnis genommen, aber hier in Orange sind wir der Show Act des Tages.

Obwohl ich versuche, mich innerlich auf alle Möglichkeiten vorzubereiten, bleibt mir beinahe das Herz stehen, als wir die Straße erreichen. Der Dönerwagen ist nicht mehr wiederzuerkennen.

Sean hat unsere alte Dönerkiste über Nacht in einem wunderschönen Food Truck verwandelt! Ich habe keine Ahnung, wie er das geschafft hat. Starr vor Staunen stehe ich mit offenem Mund vor dem Wagen, während die Menge hinter mir spontan zu applaudieren beginnt.

Der Truck sieht einfach fantastisch aus! Elegant und flippig. Verspielt und charmant und schnittig. Die Grundfarbe ist ein helles Blau und, davon abgesetzt, steht unser Name in eleganten kirschroten Lettern auf beiden Wagenseiten. »Les Demoiselles en route«. Um den Schriftzug winden sich bunte Blumenranken, und auf Dach und Kühlerhaube prangen mindestens hundert goldene Sterne.

Sean strahlt wie ein Honigkuchenpferd. Unter dem Beifall der Menge deutet er eine kleine Verbeugung an: »Liebe Betty, ich möchte dich bitten, die kleinen Veränderungen, die ich am Wagen habe durchführen lassen, als Zeichen meiner Anerkennung zu betrachten. Und als Entschuldigung«, fügt er etwas leiser hinzu. »Für Lyon. Und auch dafür, dass ich mich heute verspätet habe. Ich habe dir den Markt versaut. Aber ...«, er zwinkert, und ein freches Grinsen blitzt auf, »aber ich garantiere dir, auf dem nächsten Markt wirst du diesem Arsch mit seinen Burgern so richtig die Hölle heißmachen können.«

26

Wir haben einen wunderschönen Wagen. Wir haben jede Menge Essen. Und wir sind wieder zu dritt unterwegs. Ich habe beschlossen, meine Zweifel über Bord zu werfen und mit Sean einen neuen Anfang zu wagen. Bei unserem verschwundenen Wagen lag ich – und im Übrigen auch alle anderen – mit meiner Befürchtung ja wirklich daneben.

Was unseren Wagen betrifft, habe ich Sean unrecht getan. Und wer weiß ... vielleicht war das in Lyon ja auch der Fall.

Unseren Standplatz hier in Orange können wir leider trotzdem nicht mehr besetzen. Dafür sind wir einfach zu spät. Aber wir haben die Hoffnung, unsere Ware in einer der kleineren Ortschaften weiter südlich vielleicht doch noch loszuwerden. Deshalb haben wir uns entschieden, sofort loszufahren. Wir verabschieden uns von den anderen in dem sicheren Wissen, dass die Trennung nur vorübergehend ist. Denn erstens haben wir Handynummern ausgetauscht, und zweitens fahren wir ohnehin alle in dieselbe Richtung. Wir werden uns wiedersehen. In Avignon, in Marseille, in Cannes oder in Saint-Tropez.

Bestens gelaunt biegen wir auf die Autobahn, wo Iva, inspiriert vom Hinweisschild »Avignon«, das wir kurze Zeit später passieren, unvermittelt ein Liedchen anstimmt: »Sur le pont d'Avignon ...«, Sean und ich fallen mit ein.

Ich fühle mich glücklich, während wir lauthals das Kinderlied schmettern. Auch wenn sich öfter mal ein falscher Ton einschleicht und wir nicht alle Strophen kennen, mir gibt dieser gemeinsame Gesang das Gefühl, wir sind nun wirklich ein Team geworden.

»Lasst uns an den Strand fahren«, sage ich zu den anderen. Ich habe plötzlich wahnsinnig Lust, das Meer zu sehen. Wir könnten den Wagen an den Straßenrand stellen und unsere Demoiselles dort verkaufen.

»Ich glaube nicht, dass das erlaubt ist«, gibt Iva zu bedenken.

»Dann darf uns die Polizei eben nicht erwischen!«

Iva kichert. »Betty, Betty. Mit dir wird es noch ein schlimmes Ende nehmen.« Es ist vierzehn Uhr fünfzehn, als wir noch frohgemut nach Süden brausen. Drei Minuten später, um vierzehn Uhr achtzehn, fahren wir in einen Stau.

Eine Dreiviertelstunde lang tuckern wir im Schritttempo dahin. Wir passieren Cavaillon, wo die leckersten Melonen der ganzen Provence wachsen und wir die Autobahn verlassen könnten. Aber dann würden wir es heute nicht ans Meer schaffen, und außerdem scheint der Verkehr jetzt etwas besser zu fließen. Wir können vom Schritt- auf Lauftempo beschleunigen. Vorübergehend. Für ein paar Minuten. Dann müssen wir erneut bremsen, und ab dann geht gar nichts mehr.

Dreißig Minuten lang stehen wir exakt an derselben Stelle. Da wir ohnehin keine nennenswerte Aircondition haben, ist unser Motor längst ausgeschaltet, und einer nach dem anderen ersterben auch die Motoren der Wagen um uns herum. Dann werden die ersten Türen aufgestoßen. Die ersten zornigen Stimmen erklingen.

Im Rückspiegel sehe ich einen wütenden Fahrer seinen Wagen verlassen. Er trägt einen Anzug, fährt einen schicken BMW mit französischem Kennzeichen und schimpft lauthals vor sich hin. Ein Manager vermutlich. Jedenfalls jemand, der gewohnt ist, dass die Dinge nach seinen Wünschen laufen. Die erzwungene Untätigkeit kann er nicht aushalten.

Ich beobachte, wie er sich noch immer schimpfend sein Handy schnappt, die Tür zuwirft und energisch an uns vorbei im Stau nach vorne marschiert. Im eigenen Interesse hoffe ich, dass er tatsächlich so wichtig ist, wie er sich gebärdet, und es vielleicht schafft, dort vorne was auszurichten. In seinem Interesse hoffe ich, er holt sich bei dem Versuch nicht gleich einen Sonnenstich.

Wir gehen die ganze Sache wesentlich gelassener an. In der Fahrerkabine haben wir beide Türen geöffnet, und Iva lässt ihre Beine zum Bräunen nach draußen baumeln. Sie hat sich vorher eingecremt. Der ganze Wagen riecht nach Kokosöl, und wenn ich die Augen schließe, kann ich mir beinahe vorstellen, wir wären doch am Strand. Der Verkehr auf der Gegenfahrbahn rauscht wie das Meer, und auf unserer Seite beginnt sich im Stau allmählich Campingatmosphäre einzustellen. Drei Wagen weiter reißt ein gestresster Familienvater entnervt den Kofferraum auf und baut neben dem Wagen auf dem Pannenstreifen Stühle und einen Klapptisch auf. Direkt vor uns nimmt eine ältere Dame mit blauvioletten Haaren ihr Schoßhündchen an die strassbesetzte Leine und führt es zu den Oleanderbüschen, die auf dem Mittelstreifen wachsen. Eine sportlich wirkende Familie mit Fahrrädern auf dem Dach nutzt den offenen Wagen als Trainingsgerät, um ein paar Stretchingübungen zu machen. Ein schmerbäuchiger Mann setzt sich auf die Leitplanke und raucht eine Zigarette, während sein Blick sinnend in die Ferne gleitet. Wenn man ausblendet, dass man gerne weiterkommen würde, ist es beinahe gemütlich.

Ein bisschen heiß vielleicht. So ohne das Meer als Abkühlung.

Die Sonne knallt vom Himmel. Das weite Blau wird nicht mal von der kleinsten Wolke unterbrochen. Die Hitze staut sich über der Autobahn. Im Truck sind es inzwischen bestimmt schon vierzig Grad. Bevor wir losgefahren sind, habe ich unser Spülbecken und die Fritteuse mit Eis gefüllt und darin den Gazpacho kühl gestellt. Aber bei vierzig Grad würde sogar ein Gletscher schmelzen. Ich gebe meiner Suppe noch etwa eine Stunde.

»Bevor sie schlecht wird«, sage ich zu den anderen, »gehe ich lieber von Wagen zu Wagen und verschenke sie.«

»Gehen?«, fragt Iva entsetzt. »Bei dieser Hitze? Bist du verrückt geworden? Wenn einer Suppe will, dann soll er sich gefälligst herbemühen.«

Da hat sie auch wieder recht. Den großen Topf kann ich vermutlich gar nicht tragen. Ich lehne mich im Sitz zurück, die Wärme macht mich schläfrig. Ich dämmere vor mich hin und träume davon, mit einem Kopfsprung ins kühle Wasser des Mittelmeers zu tauchen, als Iva mich plötzlich anschubst, durch die Windschutzscheibe zeigt und reichlich schadenfreudig kichert.

Der Manager, der vorhin voller Zorn losgestürmt ist, war wohl doch nicht ganz so bedeutend. Der Stau ist absolut unverändert, und nur der Manager selbst wirkt nun reichlich mitgenommen. Er hat sein Jackett ausgezogen, die Krawatte heruntergerissen und den Kragen weit geöffnet. Sein flott geschnittenes Haar klatscht nun schweißverklebt am Schädel, sein Blick ist ein wenig glasig geworden, und als er auf uns zu stolpert, kann ich auf seiner Nase bereits einen heftigen Sonnenbrand ausmachen. Morgen früh wird das richtig wehtun, denke ich, und weil ich Sonnenbrand hasse, empfinde ich ein wenig Mitleid.

Der Kerl scheint das irgendwie zu merken. Keine zwei Schritte von mir entfernt hebt er den Kopf und sieht mir direkt in die Augen. »Bonjour«, sage ich automatisch.

Er bleibt stehen und stiert mich an. Was soll ich bloß machen? Er ist in keiner guten Verfassung. Er schwankt und blinzelt benommen. Ich schnappe mir eine Flasche Wasser und schicke mich an, den Wagen zu verlassen. »Was machst du da?«, zischt Iva erschrocken.

Na, was wohl? »Er braucht Wasser«, sage ich. »Und vielleicht auch was zu essen. Sonst wird er uns noch zusammenbrechen.«

»Ist nicht unser Problem.« Iva zieht die Brauen zusammen. »Halt dich lieber von ihm fern. Er sieht aus wie ein richtiger Arsch. Der würde für uns mit Sicherheit keinen Finger krumm machen. Und dieser Blick! Findest du nicht, er wirkt ein bisschen verrückt?«

Ich habe ja im Allgemeinen ein gutes Näschen für Gefahren, aber Iva scheint mit der Besorgnis nun doch ein wenig zu übertreiben. Noch vor vier Wochen wäre ich in derselben Lage wohl im Truck geblieben. Aber inzwischen traue ich mich, zu tun, was ich für richtig halte. Ich überrede den erschöpften Mann, sich in den Schatten unseres Trucks zu setzen, und reiche ihm die Wasserflasche. Er könnte wohl auch was zu essen brauchen.

Sean öffnet mir die Seitenklappe, damit ich im Truck ein wenig Luft und Licht habe. Na ja, zumindest Licht. Das Eis ist in der Hitze wie erwartet geschmolzen, aber mein Gazpacho ist noch kühl. Ich schöpfe einen großen Teller voll, stelle ihn auf ein Tablett und lege in einem Anfall von Großherzigkeit noch ein Demoiselle daneben. Mit Ziegenkäse und Herbes de Provence.

Der entkräftete Manager leert schweigend den ganzen Teller und vertilgt das Demoiselle mit drei großen Bissen. Dann lehnt er sich zurück und schließt die Augen. Ich wechsle einen Blick mit Sean – ist der Typ jetzt eingeschlafen? Sean zuckt mit den Achseln und bückt sich, um das Tablett aufzuheben.

Spitz sage ich zu dem schlafenden Mann: »Danke, gern geschehen. Ich hoffe, es hat geschmeckt.« Zu meiner Überraschung reagiert er darauf. Er öffnet die Augen und sagt: »Es war fantastisch. Ungelogen, das beste Essen meines Lebens.«

Wie sich zeigt, neigt er wohl ein wenig zur Übertreibung. Von den Toten wieder auferstanden, erweist sich unser Gast als ziemlich gesprächig. Er hat weiter vorne in der Kolonne mit einem Lastwagenfahrer gesprochen und dabei eine Menge erfahren. »Es gibt eine schlechte und eine sehr schlechte Nachricht. Mit welcher soll ich beginnen?«

Schwierige Entscheidung für jemanden wie mich.

Die schlechte Nachricht ist, dass es auf der Höhe von Aix-en-Provence zu einem großen Unfall gekommen ist. Die Autobahn musste gesperrt werden. Die sehr schlechte Nachricht ist, dass wir heute Samstag haben, und am

Samstag sind die Straßen schon ohne Unfall hoffnungslos überlastet.

Der Manager weiß zu berichten, dass sich die Wagen inzwischen schon hoch bis Lyon stauen. Und es wird noch schlimmer werden. »Bestimmt kommt es bald in den Nachrichten«, sagt er düster. »Die ganze Region ist lahmgelegt. Nicht nur die Autobahn. Auch alle Nebenstraßen. Weil die Leute versuchen, sich irgendwie durchzuschlagen. Da läuft inzwischen gar nichts mehr.«

Die schiere Dimension dieses Staus scheint ihm bei allem Ärger auch eine gewisse Genugtuung zu bereiten. Einige der umstehenden Fahrer sind inzwischen zu uns getreten, der Manager wirft einen Blick in die Runde, bevor er dann pathetisch schließt: »Tja, Leute, so sieht es aus. Wir sitzen im Stau des Jahres.«

Allgemeines Stöhnen rund herum, und die Kunde vom Stau des Jahres verbreitet sich blitzschnell weiter. Innerhalb kurzer Zeit ballt sich um unseren Truck eine ganze Traube von Menschen. Jeder will die Neuigkeiten aus erster Hand erfahren.

Ich muss ein wenig schmunzeln. Unser Manager ist nun plötzlich doch noch zum wichtigsten Mann im Stau geworden. Er muss seine Geschichte tausendmal wiederholen. Überraschenderweise fängt er dabei plötzlich an, kleine Werbeclips für mein Essen einzuflechten. Er sagt Dinge wie: »Wenn ihr Hunger habt, Leute, dann müsst ihr den Gazpacho aus diesem hübschen Wagen probieren.« Oder: »Wir stehen hier noch bis in die Nacht. Ihr solltet euch vielleicht besser mal einen Teller Gazpacho sichern.«

Mir ist das furchtbar peinlich. Vor allem, weil er mir dabei auch noch jedes Mal zuzwinkert. Außerdem hat es keine Wirkung, wahrscheinlich haben alle reichlich zu Mittag gegessen. Nur ein kleiner Junge fragt mich schließlich mit quengelnder Stimme: »Hast du auch was Süßes?«

Ich habe Demoiselles mit Schokosplittern und steige ein zweites Mal in den Wagen, um ihm eines zu holen. Die Mutter lehnt sich an meine Theke, und während der Kleine freudig in sein Demoiselle beißt, entscheidet sie sich plötzlich, die kalte Suppe doch zu probieren. Sie ruft ihren Mann und noch zwei weitere Kinder.

Davon fühlt sich ein älteres Pärchen dann animiert, ebenfalls einen Teller zu nehmen, und plötzlich brechen die Dämme.

Ich komme aus dem Truck gar nicht mehr raus. Keine Ahnung, wie die Leute sich verständigen, aber nun ist jeder auf den Beinen und möchte bei mir etwas zu essen bestellen. Eine holländische Großfamilie mit sieben Kindern. Zwei Schweden. Ein schniekes Paar aus Mailand. Ein kräftiger Hafenarbeiter aus Marseille, der sich gleich zwei Portionen sichert.

Mit ihren Suppenschalen stehen sie am Truck und plaudern, tauschen Neuigkeiten über den Stau aus, schließen Freundschaft. Es ist wie ein Mini-Street-Food-Markt. Ich bin vollauf beschäftigt, alle zu bedienen, und muss dazwischen auch noch für Fotos posieren. Der Manager schießt mindestens dreißig Bilder, die er – wie er laut verkündet – per SMS an verschiedene Zeitungen schicken möchte.

Ich glaube ja kaum, dass die so was drucken, aber er ist da ganz zuversichtlich. »Schauen Sie sich doch mal um«, sagt er enthusiastisch. »Das hier ist ein Happening.«

Er hat seine Worte kaum ausgesprochen, da höre ich

in der Luft ein Dröhnen, und am Himmel taucht in der Ferne ein Hubschrauber auf. Er fliegt in unsere Richtung und bleibt direkt über uns stehen. Sogar ich kann sehen, wie von oben gefilmt wird. Die Leute lachen und winken. Manche heben den Kameras ihre Demoiselle oder ihre Suppenschale entgegen.

»Sehen Sie«, ruft der Manager begeistert, »jetzt kommen wir sogar ins Fernsehen.«

Wir stehen bis einundzwanzig Uhr. Als der Stau sich auflöst, haben wir viele neue Freunde gewonnen und unser gesamtes Essen verteilt. Restlos alles. Nicht nur den Gazpacho und die Demoiselles, die sind uns irgendwann ausgegangen. Dann habe ich aus den Vorräten, die wir im Wagen hatten, auch noch Crêpes gebacken. Ich bin müde und zufrieden und schlafe ein, sobald wir uns in Bewegung setzen.

Als ich erwache, stehen wir in einer prächtigen Straße vor einem palastartigen Gebäude, das von drei Scheinwerfern dekorativ beleuchtet wird. »Was ist das denn?«, murmle ich verschlafen.

»Hotel George Cinque, Aix-en-Provence«, sagt Sean, der am Steuer sitzt. »Iva ist fragen gegangen, ob sie noch Zimmer haben.«

»Können wir uns das denn leisten?«, frage ich zweifelnd und richte mich auf, um die Luxusherberge genauer zu betrachten. Stuck an der Fassade und ein dicker roter Teppich, der von der Straße bis zum Eingang führt. Durch die erleuchteten Fenster kann ich Kronleuchter und Ölgemälde an den Wänden sehen und elegant gekleidete Paare, die sich bei einem Glas Champagner gepflegt unterhalten. Wir drei sind verschwitzt, unausgeschlafen und staubig. Wir passen in diese Umgebung wie ein Pickel auf die Nase.

Sean ist das völlig egal. »Wenn die was haben«, sagt er grimmig, »dann nehmen wir es. Egal, was es kostet.«

Wir waren ja ziemlich produktiv während der Stunden im Stau. Aber eines haben wir vergessen: Wir sind nicht auf die Idee gekommen, uns ein Zimmer zu reservieren. Alle anderen schon. Tausende von Autofahrern, die normalerweise nicht in Aix-en-Provence haltgemacht hätten, sind heute Nacht hier gestrandet.

Wie mir Sean nun berichtet, sind wir schon seit einer Stunde auf der Suche nach einer Unterkunft. Er und Iva haben, während ich schlief, bereits die ganze Stadt abgeklappert. Jedes Bett ist ausgebucht. Leider gilt das sogar für den Luxusschuppen, vor dem wir parken. »Wir werden noch unter der Brücke schlafen müssen«, sagt Sean düster, als Iva wieder auftaucht und uns berichtet, es gäbe im George Cinque nicht mal mehr eine Besenkammer.

Allerdings hat ihr die Dame am Empfang ein Chambre d'hôte empfohlen. »Es war in den letzten Wochen geschlossen, weil die Besitzerin auf Reisen war.« Möglicherweise, meinte man am Empfang, sei sie inzwischen zurückgekommen.

Vielversprechend klingt das nicht. Aber was haben wir schon für Alternativen?

Sean startet brummelnd den Motor: »Wie heißt denn der Laden?«

Iva kichert. »*La vie en rose chez Madame Vivianne.*«

Wir müssen nicht weit fahren. Das Navi leitet uns in ein nahe gelegenes Wohnquartier, wo wir das Chambre d'hôte an einem kleinen Rondell finden. Groß und dunkel thront es in einem weitläufigen Garten. Ich habe natürlich Skrupel, hier so einfach einzudringen. Selbst wenn die Frau zu Hause wäre, ist sie ganz offensichtlich schlafen gegangen. »Wer weiß«, sage ich zu Iva. »Wenn sie heute nach Hause kam, dann stand sie möglicherweise sogar im selben Stau.«

»Das wäre prima«, sagt Iva und stößt die Wagentür auf. »Dann weiß sie ja, wie wir uns fühlen. Und hat hoffentlich Erbarmen.«

Als sie die Auffahrt hinaufstapft, knirscht Kies unter ihren Füßen. Vom Haus her höre ich Tauben gurren. Die Nachtluft riecht nach Rosen und Lavendel. Es ist so friedlich hier. Ich könnte mich sofort in diesen Garten legen und unter dem Sternenhimmel einschlafen. Das scheint mir plötzlich wahnsinnig verlockend. Es gibt sogar Palmen hier und eine Bougainvillea, die sich über die eisernen Streben einer Veranda rankt. Wir würden inmitten von Blumen liegen. Bestimmt ist es wahnsinnig verboten, sich einfach in fremder Leute Garten einzunisten. Aber wenn keiner zu Hause ist, wer soll es denn merken? Ich hoffe beinahe, dass niemand öffnet, als Iva die Hand hebt und klingelt. Keine zehn Sekunden später bricht im Haus die Hölle los.

Vielleicht ist die Frau ja wirklich verreist. Aber ihren Hund hat sie zu Hause gelassen. Nach dem Gebell und dem Knurren zu schließen, ist er ein wahres Monster. Ich an Ivas Stelle würde sofort von dieser Tür verschwinden. Doch Iva bleibt stoisch stehen. Und klingelt noch einmal.

Es dauert ein paar Minuten, dann wird drinnen ein Licht angeschaltet. Der Hund scheint jetzt vollends auszurasten. Ich habe den Eindruck, dass er sich von innen gegen die Tür wirft, und als diese sich plötzlich öffnet, glaube ich im ersten Schreck, es wäre ihm gelungen, sie aufzubrechen.

Der Hund drängt nach draußen. Er ist tatsächlich gewaltig. Groß wie ein Kalb, mit blitzenden Zähnen. Davon abgesehen sieht er irritierenderweise aus wie ein Flokati. Er ist schmutzig weiß und zottelig, und an seinem Halsband hängt eine Frau.

Im Gegensatz zum Hund ist sie eher klein gewachsen. Nicht direkt mollig, aber kurvig, wirkt sie nicht gerade sportlich. Ich bin alles andere als sicher, dass sie den Hund wirklich halten kann. Zudem hat sie furchtbar unpraktische Pantoffeln an. Sie hat doch gar keinen richtigen Stand in derart exaltierten Schuhen. Zu den Pantoffeln trägt sie einen Pyjama, der aussieht, als wäre er aus Seide. Obwohl Pyjama und Pantoffeln wirklich hübsch aussehen, glaube ich kaum, dass sie mit Gästen gerechnet hat, denn ihr Gesicht ist von einer weißen Paste überzogen.

Dieses Chambre d'hôte ist geschlossen. Das kann ich auch vom Truck aus erkennen. Doch Sean besteht darauf, dass wir ebenfalls aussteigen. »Das ist unsere letzte Chance, diese Nacht noch in einem Bett zu verbringen«, sagt er und springt aus dem Wagen. Notgedrungen folge ich ihm. Während ich die Auffahrt hochlaufe, behalte ich den Hund im Auge.

Erst als ich die Tür erreiche, wird mir schlagartig klar, dass der Hund hier nicht die wirkliche Bedrohung ist. Er hat sich inzwischen beruhigt und begrüßt uns sogar mit einem freundlichen Schwanzwedeln. Doch sein Frauchen blitzt uns zornig entgegen. Die Falten, die sie dabei macht, lassen tiefe Risse in der Paste auf ihrem Gesicht entstehen. Das sieht ziemlich unheimlich aus. Mit dieser Schmiere im Gesicht könnte sie vom Fleck weg in einem Horrorfilm auftreten. Vermutlich ist ihr das nur recht. Sie will uns nämlich auf keinen Fall in ihr Haus lassen.

»*La vie en rose*« ist geschlossen. Sie ist erst vor wenigen Stunden aus Kalifornien zurückgekommen. Sie hat Jetlag. Das Haus ist schmutzig. In den Gästezimmern sind nicht mal die Betten bezogen.

»Das macht uns nichts«, sagt Iva verzweifelt. »Wir können das selbst machen. Bitte! Nur für eine Nacht! Wir haben stundenlang in diesem Stau gestanden. Wir werden Sie auch bestimmt nicht stören.«

Die weiße Paste macht es beinahe unmöglich, ihre Mimik zu lesen, doch Ivas Plädoyer scheint die Frau nicht ganz ungerührt zu lassen. Sie schüttelt zwar nach wie vor den Kopf, aber sie zögert dabei ein bisschen.

Iva hat das ebenfalls bemerkt und doppelt sofort nach. Wir sind vollkommen erschlagen. Es war vierzig Grad heiß im Wagen. Wir können einfach nicht mehr weiterfahren. Wir würden überall schlafen. »Auch im Garten«, werfe ich ein.

»Dort schläft schon mein Mann«, sagt die Frau zu meiner Überraschung. Sie sieht mich zum ersten Mal richtig an. Einen Moment lang stutzt sie, denn fragt sie: »Hab ich Sie nicht heute im Fernsehen gesehen?«

Ich zucke mit den Achseln. Um ehrlich zu sein, ich bin etwas irritiert, dass ihr Mann im Garten übernachtet. Sie blickt zum Truck hinüber und ruft triumphierend: »Den Wagen habe ich auch gesehen! Sie sind diese Köchin. Sie waren in den Nachrichten!« Ich glaube, sie lächelt unter der Paste.

Nie im Leben hätte ich damit gerechnet, prominent zu werden. Ich bin sicher, dieser Status wird keine vierundzwanzig Stunden andauern. Das ist nur ein kleiner Moment in meinem Leben. Aber durch eine glückliche Fügung des Schicksals ist dieser Moment ganz genau jetzt. Die Frau lässt sich erweichen. Wir dürfen bleiben!

27

Ich schlafe wunderbar in einem Zimmer mit rosaroten Wänden, in dem ich mich geborgen fühle wie im Innern einer Muschel. Als ich aufwache, scheint schon die Sonne, und Ivas Bett ist leer. Ich fühle mich entspannt und zufrieden und gönne mir den Luxus einer langen Dusche. Dann schlüpfe ich in die Jeans, die dringend mal wieder gewaschen werden müsste, und gehe nach unten.

Dort haben sich alle bereits auf der Veranda um den Frühstückstisch versammelt. Die Fenster sind geöffnet. Draußen im Garten rauschen die Palmen. Es duftet nach frisch geröstetem Kaffee und Himbeermarmelade. Madame Vivianne unterhält sich mit Sean und lächelt mir entgegen. Iva telefoniert.

Ich lasse mich in die weichen Kissen auf dem Gartensofa sinken, und Madame fragt, was ich möchte. Kaffee, Cappuccino, Espresso? Frisches Baguette oder lieber Brioche? Wir haben die letzten Wochen meist in billigen Pensionen und gelegentlich auf Campingplätzen übernachtet. Hier bei Madame Vivianne fühle ich mich, als wäre ich im Himmel gelandet.

Ich achte nicht auf Ivas Telefongespräch. Bis sie auflegt und sich umdreht. »Na, du Schlafmütze!«, sagt sie. »Auch endlich aus den Federn gekrochen? Ich habe Neuigkeiten. Du wirst heute Nachmittag ein Interview geben müssen.«

Ich verschlucke mich heftig am Brioche, und Madame

Vivianne muss mir auf den Rücken klopfen. Sie ist etwas älter, als es gestern den Anschein hatte, Mitte vierzig würde ich schätzen. Mit den Wirtinnen, die wir auf unserer Reise bisher kennengelernt haben, hat sie gar nichts gemein. Sie trägt bereits zum Frühstück ein unerhört schickes grünes Kleid und ist mit Abstand die eleganteste französische Dame, die wir bisher getroffen haben.

Ironischerweise ist sie Schweizerin! Das entdecken wir nur wegen der Sprache. Sie versteht ganz genau, was ich sage, als ich Iva auf Deutsch energisch widerspreche. Ich werde ganz bestimmt kein Interview geben. Warum sollte ich? Ich habe nichts zu sagen.

»Und dann auch noch vor der Kamera«, sagt Madame Vivianne. Iva blitzt sie zornig an.

»Fürs Fernsehen?«, frage ich mit schriller Stimme. Das kommt noch weniger infrage. Ich werde stottern und mich ständig verhaspeln. Ich werde mich komplett lächerlich machen.

»Betty!«, sagt Iva und verdreht die Augen. »Begreifst du denn nicht, was für eine Chance das ist?«

»Dann geh doch selber«, entgegne ich patzig.

»Auf keinen Fall«, sagt Madame Viviane mit ihrem drolligen Schweizer Akzent. »Die wollen nicht Ihre Freundin. Die wollen die Köchin sehen.« Na prima.

Auf der Suche nach einem Verbündeten wende ich mich an Sean. »Ich finde auch, du solltest es machen«, sagt er und lächelt. Wahrscheinlich hat er unseren Schlagabtausch auf Deutsch nicht richtig verstanden. »Das ist Fernsehen!«, sage ich deshalb auf Englisch. Sean zuckt mit den Achseln »Was ist das Problem? Du wirst dich im Fernsehen prima machen.«

Genau das bezweifle ich aber. Das Fernsehen ist ein beschränktes Medium. Im Fernsehen bekommt man keine Ahnung davon, wie lecker mein Essen schmeckt. Das Fernsehen kann nicht den Duft ofenwarmer Demoiselles übertragen. Die fruchtige Süße frischer Erdbeeren. Die cremige Milde eines exquisiten Ziegenkäses. Das Fernsehen reduziert alles und jeden auf seine äußere Hülle. »Und ich sehe schrecklich aus«, sage ich jammernd zu den anderen. »Außerdem habe ich nichts anzuziehen.«

»Na, das können wir ändern«, sagt Madame Vivianne.

Iva würde mich am liebsten augenblicklich vom Tisch hochscheuchen. Aber Madame Vivianne lässt mich wenigstens noch das Brioche fertig essen. Ich nehme nur ganz kleine Bissen und zögere den Prozess der Nahrungsaufnahme so lange wie möglich hinaus. Doch so ein Brioche ist leider endlich. Ich tupfe noch die Krumen mit den Fingerspitzen auf, da erhebt sich Madame bereits und bittet mich, sie nach oben zu begleiten. Wie Ivas Miene deutlich macht, ist das keine Bitte, die ich ablehnen sollte.

»Die werden Sie beim Fernsehen schon nicht fressen«, sagt Madame Vivianne, wieder ins Deutsche wechselnd, als wir die Treppe hochsteigen. »Jetzt machen Sie sich mal nicht ins Jäckchen.«

Wie bitte? Ins Jäckchen? Ich mache mir nicht ins Jäckchen, stelle ich richtig. Ich habe einfach nur eine realistische Selbsteinschätzung. Ich bin nicht fotogen. Ich bin nicht fürs Fernsehen geeignet. Madame lächelt sanft. Sie führt mich in ihr Schlafzimmer, zu ihrem Kleiderschrank, der fast so gewaltig ist, wie ich ihn mir vorgestellt habe. »Sie brauchen was zum Anziehen«, murmelt Madame. »Und mit den Haaren müssen wir auch was machen.«

Das kann sie glatt vergessen. Mit meinen Haaren kann man nichts »machen«. Dafür eignen sie sich nicht. Man kann ihnen einfach nur ihren Willen lassen. Und wenn sie glaubt, ich würde in eines ihrer schicken Kleider passen, dann hat sie ein Problem mit den Augen. Ich fühle mich verpflichtet, eine Warnung auszusprechen. Ich möchte ihre Kleider schließlich nicht ruinieren. Aber Madame ignoriert mich einfach.

Was ist hier eigentlich los? Rede ich vielleicht Chinesisch? Sie durchkämmt systematisch ihren gewaltigen Kleiderschrank, und ein Stück nach dem anderen wandert aufs Bett hinüber. Der Stapel dort wird immer größer. Soll ich die jetzt etwa alle probieren?

»Selbstverständlich«, sagt Madame Vivianne und schlägt mir dann eine Wette vor. »Sie tun einfach, was ich sage, ohne ständig rumzumaulen. Und wenn Sie am Ende zufrieden sind, dann kochen Sie mir ein leckeres Abendessen.«

»Und wenn nicht?«, wage ich zu fragen.

»Das wird nicht geschehen«, entgegnet Madame siegessicher. »Dafür brauchen wir uns nichts zu überlegen. Aber wenn Sie tatsächlich nicht zufrieden sein sollten, dann dürfen Sie von mir aus weiterhin dieses Zelt tragen, das Sie da anhaben.«

Ich gebe ja zu, dass ich in Kleiderfragen nicht gerade versiert bin. Aber mein Shirt als Zelt zu bezeichnen, finde ich jetzt doch ein wenig übertrieben. Als Köchin muss man nun mal bequeme Kleidung tragen.

Doch dieses Argument lässt Madame nicht gelten. Ich sei beim Fernsehen ja nicht für eine Kochproduktion eingeladen, sagt sie streng, sondern für ein Interview. Ich müsse mich nicht bewegen. Ich müsse nur gut aussehen. Mit diesen Worten hält sie mir ein tailliertes Top aus mitternachtsblauer Seide entgegen. Der feine Stoff, der leichte Schimmer, der riesengroße Ausschnitt – indiskutabel tief –, all das passt überhaupt nicht zu mir. Und obwohl ich auf der Reise ja tatsächlich ein paar Kilos verloren habe, in die Kleider von Madame werde ich deshalb noch lange nicht passen.

»Ich werde die Nähte sprengen«, sage ich, woraufhin Madame nur milde lächelt und rechts und links ein wenig zupft, während ich krampfhaft den Bauch einziehe. Ich hoffe, sie versucht nicht, den Reißverschluss zu schließen. Ich finde das Teil jetzt schon zu eng.

»Jetzt hören Sie auf zu jammern«, sagt Madame Vivianne. »Es steht Ihnen ausgezeichnet. Und im Übrigen ist es längst geschlossen.«

Tatsächlich? Vorsichtig lockere ich die Spannung im Bauch und versuche probehalber, auch noch zu atmen. Verblüffenderweise gelingt mir das. Ich will sofort zum Spiegel hinüber, aber Madame hält mich zurück. »Warten Sie noch einen Moment. Wir sind noch nicht ganz fertig.«

Wie sich herausstellt, ist »nicht ganz« eine freche Untertreibung. Ich muss mich bestimmt noch zwanzigmal umziehen, nur um am Ende von Madame zu hören, das erste Teil sei perfekt gewesen. Ich finde diesen Aufwand übertrieben. Aber ich habe hier gar nichts mehr zu sagen.

Nur weil ich in der Kleiderfrage danebengelegen habe, fühlt Madame sich nun berechtigt, sich mein Gesicht und meine Haare ebenfalls vorzunehmen. Sie verpasst mir auch so eine weiße Paste und zupft mir die Augenbrauen. Dann schminkt sie mich und verwendet tausend

Klammern, um mein Haar hochzustecken. Meiner inneren Uhr zufolge haben wir schon Stunden auf diese Schönheitsprozeduren verwendet, und ich fange an, mir Hoffnungen zu machen, dass ich das Interview vielleicht verpasse. Aber dann steckt Madame noch eine letzte Locke fest, fährt mir mit dem Puderpinsel zweimal über die Nase, und plötzlich bin ich fertig.

Jetzt endlich darf ich mich vor den Spiegel stellen. Ich kenne mich nun seit siebenunddreißig Jahren. Eine Schönheit war ich nie. Deshalb versuche ich, keine zu große Erwartung zu haben, als ich zum Spiegel hinübermarschiere. Dass sich ein hässliches Entchen in einen Schwan verwandelt, gibt es ja doch nur im Film ...

Der Anblick im Spiegel verschlägt mir die Sprache. Ich zwinkere. Würde ich mir dabei nicht lächerlich vorkommen, ich würde mich kneifen. Die Frau, die mir entgegenschaut, hat kornblumenblaue Augen, eine klare, zart gebräunte Haut und deutlich sichtbare Wangenknochen. Der tiefe Ausschnitt steht ihr ausgezeichnet. Während ich ungläubig den Kopf von einer Seite zur andern drehe, löst sich eine einzelne Locke aus der kunstvollen Flechtfrisur und legt sich um meinen Hals wie ein zarter Pinselstrich. Ich hebe die Hand, um die Locke zu berühren, und kann sie tatsächlich fühlen.

»Na?«, sagt Madame Vivianne. »Ich schätze, die Wette habe ich gewonnen.«

Am Nachmittag gebe ich das Interview. Ich sitze vor dem Rosenbeet in Madames wunderschönem Garten und fühle mich pudelwohl dabei. Zum Teil habe ich das dem Prosecco zu verdanken, den Madame noch vor dem Mittag geöffnet hat, damit wir alle auf die gelungene

Verwandlung anstoßen konnten. Und ich muss sagen, der Prosecco trägt zu meiner Gelassenheit bei. Das überrascht mich ein wenig. Wo man doch ständig hört, Alkohol würde die Willenskraft schwächen. Für Prosecco scheint das nicht zu gelten. Ich bin charmant und aufgeräumt und plaudere vollkommen unbeschwert vor der Kamera mit dem jungen Journalisten, der zu meiner Verblüffung ein wenig mit mir flirtet.

Das Interview geht eine Stunde später bereits über den Sender, und noch am selben Abend kommen diverse Anfragen für weitere Interviews. Iva nimmt sie entgegen. Sie bezeichnet sich inzwischen als meine Managerin. Während ich in der Küche stehe, meine verlorene Wette einlöse und für Madame Vivianne koche, ist Iva schwer beschäftigt, meine Termine zu planen. Sie hat sich sogar schon so einen zackigen Managerton zugelegt. Und sie hat sich entschieden, ihre Nägel schwarz zu lackieren. Das erledigt sie während des Telefonierens.

Ich bin mir nicht sicher, ob der Trend im Management ganz allgemein in Richtung schwarzer Nägel geht, aber Iva findet, der schwarze Lack lasse sie wahnsinnig professionell aussehen. Und diese Professionalität möchte sie nicht riskieren, indem sie beispielsweise niedere Küchenarbeiten erledigt. Das würde den frischen Lack dann doch ein wenig zu sehr auf die Probe stellen. Mich stört das wenig. Ich habe Sean, der mir hilft, und zudem haben wir in der Küche auch noch Viviannes Ehemann gefunden.

Victor ist mit seinen dunklen Haaren und den blauen Augen ein wirklich gut aussehender Mann. Er ist lustig und freundlich und erweist sich überdies auch noch als fantastischer Koch. Zu meiner Verblüffung lebt er wirklich im Garten. In einem Pavillon. Ich für meinen Teil würde Victor auf keinen Fall in den Garten verbannen. Aber es gibt da wohl noch einen anderen Mann in Madame Viviannes Leben. Und den hab ich natürlich noch nicht gesehen ...

Victor zeigt mir an diesem Abend, wie die Provenzalen ihre Artischocken zubereiten. Jetzt, Ende Mai, findet die letzte Ernte der einheimischen Sorte statt. Die Artischocken, die wir heute zubereiten, haben am Morgen noch auf dem Feld gestanden. Sie duften sehr viel intensiver als die Artischocken, die ich zu Hause auf dem Markt bekomme. Deshalb reicht man sie im Süden Frankreichs auch nicht mit einer dicken Soße, sondern nur mit einer leichten Vinaigrette. Laut Victor hat jede Familie dafür ihr eigenes Rezept. Er selbst mischt in die Vinaigrette neben Schalotten und etwas Knoblauch noch fein zerdrückte Anchovis und Kapern. Ich hätte das nicht erwartet, aber die Geschmäcker ergänzen sich perfekt.

Am Abend sitzen wir alle zusammen draußen im Garten, essen Artischocken und frisch gebackene Fougasse, provenzalisches Fladenbrot. Anschließend gibt es leckere Lammkoteletts und würzig gefüllte Kräutertomaten. Ich bin ganz begeistert von der schlichten, schmackhaften Zubereitungsweise und Victor verspricht, mir in den nächsten Tagen noch weitere regionale Rezepte zu zeigen. Doch im Moment muss das leider warten.

Denn in den nächsten Tagen muss noch ich drei weitere Interviews geben, und dabei kann ich selbstverständlich nicht immer das gleiche Top tragen. Deshalb verkündet Madame Vivianne am nächsten Morgen, wir würden jetzt shoppen gehen. Theoretisch könnte ich das auch allein erledigen, doch Madame scheint mir in Kleiderfragen ganz grundsätzlich zu misstrauen.

Während ich noch harmlos beim Frühstück sitze, teilt sie mir mit, dass sie gedenkt, meine alten T-Shirts in den Müll zu werfen. Sie findet, sie würden nicht mehr zu mir passen.

Ich gebe zu, die Shirts sind verwaschen und möglicherweise haben sie auch ein paar Löcher. Aber ich wollte sie dennoch weiterhin tragen. »Das ist ein Fehler, glauben Sie mir«, sagt Madame, die sich durch meine Klagen nur bestätigt fühlt. »Man sollte sich nicht unter dem Wert verkaufen. Und schließlich arbeiten Sie hart. Da muss sich Frau von Zeit zu Zeit auch mal was Neues gönnen.«

Dieses Argument hat etwas für sich. Und als mir Iva und Sean dann auch noch gut zureden, lasse ich mich von Madame Vivianne tatsächlich auf eine Shoppingtour mitschleppen.

Sie führt uns in die Altstadt, wo ich einen ersten Eindruck der Schönheit von Aix-en-Provence bekomme. Es gibt hier wunderschöne Kirchen, verwinkelte mittelalterliche Gassen und baumbestandene Plätze voll mit netten Cafés und Bars, die ich leider nicht besuchen kann, da ich den Tag mehr oder minder durchgehend in Umkleidekabinen verbringe. Ich werde bewacht von Madame Vivianne, der man in allen Geschäften sofort einen bequemen Sessel und ein Glas Prosecco anbietet. Das nährt in mir den starken Verdacht, dass sie so was nicht zum ersten Mal macht. Allerdings muss ich zugeben, dass ich noch nie so viel Spaß beim Shoppen hatte. Am Ende des Tages bin ich müde und erschlagen, aber hochzufrieden.

Ich besitze nun eine neue Jeans, ein Paar Shorts und eine schmale schwarze Hose, vier neue T-Shirts und zwei Pullover. Und ich habe – soweit ich mich erinnern kann, zum ersten Mal in meinem Leben – ein Sommerkleid erworben. Oben schmal geschnitten, schwingt es ab der Taille zu einem weiten Glockenrock aus. Es ist mit Tausenden Blumen übersät, und wenn ich es trage, habe ich das Gefühl, auf einer Blumenwiese zu tanzen. Das Kleid ist so schön, dass ich in der Umkleidekabine heimlich eine Träne verdrücke. Wäre ich allein unterwegs gewesen, hätte ich es nie im Leben gekauft. Es ist zu teuer. Es ist nicht praktisch.

Aber Madame widerspricht mir entschieden. »Wir nehmen das Kleid«, sagt sie und legt es kurzerhand auf den Tresen. »Es ist perfekt für Sie.«

Ich erhebe zunächst Protest. Madame hat mir höchstpersönlich den Ratschlag gegeben, Kleider immer so zu kaufen, dass sie zueinanderpassen. Das tut dieses Kleid auf keinen Fall.

»Meine liebe Betty«, sagt Vivianne mit einem Lächeln, »Regeln sind eine gute Sache. Aber die wirkliche Kunst besteht darin, die Regeln manchmal auch zu brechen. Außerdem ist das Kleid absolut angemessen, wenn Sie dann bei der Preisverleihung Prinzessin Stéphanie treffen.«

Mit einem dicken Kloß im Hals schaue ich zu, wie man das Kleid in Seidenpapier einwickelt und vorsichtig in eine steife rosarote Tüte schiebt. Die Tüte wird mir andächtig überreicht. Ich trage sie nach Hause, als ob sich darin Kronjuwelen befinden würden. Während des ganzen Wegs höre ich das Seidenpapier leise knistern, und dieses Knistern klingt in meinen Ohren wie eine wundervolle Verheißung.

28

Chez Madame Vivianne werden wir von einer aufgeregten Iva mit der Nachricht erwartet, dass wir eingeladen wurden, in zwei Tagen mit unserem Wagen am Markt in Aix teilzunehmen. Das ist eine große Ehre. Denn erstens wurde die Einladung vom Büro des Bürgermeisters ausgesprochen. Und zweitens sollen wir auf diesem Markt einen besonders schönen Platz bekommen. Die Presse wird natürlich kommen, und der Bürgermeister höchstpersönlich möchte meine Demoiselles kosten.

Ich bin ein wenig überfahren von diesen Neuigkeiten. Aber Iva ist total aus dem Häuschen. »Weißt du, was das bedeutet?«, ruft sie völlig begeistert. »Publicity ohne Ende. O mein Gott, ich glaube, ich brauche eine andere Nagellackfarbe.«

Der Markt in Aix gilt als einer der schönsten der ganzen Provence, und unserem Wagen kommt die Ehre zu, auf dem besten Standplatz zu stehen: mitten auf dem prächtigen Cours Mirabeau. Die breite Allee wird von Platanen und eleganten palastartigen Häusern in hellem Sandstein gesäumt. Am unteren Ende liegt die Rotonde, in deren Mitte eine reich geschmückte Fontäne sprudelt.

Auch das obere Ende wird von einem Springbrunnen begrenzt. Er ist wesentlich kleiner und ganz von Moos überwachsen. Laut Madame Vivianne ist er achthundert

Jahre alt und bei den Marktfahrern ist es Sitte, vor dem ersten Verkauf das nasse Moos zu berühren. Offensichtlich bringt das Glück.

Also stehen Iva, Sean und ich am Markttag morgens um sechs vor dem kleinen Springbrunnen und drücken unsere Hände in das feuchte Moos. Ein wenig Verkaufsglück können wir schon brauchen. Wir haben diesmal nämlich die dreifache Menge an Demoiselles gebacken.

Auf den großen Märkten haben wir bisher immer versagt, aber heute sind wir wirklich sehr gut vorbereitet. Auf Empfehlung von Victor konnte ich gestern meine Zutaten direkt von einem kleinen lokalen Bauern beziehen. Milch und Eier, Butter und Käse, Früchte, die wir selbst vom Baum holen durften. In der Küche haben am Nachmittag dann alle kräftig mitgeholfen. Gut, der Beitrag von Madame Vivianne bestand eher darin, uns zu unterhalten. Und bei Gelegenheit Prosecco nachzuschenken. Dafür hat Victor umso energischer mit angepackt. Er ist in der Küche ganz automatisch in die Rolle meines Souschefs geschlüpft.

Iva und Sean haben ganz allein die volle Verantwortung für die süßen Demoiselles übernommen. Sie haben leuchtend rote, köstlich duftende Himbeeren verwendet und die samtigen Pfirsiche, die wir am Morgen vom Baum gepflückt haben.

Heimlich habe ich mir von einem der Himbeer-Demoiselles ein Stück abgebrochen. Nicht etwa, um die beiden zu kontrollieren. Nur um ... na ja, um ganz sicherzugehen. Die Kruste hatte genau die richtige Festigkeit und war federzart mit einem Hauch von Zucker bestreut. Im Innern war das Demoiselle weich und saftig, und die Himbeeren ... Ich fürchte, über die Himbeeren kann ich mir einfach kein objektives Urteil erlauben. Bei Himbeeren werde ich immer schwach. Und diese Beeren waren wirklich paradiesisch. Ich bin recht zuversichtlich, dass ich mir wegen der Himbeer-Demoiselles keine Sorgen zu machen brauche. Und auch sonst stehen die Zeichen günstig.

Wir haben einen wunderschönen Wagen. Wir haben zusätzlich Tische und Stühle aus Madame Viviannes Garten, sodass unsere Gäste diesmal sogar sitzen können. Madame Vivianne hat für die Tische am frühen Morgen noch Sonnenblumen gepflückt. Alles sieht ganz wunderbar aus.

An einem der Tische hat sie mit ihren Freundinnen gleich selbst Platz genommen. Sie verbringen dort den ganzen Morgen. Und weil die ganze Stadt sie kennt, kommt die ganze Stadt zu unserem Wagen, um zu plaudern und um Demoiselles zu kaufen.

Victor wiederum hat sich bereit erklärt, uns im Wagen zu helfen. Er scheint ihm eine Menge Spaß zu machen, hinter dem Tresen zu stehen. Für mich ist das eine große Entlastung. Ich muss nämlich ständig aus dem Wagen flitzen, weil irgendjemand etwas von mir möchte. Touristen möchten Selfies mit mir zusammen machen. Ein paar schicke Damen aus Aix-en-Provence möchten meine Rezepte haben. Ich muss ein Interview fürs Radio geben und für eine Schülerzeitung. Und um elf kommt, mit einem ganzen Tross von Beamten, dann tatsächlich auch noch der Bürgermeister.

Er wiederum will ein Himbeer-Demoiselle haben, das ich ihm selbstverständlich schenke. Ein Reporter, der ihn begleitet, fragt mich daraufhin, ob ich nicht damals auf der Autobahn mein Essen ebenfalls gratis abgegeben hätte. »Technisch gesehen, ja«, sage ich mit schlechtem Gewissen. Ich wollte kein Geld von den Leuten. Ich wollte die Situation nicht ausnutzen. »Aber die meisten«, füge ich hinzu, »haben freiwillig etwas gegeben. Eine Spende sozusagen.«

Ich wollte das nicht verschweigen. Denn ich habe mit diesen »Spenden« auf der Autobahn richtig viel Geld eingenommen. Aber peinlicherweise möchte der Bürgermeister mir nun ebenfalls eine Spende überreichen. Sofort zückt der Reporter seine Kamera, und eine ganze Weile bin ich damit beschäftigt, dem Bürgermeister die Hand zu schütteln, freundlich zu lächeln und nicht die Augen zuzukneifen.

Alles in allem läuft es ganz gut. Als ich zum Wagen zurückkehre, empfängt mich Sean mit einem High Five. »Gut gemacht, Betty.« Er lächelt mich an. »Du bist auf dem besten Weg, eine Berühmtheit zu werden.«

Ich winke verlegen ab. Eine Berühmtheit will ich nicht werden. Ich will nur den Wettbewerb in Monaco gewinnen.

»Das kannst du schaffen«, sagt Sean. Dann greift er nach meiner Hand und führt sie an seine Lippen. »Du bist eine fantastische Köchin. Und eine wunderbare Frau.« Von seiner Geste und seinen Worten gleichermaßen überrascht schaue ich ihn wortlos an. Einen Moment lang stehen wir beide einfach so da, Auge in Auge, während der Markt um uns herum brummt, und ich fühle mich Sean plötzlich sehr nahe. Dann verändert sich seine Miene, und er weist mit einem schrägen Grinsen zum Tisch von Madame Vivianne hinüber: »Dort drüben hat sich übrigens ein Fan von dir eingenistet.«

Während ich damit beschäftigt war, mit dem Bürgermeister zu plaudern, hat sich am Tisch von Madame Vivianne ein neuer Gast eingefunden. Als ich in seine Richtung sehe, versucht er ungeschickt, sich hinter den Frauen zu verstecken. Doch diesen blonden Schopf würde ich überall erkennen. Ich habe ihn in den letzten Wochen schon viel zu oft gesehen. Am Tisch von Madame Vivianne sitzt Jan.

Mit federndem Schritt gehe ich hinüber, baue mich vor der Gruppe auf und nutze die Gelegenheit, Jan einmal sitzend zu erwischen. »Na«, sage ich und schaue von oben auf ihn hinunter. »Wollen wir ein wenig spionieren?«

Bisher war das ja stets umgekehrt. Bisher wurde auf den großen Märkten immer Jan umworben. Und ich war diejenige, die sich neidisch im Dunstkreis seines Wagens herumgetrieben hat. Aber ich habe mich dabei zumindest nicht erwischen lassen.

Jan versucht natürlich, jetzt einen auf cool zu machen. Er zuckt mit den Achseln und behauptet, er sei nur ganz zufällig hier entlanggelaufen. »Deine Freundinnen haben darauf bestanden, dass ich mich zu ihnen setze.«

»*Mais oui*«, sagt Madame Vivianne, deren Blick interessiert von mir zu Jan und wieder zurück wandert. »Wir können einen alten Freund doch nicht einfach so rumstehen lassen«, fügt sie dann auf Deutsch hinzu. Natürlich kann sie die Sprache perfekt. Was bedeutet, die beiden haben sich möglicherweise schon ewig unterhalten. Ich stelle sofort richtig, dass es sich bei Jan weniger um einen Freund als vielmehr um einen Konkurrenten handelt.

»Sind wir nicht beides?«, fragt Jan und lächelt.

Madame Vivianne hebt eine Augenbraue und beginnt das Gespräch simultan auf Französisch zu übersetzen. Als die Damen erfahren, dass auch Jan ein Trucker ist, möchten sie umgehend wissen, was er denn für einen Wagen hat.

»Einen sehr großen«, sagt Jan.

»Und wo«, fragt Madame Vivianne mit keckem Augenzwinkern, »können wir dieses große Teil denn besichtigen?«

»Draußen vor der Stadt«, sagt Jan und zuckt bedauernd mit den Achseln. »Wir haben leider keinen Platz auf dem Markt bekommen. Weil wir im Gegensatz zu Betty natürlich auch nicht im Fernsehen waren.«

Er lässt es klingen, als hätte ich irgendwie unlautere Methoden angewendet. Ich will schon protestieren, aber Madame Vivianne kommt mir zuvor. »Das ist aber süß von Ihnen«, sagt sie ganz harmlos. »Dass Sie extra gekommen sind, um Bettys Erfolge zu feiern.«

Ich muss zugeben, ihre Methoden sind ausgefeilter als die meinen. Jan kann nämlich nicht verhindern, dass sich bei ihren Worten eine leichte rosa Tönung auf seiner Haut ausbreitet. Diese Neigung, rot anzulaufen, ist der einzige Zug, den ich noch immer an ihm mag. Sie ist so schön entlarvend.

Denn natürlich ist Jan nicht gekommen, um mit mir zu feiern. Und schon gar nicht meinen Erfolg. Er ist gekommen, um zu spionieren! Und noch schlimmer – vielleicht ist ihm ja klar geworden, dass ich mittlerweile tatsächlich Chancen habe, in Monaco zu siegen.

Madame Vivianne scheint die Dynamik zwischen uns äußerst spannend zu finden. Sie möchte nun wissen, woher wir uns kennen. »Das ließ sich nicht vermeiden«, sage ich rasch. »Wir sind im selben Dorf aufgewachsen.«

»Wir waren schon zusammen im Kindergarten«, fühlt sich Jan berufen, mich zu ergänzen. »Betty und ich sind als Kinder jeden Morgen zusammen dort hingelaufen. Meistens sind wir zu spät gekommen. Weil wir unterwegs immer diese bunten Schneckenhäuschen gesammelt haben. Wir haben bestimmt tausend Stunden mit der Suche nach Schnecken verbracht.«

Ich hätte nicht erwartet, dass er sich daran noch erinnert. Das mit den tausend Stunden ist vermutlich nicht mal übertrieben. Wir verbrachten ganze Nachmittage draußen in den Feldern, und ich weiß noch ganz genau, welche Freude ich empfand, als Jan mir am Ende eines Nachmittags einmal ein wunderschönes zartrosa Schneckenhäuschen schenkte. Doch wenn er denkt, er könne mich mit solchen Sentimentalitäten einwickeln, dann hat er sich geschnitten.

Jan kramt weiter in seinen Erinnerungen und erzählt den Damen, wie wir in den ersten Schuljahren gemeinsam Wald und Wiesen erkundet haben. »Weißt du noch?«, fragt er und sieht mich an. »Während der Sommerferien, da haben wir in den Bäumen diese Hütte gebaut.«

Ich erinnere mich genau. »Eine Hütte«, sage ich kühl, »konnte man das nun wirklich nicht nennen. Das waren nur ein paar Bretter in den Ästen. Es war lebensgefährlich, sich dort oben aufzuhalten.«

»Das war es vermutlich tatsächlich«, sagt Jan mit nachdenklichem Nicken. »Aber weißt du noch, als wir beide von zu Hause abgehauen sind und dort im Baumhaus schlafen wollten. Das war doch super.«

Das war nicht super, das war dumm. Na ja ... es war natürlich aufregend. Wir haben Wurst und Käse aus der Küche im »Eber« stibitzt, und als es dunkel wurde, haben wir uns oben im Baumhaus eng aneinander gekuschelt ...

Aber unsere Eltern sind vor Sorge beinahe gestorben. Und als sie uns gegen Mitternacht fanden, musste uns die Feuerwehr aus dem Baum herunterholen.

»Stimmt«, sagt Jan mit einem breiten Grinsen in die Damenrunde, während Madame übersetzt. »Wir waren damals wohl eine ziemliche Rasselbande.«

Madame Vivianne und ihre Freundinnen scheinen das ganz entzückend zu finden. »Nicht, dass Sie hier einen falschen Eindruck bekommen«, fügt Jan mit ernster Miene hinzu. »Betty hat mir zum Beispiel auch mit den Schularbeiten geholfen.«

»In erster Linie«, werfe ich ein, »wolltest du von mir abschreiben.«

»Zum Teil«, sagt Jan und grinst. »Aber ich habe auch viel gelernt. Mit Französisch habe ich überhaupt nur wegen dir angefangen. Du hast schon immer dafür geschwärmt. Ich habe mich damals von dir anstecken lassen.«

»Ein Semester lang«, sage ich streng. »Soweit ich mich erinnern kann, hast du danach aufgegeben.«

»Wir haben zusammen tanzen gelernt.«

»Wir und alle anderen in unserer Klasse.« Ich verdrehe die Augen. »Das war damals Pflicht. Schon vergessen?«

»Trotzdem ...« Jan zuckt die Achseln. »Ich habe gerne mit dir getanzt.«

»Das höre ich aber zum ersten Mal.«

»Tja«, sagt Jan mit einem zerknirschten Lächeln. »Ich hätte es damals nicht zugegeben. Es war ja nicht gerade angesagt, Walzer und Foxtrott zu mögen. Aber was ich sagen will, wir hatten gute Zeiten zusammen.«

»Daran«, entgegne ich kühl, »würde ich mich bestimmt erinnern.«

29

Es sind noch fünf Wochen bis Monaco, und was die Wetten auf Facebook betrifft, habe ich die Führung übernommen. Der Markt in Aix ist super gelaufen. Deshalb gönne ich mir den Luxus, zwei Tage lang mal gar nichts zu machen.

Iva organisiert derweilen unseren Tourenplan. Ich finde den Begriff ja ein wenig übertrieben – als ob wir eine Rockband wären. Aber bei den vielen Berichten, die über uns in den Medien erscheinen, müssen wir uns für die Märkte tatsächlich nicht mehr bewerben. Wir werden eingeladen. Und man fragt uns auch für Konzerte oder Ausstellungen an. Iva hat auf ihrem Handy einen Terminkalender eröffnet, um die Zeit, die uns bis Monaco noch bleibt, optimal nutzen zu können. Die Aufgabe scheint ihr Spaß zu machen.

Ich hingegen lasse die Seele baumeln und liege schon den zweiten Nachmittag einfach so im Garten rum. Madame Vivianne und ich haben unsere Stühle unter einen Baum gestellt, Fred, der große Hund, hat sich neben uns gelegt, und wir plaudern gemütlich miteinander. Madame Vivianne, die sich aufrichtig über unseren Erfolg freut, möchte wissen, was ich nach dem Wettbewerb denn für Zukunftspläne habe.

»Ich wollte immer ein Bistro in der Provence eröffnen«, sage ich versonnen und schaue durch das Blätterdach in den blauen Himmel hinauf.

»Dann machen Sie das doch«, entgegnet sie sofort.

»Ich weiß nicht …«, sage ich zögernd. Dieses Bistro war nie real. Es war ein Traum. Es war, wie im Lotto einen Sechser zu ziehen.

»Überhaupt nicht«, widerspricht Madame Vivianne. »Das sind zwei völlig verschiedene Dinge. Im Lotto zu gewinnen ist reine Glückssache. Aber was das Bistro betrifft, da haben Sie es selbst in der Hand, Ihren Traum zu realisieren. Sie sind eine super Köchin, Betty. Victor meint, Sie könnten es sogar auf die Liste der Sterneköche schaffen.«

»Da übertreibt er aber gewaltig«, entgegne ich verlegen. »Außerdem bin ich dazu viel zu alt.«

»Haha«, macht Madame Vivianne. »Das dachte ich auch einmal. Es hat sich glücklicherweise als kompletter Unsinn erwiesen.« Sie lächelt zufrieden. »Eines kann ich ihnen versprechen: Wenn Sie in zehn Jahren an den heutigen Tag zurückdenken, werden Sie sich fragen, was zum Teufel Sie damals, als Sie noch so jung waren, eigentlich für Probleme hatten.«

Ich zupfe einen Grashalm aus der Wiese und spiele nachdenklich damit herum. In zehn Jahren werde ich siebenundvierzig sein. Wo werde ich dann im Leben stehen? Auf der Liste der Sterneköche? Auf der Terrasse meines Bistros, von der aus ich in der Ferne vielleicht noch das Meer erblicken kann? Oder doch in der Küche der »Sonne«? Realistisch betrachtet, sind die Chancen für Letzteres hoch.

Es wäre nicht einfach, die »Sonne« zu verlassen. Ich müsste den Pachtvertrag kündigen. Ich müsste das Mobiliar und die Kücheneinrichtung verkaufen. Oder einen Nachfolger finden, der die Einrichtung übernimmt.

Und anschließend müsste ich noch mal ganz von vorne beginnen.

Erstaunlicherweise fühlt sich dieser Gedanke besser an, als ich dachte. Madame Vivianne beobachtet mich, und als sich unsere Blicke kreuzen, hebt sie vielsagend die Augenbrauen. »Alles ist möglich, Betty. Sie müssen es sich nur trauen.«

Früher hätte ich sofort den Kopf geschüttelt, aber nun ... Ich beiße mir auf die Lippen und überlege, ob ich dieser ungeheuren Bemerkung möglicherweise zustimmen kann, da lässt mich ein lautes Scheppern erschrocken zusammenfahren.

Das Scheppern kommt aus der Einfahrt, wo wir den Truck geparkt haben. Sean hat sich in den Kopf gesetzt, auf das Dach eine Ladebox zu montieren. Er will darin mein neues Kleid transportieren. Das ist natürlich übertrieben, so eine große Box nur für ein Kleid. In Wirklichkeit werden wir dort noch jede Menge anderen Kram reinpacken. Aber die Idee ist süß.

»Ein netter Mann«, sagt Madame Vivianne.

»Das ist er.« Ich nicke. »Und eine große Hilfe.«

Schon damals im Burgund waren Iva, Sean und ich ein gutes Team. Und nachdem wir wieder zusammengefunden haben, funktioniert es beinahe noch besser. Ich bin verantwortlich für die Küche, Iva für das Marketing. Und Sean ist unser Springer.

Er packt überall dort mit an, wo gerade etwas zu tun ist. Darüber hinaus ist er verantwortlich für die gesamte Infrastruktur. Dazu gehören tausend Dinge, um die Iva und ich uns nicht gerade reißen. Der Auf- und Abbau des Wagens am Markt. Die Organisation der Wasser- und der Stromanschlüsse. Das Verlegen der Abwasserleitung und die Müllentsorgung. Wenig glamourös, aber leider notwendig.

Zwischenzeitlich hatten Iva und ich diese Aufgaben selbst übernommen, erzähle ich Madame. Deshalb weiß ich Sean nun umso mehr zu schätzen. Rein arbeitstechnisch gesprochen. »Da bin ich mir nicht so sicher«, sagt Madame Vivianne. »Ich denke, er würde in ihrer Beziehung ganz gerne mehr als nur ein Arbeitsverhältnis sehen. Ist Ihnen das noch nie aufgefallen?«

Ich wende verlegen den Blick ab, als sie mich neugierig betrachtet. Aufgefallen vielleicht schon. Aber ich weiß nicht, was ich damit anfangen soll.

»Sean ist ein Schatz.« Madame lächelt leise. »Aber ich an ihrer Stelle würde wohl trotzdem eher diesen Jan nehmen.«

Wie kommt sie denn auf diesen Gedanken? Ich sage ihr, es stehe nicht zur Debatte, mir »einen Mann zu nehmen«. Weder Sean noch Jan. Ich will keinen Mann. Ich will einen Wettbewerb gewinnen.

»Das eine schließt das andere ja nicht aus«, entgegnet Madame trocken. »Es steht außer Frage, dass Sie den Wettbewerb gewinnen müssen. Aber Sie sind Köchin und keine Nonne. Und so ein Mann oder auch zwei bereichern doch das Leben. Finden Sie nicht?« Harmlos lächelt sie mich an. Ich fürchte, sie meint das ernst. Wenn man an Victor, ihren Mann mit Quartier im Pavillon denkt ...

»Und nur damit Sie es wissen: Bevor wir ihn eingeladen haben, sich zu uns zu setzen, stand Ihr alter Freund mindestens eine Viertelstunde auf der anderen Straßenseite und hat die Augen nicht von Ihnen gelassen.« Sie lächelt zufrieden. Will Madame mich jetzt verkuppeln?

Ich erinnere sie daran, dass Jan und ich Konkurrenten sind. »Vermutlich hat er darauf gehofft, dass ich mich vor dem Bürgermeister lächerlich mache. Oder dass ich meine Kunden vergraule oder die Demoiselles anbrennen lasse ...«

»Oder er mag Sie wirklich.« Madame krault den Kopf des Flokati, der mich über ihr Bein hinweg mit nachdenklichem Hundeblick betrachtet. »Ach, kommen Sie, Betty, jetzt schauen Sie nicht so skeptisch. Allein die Art und Weise, wie er von Ihrer gemeinsamen Kindheit erzählt hat.« Sie zupft spielerisch an Freds langer Stirnlocke. »Ich verstehe gar nicht, warum Sie diesen Gedanken so vehement von sich weisen. Es ist doch schön, wenn sich aus einer Freundschaft plötzlich mehr entwickelt.«

»Das hat es aber nicht«, entgegne ich heftig. »Nicht richtig.« Ich wende den Blick ab und zwinkere, ärgerlich über mich selbst. Warum ist mir Jan nicht einfach vollkommen egal? Warum lassen Madames wilde Spekulationen mein Herz so heftig schlagen?

Ich starre hoch in den strahlenden Himmel. Die Vögel zwitschern. Ein Schmetterling gaukelt zwischen den Zweigen des Baumes, unter dem wir liegen. Was wäre, denke ich plötzlich, wenn es stimmt? Wenn Madames Intuition sich als richtig erweisen würde? Was, wenn mich Jan tatsächlich mag?

Als hätte er meine Gedanken gelesen, stößt der Flokati unvermittelt einen tiefen Hundeseufzer aus. »Wissen Sie, Betty«, sagt Madame, »ich hätte nie gedacht, dass ich so was mal von mir gebe. Aber ich glaube, manche Männer verdienen eine zweite Chance.«

»Tatsächlich?« Ich stoße ein schwaches Lachen aus. »Und welche Männer sind das?«

»Keine Ahnung. Mich dürfen Sie nicht fragen.« Sie zieht eine kleine Grimasse. »Ich bin ganz schlecht in solchen Situationen. Ich fürchte, Sie müssen das selbst entscheiden.«

Wir bleiben noch vier Tage bei Madame Vivianne. Iva ist meistens sehr beschäftigt, aber ich und Sean nutzen die Zeit, um gemeinsam die Stadt zu erkunden. Dabei verliebe ich mich ein wenig.

Aix-en-Provence ist zauberhaft. Die Altstadt ist voller schmaler winkliger Gassen, und jede Ecke bietet eine Überraschung. Ein verwunschener Innenhof. Ein reich ziselierter überwachsener Brunnen. Ein schmiedeeisernes Bänkchen, auf dem eine alte Dame versonnen einen versteckten Rosengarten betrachtet. Das Kloster Saint-Saveur aus dem Mittelalter, wo man im Kreuzgang beinahe noch das Gemurmel der betenden Mönche zu hören glaubt.

Im Süden der Altstadt erstreckt sich dann als Kontrastprogramm der prächtige Cours Mirabeau. Vierhundert Jahre jünger als der Altstadtkern, ist der Boulevard gesäumt von prächtigen Renaissancepalästen, edlen Boutiquen und schicken Cafés. Sean und ich sitzen stundenlang in Korbstühlen gemütlich unter gestreiften Markisen und beobachten das bunte Treiben auf dem Boulevard. Sowohl für die Einheimischen als auch für die Touristen ist der Cours Mirabeau eine Bühne, und wir amüsieren uns köstlich damit, die neueste Sommermode zu kommentieren oder teure Autos, exzentrische Hutkreationen, den einen oder anderen Ehekrach und die tausend kleinen Marotten, die Menschen nun mal so oft an den Tag legen. Wir trinken Espresso oder – wenn der Mittag naht – einen Pernod, schmunzeln gemeinsam, träumen vor uns hin und schubsen uns gegenseitig an, wenn wir etwas Besonderes entdecken. Es sind wunderschöne Frühsommertage, die wir in der Stadt träge an uns vorbeiziehen lassen, und ich werde furchtbar sentimental, als ich am Morgen unserer Abfahrt Madame Vivianne herzlich umarme.

»Nun machen Sie sich mal nicht ins Jäckchen«, sagt Madame und zwinkert. »Ihre Reise wird bestimmt ganz wunderbar werden. Und wer weiß ... vielleicht ist dies ja kein Abschied für immer.«

30

In vier Wochen wird der Wettbewerb in Monaco stattfinden, dem ich inzwischen ganz zuversichtlich entgegenblicke. Wir müssen uns jetzt nicht mehr beeilen. Wir müssen auch nichts mehr beweisen. Wir können die Reise so richtig genießen.

Iva hat mit ihrem Tourenplan ganze Arbeit geleistet. Er führt uns in gemächlichem Tempo zu den schönsten Orten und auf die prächtigsten Märkte der Provence.

Von Aix aus fahren wir nur vierzig Kilometer weiter nach La Roque-d'Anthéron. Dort sind wir für drei Tage zu einem großen Klavierfestival eingeladen. Wir sorgen vor den Konzerten für die Verpflegung und dürfen uns danach jeweils in die Zuschauerränge setzen.

Die Konzerte sind einfach fantastisch. Ein Flügel und ein einzelner Pianist unter dem offenen Himmel. Die perlenden Klänge einer Sonate von Chopin, während im Westen die Sonne langsam hinter dem Horizont verschwindet. Es ist ein ganz wunderbares Erlebnis.

Am nächsten Tag ziehen wir weiter und fahren langsam nach Westen. Wir besuchen entzückende Märkte in Brignoles, in Entrecasteaux und in Cotignac, bevor wir in der Nähe von Lorgues fünf Tage lang auf einem Weingut gastieren. Wir kochen für die zahlreichen Besucher, die den Weinkeller besichtigen, und sind selbst eigentlich ununterbrochen beschwipst, weil wir uns schon über Mittag auf der weinumkränzten Terrasse das eine oder andere Glas des fantastischen Hausweins gönnen. Es ist ein Rosé aus Syrah- und Sauvignontrauben. Leicht und frisch und voller Würze. Man kann, wenn man die Augen schließt, im Geschmack des Weins die Landschaft der Provence erkennen. Am dritten Tag unseres Aufenthalts wird im Hof des Gutes für die Belegschaft ein richtig schönes Fest ausgerichtet. Wir sitzen an langen Tischen zwischen vierhundert Jahre alten Steinmauern, die noch die Wärme des Tages abstrahlen. Über einem offenen Feuer wird ein Ferkel gebraten. Einer der Arbeiter hat sein Akkordeon dabei und beginnt zu spielen. Wir tanzen alle wie die Verrückten auf dem Kiesplatz um das Feuer, und als der Mann dann unvermittelt ein langsames Lied anstimmt, nimmt Sean mich spontan in den Arm.

Diesmal fühlt es sich wunderbar an, von ihm gehalten zu werden. Unsere Schritte passen sich ganz selbstverständlich aneinander an. Getragen von der Musik gleiten wir unter dem Nachthimmel schwerelos dahin. Ich lege meinen Kopf an seine Schulter, schließe die Augen und atme seinen Duft ein. Ich höre sein Herz schlagen und muss plötzlich wieder daran denken, wie Madame Vivianne und ich uns im Garten damals über zweite Chancen unterhalten haben. Manche Männer haben vielleicht wirklich eine zweite Chance verdient. Aber es ist schwierig zu entscheiden, welche Männer das sind.

Unsere letzten Stationen sind St-Paul-en-Forêt, das mit seiner herausgeputzten Altstadt wie ein Museum wirkt, und das lebendige Grasse, wo Lavendel und Rosenblüten für die kostbarsten Parfüms noch immer von Hand geerntet werden. Danach besuchen wir Cabris, das Dorf, in dem Antoine de Saint-Exupéry, der berühmte Autor des *Kleinen Prinzen*, seine Ferien verbrachte. Der Ort schmiegt sich an den Rücken der Alpes Maritimes, der südlichen Alpen, die hinter Cabris über tausend Meter in die Höhe steigen. Wir haben unseren Wagen auf dem halbrunden Dorfplatz geparkt, sitzen mit einer Flasche Rosé auf der steinernen Begrenzungsmauer und lassen die Füße baumeln. Auf dem Markt haben wir Oliven und Käse gekauft. Wir schneiden ein paar Tomaten auf und essen Baguette, das wir mit den Fingern abbrechen.

Wir sind dreißig Kilometer von der Küste entfernt. Aber von hier oben kann man an diesem klaren Abend das Meer in der Ferne erkennen. In der Abendsonne funkelt das Wasser wie mit Juwelen bestreut. Ich sitze lange auf dieser Mauer, ein Lächeln auf den Lippen. Das Meer ist kein ferner Traum mehr. So viel ist geschehen in diesen Wochen. So viele meiner Wünsche sind plötzlich Realität geworden, und morgen werde ich endlich auch das Meer erreichen.

Am nächsten Tag packen wir in aller Frühe unsere Sachen und fahren an die Küste. Wir sind eingeladen, im prestigeträchtigen Club 55 in Saint-Tropez haltzumachen. Dort verkehren die Reichen und Berühmten, und die will Iva natürlich sehen. Wobei es für sie nicht in Frage kommt, in Saint-Tropez zu übernachten. Weil dort die Preise, wie sie sagt, astronomisch seien. Sie führt noch immer unsere Buchhaltung und achtet strikt darauf, dass wir bei den Kosten nicht über die Stränge schlagen. Auch Iva hat sich verändert auf dieser Reise, und besonders deutlich kann man das an ihrem Umgang mit Geld erkennen. Manchmal muss ich heimlich schmunzeln, wenn sie uns – leicht pedantisch – einen Vortrag hält. Aber weder Sean noch ich würden es je wagen, ihr in Geldangelegenheiten zu widersprechen.

Man wird nicht reich mit einem Food Truck. Doch Iva ist zuversichtlich, dass wir uns am Ende der Reise einen Gewinn teilen können. Vorausgesetzt, wie sie mahnend sagt, dass wir vernünftig bleiben.

Anstatt für teures Geld in Saint-Tropez zu logieren, fahren wir also nach Cavalaire, auf die andere Seite der Halbinsel, wo wir auf Empfehlung von Madame Vivianne ein entzückendes Chambre d'hôte finden. Unsere Unterkunft ist eine alte provenzalische Villa mitten in einem etwas verwahrlosten Garten, in dem Oleander, Mimosen und riesige Agaven wachsen.

Ich finde, der Garten passt perfekt zu uns. Nach vier Wochen Reise durch die Provence sind wir braun gebrannt wie die Piraten und auch ein bisschen zerzaust. Deshalb verbringt Iva den Nachmittag damit, sich allerlei Cremes, Lotions und Kuren in Gesicht und Haare zu schmieren, während Sean und ich in der Küche Demoiselles backen. Wir sind inzwischen ein eingespieltes Team, und die Arbeit geht uns flink von der Hand.

Eigens für heute Abend habe ich ein Demoiselle mit Krabben erfunden, das ich mit einer selbst gemachten Dill-Mayonnaise servieren möchte. Bei der süßen Version werden Lavendelhonig, Mandelsplitter und frische Feigen in den Teig eingebacken. Als das erste Blech aus dem Ofen kommt, nimmt sich Sean ein Stück zum Probieren. Er bricht das heiße Gebäck auseinander, pustet drauf und hält es mir vor die Lippen: »Hier zu deiner Beruhigung.«

Ich schmecke dem Duft von Feigen und Honig nach und nicke erleichtert. Die Mischung stimmt. »Die sind in Ordnung«, sage ich und will mich wieder umdrehen.

Sean hält mich zurück. Er legt mir die Hand auf den Arm und sieht mir in die Augen. »Die sind mehr als in Ordnung, die sind toll. Und lass dir von diesen reichen Säcken heute Abend nur nichts anderes einreden.«

Er kennt mich inzwischen richtig gut. Zum ersten Mal seit Wochen bin ich an diesem Nachmittag etwas angespannt. Das hat mir Sean angesehen. Obwohl ich versucht habe, es zu verbergen.

Allerdings ahnt er nicht, dass der Auftritt in diesem Club nicht der einzige Grund für meine Unruhe ist. Mindestens ebenso sehr beschäftigt mich der Gedanke daran, dass wir am nächsten Tag die anderen wieder treffen. Gérard, Gina, Ferdinand und ... Jan. An ihn habe ich seit dem Gespräch mit Madame Vivianne immer wieder denken müssen. Ich habe ein schlechtes Gewissen deswegen, aber die Aussicht, Jan bald wiederzusehen, lässt mich nicht ganz kalt. Dennoch lasse ich Sean in dem Glauben, dass ich mich nur vor den Reichen und Schönen fürchte.

Er versucht sogar, mich zu beruhigen. »Es wird alles prima laufen«, sagt er und tupft mir einen Krümel des Demoiselles von den Lippen. »Du wirst schon sehen, das sind auch nur Menschen.«

Na, da bin ich mir nicht ganz sicher. Ich sehe nicht viele Gemeinsamkeiten. Wir können uns mit den Leuten, die wir an diesem Abend treffen, eigentlich nicht vergleichen. Der Club 55 in Saint-Tropez ist eine Welt für sich.

Man kommt sich vor, als würde man träumen. Als wäre man durch Zauberhand mitten in einem kitschigen Hollywood-Streifen gelandet. Mit Glitzerlämpchen behängte Palmen, die sich im Abendwind wiegen. Laute Musik aus gewaltigen Boxen. Kellnerinnen, die Bikinis tragen und wie Models aussehen. Bodyguards mit Knopf im Ohr und schwarzen Sonnenbrillen. Der eine oder andere Hubschrauber, der durch die anbrechende Nacht den hauseigenen Landeplatz ansteuert. Und die Gäste sehen allesamt aus, als würden sie zu Hause wie Dagobert Duck auf einem Berg von Goldmünzen schlafen. Sofern sie denn überhaupt schlafen. Vielleicht kann man Schlaf in diesen Gesellschaftsschichten ja auch in Ampullen kaufen und ihn sich spritzen. Dann hätte man Zeit gespart und müsste die Party nicht extra unterbrechen.

Im Club 55 wird an diesem Abend gefeiert, als ob es kein Morgen gäbe. Aber der Club beeindruckt mich weniger als erwartet. Vielleicht trägt zu meiner Gelassenheit die Tatsache bei, dass ich meine Preise kurz vor dem Start auf das auf das Doppelte erhöht habe. Jetzt freue ich mich diebisch bei dem Gedanken, die Millionäre hier mit meinen Demoiselles ein wenig zu schröpfen. Auch doppelt so teuer läuft es prima. Man reißt mir die Ware nur so aus den Händen. Vermutlich hätte ich die Preise auch verdreifachen können.

Unterstützt von Sean stehe ich beinahe den ganzen Abend hinter der Theke, und wir verkaufen restlos alles. Iva lässt sich nur selten bei uns im Wagen blicken. Sie ist vollauf damit beschäftigt, mit diversen Baronen, Magnaten oder reichen Erben zu flirten, und wird ständig zum Champagnertrinken eingeladen. Oder zum Austernschlürfen. Oder zum Kaviaressen. Ich gönne ihr den Spaß von Herzen, aber ich frage mich doch ein bisschen, wie sie damit umgeht, dass wir morgen in Cannes Gérard wiedertreffen.

Der Abend wird lang. Erst um drei liege ich schließlich in den Federn, und obwohl ich rechtschaffen müde bin von der Arbeit, kann ich nicht einschlafen. Ich werfe mich von einer Seite auf die andere, während Iva, mit der ich das Zimmer teile, wie immer vollkommen problemlos ins Reich der Träume hinübergleitet. Vielleicht liegt es ja am Champagner? Oder an ihrem unkomplizierten Umgang mit dem Liebesleben? Heute Abend hat sie auf Teufel komm raus geflirtet, aber das scheint sie keineswegs zu belasten.

Ich hingegen mache mir Probleme, obwohl ich keine habe. Oder vielleicht doch? Tatsache ist, Sean und ich sind uns in den vergangenen Wochen wieder nähergekommen. Ganz langsam, vorsichtig und behutsam. Völlig anders als damals in Lyon. Sean hat nie versucht, sich mir aufzudrängen. Aber inzwischen gibt es tausend Erlebnisse, die uns verbinden.

Wenn mich Sean am Morgen mit einem Lachen und einer Tasse dampfenden Milchkaffees empfängt. Wenn wir uns draußen vor der Pension, in der wir übernachten, in die Sonne setzen und Schulter an Schulter zusehen, wie das Dorf allmählich erwacht. Oder wenn wir bei einbrechender Nacht einen Abendspaziergang machen. Wenn wir durch die schmalen Gassen schlendern, uns vor den Kirchturm stellen und den Tauben zuhören, die im Gebälk des Glockenturms leise und zufrieden gurren.

Es fühlt sich gut an, mit Sean durch die dunkelblaue Nacht zu laufen. Aber ich habe ein schlechtes Gewissen, weil ich die ganzen vier Wochen heimlich auch auf ein Zeichen von Jan gewartet habe.

Wahrscheinlich habe ich mich viel zu stark von Madame Viviannes Spekulationen beeinflussen lassen. Denn ich habe von Jan seit Aix-en-Provence kein einziges Lebenszeichen bekommen. Keine SMS. Keinen Post auf unserer Facebook-Seite. Und schon gar kein zufälliges Treffen. Es wirkte im Gegenteil beinahe so, als würde Jan die Märkte meiden, an denen wir gastieren. Ich weiß nicht, was ich damit anfangen soll.

Mit jeder Stunde, die ich schlaflos verbringe, wird das Durcheinander in meinem Kopf schlimmer, und irgendwann kommt mir das Zimmer einfach unerträglich stickig vor. Iva schnarcht im Nebenbett, und direkt an meinem Ohr summt ein penetrantes Insekt, das nur darauf wartet, mich zu stechen. Das alles nervt mich schließlich derart, dass ich Shorts und T-Shirt überstreife und aus dem Zimmer in den Garten fliehe. Dort ist es angenehm frisch, und in der Stille der Nacht kann ich das Meer rauschen hören.

Plötzlich habe ich unbändige Lust, einen Strandspaziergang zu machen. Im Mondschein. Ganz allein. Nur für mich. Am Wellensaum stehen, über das silberne Wasser schauen, tief durchatmen. Die Idee ist so verlockend, dass ich tatsächlich das Gartentor aufstoße und nach kurzem Zögern hinaus auf die Straße trete.

Cavalaire ist ein geschäftiger Ferienort. Über Mittag hatten wir Mühe, mit unserem Wagen überhaupt durch die verstopften Straßen zu kommen. Aber um diese Zeit ist außer mir kein Mensch unterwegs.

Ich kann mich nicht erinnern, in meinem Leben schon mal so etwas Verrücktes getan zu haben. Ich gehe furchtlos ganz allein durch die leer gefegten Gassen, und keine vierhundert Meter weiter liegt der Strand vor mir. Er ist silbern glänzend, weit und verlassen, genau wie ich mir das vorgestellt habe. Ich schlüpfe aus den Schuhen und laufe über den feinen Sand bis an den Wellenrand. Dort lasse ich das kühle Wasser meine Zehen umspielen. Ein schwacher Wind, der nach Seetang riecht, streicht über mein heißes Gesicht. Ich sehe hinauf zum Mond, der sich glitzernd auf den Wellen bricht, und fühle, wie ich mich langsam entspanne.

Ich atme tief die kühle Luft, und dann beschließe ich loszulassen. Die Grübelei bringt mich nicht weiter. Ich packe meine Zweifel und die quälenden Fragen in meiner Fantasie auf kleine Schiffchen aus Bananenblättern. Dann setze ich die Schiffchen aufs Wasser und gebe ihnen einen Schubs. Ich schicke die Grübeleien mit den Wellen hinüber auf die andere Seite der Erde und stelle mir vor, wie meine schweren Gedanken unterwegs im Meer versinken. Wie sie im Sturm an Korallenriffen zerschmettern, wie sie sich in Fischernetzen verfangen oder von Haien gefressen werden. Das ist wirklich erleichternd.

Lange stehe ich dort am Strand, lasse mich vom Mondlicht bescheinen und genieße die innere Ruhe, die mich nun erfüllt. Schließlich laufe ich entspannt durch die leeren Straßen zurück zur Villa und schleiche ins Zimmer. Iva atmet leise, und der Moskito ist auch verschwunden. Ich drehe mich auf die Seite, schließe die Augen und bin sofort eingeschlafen.

31

Trotz meines nächtlichen Abenteuers erwache ich am nächsten Tag frisch und ausgeruht.

Vielleicht lag gestern Nacht über dem silbernen Meer tatsächlich ein Zauber. Vielleicht sind die schlechten Gedanken wirklich im Ozean untergegangen. Ich fühle mich beschwingt und leicht und voller Lebensfreude. Ich denke daran, dass wir heute nach Cannes fahren, und könnte die ganze Welt umarmen.

Wir nehmen die Küstenstraße, die sich in tausend Kurven über die schroffen Felsabschnitte windet, die das Meer zwischen Cavalaire und St-Raphaël begrenzen. Normalerweise würde ich mich dabei ziemlich unwohl fühlen, weil wir mit unserem Wagen all die schnittigen Sportkarossen behindern, die sich in unserem Schlepptau stauen. Es gelingt mir aber wunderbar, die Huperei zu ignorieren. Und als ein besonders aufdringlicher Kerl beim Überholen wütend seine Faust in unsere Richtung schüttelt, zeige ich ihm sogar den Finger.

»Mann«, sagt Iva und kichert. »Ich glaube, das war einer von den Typen, die mir gestern einen Drink ausgegeben haben.«

An einer engen Straßenbiegung entdecken wir unter uns eine verborgene Bucht. Wir suchen nach einer Parkmöglichkeit, was bei dieser engen Straße unweigerlich bedeutet, den Wagen bis auf wenige Zentimeter an die

Felsabbruchkante zu fahren. Natürlich ist so etwas verboten. Und auch unerhört riskant. Aber heute will ich mit den anderen unbedingt runter an den Strand.

Der Abstieg gestaltet sich mörderisch steil. Wir müssen uns mit Händen und Füßen an die Felswand krallen. Normalerweise würde ich dabei in Panik geraten. Aber heute kann ich nur an das kleine Paradies denken, das uns unten erwartet. Ein schneeweißer, menschenleerer Strand. Umgeben von Felsen und duftenden Pinien. Wir wälzen uns wie die kleinen Kinder kreischend im heißen Sand und springen dann in die klaren türkisfarbenen Wellen. Ich schwimme so weit hinaus wie noch nie in meinem Leben, und dort draußen stoße ich, Wasser tretend, einen lauten Juchzer aus. Das Leben ist tatsächlich wunderbar. Was auch immer kommen mag – ich bin bereit, es zu umarmen.

Auf den letzten zwanzig Kilometern müssen wir dann dreimal halten, weil Iva furchtbar übel ist. Mich wundert das kein bisschen. Der Grund dafür ist absolut offensichtlich: Iva ist unaufhörlich mit ihrem Handy zugange. Sie hat mit Gérard, Gina und Ferdinand eine WhatsApp-Gruppe gebildet, die in den letzten Tagen explosionsartig auf rund fünfzig Teilnehmer angewachsen ist. Und die müssen sich nun alle für heute Abend koordinieren.

Über zweihundert Food Trucks, erzählt uns Iva aufgeregt, werden sich heute in Cannes versammeln. Morgen wollen alle nach Monaco fahren, übermorgen werden wir dann im Street-Food-Contest gegeneinander antreten. Aber heute Abend wird es am Strand noch eine rauschende Party geben.

Die Stadt hat vermutlich eingesehen, dass sie sich dagegen nicht wehren kann. Hundert Food-Trucker ins Gefängnis zu werfen, würde dem Image wohl eher schaden. In allerletzter Sekunde hat man daher beschlossen, unseren Aufmarsch zu legalisieren. Während wir mitten im Stoßverkehr im Kriechgang in die Stadt einfahren, erfahren wir über Facebook, dass sie vorne im Zentrum eben dabei sind, eine Spur der berühmten Promenade de la Croisette für die Food Trucks abzusperren.

Dort, wo im Frühjahr die Filmstars promenieren, parken inzwischen bestimmt schon achtzig Trucks, als wir endlich ankommen. Stoßstange an Stoßstange bilden sie eine bunte Schlange zwischen Straße und Promenade.

Uns wird ein Platz direkt gegenüber dem berühmten Hotels Carlton zugewiesen. Die beiden kuppelgekrönten Türmchen, welche die Fassade zu beiden Seiten begrenzen, sollen laut der Legende, die sich um das Hotel rankt, die Brüste eines Filmstars darstellen. Iva muss sie natürlich sofort fotografieren und noch schnell auf Facebook posten. Dann schlüpft sie flink aus dem Wagen und wirft sich mit einem Freudenschrei Gérard in die Arme. Ferdinand steht lächelnd daneben. Und vom Zuckerwattestand, ein paar Schritte weiter, winkt uns aufgeregt Gina zu.

Automatisch sehe ich mich nach dem silbernen Airstream um. Aber der kann nun wirklich überall stecken. »Kommst du?«, fragt Sean, der auf mich wartet. »Ich glaube, die Kinder wollen ins Wasser.«

Den Strand in Cannes kann man mit unserem kleinen Paradies vom Nachmittag nicht vergleichen. Mitten in der Stadt gelegen, zwischen dem alten Bootshafen und der Felsenspitze, auf der sich das Casino befindet, ist er hoffnungslos überlaufen, weil sich zu den vielen Touristen jetzt auch noch die Food Trucker gesellen. Die natürlich keine fünf Minuten ohne Musik, Essen und Alkohol auskommen. Es ist erst sechs, aber der Rosé fließt in Strömen, und im Sand glimmen bereits die ersten Feuer fürs spätere Grillen. Gitarren werden ausgepackt und kämpfen gegen Musikanlagen an. Aus den Wagen werden Vorräte angeschleppt. Die bretonischen Zwillinge, die wir aus Lyon kennen, schenken eine leckere Erdbeerbowle aus. Afrikanische Strandverkäufer bieten Wassermelonen und Kokosnüsse an.

Und ein kleiner dunkelhaariger Mann schleppt mit breitem Grinsen auf einem kleinen Wagen eine flache Pfanne von mindestens einem Meter Durchmesser herbei und beginnt sogleich, seine Ware lautstark anzupreisen. »French Street Food. Original Socca! You must try!«

Es ist ein Trubel ohnegleichen, und zum ersten Mal in meinem Leben genieße ich ihn in vollen Zügen. In dem Getümmel scheint mich nämlich jeder zu kennen. Von den Zwillingen werde ich mit Umarmungen empfangen, aber auch wildfremde Menschen grüßen mich plötzlich und sagen, sie hätten mich im Fernsehen gesehen. »Das war genial auf der Autobahn«, ruft ein tätowierter Typ, dem ich im Dunkeln vermutlich eher aus dem Weg gegangen wäre.

»Stimmt«, sagt eine rothaarige Frau neben mir. »Deine Aktion hat uns total geholfen. Imagemäßig meine ich. Die Touristen wollen jetzt plötzlich alle Street Food essen.« Sie besteht darauf, sofort mit mir anzustoßen, deshalb muss ich mir noch ein zweites Glas von dieser leckeren Bowle holen.

Ich lasse mich treiben auf dieser Welle von Sympathie und spontaner Freundschaft. Ich schlendere von einer Gruppe zur nächsten, muss überall das Essen probieren und mit allen anstoßen, und dann wollen alle von mir persönlich hören, wie das war auf der Autobahn. Die Geschichte wird mit jeder Wiederholung ein bisschen bunter und größer. Ich entdecke einen mir bisher ganz unbekannten Hang zum Ausschmücken und Fabulieren. In mir steckt eine Geschichtenerzählerin! Wer hätte das gedacht.

Von den zweihundert Food Truckern habe ich bestimmt schon hundertneunzig kennengelernt, als ich das Ende des Strandes erreiche. Eine spitze Felszunge reicht hier weit ins Meer hinaus. Hinter den Felsen liegt der Hafen von Cannes, davor gibt es eine kleine Sportanlage mit Volleyballfeldern, und dort sehe ich Jan. Ich wusste nicht, dass er Volleyball spielt. Und wie gut er dabei aussieht. Oben ohne. Mit einer knappen Hose. Seine breiten Schultern sind braun gebrannt, und unter der verschwitzen Haut kann ich das Spiel seiner Muskeln bewundern, wenn er dem Gegner kraftvoll den Ball vor die Füße schleudert. Er ist geschmeidig wie ein Tiger, stark wie ein Löwe, und mehr denn je sieht er aus wie ein kriegerischer Wikinger. Bevor ich mich versehe, öffne ich den Mund: »Juhu, Jan!«

Er fährt herum, verpasst den Ball, hebt die Hand, um sich auswechseln zu lassen, und kommt zu mir herübergeschlendert, während in meinem Kopf die Gedanken wie ein wildgewordener Hornissenschwarm durch den Bowle-Nebel flitzen.

Habe ich das wirklich getan? *Mein Gott wäre das schön, wenn er mich umarmen würde.* Bilder und Vorstellungen rauschen durch meinen Kopf, ohne dass ich was dagegen machen kann. *Ich würde mich an ihn drücken. Ich würde ihm das Salz von dieser samtig braunen Haut lecken. Ich würde ihn küssen …*

Jan bleibt zwei Schritte von mir stehen. »Hallo, Betty.«

»Hallo, Jan.« Meine Stimme ist rauchig, samtig, verlockend. Ich schiebe mich näher.

»Alles klar für übermorgen?«

»Wer denkt denn jetzt daran«, sage ich. »Es ist so ein fantastischer Abend. Siehst du nicht, was das für ein fantastischer Abend ist? Schau dich doch um.«

Er macht das tatsächlich. Was mir die Gelegenheit gibt, noch ein Stück näher zu rücken.

»Doch«, sagt er dann. »Schön.«

Wir sind nur noch Zentimeter voneinander entfernt. Seine Hitze umfängt mich. Sein Geruch raubt mir den Verstand. Ich wollte es mir nicht eingestehen. Aber danach habe ich mich gesehnt. Ich hebe die Hand und lege sie auf seine breite Brust.

Sein Atem stockt für einen Moment. Unter meinen Fingerspitzen fühle ich, wie seine Muskeln sich anspannen, und beinahe kann ich schon das Salz auf meiner Zunge schmecken.

Jan sieht auf mich herab. Ein blaues Feuer glimmt in seinen Augen. »Betty«, sagt er. »Bist du betrunken?«

Es fühlt sich an, als hätte mich ein Schwall eiskalten Wassers getroffen. Ich schnappe nach Luft und bringe instinktiv ein wenig Distanz zwischen mich und Jan.

Der versucht ungeschickt, seine Frage zu erklären. »Hey«, sagt er, »es tut mir leid. Okay? Ich wollte dich nicht beleidigen. Aber du hast so seltsam geklungen.«

Ich müsste nun eigentlich vor Scham im Boden versinken. Ich müsste mich verkriechen nach dieser Blamage. Aber seltsamerweise habe ich keine Lust dazu. Ich starre aufs Meer hinaus und versuche herauszufinden, was ich eigentlich empfinde. Ärger? Wut? Trotz vielleicht? Plötzlich gelingt es mir, aus den durcheinanderwirbelnden Gedanken einen ganz glasklar in Worte zu fassen: Dieser Jan ist doch ein Arsch!

Ich muss lachen. Ich kann es selbst nicht fassen. Aber heute Abend werde ich mich nicht verstecken. Dann habe ich mich in Jan eben getäuscht. Ich dachte, er mag mich. Das tut er offensichtlich nicht. Ich dachte, er ist ein Mann, der eine zweite Chance verdient. Aber auch damit lag ich daneben. Ich bereue es dennoch nicht, dass ich mutig war. Zumindest weiß ich jetzt Bescheid. Und ich muss mir, wenn ich alt und grau bin, nicht vorwerfen, es nicht versucht zu haben.

Ich will mir auch nicht vorwerfen müssen, den Abend vor dem großen Wettbewerb einfach verpasst zu haben. Jetzt bin ich so weit gekommen, nun will ich diesen Abend auch genießen. Ich will mich amüsieren. Und schließlich, denke ich trotzig, gibt es auch noch andere Männer.

Hinten am Strand haben meine Freunde inzwischen ein improvisiertes Lager aufgeschlagen. Bastmatten und sogar Matratzen bedecken den Sand. Über den Feuern wird gegrillt. »Wo warst du?«, ruft Sean. »Ich habe dich vermisst. Hier, setz dich neben mich.«

Ich lasse mich neben ihn auf die Matte gleiten, und innerhalb von Sekunden habe ich ein weiches Kissen im Rücken und ein Glas Rosé in der Hand. Sean und ich stoßen an. »Auf den Sieg«, sage ich. »Wir werden in Monaco gewinnen.«

»Das wirst du«, sagt Sean. »Ganz bestimmt. Aber das ist übermorgen. Lass uns heute Abend auf die Lebensfreude trinken.«

Damit bin ich voll und ganz einverstanden. Nur ist mein Glas schon wieder leer. Sean steht extra auf, um mir ein neues zu holen. Und anschließend bringt er mir was zu essen. Es ist ein schönes Gefühl, so umsorgt zu werden.

Als es langsam kühl wird am Strand, kuscheln wir uns auf dem Kissen enger zusammen, und Sean legt den Arm um meine Schultern. Dann streichelt er mir sanft die Wange. »Du bist so schön«, murmelt er.

Wärme durchflutet mich. Ich drehe meinen Kopf zu ihm und sehe ihn an. Seine Augen glänzen im Schein des flackernden Feuers. Ich möchte geküsst werden. Ich möchte mich heute Nacht geliebt und begehrt fühlen. Ich möchte mich in einem anderen Menschen vergessen. Ich schmiege mich an seinen Körper und fahre ihm mit der Hand durch sein dichtes Haar. Ich streichle seinen Hals und seine Brust, bin plötzlich hungrig nach seinen Lippen. »Willst du das wirklich?«, fragt er leise. Anstelle einer Antwort küsse ich ihn.

32

Schlotternd vor Kälte und mit rasenden Kopfschmerzen starre ich in einen grauen Morgen und habe keine Ahnung, wo ich mich befinde.

Das ist mir in den vergangenen Wochen schon öfter passiert. Jeden Tag an einem neuen Ort, jede Nacht in einem anderen Bett, das kann einen ganz schön verwirren. Dieser Zustand hält sich gewöhnlich nicht lange. Die Erinnerung kommt immer unmittelbar nach dem Erwachen: Ich bin in Aix bei Madame Vivianne. Ich bin in Grasse auf dem Campingplatz. Ich bin in Cavalaire in einem Chambre d'hôte, mit Iva im Zimmer.

Heute wache ich auf und bin in Cannes. Ich erinnere mich an den Strand. Aber dort liege ich nicht. Ich fühle unter mir Gras und Erde. Es ist kalt, und ich bin allein. Ich richte mich auf und stöhne. Unter meiner Schädeldecke hämmert es, und Wellen von Übelkeit lassen mich japsend nach Luft schnappen.

Was ist geschehen? Kann man sich nur vom Trinken wirklich so hundeelend fühlen?

Vorsichtig bewege ich meine Hände, dann meine Füße, dann den Rest. Mein Bewegungsapparat ist einsatzfähig. Ich richte mich auf und schaue auf ein schweres blaugraues Meer hinaus. Allmählich glaube ich zu erkennen, wo ich bin. Ich liege in einem Park. Zwischen Strand und Felsenspitze. Ganz in der Nähe der Volleyballplätze, auf denen ich Jan getroffen habe. Diese Erinnerung ist mit einem plötzlichen scharfen Schmerz verbunden. Dann erst fällt mir Sean ein. Mein Gott – was habe ich getan?

Ich kann mich erinnern, dass Sean und ich zusammen durch diesen Park spazierten. Ich kann mich erinnern, dass wir uns eine einsame Bank unter Palmen suchten. Wir wollten allein sein. Ich kann mich erinnern, dass wir uns küssten.

Ich stöhne leise, kneife die Augen zusammen und versuche verzweifelt, mich zu konzentrieren. Aber an mehr kann ich mich beim besten Willen nicht erinnern. Das Gras ist vom Tau ein wenig feucht. Und Nässe liegt auch auf meinen Wangen. Als hätte ich im Schlaf geweint.

Ich wische mit den Händen darüber. Dann stemme ich mich in die Höhe und stehe unsicher auf. Ich ziehe mein Shirt gerade. Der Stoff meiner Hose klebt mir unangenehm an den Beinen. Fröstelnd schlage ich die Arme über der Brust zusammen ... Und erst dann frage ich mich, warum ich eigentlich meine Kleider anhabe.

So viel Erfahrung habe ich ja nicht. Ist es normal, nach einer heißen Nacht am Strand vollkommen bekleidet und allein wieder aufzuwachen? Ich trage sogar noch meine Sneakers. Ich mache zwei Schritte und lasse mich auf eine nahe gelegene Bank sinken. Ich bin mir beinahe sicher, hier saß ich auch gestern. Ich saß neben Sean, wir küssten uns und dann ...

... dann sagte ich Sean, dass ich das nicht kann. Ich sehe aufs Meer hinaus, und plötzlich ist alles wieder da. Ich habe Sean nicht absichtlich hingehalten. Ich hatte nur einfach keine Ahnung, was ich wirklich für ihn empfinde.

Doch gestern Nacht war das mit einem Mal klar.

Gestern Nacht wusste ich plötzlich, dass Sean nicht der Richtige für mich ist.

Ich verlasse die Bank, gehe durch den Park und hinüber auf die Promenade. Von hier aus kann ich den ganzen Strand überblicken. Überall liegen Menschen herum. Die Party gestern Nacht ist wohl ein wenig aus dem Ruder gelaufen. Bestimmt bin ich nicht die Einzige, die heute Kopfschmerzen hat. Oder die über diese Nacht am liebsten den Mantel des Vergessens breiten würde. Vermutlich bin ich aber die Einzige, die gestern Nacht einem Freund erklärt hat, dass er zu schade ist, um als Trostpreis zu enden.

Ich laufe die Promenade hinab und beginne mich zu fragen, wie um Himmels willen ich Sean denn jetzt begegnen soll? Er ist mein Freund. Wir arbeiten zusammen. Ich brauche ihn im Wagen. Heute dringender denn je.

Wir müssen für den Wettbewerb noch tausend Dinge vorbereiten. Wir haben keine Zeit für lange Diskussionen über gestern Nacht. Darüber, was wir denn nun für eine Beziehung haben. Sean ist gestern einfach gegangen. Er hat nicht versucht, mich zu überzeugen. Er hat mir einen Kuss auf die Wange gedrückt, ist aufgestanden und verschwunden. Möglicherweise hat er das alles gar nicht so ernst genommen? Vielleicht, denke ich hoffnungsvoll und gehe schneller in Richtung unseres Wagens, können wir die vergangene Nacht ja einfach so stehen lassen.

Auch am Strand regt sich nun allmählich Leben. Leute, die sich recken, die verschlafen ihre Glieder strecken und langsam durch den Sand auf ihre Wagen zustapfen. Sie sehen allesamt genauso aus, wie auch ich mich fühle. Man grüßt sich mit einem schwachen Nicken oder einem verschämten Lächeln: Mann, das war eine wilde Party.

Erst als ich mich unserem Wagen nähere, fällt mir eine gewisse Unruhe unter den Truckern auf. Wagentüren werden aufgerissen. Stimmen werden laut. Vor unserem Truck sehe ich Iva in kleinen nervösen Schritten auf und ab marschieren. Gérard lehnt mit finsterer Miene an der Seitenwand und hat die Arme vor der Brust verschränkt. Ich frage mich für einen Moment, ob die beiden vielleicht streiten, bis ich begreife, dass sie warten.

»Betty«, ruft Iva und stürzt mir entgegen. »Gott sei Dank. Wir haben schon überall nach euch gesucht. Wo ist Sean?«

Was ist denn das für eine indiskrete Frage? Hat man denn hier kein Recht auf ein wenig Privatleben?

»Keine Ahnung«, sage ich reserviert.

»Aber wart ihr denn nicht zusammen?«

Ich schaue in Ivas weit aufgerissene Augen, und mir beginnt zu dämmern, dass es hier nicht um mein Sexleben geht.

»Am Anfang schon«, sage ich vorsichtig.

»Aber dann nicht mehr?«

Ich zucke mit den Achseln. Mein Blick wandert zum Meer.

»Betty, bitte!« Iva packt mich am Arm. »Wann ist Sean gegangen?«

So genau kann ich das nicht sagen. Ich weiß nicht, wie viel Zeit wir auf dieser Bank verbrachten. Vielleicht eine Stunde? Oder waren es nur dreißig Minuten?

»Was ist denn los?«, frage ich Iva.

»Unsere Freunde«, sagt sie mit erstickter Stimme, »sind

ausgeraubt worden. Mindestens acht Trucks wurden aufgebrochen. Ihr ganzes Geld ist weg. Und jemand wurde niedergeschlagen. Diese Hanne, die kennst du doch. Die mit deinem Kumpel Jan fährt.« Iva reibt sich über die Augen. »Betty ... diese Hanne behauptet, es sei Sean gewesen.«

Da habe ich gedacht, es wäre schlimm, mit solchen Kopfschmerzen aufzuwachen. Und mit der Erinnerung, einen Freund verletzt zu haben. Ich hatte ja keine Ahnung. Erst nach Ivas Eröffnung wird der Morgen wirklich zum Albtraum. Ich lasse mich zu Jans Wagen schleppen, vor dem eine Ambulanz mit kreisendem Blaulicht parkt. Gut drei Dutzend Trucker sind dort auf dem Gehsteig versammelt. Manche glaube ich von gestern Abend zu erkennen. Sie schauen uns schweigend entgegen. Ich sehe Gina in der Menge und lächle automatisch. Aber Gina blickt zur Seite, und mein Lächeln fällt in sich zusammen. Finstere Blicke folgen uns, während die Leute beiseitetreten, um uns durchzulassen.

Neben dem Truck wird Hanne eben von zwei Sanitätern auf eine Trage gehoben. Um den Kopf hat sie einen weißen Verband. Jan steht daneben und hält ihre Hand. Als er mich erblickt, verhärten sich seine Züge. Vielleicht zuckt er auch zusammen.

Hanne ist kreidebleich. Kein Zweifel, das ist nicht gespielt. Sie wurde tatsächlich niedergeschlagen, überfallen, ausgeraubt. Eigentlich wollte ich mit ihr reden. Ich wollte ihr Fragen stellen. Aber ich kann nur fassungslos zuschauen, wie man sie abtransportiert. Kaum hat sich die Ambulanz in den Verkehr eingefädelt, kommt Jan geradewegs zu mir herübermarschiert. »Deine Freundin sagt, du und dieser Sean, ihr wart heute Nacht zusammen. Stimmt das?«

Nein. Ja. Zum Teil. Die blauen Augen bohren sich in meine. Ich versuche verzweifelt, ihnen standzuhalten. »Das geht dich gar nichts an.«

»Dein Liebesleben interessiert mich nicht«, faucht Jan. »Ich will nur wissen, ob du dem Kerl ein Alibi gibst. Habt ihr die ganze Nacht zusammen verbracht? Kannst du das bezeugen?«

Ich fühle mich beschämt und entblößt. Als stünde ich splitternackt vor Jan. Vor ihm und all den anderen, die gespannt auf meine Antwort warten. »Nein, das kann ich nicht«, sage ich und senke den Kopf, während ich höre, wie ein kollektives Raunen durch die Menge geht.

Später wird man uns vernehmen. Die Polizei wird unseren Wagen durchsuchen und rein gar nichts finden. Iva und ich werden nicht gerade freundlich, aber doch anständig behandelt. Die Polizei scheint nicht zu glauben, dass wir mit Sean unter einer Decke stecken. Aber ich werde dennoch für sein Handeln verantwortlich gemacht. Das kann ich an den Blicken der anderen Trucker sehen. Und ich spüre auch die Zweifel in meinem Inneren.

Was wäre geschehen, hätte es gestern Nacht nicht gegeben? Hat sich Sean womöglich erst gestern dazu entschieden, alle Brücken hinter sich abzubrechen und zu verschwinden? Habe ich ihn zu diesen Handlungen getrieben? Ich sitze bestimmt eine Stunde lang ganz allein auf der Mauer und versuche zu begreifen, was hier eigentlich geschehen ist.

Neun Trucks wurden aufgebrochen. Neun verschwundene Kassen. Zehn Opfer. Denn auch wenn ich nicht wie die anderen bestohlen wurde, bin ich doch auch betroffen. Mein Geld hat Sean nicht angerührt, aber was ich verloren habe, lässt sich mit Geld nicht aufwiegen. Denn Sean hat meinen Traum gestohlen.

Die Polizei ist noch dabei, Protokolle aufzunehmen, als ich zu Iva hinübergehe. Ich habe einen Entschluss gefasst, und als ich mit Iva rede, scheint es mir beinahe so, als wäre sie selbst zum gleichen Ergebnis gekommen.

Wir gehen gemeinsam in die Stadt, und in der ersten Bank, die wir finden, räumen wir unser Konto leer. Dann gehe ich von Wagen zu Wagen und verteile das Geld unter den Bestohlenen. Am Ende bleiben uns noch dreihundert Euro. Ich drücke sie Iva in die Hand. Sie gibt mir die Scheine umgehend zurück. »Behalte das Geld«, sagt sie. »Du musst doch irgendwie nach Hause kommen.«

Uns ist beiden klar, dass wir nicht mehr nach Monaco fahren. Wir könnten uns kaum noch die Standgebühren leisten, von Vorräten ganz zu schweigen. Und selbst wenn wir das Geld noch hätten, ich würde trotzdem nicht fahren. An mir nagt das schlechte Gewissen.

Iva hingegen wird mit Gérard weiterreisen. Sie fragt mich bestimmt tausendmal, ob das in Ordnung geht. Ich versuche, sie zu beruhigen, und schaffe es sogar, ihr ein Lächeln zu schenken. Natürlich muss sie fahren! Was hätte es denn für einen Sinn, wenn sie in Cannes bleibt? Hier kann sie gar nichts machen.

Sie heult wie ein Schlosshund, als sie mich umarmt. Dann steigt sie zu Gérard in den Wagen, und die beiden schließen sich dem Tross an, der sich von Cannes nach Monte Carlo bewegt.

Einer nach dem anderen verschwinden die Wagen, bis am Ende nur noch zwei übrig bleiben. Unser blauer Truck und der Airstream von Jan. Von Iva habe ich erfahren, dass Jan ins Spital gefahren ist. Um drei Uhr nachmittags kommt er zurück. Ich sehe ihn hundert Meter weiter aus einem Taxi steigen. Er bezahlt den Fahrer, dreht sich um, sieht mich auf der Mauer sitzen und kommt mit langen Schritten auf mich zu.

Ich ziehe den Kopf zwischen die Schultern und versuche, mich zu wappnen.

Als er mich erreicht, bleibt Jan einen Moment schweigend stehen. Dann setzt er sich zu meiner Überraschung neben mich. »Hanne geht es besser«, sagt er nach einer Weile. »Ich dachte, du wolltest das wissen.«

»Danke«, sage ich ehrlich erleichtert.

»Sie hat eine Gehirnerschütterung.« Jan dreht den Wagenschlüssel zwischen seinen Fingern. »In zwei Tagen ist sie wieder auf den Beinen. Aber sie wird morgen nicht arbeiten können.«

»Das tut mir leid«, sage ich erschrocken. Ich weiß, was das für Jan bedeutet. Egal, wie gut er ist – und ich glaube inzwischen, er ist sehr gut –, wenn er allein arbeitet, hat er kaum eine Chance, den Wettbewerb zu gewinnen.

»Die Ärzte halten es übrigens für unwahrscheinlich, dass sie ihren Angreifer erkennen konnte. Der Schlag hat sie von hinten getroffen.«

»Wirklich?«, frage ich fassungslos. »Du meinst, es war gar nicht Sean?«

»Ich habe keine Ahnung.« Jan blickt finster auf den Wagenschlüssel in seinen Fingern. »Und wenn sie ehrlich ist, weiß es Hanne auch nicht.«

Ich schüttle den Kopf. Ein Funken Zweifel. Aber reicht das, um mich von meiner Schuld zu befreien?

»Ich habe gehört, du hast dein ganzes Geld hergegeben«, sagt Jan und guckt derart böse auf seinen Schlüssel, als würde er demnächst einen Angriff befürchten.

Ich erkläre ihm, dass ich mich verantwortlich fühle. Ich wollte zumindest einen Teil des gestohlenen Geldes ersetzen. Und natürlich werde ich auch Jans Verluste übernehmen. Aber er wird auf das Geld ein wenig warten müssen. Im Moment bin ich pleite.

Damit ist Jan ganz und gar nicht einverstanden. Er schüttelt unwirsch den Kopf und zieht die Brauen zusammen.

»Es tut mir leid«, stammle ich und überlege, ob meine Mutter das Geld vielleicht auslegen könnte. Oder möglicherweise kann Petra mir was borgen ...

»Ich will kein Geld von dir«, unterbricht Jan meine Gedanken.

»Nein?«

»Ich will was anderes.«

Ich schaue ihn fragend an.

»Ich will, dass du Hannes Platz übernimmst«, sagt Jan. »Weil ich diesen dämlichen Wettbewerb verdammt noch mal gewinnen werde. Und du, Betty, wirst mir dabei helfen.«

33

Jan und ich zusammen in einem Wagen?

»Das geht gar nicht!«, sage ich.

»Warum nicht? Du willst gewinnen, ich will gewinnen. Aber wir haben beide keine Partner. Also können wir es nur schaffen, wenn wir es zusammen machen.«

Was dieses Detail betrifft, hat er recht. Aber es gibt tausend Gründe, weshalb es dennoch nicht geht.

»Wieso Detail?«, fragt Jan. »Wir können beide an diesem Wettbewerb nicht teilnehmen, wenn wir uns nicht gegenseitig helfen. Siehst du das nicht ein?«

Ich beiße mir auf die Lippen. Meine Gedanken rasen. »Aber wir nehmen meinen Wagen.«

»Kommt nicht infrage«, sagt Jan prompt. »Ich koch doch nicht im Hippiemobil.«

Ich rufe schließlich Iva an. Sie klingt derart angespannt, dass sie vermutlich zunächst dachte, ich trüge mich inzwischen mit Selbstmordgedanken. Erst, als ich ihr versichere, ich säße noch immer auf der Mauer an der Promenade de la Croisette, beruhigt sie sich. Denn die ist nun wirklich nicht hoch genug, um sich bei einem Sprung ernsthaft zu verletzen.

Sie und Gérard haben inzwischen in Monte Carlo ihren Standplatz eingenommen. »Was ist mit unserem Platz?«, frage ich sie. »Ist der frei geblieben?«

»Aber nein.«

Wir hatten uns schon vor Wochen für den Wettbewerb angemeldet, doch wer nicht rechtzeitig da ist, wird trotzdem rausgeworfen. Es gibt eine Warteliste, informiert mich Iva. Und man nehme nun kurzfristig viele Wagen aus der Gegend.

»Rein hypothetisch«, sage ich zu Iva, »wäre es möglich, jetzt noch einen Platz zu bekommen?«

»Das wird eng«, meint sie zweifelnd. »Aber ebenfalls hypothetisch gesprochen, wozu würdest du den Platz denn brauchen?«

»Ich würde mit Jan kommen.«

Ich höre sie nach Luft schnappen. Im Hintergrund fragt Gérard erschrocken, was denn los sei.

»Gérard, mon amour«, sagt Iva. »Wir müssen Betty und Jan einen Standplatz besorgen.«

Eine Dreiviertelstunde später ruft Iva mich wieder an und teilt mir triumphierend mit, sie habe sich für Jan und mich den allerletzten freien Platz unter den Nagel reißen können.

Wir haben die Zeit hier in Cannes inzwischen genutzt, um uns gründlich zu streiten. Darüber, was wir kochen wollen. Darüber, wo wir jetzt auf die Schnelle noch Vorräte auftreiben können. Darüber, wer bei unserer gemeinsamen Unternehmung denn eigentlich das Sagen hat. Es gibt keinen einzigen Punkt, in dem wir gleicher Meinung sind.

»Leider«, sagt Iva am Handy, »ist es ein ziemlich schlechter Platz. Ganz am Rand. Und obendrein sehr klein.«

»Gut«, sage ich zufrieden. Denn damit hat sich zumindest die Frage nach dem Wagen erledigt. Wenn der Platz klein ist, können wir den Airstream vergessen. Wir müssen den Dönerwagen nehmen. Bleibt die Frage, woher wir am späten Nachmittag noch frische Zutaten bekommen.

Einer Eingebung folgend rufe ich Victor an. Es dauert eine Weile, ihn persönlich an den Apparat zu bekommen, denn ich habe nur Madame Viviannes Telefonnummer, und der muss ich erst mal erklären, wie es dazu kam, dass Jan und ich nun zusammen fahren. Mit Nachdruck versuche ich, ihr klarzumachen, dass wir lediglich eine Zweckgemeinschaft bilden. »Ja, ja, schon klar.« Sie glaubt mir kein Wort. Aber sie gibt mich an Victor weiter.

Der ist glücklicherweise bereit, sich mit unseren wirklichen Problemen auseinanderzusetzen. Ich schätze, was unsere Beziehung betrifft, wird er von Madame Vivianne ohnehin auf dem Laufenden gehalten.

»Ihr seid in Cannes?«, sagt er auf meine Frage. »Dann könntet ihr zu Sébastien fahren.«

Sébastian führt einen Bauernhof in der Gegend von Vence. Normalerweise verkauft er nicht direkt vom Hof, aber er ist bereit, für Freunde von Victor eine Ausnahme zu machen. Wir kriegen frische Eier und wunderbar pralle Tomaten, Schalotten, Salat und die süßesten Nektarinen, die ich je gekostet habe. Außerdem hat er Maismehl.

»Was willst du denn damit anfangen?«, fragt Jan.

»Na, Demoiselles backen.« Ich spiele schon länger mit dem Gedanken, Maismehl zu verwenden. Ich glaube, das wird den Demoiselles eine besondere Würze verleihen.

»Wir machen aber keine Demoiselles.« Jan stützt die Arme in die Seiten. »Wir machen Burger!«

»Auf keinen Fall!« Ich stütze meine Arme ebenfalls in die Seiten, und wir blitzen uns zornig an.

Sébastien, der Bauer, versucht zu schlichten. Er lehnt ganz entspannt an meinem Wagen und fragt, ob wir die beiden Gerichte nicht irgendwie kombinieren können.

»Nein«, entgegne ich sofort. Doch Jan scheint diesen Vorschlag ernsthaft zu bedenken.

»Warum eigentlich nicht? Diese Törtchen, die du machst, könnte man die nicht auseinanderschneiden?«

»Das sind keine ›Törtchen‹«, sage ich beleidigt, aber Jan ist schon einen Schritt weiter.

»Zum Maismehl würde Bacon passen.«

»Und glasierte Zwiebeln«, füge ich hinzu, ohne nachzudenken.

»Dazwischen diese köstlichen Tomaten …« Jan zuckt mit den Achseln und sieht mich an. »Wir könnten es versuchen.«

»Ich finde, das klingt lecker«, sagt Sébastien.

Wir erreichen Monte Carlo abends kurz vor acht. Der Wettbewerb findet unten am Hafen direkt am Wasser statt. Zwischen der östlich gelegenen Altstadt, die wie ein Adlerhorst auf einem steilen Felsen über dem Wasser schwebt, und dem glamourösen Casino, das sich im Westen erhebt.

Der breite Quai, der den Hafen begrenzt, ist nach den monegassischen Fürsten Albert und Antoine benannt. Quai Albert Ier verläuft parallel zum Geschäftsviertel und weitet sich hier zu einem Platz von gewaltigen Ausmaßen. Er ist mit Bäumen bestanden, hübsch dekoriert, schön gepflastert und es gibt direkt am Meer sogar ein Freiluftschwimmbecken. Quai Antoine ist wesentlich bescheidener. Direkt unter der Felswand gelegen. Deutlich schmaler und enger. Der ärmliche Cousin sozusagen. Hier, ganz am Ende des Marktes, liegt leider unser Platz.

Um ihn freizuhalten, haben Iva und Gérard auf dem Platz ein improvisiertes Lager aufgeschlagen. Als wir angefahren kommen, müssen sie erst mal ihre Liegestühle zusammenklappen. Wir parken den Wagen und steigen aus.

»Es tut mir so leid«, ruft Iva mir entgegen. »Ein besserer Platz war nicht zu bekommen.«

Sie fällt mir um den Hals und streckt Jan ganz artig ihre Hand entgegen. »Mann, ist das seltsam«, platzt sie dann heraus, »euch beide hier zusammen zu sehen.«

Sie ist nicht die Einzige, die so empfindet. Ich würde mich am liebsten sofort in der Küche des Trucks verkriechen, aber Jan besteht darauf, gemeinsam eine Runde über den Markt zu drehen. »Du hast keinen Grund, dich zu verstecken«, sagt er grimmig.

Heute Morgen klang das noch anders.

»Heute Morgen war ich sauer«, sagt Jan und knallt die Tür des Trucks ins Schloss. »Und ich habe mir wegen Hanne Sorgen gemacht. Außerdem konnte ich diesen Sean von Anfang an nicht leiden.« Er rammt die Hände in die Hosentaschen und zieht die Schultern hoch. »Ich habe das an dir ausgelassen. Es hat mich genervt, dass du ihn verteidigst. Aber das war nicht richtig. Was Sean getan hat oder nicht, ist nicht deine Sache, sondern ganz allein seine.«

Ich bin starr vor Erstaunen, aber bevor ich etwas sagen kann, stapft Jan mir voran den Quai hinunter. Ich folge ihm schweigend. Dazu fühle ich mich verpflichtet, aber es ist nicht einfach für mich. Jan mag das inzwischen anders sehen, aber für die meisten Trucker bin ich noch immer ein rotes Tuch.

Ich fange mir eine Menge böser Blicke ein. Am Anfang versuche ich, ihnen auszuweichen. Aber dann, je länger wir unterwegs sind, beginne ich, mich diesen Blicken zu stellen. Ich nehme die Schultern ein wenig zurück, ich hebe das Kinn, ich sehe den Truckern direkt in die Augen.

Erstaunlicherweise hat das den Effekt, dass ich mich besser fühle. Nicht mehr so schuldig. Ich weiß nicht, ob die Nacht in Cannes überhaupt einen Einfluss auf Sean hatte. Ich weiß nicht, ob ich etwas hätte anders machen können. Aber ich weiß, es wäre den Preis auf keinen Fall wert gewesen.

Es macht keinen Spaß, an diesem Abend über den Markt zu laufen, aber in einem gewissen Sinn ist es eine Befreiung. Am Ende lasse ich mich von Jan sogar noch in den schicken Jachtclub schleppen, wo er an der Bar eine völlig überteuerte Flasche Champagner kauft. »Damit«, sagt er finster entschlossen, »werden wir morgen auf unseren Sieg anstoßen.«

Wir verbringen ein paar unruhige Stunden eingequetscht im Wagen. Jan streckt sich hinten in der Küche auf dem Boden aus. Ich versuche, vorne auf den Sitzen ein wenig Schlaf zu finden. Morgens um vier sind wir beide wieder wach.

Ich mache den Teig für die Demoiselles, und Jan glasiert die Zwiebeln. Dann setzen wir uns mit einem Kaffee vor den Wagen und sehen gemeinsam zu, wie im Osten langsam die Sonne aufgeht. Zunächst ist es nur ein Schimmer hinter den Kuppen der schroffen Berge, die sich wie Scherenschnitte gegen das Licht abheben. Innerhalb weniger Minuten wird der Schimmer zum

Glorienschein, und dann taucht ein erster Sonnenstrahl die Welt schlagartig in glitzernde Farben. Die Vögel beginnen zu singen. Von irgendwoher weht mir der Duft von frischen Croissants in die Nase. Es wird ein prächtiger Tag werden.

Plötzlich bin ich froh und aufgeregt, hier zu sein. »Lass es uns anpacken«, sagt Jan.

Ich habe ganz vergessen, wie schnell ein richtiger Koch sein kann. Mit Jan brauche ich für die Mise en Place nicht mal halb so lang wie mit Iva und mit Sean. Wir kommen uns in der engen Küche auch nicht in die Quere, obwohl Jan bei seiner Größe ja ziemlich viel Platz einnimmt. Wie gut trainierte Tänzer bewegen wir uns aneinander vorbei und umeinander herum. Jan muss man nichts erklären. Man muss ihm auch keine Anweisungen geben. Ehrlich gesagt – mit Jan macht die Arbeit Spaß.

Kurz vor zehn sind wir fertig, und ich schneide probehalber ein Demoiselle auseinander. Jan hat sein Fleisch speziell gewürzt, will mir aber nicht verraten, was er genau verwendet. Ich belege das Demoiselle mit dem Burger, mit Bacon, Zwiebeln und den frischen Tomaten, klappe ihn zusammen und beiße sofort hinein.

»He«, sagt Jan und lacht. »Wer hat bestimmt, dass du den ersten Bissen nehmen darfst?« Dann will er wissen, wie es schmeckt.

Himmlisch! Ich verdrehe vor Genuss die Augen, während sich an meinem Gaumen die Geschmacksnoten entfalten. Das Maismehl und der Bacon ergänzen sich perfekt. Die Zwiebeln harmonieren ebenfalls, und die Tomaten geben dem Ganzen eine fruchtig-frische Note.

»Was ist mit dem Fleisch?«, fragt Jan und streckt ungeduldig die Hand nach dem Demoiselle aus. Ich reiche es ihm hinüber, nachdem ich schnell noch ein zweites Mal abgebissen habe. Das Fleisch ist herrlich. Saftig und kross. Würzig und mild. »Hast du da Ingwer reingetan?«, frage ich erstaunt.

»Nur eine Messerspitze.«

Ich schmecke Meersalz und schwarzen Madagaskarpfeffer, einen Hauch Koriander und ... noch was anderes ...

»Lavendel«, sagt Jan und lächelt.

Ich neige ja nicht zu Übertreibung, aber ich würde schlankweg behaupten, unser Burger ist der beste auf dem ganzen Gelände. Auch unsere Kunden sind begeistert. Die etwa zehn, die bis zum Nachmittag in unseren weit entfernten Winkel gefunden haben.

Es ist zum Verzweifeln, aber an unserem miesen Platz läuft der Markt an uns vorbei. Wir kriegen kaum jemanden zu Gesicht. Wer den Burger probiert hat, verspricht, ihn weiterzuempfehlen. Aber keiner der spärlichen Kunden, die wir dadurch bekommen, sieht so aus, als würde er in der Jury sitzen.

Spätestens um vier ist uns beiden klar, dass wir keine Chance mehr haben. Jan schlägt trotzig vor, dass wir jetzt den Champagner öffnen.

Wir lassen den Korken knallen und erregen die Aufmerksamkeit einer Frau, die sich ein paar Meter weiter auf einen der Schiffspoller hat sinken lassen. Sie wirkt einigermaßen erschlagen und ist offensichtlich vor dem Rummel auf der Hauptpromenade in unsere ruhige Ecke geflüchtet. Während Jan die Flasche öffnet, kommt sie zu uns geschlendert. Sie trägt ein Kopftuch und eine große Sonnenbrille. »Ein Glas Champagner«, sagt sie mit rauchiger Stimme, »würde mir jetzt das Leben retten.«

Jan sieht mich an. Ich zucke mit den Achseln. »Klar, warum nicht.«

Wir gießen den Champagner in unsere kompostierbaren Pappbecher und erklären der Dame, dass wir leider keine passenden Gläser haben, weil wir den Champagner ja nicht verkaufen. »Oh«, sagt sie leicht verblüfft. »Was verkaufen Sie dann?«

»Burger«, sagt Jan, während ich gleichzeitig »Demoiselles« sage.

»Klingt spannend«, sagt die Frau und lässt ihren Blick amüsiert zwischen uns hin und her schweifen. »Kann ich das mal probieren?«

Wir bereiten das Demoiselle ganz frisch für sie zu, während sie Champagner trinkt und ihr Glas schon geleert hat, als wir fertig sind. Jan holt die Flasche aus dem Kühlschrank, um ihr nachzuschenken.

»Ich will Ihnen aber nicht den ganzen Champagner wegtrinken«, sagt sie und beißt in den Burger. Ich beobachte sie gespannt. Einerseits, weil ich wissen möchte, ob ihr das Essen schmeckt. Andererseits, weil sie mir irgendwie bekannt vorkommt.

Nach dem ersten Bissen stößt sie ein leises Stöhnen aus. »Mmm«, sagt sie. »Lecker!«

Jan schiebt ihr das frisch gefüllte Glas hinüber, während sie den Burger in Rekordgeschwindigkeit vernichtet.

»Trinken Sie ruhig noch was. Das ist kein Problem. Ich schätze, wir werden heute ohnehin nichts zu feiern haben.«

»Ach«, sagt die Frau und nimmt den Pappbecher entgegen, »darauf würde ich jetzt nicht wetten.«

Die Preisverleihung findet abends um halb acht im wunderschönen tropischen Garten des Casinos statt. Jan und ich haben die Küche schon längst geschlossen. Wir haben geputzt, den Müll entsorgt und unser Essen einer Hilfsorganisation gespendet. Am Ende hat Jan sogar noch die Windschutzscheibe des Dönerwagens gereinigt.

Solche Dinge macht man, wenn man zu viel Zeit hat. Wir wollen unbedingt heute Nacht noch zurück nach Vence, wo wir den Airstream bei Sébastien auf dem Hof gelassen haben. Wie es danach weitergeht – keine Ahnung. Wir haben nicht darüber geredet.

Jan wird vermutlich seine Hanne aus dem Krankenhaus abholen. Und ich muss den Dönerwagen zurück nach Efringen-Kirchen bringen. Ich werde die lange Fahrt allein bewältigen müssen, denn Iva möchte noch ein paar Wochen mit Gérard im Süden verbringen. Sogar ihr Vater scheint diesen Plan erstaunlicherweise zu unterstützen, nachdem Iva ihm eröffnet hat, dass sie im September an die ETH gehen möchte.

Er könne sich für Ingenieurwissenschaften zwar nicht begeistern, sagt Iva, während wir zum Casino hinauflaufen, aber er habe sich auf Google das Ranking der ETH angesehen. »Nummer drei weltweit. Klar hat ihm das gefallen.«

Iva hat mich überredet, an der Preisverleihung teilzunehmen, obwohl ich eigentlich schon aufbrechen wollte. »Biiitte, Betty«, sagte sie. »Das ist unser letzter Abend zusammen.«

Jan war ebenfalls dafür hinzugehen. Um mit diesem ganzen Mist hier wirklich abzuschließen. Dafür, sagte er, müsse er wissen, wer den Preis denn jetzt bekommt.

Mit grimmiger Miene und großen Schritten stapft er uns voraus und bahnt sich reichlich rücksichtslos seinen Weg durch die dichter werdende Menge. Jeder ist jetzt auf den Beinen und unterwegs zum Casino. Oben sehen wir Gina und Ferdinand schon vor dem Podium stehen. Ich bin nicht scharf darauf, mit ihnen zu reden. Aber Gina winkt uns zu und bedeutet uns, wir sollen zu ihnen kommen. Als wir uns durchgedrängt haben, entschuldigt sie sich bei mir für ihr Verhalten in Cannes. Iva habe ihr erzählt, dass Sean womöglich unschuldig sei.

Ich zucke mit den Achseln. Womöglich. Vielleicht. Wer weiß das schon. »Es tut mir leid«, sagt sie betreten. »Ich hätte dich nicht so behandeln dürfen.«

Gina ist nicht die Einzige, die ihre Haltung inzwischen überdacht hat. Die böse Stimmung mir gegenüber scheint sich verzogen zu haben. Dafür bin ich sehr dankbar. Was mich angeht, bedeutet das immerhin ein versöhnliches Ende unserer Abenteuer. Meine Anspannung lockert sich, und während oben auf dem Podium die ersten Reden gehalten werden, schließe ich kurz die Augen.

Ich reiße sie wieder auf, als Jan mich an der Schulter packt. Gerade rechtzeitig, um mitzubekommen, wie Prinzessin Stéphanie die Bühne vor dem Casino betritt.

Während die Prinzessin einen roten Umschlag öffnet, wird Jans Griff an meiner Schulter ziemlich heftig. »Aua«, sage ich.

»Weißt du denn nicht, wer das ist?«, fragt Jan aufgeregt. »Die war heute bei uns am Wagen. Die hat mit uns Champagner getrunken!«

Ich kneife die Augen zusammen, um besser sehen zu

können. Ist das tatsächlich möglich? Sie kam mir gleich so bekannt vor. Aber nein, das kann doch nicht sein! Die Prinzessin von Monaco würde doch nicht einfach so auf dem Markt herumlaufen. Mit dieser dämlichen Tarnung. Sonnenbrille und Kopftuch. Das durchschaut doch jeder …

Die Menge schweigt gespannt. Die Prinzessin zieht eine Karte aus dem Umschlag. Sie liest den Text und räuspert sich.

Dann sagt sie mit rauchiger Stimme: »Der Preis für den besten Food Truck, verliehen vom Fürstenhaus von Monaco, geht an …« Prinzessin Stéphanie lächelt. »*Les Demoiselles en route*. Betty und Jan.«

TEIL 5

Über die Alpen zurück in den Norden:

Monte Carlo – Efringen-Kirchen –
und dann?

Street Food Betty & Jan Style

Champagner

***

Demoiselles mit Oliven und Schalotten

***

Burger Giant Maxi Man

***

Demoiselles mit frischen Pfirsichen
und Lavendelhonig

34

Ich stehe auf der Bühne vor dem Casino von Monte Carlo inmitten eines wunderschönen Gartens. Palmen und Oleander wiegen sich in einer lauen Abendbrise. Die goldene Abendsonne lässt das Gebäude mit seinen Säulen, Stuckaturen und Ziselierungen wie einen Bernstein leuchten. Zu meinen Füßen erstreckt sich saphirblau das Meer, über dem ein paar weiße Möwen kreisen. Neben mir steht Jan.

Er steht ziemlich nah. Ich kann die Wärme spüren und die kraftvolle Energie, die von seinem Körper ausgeht. Ein vorbehaltsloses Strahlen liegt auf seinem Gesicht und lässt ihn beinahe kindlich wirken. Er tritt von einem Bein aufs andere. Ich hingegen bin ganz ruhig, wie vor den Kopf geschlagen ... Wir haben gewonnen.

Jan und ich haben zusammen den Wettbewerb von Monaco gewonnen. Wir haben Prinzessin Stéphanie die Hand gegeben. Ich habe mit der Prinzessin sogar schon ein Glas Champagner getrunken, und jetzt stehe ich auf einer Bühne, und sie zwinkert mir zu und umarmt mich herzlich, während im Publikum Applaus aufbrandet. Ganz deutlich kann ich unter den lauten Bravo-Rufen Ivas Stimme ausmachen. *Betty, Betty, Betty!* Ich muss schlucken. Tränen schießen mir in die Augen.

Wenn Sportler eine Goldmedaille gewinnen, werden sie im anschließenden Interview immer gefragt, wie sie sich jetzt fühlen. Die meisten stammeln dann mit fassungslos aufgerissenen Augen, sie könnten es noch gar nicht begreifen.

Ich fand das immer ziemlich dämlich. Können die denn nicht was vorbereiten? Da trainieren sie jahrelang genau für diesen Fall, und wenn sie dann gewonnen haben, wissen sie nicht, was sagen?

»Wie fühlen Sie sich nun, Betty?«, fragt die Prinzessin von Monaco und hält mir das Mikrofon unter die Nase. »Keine Ahnung«, stammle ich. »Ich kann es noch gar nicht fassen.«

Die Prinzessin lächelt nachsichtig und wendet sich mit dem Mikrofon an Jan. Der greift nach meiner Hand. »Wir sind wahnsinnig glücklich. Wie die meisten hier wissen, mussten wir improvisieren. Ich kenne Betty schon beinahe mein ganzes Leben, aber heute Morgen haben wir zum ersten Mal als Team zusammengearbeitet, und ich muss sagen, es war eine tolle Erfahrung. Betty, du bist eine fantastische Köchin.«

Das Publikum jubelt, während Jan mir in die Augen sieht und vor der versammelten Menge meine Hand an die Lippen führt.

Die Prinzessin sieht gerührt aus, und ich bin schlankweg gelähmt. Äußerlich. Innerlich schlagen meine Organe die wildesten Kapriolen. Mein Magen zieht sich zusammen. Das Blut rauscht in meinen Adern. Mein Herz stampft wie eine Dampfmaschine. Bum, bum, bum ... Ich kann den Pulsschlag bis in die Haarspitzen fühlen.

»Und was werden Sie nun mit dem Preisgeld machen?« Das Mikrofon wandert wieder in meine Richtung. »Das weiß ich noch nicht«, hauche ich. »Hunderttausend Euro«, sagt die Prinzessin und dreht sich zu

Jan, der als Gesprächspartner eindeutig besser abschneidet. »Damit kann man eine Menge anfangen. Haben Sie schon konkrete Pläne?«

Ich sehe plötzlich dieses Bistro vor meinem inneren Auge. In einem kleinen Dorf in Südfrankreich. Eine einfache Küche. Eine weinumkränzte Terrasse. Ein großer Hund, der mir zu Füßen liegt, wenn wir in der Abendsonne ein Glas Rosé trinken. Jan und ich.

»Na ja«, sagt Jan, »Zunächst mal werden wir nach Montpellier fahren. Und anschließend der Küste entlang bis nach Spanien. Wir werden ein paar Tage in Barcelona verbringen, dann rüber zum Atlantik und anschließend wieder hoch nach Biarritz.«

»Klingt nach einem Plan«, sagt die Prinzessin und lächelt mich an. Mir ist von einer Sekunde auf die andere eiskalt geworden. Die Prinzessin hat keine Ahnung, wovon Jan hier spricht. Wir, das ist nicht Jan und ich. Wir ... ist Jan und Hanne.

35

Vierundzwanzig Stunden später bin ich wieder in Efringen-Kirchen. Ich bin noch am selben Abend aufgebrochen und habe die Fahrt in lebensgefährlichen zehn Stunden ganz allein und in einem Rutsch bewältigt. Ich hätte nicht gewusst, was ich in Monaco noch soll.

Ich habe nicht mal das Ende unserer Siegesfeier abgewartet. Ich habe mich von Iva verabschiedet, die auf Wolke sieben schwebte und sich – zu Recht – auch ein wenig als Siegerin fühlte.

Meine abrupte Abreise beunruhigte sie sichtlich. »Du willst zurück?«, fragte sie mit großen Augen. »Heute noch? Aber warum denn?«

Sie fand, ich solle mindestens bis am nächsten Tag warten oder noch besser, mir ein paar Tage Urlaub in der Sonne gönnen. »Du hast jetzt Geld, meine Liebe. Du könntest zum Beispiel im Hotel Carlton logieren.«

Um mich an die Party zu erinnern? Wo wir mit dem Wagen direkt gegenüber standen? Um mich an Sean zu erinnern, der verschwunden ist? Oder an Jan?

Zu Iva sagte ich, ich wüsste zwar noch nicht, was ich mit dem Preisgeld anfangen werde, aber ich wüsste genau, für überteuerte Hotels wolle ich es nicht ausgeben. Natürlich wollte ich Iva einen Anteil überlassen, aber das hat sie abgelehnt.

Also haben Jan und ich die Hunderttausend fein säuberlich in zwei Hälften geteilt und sind dann unserer Wege gegangen.

Jan wird die Fünfzigtausend dafür verwenden, mit Hanne nach Montpellier zu fahren. Nach Barcelona. Nach Biarritz. »Das musst du verstehen«, hat er gesagt, als wir von der Bühne gingen. »Es war nun mal so ausgemacht. Ich kann Hanne ja nicht einfach sitzen lassen.«

Nein, natürlich nicht. Verstehe ich ja. Wo kämen wir denn hin, wenn nun plötzlich alle Kerle ihre Freundin einfach sitzen lassen? Ich finde, ein solches Verhalten ist ohnehin irischen Herumtreibern vorbehalten.

»Sie ist nicht meine ›Freundin‹«, sagte Jan, den es unangenehm berührte, ein derartiges Gespräch mit mir führen zu müssen. »Sie ist nur eine Freundin. Und meine Partnerin natürlich.«

»Alles klar«, sagte ich, ebenfalls sehr verlegen, denn ich kann Beziehungsgespräche genauso wenig leiden. Und ich wollte auch gar nicht wissen, welche Beziehung Jan und Hanne nun wirklich verbindet. Von mir aus sollen sie glücklich zusammen weiterfahren und sich jede Menge kleiner silberner Airstream-Babys zulegen.

Ich gab Jan einen Kuss auf die Wange. Nur um einen Schlusspunkt zu setzen. Er roch wunderbar. Ich zögerte eine halbe Sekunde, in der mir verrückte Möglichkeiten durch den Kopf schossen. Sollte ich Jan entführen? Zu ihm sagen: Lass uns mit den Hunderttausend doch zusammen ein Bistro eröffnen. Und überdies könnten wir heiraten, heute noch, und uns einen Hund und einen Kanarienvogel zulegen.

Dann drehte ich mich um und marschierte den Hügel in Richtung Hafen wieder hinunter. Erst auf halber Höhe begannen mir die Tränen über die Wangen zu laufen.

Ich erreiche Efringen-Kirchen spät am Sonntagabend. Auch im Markgräflerland ist es Sommer geworden. Aber die Nächte sind hier im Norden nicht so lau und mild, und ich fröstle ein bisschen, als ich aus dem Wagen steige. Ein wenig Feuchtigkeit liegt in der Luft. Die Straßen im Dorfkern sind wie leer gefegt, und alle Geschäfte sind natürlich geschlossen. Ich habe nichts zu essen. Doch das macht nichts, weil ich auch gar keinen Hunger habe.

Ich nehme die Reisetasche, schließe den Truck ab, steige hinauf in meine Wohnung, lasse die Fensterläden gleich geschlossen, schalte das Telefon aus und lege mich ins Bett mit dem festen Vorsatz, mindestens vierundzwanzig Stunden durchzuschlafen. Leider vergesse ich, auch die Türklingel auszuschalten.

Ich wache auf, weil jemand sie sehr nachhaltig betätigt. Mehrere Male. Immer wieder. Bis ich mich schließlich aus dem Bett wälze, im Pyjama durch den Flur marschiere und die Tür aufreiße: »Was!«

Ich blicke in zwei strahlende Gesichter. Meine Mutter und Petra sind gekommen, um mich willkommen zu heißen. Und um zu feiern. Sie haben einen gigantisch großen bunten Blumenstrauß für mich und eine Flasche Winzersekt, die sie sogleich öffnen wollen.

Ich führe sie in die Küche und suche in den Schränken nach einem Behälter, der diesen Strauß fassen könnte. Am Ende stelle ich ihn in den Putzeimer. Meine Mutter hat inzwischen die Flasche geöffnet.

Petra, die sich in meiner Küche bestens auskennt, hat die Sektgläser und drei Teller auf den Tisch gestellt. Weil sie auch Brötchen mitgebracht haben. Brötchen, Butter, Marmelade, Kaffee und Milch und überhaupt alles, was man für ein gepflegtes Frühstück braucht.

Ich freue mich. Wirklich. Es fühlt sich nur ein wenig seltsam an, den Sekt aus so edlen Gläsern und nicht aus dem Pappbecher zu trinken. Auch die ordentlich aufgelegten Teller stören mich irgendwie. Und diese Brötchen. So deutsch. Sie passen nicht in meine Küche, die provenzalisch ist und auch wieder nicht. Als ich sie eingerichtet habe, kannte ich die Provence nur von Bildern.

So schlecht habe ich es nicht getroffen, überlege ich, während meine Mutter und Petra ganz geschäftig die Brötchen verteilen, Marmelade und Butter auf den Tisch stellen. Der Tisch könnte wirklich auch bei Madame Vivianne in Aix-en-Provence stehen. Oder in Orange oder in Vence. Auch das Gewürzregal ist ein Original. Und dieselben Kräuter, die hier in der Wohnung auf dem Fensterbrett inzwischen vertrocknet sind, habe ich in den vergangenen Wochen unten im Süden jeden Tag verwendet.

Dennoch fühlt sich meine Küche an diesem Morgen wie eine Fälschung an. Etwas stimmt nicht. Ich komme nicht drauf, was es ist. Das Licht? Der Geruch? Oder fehlt mir einfach das Gefühl, in den Dönerwagen zu steigen und davonfahren zu können?

»Erzähl mal«, sagt meine Mutter. »Wie war es denn in Monaco? Hast du Promis getroffen?«

»Ich habe mit Prinzessin Stéphanie Champagner getrunken«, sage ich wahrheitsgemäß. Ich stand in einer saphirblauen Nacht auf der Bühne vor dem Casino von Monte Carlo, und die Prinzessin von Monaco hat mich umarmt.

»Wahnsinn«, sagt Petra andächtig. »Dein Traum ist in Erfüllung gegangen.«

Es ist so eine Sache mit den Träumen, denke ich. Sie

sind so bunt und lebendig, solange man daran arbeitet, sie zu erfüllen. Aber kann es sein, dass sie danach schal und fade werden? Oder liegt es vielleicht daran, dass ich auf meiner Reise neue Träume gefunden habe? Dass die Freiheit, die Freundschaft und die Bestätigung, die ich in unserem Wagen erfahren habe, am Ende wichtiger waren als die Prinzessin?

Ich reiße mich zusammen, esse deutsche Brötchen, die ja eigentlich ganz lecker schmecken, und erzähle Petra und meiner Mutter von unseren Erlebnissen. Wie wir im Jura tausend Sorten Käse probierten. Wie ich im Burgund für eine echte Schlossherrin kochen durfte. Ich erzähle von den Märkten und der üppig grünen Gartenlandschaft im Rhône-Tal, von den Sonnenblumenfeldern, die die Provence ankünden. Von kleinen Pensionen und Campingplätzen, und wie es ist, mit dem Duft von Lavendel in der Nase einzuschlafen. Ich beschreibe die Rezepte, nach denen ich gekocht habe, und muss den beiden hoch und heilig versprechen, auch für sie Demoiselles zu backen. Bald einmal ... irgendwann ...

Dann wollen sie natürlich den Wagen besichtigen. Ich laufe im Pyjama raus auf die Straße, und es stört mich kein bisschen, dass ich der nervigen Nachbarin von unten, die dabei ist, den Flur zu wischen, über den Mopp steigen muss.

Ich marschiere mitten durch das frisch Geputzte, und danach hinterlassen meine nackten Füße auf der Treppe feuchte Abdrücke, was der Nachbarin ein missbilligendes Zischen entlockt. Völlig übertrieben, denke ich. Das trocknet ja von selbst.

»Was wirst du jetzt machen?«, fragt Petra, als wir wieder oben in der Wohnung sind.

»Gründlich lüften, meine Sachen auspacken, den Truck bei Kebab International abgeben ...«

»Und heute Abend könntest du in der ›Sonne‹ für uns alle provenzalisch kochen.« Erwartungsvoll strahlt mich Petra an.

»Ich weiß nicht«, sage ich zögernd. »Vielleicht morgen. Oder nächste Woche.«

Um ehrlich zu sein, ich habe es nicht eilig damit, in die »Sonne« zu kommen. Ich verspüre keinen Drang, mich möglichst schnell dort in die Küche zu stellen. Klaus hat die »Sonne« ja inzwischen drei Monate lang allein geführt. Auf ein paar Tage mehr oder weniger wird es da auch nicht mehr ankommen.

»Ach ja?«, sagt Petra überrascht. »Das klingt ja nicht eben begeistert. Du gehst aber schon in die ›Sonne‹ zurück?«

Ich zucke mit den Achseln. »Das ist ja irgendwie naheliegend. Wo ich doch schon hier bin.«

Petra starrt mich ganz verblüfft an.

»Lass mal«, sagt meine Mutter, die – überhaupt nicht typisch – bisher ruhig war. »Hör auf zu drängen. Betty braucht ein bisschen Zeit, um erst mal anzukommen. Eins nach dem anderen. Pläne kann sie immer noch schmieden.« Sie lächelt verschmitzt und sieht mich an. »Ich bin mir ziemlich sicher, Betty wird schon wissen, was für sie das Richtige ist.«

Ich weiß immerhin, was für diesen Nachmittag das Richtige ist. Ich fahre nach Lörrach zu Kebab International, um den Dönerwagen abzugeben. Schließlich gehört er mir nicht. Er gehört Ivas Vater. Ich parke den Truck vor dem Gebäude und melde mich am Empfang. Die Dame hinter der Theke wirkt etwas unterbeschäftigt. Ich kann den Bildschirm ihres Computers nicht einsehen, aber ich würde darauf wetten, dass dort ein Kartenspiel oder »Schiffchen versenken« zu entdecken ist. »Kann ich Ihnen helfen?«, fragt sie mit einer Intonation, die sagt: Wahrscheinlich nicht. Und Lust dazu hab ich auch keine. Warum kann ich nicht mal in Ruhe ein Spiel beenden?

Nun ja, mit mir wird sie nicht viel Arbeit haben. »Ich bin Betty Bauer«, sage ich und lege den Wagenschlüssel auf die Theke. »Ich muss nur den Truck hier abgeben.«

»In Ordnung«, entgegnet sie gelangweilt, den Blick bereits wieder auf ihr Spiel gerichtet, als irgendein Mechanismus – vermutlich vollkommen eigenständig – in ihrem Gehirn plötzlich Alarm schlägt.

»Betty Bauer? Sie sind Betty Bauer! Bleiben Sie stehen. Rühren Sie sich nicht vom Fleck! Er will Sie unbedingt sehen.«

Sie springt vom Stuhl und rast den Flur hinunter, während ich unbehaglich von einem Bein aufs andere trete und mich nach möglichen Fluchtwegen umsehe.

Ich kann mir schon vorstellen, warum Ivas Vater mich sehen will. Er hat mit mir wohl noch ein Hühnchen zu rupfen. Der Truck dort draußen sieht nicht mehr aus wie der Dönerwagen, den wir übernommen haben. Er fährt sich auch anders, nachdem Iva und Gustave zwei Wochen lang am Motor herumgebastelt haben. Und die Küche ist schon gar nicht mehr wiederzuerkennen.

Ich vermute, mit einer geliehenen Sache darf man so nicht umgehen. Aber Iva hatte hoch und heilig versprochen, es werde mit ihrem Vater deswegen keine Probleme geben. Natürlich nicht, denke ich grimmig, während ich höre, wie sich hastige Schritte über den Flur nähern. Keine Probleme – sofern man gerade unten in Südfrankreich sitzt und vor lauter Liebesglück vermutlich vergessen hat, den Papa zu Hause zu informieren.

Ivas Vater ist klein und rundlich, aber schneller als die Dame vom Empfang, die nicht mit ihm Schritt halten kann. Ich kann gerade noch eine vage Ähnlichkeit mit der Tochter in seinen Zügen erkennen, dann reißt mich der Mann in eine heftige Umarmung. Ich bin mir nicht sicher, was das bedeutet.

»Beeetty Baauerr«, ruft Ivas Vater, dessen Aussprache mindestens so südländisch ist wie sein Verhalten. »Es ist mir eine Freude, Sie endlich kennenzulernen. Sie müssen mir die Ehre geben und einen Tee mit mir trinken.«

Ich ziehe mein T-Shirt gerade. Ich wollte eigentlich nicht lange bleiben. Aber so einen Tee zu trinken wird wohl auch nicht ewig dauern. Ich nehme die Einladung also an, und Ivas Vater flitzt mir voran zurück in sein Büro. Die Dame vom Empfang, stelle ich fest, ist gar nicht so langsam. Auch ich schaffe es kaum, mit ihm Schritt zu halten.

Ich schätze, die Sache mit dem Truck hat Iva tatsächlich geregelt. Ihr Vater ist nicht sauer auf mich. Ihr Vater ist begeistert. Über die Wandlung, die Iva auf der Reise durchgemacht hat. Weil sie nun plötzlich studieren möchte.

»Ich habe vierundzwanzig Jahre erfolglos versucht, diesem Mädchen ein wenig Vernunft beizubringen. Aber Sie, Betty Bauer, schaffen das locker in ein paar Wochen. Ich verneige mich vor Ihnen.«

Das macht er wirklich. Die Teetasse in der Hand. Eine opulente Tasse aus hauchzartem Porzellan, geschmückt mit goldenen Ornamenten. Der ebenfalls opulenten Teezeremonie angemessen. Sie dauert sehr viel länger, als ich das je erwartet hätte. Man muss den Tee ausreichend ziehen lassen. Man muss ihn dann mit einem ganz bestimmten eleganten Schwung des Handgelenks in die Tassen gießen. Danach muss der Tee ruhen.

Das alles gibt Ivas Vater jede Menge Zeit, mir Komplimente zu machen. Die ich gar nicht verdient habe. Und die sich auch nicht anhören, als würden sie sich auf mich beziehen. Die Komplimente scheinen vielmehr einem Menschen zu gelten, der überaus vernünftig, mäßigend und dämpfend wie Kamillentee auf andere Menschen einwirkt.

Möglicherweise beziehen sie sich auf die Person, die ich damals war, als ich Efringen-Kirchen verließ. Aber die Frau, die zurückgekommen ist, ist heute eine andere. Ich lächle Ivas Vater an und weise seine Komplimente freundlich, aber entschieden zurück. Schließlich war ich auf der Reise keineswegs Ivas Gouvernante. Kann es sein, frage ich ihn, dass er seine Tochter ein wenig unterschätzt? Kann es sein, dass er gar nicht weiß, was sie alles leistet? Er sieht mich fragend an.

Also beginne ich zu erzählen. Von der Marketingkampagne, die Iva im Alleingang aus dem Boden stampfte. Vom perfekten Tourenplan, den sie uns zusammenstellte. Von ihren Fähigkeiten als Mechanikerin und ihrem Geschick, als sie mit Gustave die Küche einbaute.

Ivas Vater hatte wirklich keine Ahnung. Seine Augen werden groß und rund, während ich berichte. Und als ich schließlich noch beschreibe, mit welcher Akribie Iva jeden Abend unsere Buchhaltung führte, entweicht ihm ein Seufzer purer Verzückung. »Die Buchhaltung!«, ruft er strahlend. »Wer hätte so was je gedacht. Betty Bauer, Sie sind eine Zauberin.«

»Nein, nein«, wehre ich hastig ab. »Ich hatte damit gar nichts zu tun.«

Doch meine Worte scheinen ihn gar nicht zu erreichen. Ivas Vater ist überglücklich. Und deshalb möchte er sich bei mir unbedingt erkenntlich zeigen. Als Zeichen seines Danks besteht er darauf, mir den Truck zu schenken.

Ich schüttle verblüfft den Kopf. So ein großes Geschenk kann ich unmöglich annehmen. Zumal ich für den Wagen ja eigentlich keine Verwendung habe. Ich werde mich mit dem Truck nicht in Efringen-Kirchen auf den Kirchplatz stellen. Ich habe nicht vor, hier im Markgräflerland ab sofort Street Food zu verkaufen. Genau genommen kann ich den Wagen nicht mal parken. Wo soll ich ihn denn lassen? Auf der Straße vor meinem Haus? Die Nachbarin von unten würde im Viereck springen.

Wäre ich vernünftig, würde ich nett für das Angebot danken und den Wagenschlüssel dann mit einer entschlossenen Bewegung neben die Teetasse legen. Aber ich ertappe mich dabei, wie ich den Schlüssel zögernd zwischen den Fingern drehe.

»Ich sehe, Sie lieben den Wagen«, sagt Ivas Vater und lächelt. »Machen Sie mir die Freude und behalten Sie ihn. Bei uns würde er nur verschrottet.«

Verschrottet? Verschrottet! Damit ist die Sache entschieden.

Nachdem Ivas Vater sich herzlich von mir verabschiedet hat, sitze ich eine Viertelstunde später am Steuer des Trucks und bin auf dem Weg zur »Sonne«.

Ich hatte ja mit dem Gedanken gespielt erst morgen hinzugehen. Es erschien mir verlockend, einen Tag blauzumachen und ganz nebenbei auch mein Zusammentreffen mit Klaus ein wenig hinauszuschieben.

Leider hat sich das erledigt. Weil ich nun einen Truck besitze. Und der einzige Ort, der mir einfällt, um das große Auto zu parken, ist der Hof der »Sonne«.

Vor drei Monaten bin ich in diesem Wagen bei Nacht und Nebel aus Efringen-Kirchen geflohen. Nun zwingt mich derselbe Wagen, in die »Sonne« zurückzukehren. Da soll noch einer sagen, das Universum habe keinen Sinn für Ironie.

Es fühlt sich seltsam an, als ich nach so vielen Wochen zum ersten Mal wieder den Gastraum betrete. Und das Verrückte ist, ich habe sofort ein schlechtes Gewissen. Weil es schon vier Uhr am Nachmittag ist. Und ich mit der Mise en Place noch nicht mal begonnen habe.

Halb erwarte ich, Klaus an der Theke vorzufinden. Mit einer Tasse Espresso, den *Efringer Boten* lesend. Doch der Gastraum ist leer, als ich ihn betrete. Und vollkommen unverändert.

Ich lasse die Eingangstür hinter mir zufallen und mache drei Schritte in den Raum. In diesem Zimmer bin ich sozusagen aufgewachsen. Ich kenne hier jeden Stuhl, jeden Tisch, jede Ritze im Parkett. Ich könnte mit verbundenen Augen eine Tafelrunde für zwanzig Gäste eindecken. Der Gedanke, dass ich bis zum Ende meines Lebens möglicherweise nichts anderes mehr zu Gesicht bekomme, bedrückt mich plötzlich schrecklich. Für einen Moment bin ich versucht, auf dem Absatz umzudrehen, aber dann höre ich eilige Schritte, die sich aus der Küche nähern. Natürlich bleibe ich stehen.

Klaus sieht gut aus. Vielleicht nicht ganz so fantastisch, wie ich ihn in Erinnerung hatte. Aber gut. Für einen Mann in den späten Vierzigern. Der Jahre seines Lebens damit verbracht hat, sich als erfolgloser Künstler gerade mal eben so durchzuschlagen. Das ist mir früher nicht aufgefallen. Dieser verbitterte Zug um seinen Mund.

Vielleicht hat mich damals seine Frisur davon abgelenkt. Klaus trägt sein Haar jetzt ganz anders. Kurz und irgendwie brav. Als er meinen Blick bemerkt, versucht er verlegen, ein wenig Schwung in die spärlichen Härchen zu bringen. Das ist etwas übertrieben. Ist ja nicht mehr viel da, was gerichtet werden müsste. »Wegen der Haube«, sagt Klaus mit einer Grimasse. »Ich musste mir die Haare schneiden lassen. Mit der Tolle war das auf die Dauer nicht zu machen.«

Nicht nur die Haare sind anders. Auch in der Wahl seiner Kleidung hat sich Klaus dramatisch verändert. Nicht zu seinem Besten, wie ich leider sagen muss. Er trägt eine weite schwarze Hose, eine fleckige Schürze und an den Füßen bequeme Treter. Dazu ein Shirt, das – wie Klaus auch – schon bessere Zeiten gesehen hat. Ich möchte das nicht kritisieren. Jeder macht, was er kann. Ich habe Verständnis für sein Bedürfnis, sich bei der harten Küchenarbeit nicht von enger Kleidung einschränken zu lassen. Auch wenn ich persönlich ein wenig davon abgekommen bin, mir einfach das erstbeste Shirt zu schnappen, völlig egal, wie es aussieht. Ich finde, man kann auch in einer Küche ein gewisses ästhetisches Niveau halten. Vielleicht wird das Klaus ja auch noch lernen.

Klaus freut sich unheimlich, mich zu sehen. Das muss er mir mindestens dreimal sagen.

Ich hatte es schon beim ersten Mal begriffen. Auch

wenn es ein wenig überraschend kommt. Ich überlege mir, dass seine Freude mit der Küchenarbeit zusammenhängen könnte. Dass er erleichtert ist, die Arbeit wieder abgeben zu können. Doch dann will Klaus mich nicht mal in die Küche lassen. Das erstaunt mich nun wirklich.

Leicht errötend gesteht er mir, er habe für heute Abend etwas Besonderes vorbereitet. »Eine Überraschungsparty. Alle unsere Freunde werden da sein, um dich zu Hause willkommen zu heißen. Und um deinen Sieg zu feiern.«

O je. Ich stoße ganz heimlich, nur für mich, einen kleinen Seufzer aus. Auf Party hab ich keine Lust. Ich hatte genügend Party in den letzten Wochen. Ich hatte Party an exotischen Orten. Mit verrückten Typen. Die alte Truppe in Efringen-Kirchen kann da nicht so recht mithalten.

Sofort schäme ich mich für diesen Gedanken. »Toll«, sage ich, die Lippen zu einem unechten Lächeln verzogen. »Aber kann ich denn wirklich nicht helfen?«

»Auf keinen Fall«, sagt Klaus entrüstet. »Ich lasse dich doch nicht deine eigene Überraschungsparty vorbereiten. Geh du jetzt nach Hause und ruh dich aus. Wir sehen uns dann so gegen sieben. In Ordnung?«

Um Viertel nach sieben stehe ich wieder vor der »Sonne«. Vielleicht auch ein paar Minuten später. Ich habe mir die Haare gewaschen. Ich habe Lidschatten, Wimperntusche und Lippenstift aufgetragen. Nett geschminkt und frisiert kam ich dann auf die Idee, das Kleid aus Aix-en-Provence zu tragen. In Monaco bin ich nicht dazu gekommen. Und es wäre schade, dieses wunderbare Kleid nicht wenigstens einmal auszuführen.

In der Box auf dem Dach des Dönerwagens hat es die

weite Reise beinahe knitterfrei überstanden. Ich breitete es auf meinem Bett aus und strich mit der Hand über die raschelnde Seide. Die Blumen leuchteten strahlend. Doch so sehr ich mir Mühe gab – die Verheißung im Knistern der Seide, dieses wilde verrückte Versprechen konnte ich nicht mehr hören.

Dennoch ist es natürlich ein wunderschönes Kleid, und ich errege nicht wenig Aufmerksamkeit, als ich darin am Abend quer durch Efringen-Kirchen zur »Sonne« schreite. Dort sind inzwischen alle meine Freunde und Bekannten versammelt. Dieselben Leute, fährt mir durch den Kopf, die schon vor drei Monaten auf Petras Hochzeit waren. Die Leute, die mich damals so schrecklich enttäuscht haben.

Vor der Tür halte ich inne. Damals war es mir so wichtig, endlich ein wenig Anerkennung zu bekommen. Aber heute, stelle ich fest, bin ich vollkommen gelassen.

Ich öffne die Tür zum Gastraum. Auf meinem Gesicht liegt ein helles Licht. Drinnen werde ich von Hochrufen empfangen, und begeisterter Applaus brandet auf, als ich den Raum betrete. Lauter Menschen mit glücklichen Gesichtern gratulieren mir von Herzen zu meinem großen Erfolg. Betty, sagen sie, wir können es gar nicht fassen – du hast tatsächlich gewonnen! Wir haben dich so was von unterschätzt.

Inmitten der bewundernden Menge steht Klaus und lächelt mir entgegen. Er hat sich umgezogen. Wenn ich ihm in die Augen schaue, ist es beinahe so, als hätte ich den alten Klaus wieder vor mir. Er nimmt meine Hand und zieht mich zu sich. »Betty«, sagt er, »du bist so wunderschön. Ich habe dich vermisst. Betty, du weißt, wir lieben dich.« Mit diesen Worten küsst er mich.

36

Der Kuss ging knapp daneben. Ich habe in letzter Sekunde den Kopf ein wenig zur Seite gedreht. Das ging ganz automatisch.

Es war nur eine winzige Bewegung. Kaum jemand hatte sie gesehen. Klaus natürlich schon, der hatte sie mehr als deutlich wahrgenommen. Und ich glaube, dieses Widerstreben ist zum Teil verantwortlich für Klaus' Verhalten mir gegenüber während der kommenden Wochen.

Er ist aufmerksam und rücksichtsvoll. Er macht mir Komplimente. Er ist interessiert an allem, was ich denke. Und er nimmt mir die Arbeit ab. Er ist ein richtiger Partner.

Rein geschäftlich gesehen. Denn mehr verbindet uns nicht. Auch wenn Klaus Angelika offenbar schon vor Wochen losgeworden ist.

Die beiden haben sich bereits wenige Tage nach meiner Abfahrt zerstritten. Ich hätte zu Hause bleiben und das Ende einfach abwarten können. Allerdings wäre es dann bestimmt nicht zu so großen Veränderungen gekommen. Weder bei mir noch in der »Sonne«.

Klaus war nämlich erstaunlicherweise ziemlich fleißig in meiner Abwesenheit. So hat er zum Beispiel die Speisekarte vollständig umgekrempelt. Er bietet mir an, alles rückgängig zu machen und zum Alten zurückzukehren, doch soweit ich sehe, hat sich die neue Karte gut bewährt. Wir servieren jetzt Burger. Dazu gibt es eine große Auswahl an bunten Salaten und – wenn ich Lust dazu habe – eine leckere Suppe.

Einmal in der Woche biete ich für die ältere Generation ein Nostalgie-Menü an und koche das Hausmacherpfännchen. Dieser Tag ist sehr beliebt. Als das Hausmacherpfännchen noch auf der regulären Karte stand, ist es niemandem aufgefallen. Jetzt, wo es nur noch am Donnerstag ein Hausmacherpfännchen gibt, gilt es plötzlich als Spezialität, und ältere Paare aus ganz Baden-Württemberg kommen extra deshalb nach Efringen-Kirchen gefahren. Ich spiele mit dem Gedanken, alle zwei Wochen oder so ein französisches Menü anzubieten. Es würde vermutlich genauso gut ankommen. Aber bisher konnte ich mich noch nicht so recht dazu aufraffen.

Ich lebe in den Tag hinein und arbeite deutlich weniger als je in meinem Leben. Während der Sommerwochen verbringe ich viel Zeit am Strand des Baggersees. Mit dem Strand in Cannes oder in St. Tropez kann man den Baggersee natürlich nicht vergleichen. Trotzdem ist es nett von Klaus, dass er bereit ist, jederzeit für mich einzuspringen.

Dadurch habe ich sehr viel mehr Zeit als früher, und tatsächlich gibt es in meinem Leben eine ganze Menge neuer Aktivitäten. Ich habe zum Beispiel den heroischen Versuch gestartet, mit dem Joggen anzufangen. Vor zwei Wochen habe ich mir Joggingschuhe zugelegt. Nun brauche ich nur noch die passenden Socken. Sobald ich die habe, werde ich dann bestimmt auch bald mit dem Laufen anfangen.

Inzwischen bringe ich meine Wohnung auf Vordermann. Ich habe ein neues Sofa gekauft und meine provenzalische Küchenausstattung entsorgt. Über die bin ich irgendwie hinausgewachsen. Diese ganze Provence-Landküchen-Romantik ist mir inzwischen sogar zuwider.

Ich richte meine Küche kühl und nüchtern ein. Mit viel Stahl und Chrom und Glas. Auf die Kräuter verzichte ich ganz, ich brauche sie nicht mehr. Weil ich auch nicht mehr besonders viel Zeit in meiner Küche verbringe. Es gibt inzwischen deutlich mehr als nur Kochen und Backen in meinem Leben.

Ich habe viele neue Freunde, seit ich als Siegerin nach Efringen-Kirchen zurückgekehrt bin. Und da ich nicht mehr jeden Abend in der »Sonne« bin, kann ich mit ihnen auch was unternehmen. Ich gehe ins Kino und ins Freilichttheater. Ich gehe sogar zum Essen aus. Dazu werde ich eingeladen.

Inzwischen gibt es nämlich auch ein paar Männer, die mich umwerben. Klaus beäugt sie misstrauisch. Doch dazu gibt es gar keinen Grund. Denn erstens sind Klaus und ich ja nur Businesspartner. Und zweitens hat keiner dieser Männer eine große Bedeutung.

Nach den Erfahrungen auf meiner Reise habe ich nämlich beschlossen, dass ich die Männer gar nicht brauche. Wozu auch? Die einen machen sich aus dem Staub, so wie Sean, und die anderen ... an die anderen will ich schon gar nicht denken.

Okay, ich war ein paarmal in Versuchung, Jans Facebook-Seite zu besuchen. Aber was hätte ich dort schon entdecken können? Neue Bilder von Jan und Hanne, die sich in Barcelona amüsieren? Jan und Hanne in Biarritz am Strand? Nein, danke. Ich versuche mich mit dem Gedanken zu trösten, dass ich mit Jan auf Dauer niemals klargekommen wäre. Mir wären ja ständig nur meine Gefühle in die Quere gekommen. Ohne diese emotionalen Stürme ist mein Leben viel bequemer, und ich bin eigentlich ganz zufrieden, bis eines schönen Nachmittags Mitte September Iva Leonida wieder auftaucht.

Natürlich kommt sie unangemeldet. Sie rauscht in die Gaststube der »Sonne«, wo ich an der Theke sitze, einen Espresso trinke und den *Efringer Boten* lese. Wir legen eine filmreife Begrüßung hin. Mit allem. Mit Kreischen. Mit freudigen Luftsprüngen. Mit einer stürmischen Umarmung und sogar mit Freudentränen.

»Mensch, Betty«, ruft Iva, »du hast mir gefehlt!«

Auch wenn ich es ungern zugebe: Iva hat mir ebenfalls gefehlt. Sie trägt eine schwarze Hose und ein weißes Hemd und überraschenderweise eine Brille auf der Nase. Die Hose ist natürlich superengeschnitten, aber mit der Brille sieht Iva dennoch ziemlich studentisch aus. »Mein neues Accessoire«, sagt sie stolz. »Weil ich doch bald an die Uni gehe.«

Sie besteht darauf, dass ich die Brille auch mal aufsetze, und will sich ausschütten vor Lachen, als ich entdecke, dass sie nur Fensterglas enthält. »Aber die Fassung ist von Gucci«, sagt sie und zwinkert.

Die Brille ist nur eine von vielen Neuerungen. Iva will mir noch was zeigen, und dafür muss sie mich hinaus auf die Straße schleppen. Aus Höflichkeit gebe ich Klaus in der Küche Bescheid. Er neigt seit Neuestem ein wenig zu Panik, wenn ich mich einfach vom Acker mache.

Ivas Accessoire Nummer zwei entpuppt sich als neuer

Wagen. Ein kleiner, schnittiger knallroter Mini Cooper, den sie direkt vor der »Sonne« ins absolute Parkverbot gestellt hat. Ivas Vater hat ihn ihr geschenkt. »Damit ich am Wochenende von der Uni nach Hause fahren kann«, sagt sie strahlend.

Na ja. Hier war wohl der Wunsch der Vater des Gedankens. Ich bezweifle, dass Iva ihre Wochenenden brav mit dem Papa verbringen wird, aber ich freue mich, dass die Beziehung der beiden sich so positiv entwickelt. Und das Auto sieht super aus. »Komm«, sagt Iva und reißt die Tür auf, »wir drehen eine Runde.«

Ich steige ein, und sie flitzt los. Im Truck hatte Iva damals ein recht zivilisiertes Fahrverhalten, aber der hochgetunte Mini weckt offenbar ihre niederen Triebe.

Wir touchieren eine Bordsteinkante und entgehen nur knapp der Kollision mit einem alten Brunnen, der zugegebenermaßen in Efringen-Kirchen mitten auf der Kreuzung steht, aber das schon seit zweihundert Jahren. Ich bin ziemlich froh, dass Iva den denkmalgeschützten Trog nicht einfach abrasiert. Sie schafft es gerade noch, das Steuer herumzureißen, wobei sie bei diesem Manöver gefährlich nah an den Gartenzaun fährt, der die Gemeindebibliothek von Efringen-Kirchen vor Rasern wie Iva beschützen soll.

Ich bin versucht, sie um ihre Brille zu bitten, um wenigstens eine Tarnung zu haben, falls mich jemand in diesem Wagen sieht. Als wir das Dorf verlassen und über die Landstraße rauschen, bin ich derart erleichtert, dass ich für ein paar Minuten in einen komaähnlichen Zustand falle. Erst als Iva auf die Landesgrenze zusteuert, wache ich daraus auf.

»Wo fahren wir hin?«, frage ich plötzlich alarmiert.

Genau über diese Grenze sind wir auch damals gefahren, als wir auf dem Weg nach Südfrankreich waren. »Nur ein kleiner Ausflug«, sagt Iva. »Entspann dich und genieß die Fahrt.«

Weil ich Iva kenne, klappt das nicht besonders gut. Iva und Entspannung sind zwei Worte, die nicht recht in einen Satz passen wollen. Ich habe sie sofort in Verdacht, eine verrückte Geschichte auszuhecken. Sie wird doch nicht ...

Ich könnte aus dem Fenster um Hilfe schreien. Aber das wäre mir peinlich. Wer gibt schon gerne zu, dass er sich von einer Studentin mit Fensterglasbrille hat entführen lassen? Ich sitze also schmollend da und befürchte das Schlimmste, doch hinter der Grenze biegt Iva auf die Straße nach Norden ab.

»Wir fahren also nicht nach Südfrankreich?«, entfährt es mir unwillkürlich.

»Natürlich nicht«, sagt Iva verblüfft. »Denkst du, ich bin verrückt?«

In zehn Tagen beginnt das Semester, und wie Iva ganz ernsthaft erklärt, hat sie keine Zeit, sich in Südfrankreich herumzutreiben. »Aber du könntest natürlich hinfahren«, fügt sie dann hinzu.

»Ich? Nein! Warum?«

»Na, weil du ganz enttäuscht aus der Wäsche schaust.«

Tu ich gar nicht. Wie will sie das überhaupt sehen? Bei dem Tempo, das sie fährt, sollte sie ihre Augen gefälligst auf der Straße lassen.

Wir landen schließlich in Colmar. Diese kleine Stadt, nur eine halbe Stunde von Freiburg entfernt, ist ein elsässisches Schatzkästchen. Idyllisch zwischen Weinbergen gelegen, mit einem Stadtkern aus hübschen Riegelhäusern und einem pittoresken Flüsschen, steht sie ganz oben auf der Liste jedes Elsasstouristen. Aber die klassischen Touristenattraktionen sind nicht der Grund, weshalb Iva und ich sie besuchen. Iva hat mich hergebracht, weil heute Abend in Colmar ein großer Street-Food-Markt stattfindet.

»Jetzt schau nicht so sauer«, sagt sie, als wir den Wagen verlassen. Aber ich fühle mich hintergangen. »Willst du mich etwa überreden, wieder Food Truck zu fahren?«, frage ich, als wir das Auto verlassen.

Iva reißt übertrieben erstaunt ihre Augen auf. »Wie kommst du denn auf den Gedanken? Du bist doch glücklich in der ›Sonne‹?«.

»Bin ich auch«, sage ich trotzig. Es ist natürlich nicht dasselbe, wie in einem Food Truck durch die Provence zu fahren. Und zugegeben, manchmal fehlt mir dieses Gefühl von Freiheit ein bisschen. Die Aufregung, am Morgen an einen neuen Markt zu fahren. Die Betriebsamkeit, wenn alle ihre Trucks aufbauen. Die Spannung, wenn die ersten Gäste auf das Gelände strömen.

Mein Alltag in der »Sonne« ist ja nicht gerade von den ganz großen Gefühlen geprägt. Er ist eher - nun ja - gemütlich. Aber Klaus ist ein angenehmer Partner. Und »gemütlich« hat schließlich auch seinen Reiz.

»Unbedingt«, sagt Iva ganz ernsthaft. »Aber wenn wir schon beim Thema sind, hast du gehört, dass Jan und Hanne sich getrennt haben?«

Ach ja? Das interessiert mich ja nun gar nicht. Oder vielleicht ein bisschen. Nur am Rande. Rein informativ.

»Warum?«, frage ich.

»Na, das ist doch offensichtlich«, Iva grinst mir frech

ins Gesicht. »Der wäre doch schon in Monaco viel lieber mit dir gefahren. Er fühlte sich einfach verpflichtet, Hanne nicht Knall auf Fall einfach sitzen zu lassen. Was ich im Übrigen ziemlich anständig von ihm finde.«

»Hat er dir das gesagt?«, will ich sofort wissen.

Iva schnaubt. »Das hat ein Blinder sehen können. Außer dir hat das jeder geschnallt.«

Also nicht. Jan hat nicht mit ihr gesprochen. Hätte mich auch gewundert. Warum hätte er sich auch ausgerechnet Iva anvertrauen sollen? Er hätte ja zum Beispiel auch mit mir sprechen können. Nur so als Idee. Hat er aber nicht. Er hat nicht angerufen. Er hat keine SMS geschickt. Ich bin aus seinem Leben verschwunden, und nach seiner Reaktion zu schließen – oder vielmehr der fehlenden Reaktion – war ihm das ganz recht.

Ich will nicht mehr über Jan nachdenken und stürze mich mit Iva in den Trubel des Marktes. Die Farben, die Gerüche, das Gelächter, die durcheinanderwirbelnden Sprachen – ich fühle mich sofort wieder zu Hause. Ich erkenne viele Gesichter, und immer wieder müssen Iva und ich stehen bleiben, um zu plaudern. Nur den silbernen Airstream kann ich nirgends entdecken.

Wir essen ein Brötchen mit Fisch und Remoulade, genehmigen uns als Zwischengang ein leckeres Pistazieneis, bevor wir dann bei Gina landen, wo wir selbstverständlich noch Pizza bestellen. Sie und Ferdinand stehen mit ihren Wagen wie immer nebeneinander, und beide sind ganz aus dem Häuschen, dass wir uns wiedersehen. Wir setzen uns zu viert an einen der langen Tische und quasseln.

Gina und Ferdinand haben in den letzten Wochen beinahe ganz Frankreich bereist. Colmar ist ihre letzte

Station. Danach wollen sie nach Hause fahren, über den Winter Pause machen und im Frühjahr von Neuem starten.

Ein solches Leben wäre nichts für mich. Aber natürlich höre ich aufmerksam zu, als die beiden von Märkten in den Pyrenäen, in der Dordogne, der Gascogne, dem Loire-Tal und Paris erzählen. Iva, die mein Interesse vermutlich falsch interpretiert, schubst mich in die Seite. »Gib zu«, sagt sie, »wir hatten eine tolle Zeit.«

Eine tolle Zeit? Ich schnaube. Wir hatten kein Geld und jede Menge Arbeit. Wir haben uns gestritten. Wir haben uns wieder versöhnt. Wir haben jeden Tag eine neue Herausforderung gemeistert. »Es war nicht schlecht«, sage ich.

»Nicht schlecht?« Iva lächelt. »Es war die beste Zeit unseres Lebens.« Dann wechselt sie abrupt das Thema: »Übrigens«, sagt sie, »ich hatte da noch einen Hintergedanken. Es gibt einen bestimmten Grund, weshalb ich dich hergebracht habe.«

Also doch!, denke ich. Ich habe es geahnt. Schon als Iva in die »Sonne« stürmte, wusste ich, da ist was im Busch. Plötzlich bin ich beinahe sicher, sie will ihr Studium schmeißen. Sie will mich überreden, wieder auf Reisen zu gehen ...

»Es geht um den Truck«, sagt Iva, als hätte sie meine Gedanken gelesen. Vermutlich hat sie das sogar. Vermutlich kann man mir die Gedanken an der Nasenspitze ablesen.

»Ferdinand muss zurück nach Wien. Noch mal über die Alpen. Das ist mit seiner Vespa ziemlich stressig. Die ist zwar süß, aber Ferdi möchte für nächstes Jahr einen größeren Wagen haben. Da habe ich gedacht, er könnte vielleicht unseren kaufen? Er würde dir ein faires Angebot machen.«

Ich denke keine Sekunde nach. Mein Gehirn ist an der Antwort überhaupt nicht beteiligt. Meine Antwort kommt nur aus dem Bauch.

»Tut mir leid«, sage ich, »aber das könnt ihr vergessen. Kommt überhaupt nicht infrage. Der Truck steht nicht zum Verkauf.«

37

Was Iva gesagt hat, scheint zu stimmen. Jan ist inzwischen allein unterwegs. Noch am selben Abend schaue ich mir seine Facebook-Seite an. Im Moment ist Jan in Montpellier, aber in den nächsten zwei Wochen wird er nach Aix-en-Provence fahren.

Wie er auf Facebook schreibt, gibt es dort einen letzten großen Markt, der am ersten November stattfindet. Danach will Jan in der Gegend von Aix »überwintern«. Das stört mich jetzt schon ein bisschen.

Aix-en-Provence ist mein Revier. In Aix-en-Provence habe ich Freunde. Oder zumindest kenne ich jede Menge Leute. Madame Vivianne zum Beispiel. Victor, ihren Mann. Oder den Bürgermeister. Dem habe ich sogar die Hand geschüttelt. An diesem Abend rege ich mich ziemlich auf. Ich hätte vom Bürgermeister jetzt eigentlich schon eine Einladung zu dem Markt erwartet. Während der Sommerwochen war ich immerhin ein Promi. Und diese Fête d'automne scheint wirklich etwas Besonderes zu sein.

Es wird Wein- und Käsedegustationen von lokalen Produzenten geben. Man verkauft Kürbisse, Zwetschgen, süße Feigen, Birnen und Äpfel. Die École supérieure d'Art d'Aix-en-Provence organisiert eine Ausstellung. Und auf dem Cours Mirabeau gibt es eine Herbstparade. Ich habe keine Ahnung, was eine Herbstparade ist. Aber zum Teufel noch mal, ich hätte auch dazu gerne eine Einladung erhalten.

Am nächsten Morgen sind solche Gedanken lich verschwunden. Warum sollte mich der Bürge ter auch einladen? Ich habe den Mann nur ein einziges Mal in meinem Leben gesehen. Wie bin ich nur auf diese verrückte Idee gekommen?

Um mich auf andere Gedanken zu bringen, stelle ich mich in die Küche der »Sonne« und mache Kürbissuppe. Einen Tag später versuche ich mich dann an einer Bouillabaisse. Die passt jetzt nicht unbedingt zu den Burgern, aber immer nur Salat herzurichten wird mir auf die Dauer einfach zu fade.

Ich sollte mit Klaus vermutlich mal über ein neues Food-Konzept sprechen ... Und ich sollte mir auch Gedanken darüber machen, wie ich die fünfzigtausend Euro verwende, die bislang unangetastet auf meinem Konto schlummern. Aber ich kann mich weder zum einen noch zum anderen überwinden. Ich bin lustlos und phlegmatisch.

Vermutlich spüre ich den nahenden Herbst. Er scheint in diesem Jahr besonders früh zu kommen. Mit Regen, starken Gewittern und einem trüben Nebel, den wir im Markgräflerland so nicht kennen.

Dieser eklige Nebel verhüllt die Sonne, die uns in unserer Gegend normalerweise einen goldenen Oktober beschert. Von den Weinbauern ist zu hören, dass die Ernte leidet. Und die Chrysanthemen, die sonst mit ihren leuchtenden Farben unseren Herbst aufhellen, verfaulen auf den Feldern. Es ist, als ob die Natur genauso durchhängt wie ich selbst.

An manchen Tagen sitze ich stundenlang vor dem Fernseher. Und es gibt Tage, da kann ich mich kaum aufraffen, überhaupt das Bett zu verlassen. Wahrscheinlich bin ich einfach erschöpft. Es würde besser werden, könnte ich ein wenig Sonne tanken. Oder mal ein halbes Stündchen aufs Meer hinausschauen. Aber vom Markgräflerland aus gesehen ist das Meer sehr weit entfernt.

Zwei Wochen später ruft mich Iva an. Sie erwischt mich halb dösend vor einer Morgen-Talkshow, die ich hastig leiser stelle. »Wie ist die Uni?«, frage ich.

»Ach, da war ich noch nicht«, sagt Iva. »Bin ich noch nicht dazu gekommen. Aber was ich höre, läuft da ohnehin nichts in den ersten Wochen.« Unwillkürlich denke ich an Ivas Vater. Ich wusste, seine Komplimente sind übertrieben. Hoffentlich kommt er jetzt nicht auf die Idee, seinen Truck zurückzufordern. Zum ersten Mal versuche ich tatsächlich, erzieherisch auf Iva einzuwirken. »Willst du dir die Uni nicht wenigstens mal von innen anschauen?«

»Das werde ich schon noch machen«, sagt Iva ungeduldig. »Aber deswegen rufe ich nicht an. Warst du in den letzten Tagen vielleicht mal auf unserer Facebook-Seite?«

Natürlich nicht. Was sollte ich da? Facebook hat sich für mich erledigt, seit ich nicht mehr Food Truck fahre.

»Du solltest mal einen Blick drauf werfen. Wir haben eine Nachricht von Jan. Und er hat auch was gepostet. Vertrau mir, du willst das sehen.«

Selbstredend setze ich mich sofort an den Computer und logge mich auf Facebook ein. Ich kann nicht glauben, was ich da entdecke.

Jan hat mich tatsächlich herausgefordert! Er hat auf Facebook frech behauptet, ich hätte nur dank seiner Hilfe den Wettbewerb von Monaco gewonnen. Wenn wir beide nicht zusammen, sondern gegeneinander antreten, schreibt er, würde er mich jederzeit besiegen. Und er sei bereit, diese Behauptung auch zu beweisen. Deshalb habe er zwei Standplätze reserviert, direkt nebeneinander. »Wenn Betty Bauer Mut hat«, schreibt er, »dann sehen wir uns am ersten November. In Aix-en-Provence. Auf der Fête d'automne.«

Ich brauche nicht lange für die Vorbereitung. Kühlschrank ausräumen und Müll entsorgen. Jeans und T-Shirt und Pullover in die Reisetasche schmeißen. Die Wohnung abschließen, kurz bei meiner Mutter vorbeischauen und sie kräftig umarmen, dann bin ich auf dem Weg in die »Sonne«.

Dort ist Klaus in der Küche zugange. Als er mich sieht, lässt er das Messer sinken. Er mustert die Reisetasche. Er schaut mir in die Augen. »Du holst den Truck?«, fragt er dann.

Ich nicke. Es tut mir wirklich leid. Den Klaus von früher habe ich ohne Bedauern verlassen. Aber dieser neue Klaus schaut direkt mitleiderregend aus. Mit hängenden Armen steht er vor mir, während ich mich bemühe, mir eine Erklärung abzuringen.

So eine Herausforderung kann ich nicht ignorieren. Das muss er begreifen. Wie würde ich denn dastehen? Wo ich Jan doch schlagen kann?

Natürlich ist das nur die halbe Wahrheit. Klaus sieht mir das an. »Diesmal kommst du nicht zurück, habe ich recht?«

Ich zögere nur eine Sekunde. »Ja«, sage ich dann.

Klaus nickt ein paarmal. »Was habe ich falsch gemacht?«

Alles. Nichts. Klaus und ich, das war schon lange schiefgelaufen. Die einzig richtige Antwort auf seine Frage ist: Ich liebe einen anderen.

Mit dem Dönerwagen fahre ich auf die Grenze nach Frankreich zu. Ich sitze ganz locker am Steuer. Der Platz neben mir ist leer. Diesmal muss ich es ohne Iva Leonida schaffen. Ich habe so ein Gefühl, das wird auch klappen. An der Grenze steht kein Mensch. Niemand hält mich auf. Um vier Uhr nachmittags bin ich schon in Frankreich.

Es ist nicht mehr Sommer. Im Osten dämmert es bereits. Aber ich fahre nach Westen und direkt hinein in die rotgoldene Abendsonne.

Der Himmel ist weit und blau und getupft mit rosa Schäfchenwolken. Dieser Himmel über Frankreich ist so viel schöner als der Himmel, den wir in Deutschland haben. Ein großes Gefühl von Freude erfüllt mich plötzlich. Meine Brust wird weit, ich könnte singen und lachen und schreien. Ich bin unterwegs nach Südfrankreich. Ich werde Jan wiedersehen. Und diesmal bin ich unterwegs, um zu bleiben.

… zwei Wochen später

Am ersten November pünktlich um zehn Uhr wird der Markt in Aix-en-Provence eröffnet. Er zieht sich von der Place des Prêcheurs durch die östliche Altstadt über den ganzen Cours Mirabeau bis zum Theater. Es ist ein anderes Gefühl als damals im Sommer. Die Sonne steht tiefer. Sie hat einen warmen goldenen Schimmer. Ein Hauch von Feuchtigkeit liegt in der Luft, die nach Erde und Blättern duftet. Die Stände am Markt prangen in herbstlichen Farben, in Orange und Rot und Gold, und quellen über von den Früchten und Gemüsen, die diese Jahreszeit hier im Süden im Überfluss liefert. Gewaltige Kürbisse. Pralle Trauben. Samtige Birnen, Äpfel mit roten Wangen und ganze Berge von Nüssen.

Es gibt deutlich weniger Touristen, aber dafür ist ganz Aix auf den Beinen, und die Einheimischen sind in bester Feierstimmung. In den Straßencafés am Cours Mirabeau ist jeder Platz besetzt, an den Ständen wird frischer Wein ausgeschenkt und vor meinem Wagen drängt sich unablässig eine fröhlich plaudernde Menge. Ich habe dreihundert Demoiselles gebacken, und schon um elf ist die Hälfte weg.

Würde mir Victor nicht im Wagen aushelfen, ich hätte gar keine Zeit, auch mal einen Blick rüber auf den Airstream zu werfen. Dort ist Jan in der Küche am Wirbeln. Damit wir gleichwertige Bedingungen haben, hat eine Freundin von Madame Vivianne angeboten, ihn beim Verkauf zu unterstützen. Soweit ich sehen kann, ist auch sie sehr beschäftigt.

Madame Vivianne wird beurteilen müssen, wer von uns beiden am Ende erfolgreicher ist. Wir haben sie übereinstimmend zu unserer Schiedsrichterin erkoren. Es ist keine leichte Aufgabe. Zu Beginn des Marktes hat Madame versucht, die Kunden vor unseren Wagen zu zählen. Doch dann kam der Bürgermeister, der sich erstaunlicherweise doch an mich erinnerte, um mich zu begrüßen, und in diesem Durcheinander ist das Zählen wohl etwas untergegangen. Inzwischen hat Madame auch dem neuen Wein kräftig zugesprochen, und ich bin mir nicht ganz sicher, wie verbindlich die Zahlen wären, die sie uns jetzt noch liefern könnte.

Vernünftigerweise lässt sie es bleiben und ist dazu übergegangen, mit ihrem Handy dann und wann die Schlangen von unseren Wagen zu fotografieren. Große Beweiskraft werden diese Bilder nicht haben. Ich vermute, es wird zwischen Jan und mir auf einen Gleichstand hinauslaufen.

Selbstverständlich bedeutet das nicht, dass ich jetzt die Fahnen strecke. Ich werde kämpfen bis zuletzt. Um ehrlich zu sein, ich genieße jede Minute und bin voll im Schwung, als ich an meiner Theke plötzlich Jan entdecke.

Eine Sekunde lang stockt mir der Atem. Jan ist vom langen Sommer braun gebrannt, mit goldenen Lichtern in seinem blonden Schopf und Augen, die blau strahlen wie ein Sommerhimmel. Wir haben uns vor zwei Tagen hier in Aix getroffen, aber weil wir beide mit den Vorbereitungen vollauf beschäftigt waren, hatten wir bisher kaum Zeit, zu reden. »Na«, sage ich und lehne mich über die Theke zu ihm hinüber. »Gibst du auf?«

»In deinen Träumen, Betty Bauer.« Ein breites Lachen liegt auf seinem Gesicht, und er sieht genauso glücklich aus wie damals, als wir zusammen auf der Bühne in Monaco standen.

»Ich wollte dich nur was fragen.«

»Ach«, sage ich neckend, »und das konnte nicht warten?«

»Nein. Es ist dringend. Hast du das Geld schon ausgegeben?«

Ich blinzle überrascht und muss überlegen, wovon er redet.

»Die Fünfzigtausend«, sagt er drängend. »Deine Hälfte. Sag nicht, du hast die schon verprasst?«

»Also bitte!« Ich mustere ihn in gespielter Entrüstung. »Natürlich nicht. Und selbst wenn, was würde dich das angehen? Warum willst du das wissen?«

»Na ja«, sagt Jan und lächelt mich an. »Ich habe da vor zwei Wochen unterwegs ein kleines Bistro gesehen. In einem Dorf hier ganz in der Nähe. Es ist nichts Besonderes, aber irgendwie süß. Eine komfortable Küche, ein netter Gastraum und eine große Terrasse. Man kann von dort aus das Meer sehen.«

Mein Herz schlägt plötzlich Purzelbäume. Jan lehnt sich über die Theke. Er ist ein großer Mann und schafft es, sich ganz schön weit in meine Richtung zu beugen. Uns trennt nur noch die Vitrine, die Iva und Gustave vor tausend Jahren für meine Kuchen und Torten aufgebaut haben.

»Das Bistro steht zum Verkauf. Nur kann ich es mir allein nicht leisten. Aber weißt du, was?« Die blauen Augen strahlen mich an. »Wenn wir beide zusammenlegen, dann würde es reichen.«

Es ist nicht leicht, sich über eine Vitrine hinweg zu küssen. Man muss sich dafür ziemlich strecken. Aber ich habe ja gelernt, für das, was ich will, zu kämpfen.

Ich stelle mich auf die Zehenspitzen. Jan streckt die Arme nach mir aus. Ich schließe die Augen und höre noch leise Madames Handy klicken – dann endlich berühren sich unsere Lippen.

BETTYS
LIEBLINGSREZEPTE

Bettys Demoiselles
Grundrezept

Zutaten für 6 bis 8 Demoiselles:

200 g Weizenmehl oder Maismehl
100 g Dinkelmehl
¼ TL Natron
1 ½ Päckchen Backpulver
1 TL Salz
120 g kalte Butter, gewürfelt
150 ml Milch
80 g Quark oder Sauerrahm

1. Backofen auf 220 Grad vorheizen. In einer Schüssel die trockenen Zutaten mischen und die Butter mit den Fingern unterkneten, bis ein krümeliger Teig entsteht.
2. Quark oder Sauerrahm einkneten und Milch unterrühren. Damit die Demoiselles schön aufgehen, den Teig nicht zu lange bearbeiten.
3. Auf einer bemehlten Arbeitsfläche den klebrigen Teig mit den Händen flach drücken (nicht kneten). Den Teig in der Mitte umklappen und wieder flach drücken. Dies etwa viermal wiederholen. Der Teig sollte am Ende 3 bis 4 cm dick sein.
4. Mit einem Glas die runden Demoiselles ausstechen. 10 bis 12 Min. bei 200 Grad goldbraun backen.

Die Demoiselles lassen sich durch die Beigabe von Früchten, Nüssen, Gewürzen, Honig oder Vanille vielseitig variieren. Man kann sie auch auseinanderschneiden und mit einer leckeren Füllung servieren.

Ziegenkäse-Honig-Füllung

200 g Ziegenfrischkäse
4 EL Lavendelblütenhonig
1 Prise gemahlene Lavendelblüten
2 EL Pinienkerne
1 Prise Salz

1. Pinienkerne 5 Min. goldbraun rösten.
2. Ziegenkäse mit Honig, gemahlenen Lavendelblüten und Pinienkernen vermengen und mit Salz abschmecken.
3. Die frisch gebackenen Demoiselles aufschneiden und jeweils mit ca. 3 TL der Ziegenfrischkäsefüllung bestreichen.
4. Die Demoiselles zuklappen. Einen Tupfer der Füllung und 2 bis 3 Pinienkerne als Dekoration verwenden.

Himbeer-Kokos-Füllung

150 g Puderzucker
100 g weiche Butter
4 EL Kokosmilch
4 EL selbst gemachte Himbeermarmelade
Frische Himbeeren zum Dekorieren

1. Puderzucker in eine Rührschüssel sieben und die Butter zugeben. Die Masse in 3 bis 5 Min. hellgelb und schaumig schlagen.
2. Die Hälfte der Himbeermarmelade unterrühren. Die Füllung mit einigen frischen zerdrückten Himbeeren versetzen. Die gekühlte Kokosmilch unterziehen.
3. Die frisch gebackenen Demoiselles (dem Grundteig eventuell 2 EL Zucker beifügen) aufschneiden und

jeweils mit ca. 3 TL der der Himbeer-Kokos-Creme bestreichen.
4. Die Demoiselles zuklappen. Einen Tupfer der Creme und einige frische Himbeeren als Dekoration verwenden.

Roquefort-Apfel-Walnuss-Füllung

170 g Roquefort (würziger Blauschimmelkäse)
2 säuerliche Äpfel, gerieben
50 g Walnusskerne, gehackt
50 g getrocknete Apfelringe, in Würfel geschnitten

1. Dem Teig für die Demoiselles vor dem Backen 2 EL geriebenen Apfel und die getrockneten Apfelringe beifügen.
2. Die Walnüsse ohne Fett in einer Pfanne rösten.
3. Roquefort, Walnüsse und den Rest des geriebenen Apfels zu einer Käsecreme vermengen.
4. Die frisch gebackenen Demoiselles aufschneiden und jeweils mit ca. 3 TL der Käsecreme bestreichen.

Füllung mit Bacon und Kaffeesoße

4 Demoiselles mit Maismehl
4 Scheiben klassischer Bacon oder Schinkenspeck
150 ml gekochter schwarzer Kaffee
1 EL feiner brauner Rohrzucker
2 EL Butter
Salz

1. In einer Pfanne ohne Fett den Bacon oder Schinkenspeck knusprig braten. Bacon mit Küchenpapier abtupfen. Demoiselles aufschneiden und die Schnittflächen in der Pfanne kurz anrösten.

2. Den Zucker in einer Pfanne hellbraun werden lassen, Kaffee zugießen, die Soße aufkochen und etwas eindicken lassen.
3. Butter beigeben und eventuell salzen.
4. Den Speck zwischen die aufgeschnittenen Demoiselles legen, mit wenig Soße übergießen und zusammenklappen.

***

Crêpes mit frischen Erdbeeren und Lavendelhonig

Zutaten für 8 bis 10 Crêpes:

150 g Mehl
150 ml Milch
150 ml Wasser
½ TL Salz
2 EL Zucker
3 Eier
30 g Butter, zerlassen
Butterschmalz zum Braten

1. Das Mehl in eine Schüssel sieben, Milch, Wasser, Salz und Zucker mischen und unter Rühren zum Mehl geben. Den Teig so lange mit dem Schneebesen schlagen, bis er glatt ist.
2. Die Eier verquirlen und beifügen, den Teig jedoch nicht mehr schlagen. Zuletzt die flüssige Butter beigeben und den Teig vor dem Backen mindestens 30 Minuten ruhen lassen.

3. Pro Crêpe ein wenig Butterschmalz in der Pfanne erhitzen. Eine Schöpfkelle voll Teig in die Pfanne geben, sodass der ganze Pfannenboden dünn mit dem Teig überzogen ist. Die Crêpe hellbraun backen. Fertige Crêpes gegebenenfalls im Ofen warmhalten.

Zutaten für Füllung (8 bis 10 Crêpes):

200 g Crème fraîche
400 g frische reife Erdbeeren
3 EL Grand Marnier
5 EL feiner Lavendelhonig
½ EL Zitronensaft
Einige kleine Basilikumblätter

1. Die Erdbeeren waschen, putzen, in Stücke schneiden, mit dem Grand Marnier beträufeln und mindestens 30 Minuten ziehen lassen.
2. Vier TL Lavendelhonig beiseitestellen. Den restlichen Honig mit der Crème fraîche mischen und gut unterrühren. Die Creme nach persönlichem Geschmack mit Zitronensaft abschmecken.
3. 4 EL marinierte Erdbeeren beiseitestellen. Die restlichen Erdbeeren im Mixer pürieren. Den Erdbeer-Coulis sorgfältig unter die Crème fraîche ziehen.
4. Die frisch gebackene Crêpe dünn mit dem beiseitegestellten Lavendelhonig bestreichen und dann hälftig mit je 1 ½ EL der Erdbeer-Crème fraîche füllen. Zusammenklappen. Die restlichen Erdbeeren auf die zugeklappten Crêpes verteilen und jede Crêpe mit einem kleinen Blatt Basilikum dekorieren.

Fougasse aux olives et tomates
Provenzalisches Fladenbrot mit Oliven und Tomaten

Zutaten für ca. 3 Fougasses:

1 Würfel frische Hefe
500 g Mehl
300 ml lauwarmes Wasser
50 ml und 10 ml Olivenöl
Fleur de sel
3 EL Honig
Salz
6 EL getrocknete Tomaten, gehackt
3 EL schwarze Oliven, gehackt

1. Die Hefe im lauwarmen Wasser auflösen. 50 ml Olivenöl und den Honig einrühren.
2. Die Hefemischung in das Mehl gießen und mit den Händen zu einem Teig kneten. 1 EL Salz beigeben.
3. Den Teig kneten, bis er schön glatt wird. Die gehackten Tomaten und Oliven beifügen. Aus dem Teig drei Kugeln formen.
4. Die Kugeln zugedeckt in einer gefetteten Schale an einem warmen Ort etwa 1 Stunde aufgehen lassen. (Die Kugeln sollten sich etwa verdoppeln.)
5. Nach der Ruhezeit den Teig flach drücken und ein Oval formen. Mit dem Messer auf jeder Seite schräg ca. 5 Schnitte machen, fast so, als wollte man eine Tanne formen. Die Schnitte mit den Fingern leicht auseinanderziehen.
6. Jedes der Teigstücke auf ein Backpapier legen und eine

weitere halbe Stunde gehen lassen. Danach mit 10 ml Olivenöl bepinseln und mit Fleur de Sel bestreuen.
7. Die Fougasses für 15 Min. bei ca 250 Grad backen.

***

Caviar d'aubergines
Auberginencreme

Zutaten:

1 große Aubergine
2 Knoblauchzehen
3 EL Olivenöl extra vergine
3 EL Zitronensaft
1 Bund Petersilie
Pfeffer & Salz

1. Aubergine längs halbieren, auf ein Backblech legen und 35 Min. bei 180 Grad backen, bis sie weich ist.
2. Abkühlen lassen, die Samen aus dem Fruchtfleisch schneiden.
3. Das Fruchtfleisch mit einem Löffel von der Schale lösen und mit dem Zitronensaft pürieren.
4. Knoblauchzehen im Olivenöl anschwitzen. Knoblauch entfernen. Das Öl abkühlen lassen und dann unter die Auberginen Creme mischen. Mit Salz und Pfeffer abschmecken.

Caviar d'aubergine wird zum Beispiel mit Fougasse gegessen. Dazu schmeckt an einem heißen Sommertag ein Rosé Côtes de Provence.

***

Nachwort und Dank

Wenn man sich aufmacht, ein Buch zu schreiben, ist es eine der wunderbaren Erfahrungen, bei der Recherche neue Menschen kennenzulernen und in neue unbekannte Lebenswelten einzutauchen.

Stefan hat mir die Möglichkeit gegeben, ein Minipraktikum in seiner Küche im »Anker« zu machen. Lieber Stefan, ich danke dir herzlich für diese spannenden Stunden. Ich habe am eigenen Leib erfahren, was es bedeutet, eine Küche zu führen, und bin seither bei jedem Besuch im Restaurant voller Respekt für die enorme Leistung hinter den Kulissen.

Zufälligerweise befindet sich der »Anker« tatsächlich in Efringen-Kirchen. Das ist aber alles, was ihn mit der »Sonne« in meinem Buch verbindet. Die »Sonne« ist ausschließlich meiner Fantasie entsprungen, und jegliche Fehler und Unklarheiten, die sich im Text möglicherweise finden, habe ausschließlich ich zu verantworten.

Dies gilt in besonderem Maß für das Thema Food Truck, wo ich die Realität im Interesse meiner Geschichte etwas zurechtgebogen habe. In Wirklichkeit unterliegen Food Trucks einer Fülle von Vorschriften und Regeln, die von Fahrzeugsicherheit über Lebensmittelhygiene bis zum Umweltschutz reichen. Die Einhaltung der Richtlinien wird von zahlreichen amtlichen Stellen in regelmäßigem Turnus streng überwacht.

Viele Vorschriften dienen dem Schutz der Konsumenten. Gleichzeitig verhindern sie aber auch, dass man mit einem Food Truck mal eben auf und davon fahren kann. Die meisten Food Trucker, die ich kennengelernt habe, operieren in einem Radius von maximal hundert Kilometern. In der Regel sind sie überdies auf eine stationäre Vorbereitungsküche angewiesen, um die beengten Platzverhältnisse und die fehlenden Kühlmöglichkeiten in einem Truck zu ergänzen.

Quer durch Frankreich zu fahren ist also leider nur ein schöner Traum. Dennoch habe ich in den Trucks, die ich für meine Recherche besuchte, unglaublich viel Begeisterung, Freude und Enthusiasmus erfahren. Diese Trucker sind mit Leib und Seele kreative, kulinarische Straßenkünstler. Ganz herzlich möchte ich an dieser Stelle Charlotte von Mrs. Burger und Bojan von Meat&Greet danken, die geduldig meine Fragen beantworteten und sich von mir über die Schulter schauen ließen. Im Weiteren danke ich FoodTrucks Deutschland, die auf nationaler Ebene eine Fülle an Informationen für Trucker und Konsumenten bereitstellen. Wer plant, einen Food Truck zu eröffnen, sollte unbedingt die Street Food Convention besuchen, die FoodTrucks Deutschland einmal jährlich in Nürnberg organisiert.

Die Zahl der Food Trucks im deutschsprachigen Raum hat in den letzten Jahren sprunghaft zugenommen. Die Konsumenten lieben die kreative, ungewöhnliche Küche, die viele Food Trucks bieten. Jede größere Stadt hat inzwischen ihre Street-Food-Märkte, deren Besuch ich nur empfehlen kann. Jedoch gibt es meines Wissens bislang keine Street-Food-Wettbewerbe, und Monte Carlo verfügt auch nicht über einen internationalen Street-Food-Markt, auch wenn sich die Hafenpromenade dafür hervorragend eignen würde.

Interessante Street-Food-Adressen und die Termine der großen Märkte findet man im Internet und auf Facebook.

Ganz herzlich bedanken möchte ich mich beim Diana Verlag und insbesondere bei meiner Lektorin Carolin Klemenz, die Betty auf ihrer Reise mit viel Liebe und Freude, aber auch mit einem scharfen Auge begleitet hat. Sie hat zusammen mit meiner Agentin, Dorothee Schmidt, entscheidend zur Entstehung dieses Buches beigetragen. Ihre zahlreichen unschätzbaren Hinweise und Kommentare haben mich in vielen Fällen wieder die Richtung finden lassen und dem Buch seine Form verliehen.

In meinem privaten Umfeld werde ich von zahlreichen Menschen mit Interesse, mit Freundschaft, mit Geduld und mit Begeisterung unterstützt. Ich danke Claudia und Barbara, Béatrice, Liliane und Andrea, und der zweiten Claudia, die mir bei der Arbeit so manches Mal den Rücken freihält. Vor allem aber danke ich meiner Familie, die jedes meiner Bücher beinahe so eng begleitet wie ich selbst. Meine Schwester unterstützt mich mit psychologischen Ratschlägen, meine Mutter mit ihrem Interesse und ihrer eigenen künstlerischen Erfahrung, meinem Vater habe ich die Idee mit dem Stau auf der Autobahn zu verdanken, und ohne meinen Mann würde alles zusammenbrechen, während ich am Schreibtisch sitze. Thomas, du bist der Beste. Ich danke euch allen von Herzen.